타투 THE
TATTOO
THIEF
사냥꾼

THE TATTOO THIEF

타투 사냥꾼

THE
TATTOO
THIEF

앨리슨 벨샴 장편소설 | 최재은 옮김

BOOK PLAZA

CONTENT

하나, 두울, 타투 한 점 자르고,
세엣, 네엣, 한 땀 한 땀 벗겨내고,
다섯, 여섯, 피 향기에 짜릿짜릿,
일곱, 여덟, 슥삭 슥삭 재촉하네.

i

놈은 완전히 뻗어있다. 피 칠갑이 되어 껍질처럼 붙어있는 티셔츠를 놈의 등에서 벗겨내니 드디어 눈부신 타투가 모습을 드러낸다. 주머니에 넣어온 사진이 좀 구겨지긴 했지만, 놈의 타투와 비교하는 데는 전혀 문제가 없다. 고맙게도 어두운 가로등 불빛마저 문신 모양을 맞춰보기에 딱 마침맞게 흐릿하다. 원형의 시꺼먼 폴리네시안 타투가 놈의 왼쪽 어깻죽지를 아름답게 감싸고 있다. 원 중앙엔 눈을 부릅뜬 원주민 얼굴이 정교하게 그려져 있고, 테두리 밖으로 정형화된 날개 한 쌍이 뻗어나가 한쪽은 등 뒤 견갑골 아래로, 다른 쪽은 왼쪽 가슴을 덮으며 펼쳐져 있다. 타투에 핏방울이 송골송골 맺혀있다.

같은 타투다. 이놈이 맞다.

맥은 아직 뛰는데, 완전히 뻗어있는 게 영락없이 말썽은 못 부릴 꼬락서니다. 몸이 아직 뜨끈뜨끈하게 살아있을 때 신속하게 일을 처리하는 게 핵심이다. 뒈져버려서 몸이 식으면 살가죽은 뻣뻣해지고 육질은 굳어버리니까. 그렇게 되면 작업이 더 어려워진다. 그러다 조금이라도 삐끗하면 끝장나는 거다. 알다시피, 살아있는 몸뚱이에서 가죽을 벗겨내면 피가 훨씬 많이 난다. 하지만 난 피는 괜찮다.

아까 놈을 덤불 속으로 끌고 오면서 던져놓았던 연장 가방이 옆에 널브러져 있다. 작은 공원이고 인적도 드문 시각이라 놈을 처리하는 게 별로 어렵지는 않았다. 놈은 겨우 뒤통수 한방에 무릎을 꿇고 고꾸라졌다. 단말마의 비명도, 사소한 몸부림도 없었다. 당연히 목격자도 없었다.

전에 놈이 이리로 지나가는 걸 봐뒀었다. 오늘도 나이트클럽에서 나오면 이 길로 지나갈 게 뻔했다. 사람들은 왜 그렇게 멍청한 걸까. 내가 렌치를 움켜쥐고 다가가는데도 놈은 전혀 낌새를 알아차리지 못했다. 몇 초 만에 놈의 관자놀이 상처에서 흘러나온 피가 땅따먹기라도 하듯 퍼져나갔다. 1단계는 매우 훌륭하게 성공.

놈이 쓰러지자마자 재빨리 양쪽 겨드랑이에 손을 걸어 산책로 건너편으로 끌고 왔다. 사람들 눈에 띄지 않으려면 덤불 뒤로 숨어야 하니까. 덩치가 큰 놈이라 무거웠다. 하지만 나도 힘은 좀 쓰는 편이다. 놈을 끌어다 나무 덤불 뒤로 옮겨놓는 것도 무사히 완료.

기운을 썼더니 숨이 가쁘다. 내 양쪽 손등을 내밀어 살펴보니 미세하게 떨리고 있다. 주먹을 꽉 쥐었다가 다시 펴본다. 심장은 갈비뼈에 난폭하게 방망이질을 해대고 양손은 나방처럼 팔락거린다. 젠장. 작업을 시작하려면 오른손만큼은 반드시 안정시켜야 한다. 다행히 가방 주머니에 약 봉투와 물병이 들어있다. 나는 포켓볼 선수들이 애용하는 베타 블로커 프로프라놀롤을 두 알 삼키고 눈을 감은 채 약효가 나타나길 기다린다. 잠시 후 다시 손을 내려다보니 손등의 떨림이 사라졌다. 자, 이제 작업 시작.

숨을 깊게 들이쉬며 가방에 손을 넣어 연장 꾸러미를 쓰다듬어 본다. 부들부들한 가죽, 그리고 그 아래 어렴풋이 느껴지는 금속의 윤곽을 손가락으로 어루만지고 있자니 온몸이 짜릿해진다. 직감이라고 해야 하나. 어쩐지 오늘 쓰게 될 것 같아서, 어젯밤에 특히 정성 들여 연장을 갈아뒀다.

놈의 등짝에 꾸러미를 올려놓고 끈을 푼다. 가죽을 펼치는 사이

쇠 부딪히는 소리가 은은하게 찰캉거린다. 그리고 손끝을 스치는 차가운 칼날의 감촉. 그중에 손잡이가 짧은 놈을 골라잡는다. 이 녀석은 작품 둘레에 테두리를 긋는 용도다. 그런 다음 살가죽을 뜨는 건 칼날이 더 길고 낫처럼 안으로 굽은 놈을 쓴다. 이 녀석들을 일본에서 공수해 오느라 꽤 비싼 값을 치렀지만, 그 값은 톡톡히 한다. 제련이 잘된 강철에 사무라이 검 제조기법을 그대로 써서 빠르고 정밀한 칼질이 가능하다. 버터로 공예품이라도 만든다 치면 칼로 버터 살을 도려내는 느낌 같다고나 할까.

나머지 꾸러미를 놈의 몸 옆에 내려놓고 맥박을 다시 확인한다. 아까보다는 약하지만 아직 살아있고 머리에서도 피가 천천히 흘러나오고 있다. 놈의 왼쪽 허벅지를 깊게 휙 쑤셔본다. 칼질을 하는 동안 놈이 꿈쩍할지 모를 사태를 미연에 방지하기 위한 예비 조치다. 아무런 미동도 호흡의 껄떡임도 없다. 그저 진하고 미끄덩한 피가 느릿느릿 새어 나올 뿐. 오케이, 좋아.

자, 이제 중요한 순간이다. 한 손으로 살가죽을 팽팽하게 늘여 잡고 첫 번째 터치를 시작한다. 타투 윤곽을 따라 놈의 어깨 맨 윗부분에서 툭 불거진 견갑골 귀퉁이 너머까지 단칼에 내리긋는다. 칼날이 지나간 길을 따라 맺히는 붉은 띠가 손가락 위로 흘러내린다. 따뜻하다. 단도가 제 갈 길을 새겨 나가는 동안 나는 숨을 죽인다. 척추를 타고 올라오는 전율과 사타구니로 쏠리는 뜨거운 피. 그리고 황홀경.

작업이 끝날 때쯤이면 놈은 죽겠지.

첫 작품도 아닌데 뭐. 마지막은 더더욱 아니고.

1

마르니

눈으로는 따라잡을 수 없는 속도로 바늘이 피부 표면을 빠르게 찔러대자, 잿빛 잉크가 피부 속으로 파고들더니 살가죽 위로 피투성이 봉오리들을 잔뜩 만들어낸다. 고객의 팔에 그려진 도안을 따라 타투를 새겨야 하므로 마르니 뮬린스는 도안 위로 끊임없이 번지는 핏방울을 페이퍼 타월로 쉴 새 없이 닦아냈다. 바셀린을 바르고 다시 새 살에 날카로운 바늘을 찔러댄다. 그렇게 새로 새겨진 블랙 라인은 그 자리에 영원히 남을 것이다. 피부와 잉크가 빚어내는 연금술이다.

마르니는 타투 머신이 만들어내는 부드러운 진동과 윙윙거리는 소리에 온 정신을 빼앗긴 채 마음의 안정을 찾았다. 자신을 괴롭히는 기억으로부터, 절대 잊히지 않는 그 사건으로부터 잠시나마 도망칠 수 있었다.

마르니는 고객이 무방비로 내맡긴 피부에 검고 붉은 각인을 새겨 넣는다. 고객은 바늘 머리의 무자비한 공격에 움찔움찔 진저리를 쳐댔다. 마르니가 다른 손으로 남자의 팔을 꽉 붙잡아 누르고 있지만 소용없었다. 물론 그녀도 고객이 겪고 있는 고통을 너무 잘 알았다. 자신도 타투 머신의 뾰족한 바늘 아래서 수많은 시간을 버텨내지 않았던가. 한편으론 공감했지만 치러져야 할 대가였다. 평생 내 것으로 남을 무언가를 얻으려면 이 한순간을 인내해야 했다. 그 누구도 절대 빼앗아 갈 수 없는 그 어떤 것을 얻으려면.

앞으로 흘러내린 머리카락 한 올을 팔뚝으로 쓸어 이마 위로 넘겨 보지만 곧바로 다시 흘러내려 눈앞을 가렸다. 마르니의 입에서 나지막이 욕이 튀어나왔다. 이번에는 입으로 각도를 맞춰 머리를 한쪽으로 훅 불어 올리며 일곱 핀짜리 바늘을 작은 물그릇에 살짝 적셔 헹군다. 잉크 색깔도 검정에서 청회색으로 교체했다.

"마르니?"

"네. 스티브, 좀 어때요?"

스티브는 타투를 받는 내내 얼굴을 바닥으로 향하게 한 채 시술대 위에서 엎드려 있었다. 그는 마르니 쪽으로 고개를 돌리더니 찡그린 얼굴로 눈을 끔벅거렸다. "잠깐 쉬면 안 될까요?"

마르니는 재빨리 시계를 확인했다. 벌써 세 시간째 스티브에게 타투를 하고 있었다. 그제야 자기 어깨도 긴장으로 뻣뻣하게 뭉쳐 있는 걸 실감했다.

"아, 네. 좀 쉬었다 하죠." 스티브처럼 자주 오는 사람에게도 세 시간은 고된 작업이었다. "스티브, 아주 씩씩하게 잘 버티고 있어요." 마르니는 그렇게 말하며 자기 의자 옆에 있는 장비 거치대에 타투 머신을 내려놓았다. 그녀는 고객들에게 항상 그렇게 말했다. 그들이 실제로 씩씩하게 버티든 아니든 중요치 않았다. 아니, 심지어 스티브는 씩씩하기는커녕 끊임없이 꼼지락거리며 낑낑댔다.

어쨌든 마르니에게도 슬슬 밀실 공포가 밀려오던 참이었다. 휴식이 필요했다. 타투 행사장을 환하게 밝히는 인공조명, 그리고 그 아래에서 북적이는 인간들과 퀴퀴한 공기. 타투 행사를 할 때마다 매번 똑같은 광경이었다. 게다가 창문도 없어서 낮인지 밤인지조차 알 수 없었다. 마르니는 어디에 있든 꼭 하늘을 봐야 하는 부류의 사람이었다. 탁하고 후끈후끈한 공간은 타투를 받는 몸 뚱어리들과 그걸 구경하겠다고 몰려든 바늘 관음증 환자들로 빽빽했다. 게다가 여기저기서 피 맺힌 살갗을 끊임없이 찔러대는 타투 머신의 진동 소리에 쿵쾅거리는 록 음악까지 더해져, 모든 것이 원래보다 증폭되어 보였다.

마르니는 목의 긴장을 풀기 위해 머리를 어깨너머로 돌리며 심호흡을 했다. 피와 소독약, 그리고 잉크가 뒤섞인 톡 쏘는 냄새가 공기 중에 맴돌았다. 얼른 검정색 라텍스 장갑을 벗어 쓰레기봉투에 쑤셔 넣었다. 스티브는 혈액 순환을 시키려고 주먹을 쥐었다 폈다 하면서 팔을 쭉 펴고 스트레칭을 했다. 그는 타투 작업을 시작하기 전보다 더 초췌해 보였다.

"스티브, 가서 뭣 좀 먹어요. 삼십 분 후 다시 시작할게요."

마르니는 도안이 지워지지 않게 스티브의 피 묻은 팔에 재빨리 랩을 두르고, 그에게 구내식당 방향을 알려줬다. 스티브가 사라지자 자신도 계단에 있는 사람들 무리를 헤치고 1층으로 내려가 비상구 밖으로 뛰쳐나갔다. 차가운 공기를 폐 한가득 들이마시자마자, 조금만 늦었으면 타투 행사장 안에서 죽었을 수도 있겠다는 생각마저 들었다. 서늘한 콘크리트 벽에 등을 기대고 눈을 감은 채 긴장을 푸는 데 집중했다. 그리고 육중한 건물과 그 안의 수많은 인파에 짓눌린 무게를 가슴에서 서서히 걷어냈다.

다시 눈을 뜨자 행사장 안의 인공조명은 사라지고 빛나는 햇살이 달려들었다. 마르니는 눈을 깜박거렸다. 갈매기들이 서로 끼룩거리며 머리 위를 날았고 텅 빈 옆길 끝으로 아득히 보이는 바다가 손짓하듯 일렁거렸다. 소금기 가득한 공기를 음미하며 통증이 느껴질 때까지 등을 동그랗게 구부렸다. 양쪽 어깨를 돌리자

뼈가 덜그럭거리며 우두둑 소리를 냈다. 타투를 하기엔 너무 늙은 나이가 된 건가 하는 생각이 들 수밖에 없었다. 하지만 이제 와서 달리 할 수 있는 것도 없을뿐더러 타투 말고는 썩 잘하고 싶은 것도 없었다. 열여덟 살 때부터 시작해 무려 19년에 걸쳐 수백 평의 피부에 어마어마하게 많은 타투를 새겨왔으니.

담배를 찾느라 가방을 뒤적거리며 북적대는 좁은 길로 들어섰다. 브라이튼 레인스 지역은 이런 좁은 길들이 복잡하게 얽혀 있었다. 대체 휴일이 낀 주말이라 골목골목마다 관광객들이 우글거렸다. 사람들은 까치 떼처럼 빈티지 보석상이나 골동품 가게로 우르르 몰려다녔다. 마르니가 자주 가는 카페들도 온통 사람들로 붐볐지만 개의치 않았다. 오늘은 완전히 탁 트인 공간에서 카페인을 섭취할 작정으로 레인스 지역을 벗어나 큰길까지 건너면서 파빌리온 공원에 있는 야외 카페로 질러갔다.

주문을 기다리는 줄이 길었다. 이러다간 스티브의 작업에 늦을 게 뻔했지만 신선한 바깥공기를 몇 분이라도 더 느낄 수 있다면 조금 늦는 것쯤이야. 마르니는 하늘을 올려다봤다. 연파랑 빛. 여름 하늘에서 흔히 볼 수 있는 밝은 파란색이 아니었다. 엷게 번진 구름으로 희석된 하늘은 바다와 맞닿아 수평선으로 아련하게 내려앉으며 부드러운 청보라 빛을 띠었다.

"뭘로 드릴까?"

"아메리카노요. 투샷으로 해 주세요."

"오케이. 아메리카노 투샷이요."

"아, 그리고 머핀도 하나 주세요." 마르니는 뒤늦게 생각하고 추가했다. 몇 시간 째 작업을 하는 동안 혈당수치가 떨어졌을 것이다. 머핀이 당뇨 환자에게 권장되는 먹거리는 아니지만, 머핀으로 올라간 혈당은 나중에 인슐린 주사로 조절하면 될 일이었다.

파빌리온 궁전에서 몰려나온 관광객들이 그 안에서 대단한 구경을 했는지 넋 나간 표정들로 왁자하게 재잘거렸다. 파빌리온 궁전은 조지 4세 섭정 시대에 지어진 호사스런 별궁이었다. 양파형 돔과 그 위로 뾰족하게 솟아오른 탑, 엷은 크림색 벽토로 둘러싸인 궁전은 약간 디즈니 월드 공원 같기도 하고 거대한 웨딩케이크 같기도 했다. 이것만 보면 마르니는 '아라비안 나이트(천일야화)'에 나오는 페르시아 처녀 세헤라자데가 생각났다. 브라이튼에 온 바로 그날 마르니는 이 궁전이 마음에 쏙 들었었다. 휴…, 한숨을 내쉬며 앉을만한 곳을 찾아봤지만 빈 벤치는 고사하고 잔디밭까지 가득 찬 사람들이 햇볕을 쬐며 즐겁게 먹고 마시거나 평화롭게 누워있었다.

그때 그가 눈에 들어왔다. 그 순간 위장이 뒤틀렸다. 마르니는 즉시 뒤로 돌아 음료가 나오는 곳으로 향했다. 제발 나를 못 보았길. 아침나절부터 남편과 맞닥뜨릴 기분이 아니었다. 엄밀히 말하면 '전' 남편이지만. 아무튼 저 인간은 상태가 아주 좋을 때조차도 예측 불가일 뿐만 아니라 감정의 기복이 심한 사람이라, 가능하면 아예 상종하지 않는 편이 나았다. 그런데도 마르니는 단 하루도 티에리 생각을 안 하고 넘어가는 날이 없었다. 열여덟 살에 그와 결혼해 함께 살면서도 그랬고, 그와 이혼하고 따로 떨어져 지낸 지난 12년 동안에도 마찬가지였다. 아이를 공동으로 양육하다 보니 애증이라는 단어가 뼈저리게 와닿을 정도로 둘 사이의 관계는 복잡해졌다.

마르니는 들킬 위험을 무릅쓰고 재빨리 남편의 모습을 좇았다. 티에리 퓰린스는 얼굴 전체가 당장이라도 폭발할 것 같은 험악한 표정으로 잔디밭 위를 성큼성큼 가로질러 가고 있었다. 뭐가 켕기는 게 있는지 등 뒤며 양옆이며 사방을 두리번거리고 있었다. 도대체 여기까지 와서 뭐 하는 거지? 지금은 타투 행사장 안에 붙어있어야 할 시간인데. 티에리는 이번 타투 행사 운영진이었다.

"2파운드 40펜스예요."

커피값을 치른 마르니는 테이크아웃 컵을 집어 들고 티에리 눈에 띄지 않게 슬그머니 카페 맨 끝으로 갔다. 담뱃불을 붙이는 손이 떨렸다. '왜 아직도 저 인간만 보면 심장이 쪼그라드는 거야.' 같이 산 날보다 이혼한 기간이 더 길었다. 그런데도 티에리는 여전히 처음 모습 그대로였다. 반반한 얼굴에 훤칠하고 잘 빠진 몸, 햇빛에 그을린 피부는 온통 타투로 뒤덮여 있었다. 마르니가 타투 세계에 발을 들인 후 지금까지 한 번도 이 예술에 대한 열정을 잃지 않은 것은 모두 티에리의 저 타투에 마음을 빼앗긴 순간 시작된 일이었다. 티에리를 피하려 하면 할수록 마르니는 그에게 더 마음이 끌렸다. 그 사이 그와 다시 합치기 직전까지 간 적도 많았지만 그럴 때마다 마르니의 자기보호 본능이 제동을 걸었다. 그렇다고 티에리와의 이 어정쩡한 관계를 완전히 청산하고 새로운 삶을 시작한다? 그런 희망도 버린 지 오래였다. 담배를 깊숙이 한 모금 빨아들였다. 카페인 한 모금, 니코틴 한 모금, 그리고 심호흡. 눈을 감은 채 신체가 화학물질들을 흡수할 시간을 충분히 주었다.

잠시 후, 먹다 남은 커피에 꽁초를 버리고 쓰레기통을 찾아 주변을 훑었다. 카페 뒤쪽 모퉁이에 녹색의 대형 플라스틱 쓰레기통이 있었다. 쓰레기통 페달을 밟아 뚜껑을 열고 컵을 던져넣는 순간, 사람을 확 치밀어오르게 만드는 썩은 내에 정신이 혼미했다.

날씨 좋은 날 공원 쓰레기통에서 흔히 풍길 만한 냄새라 여기고 넘어가기엔 너무 악취가 지독했다. 컴컴한 내부를 들여다보는 순간 목구멍으로 쓰디쓴 액체가 역류했다. 아, 젠장, 괜히 봤다.

찌그러진 콜라 캔 더미와 신문지 뭉치, 패스트푸드 포장지들 사이에 뭔가 있었다. 파리하게 번들거리는 이런저런 형상들이었다. 마르니의 눈은 그것들이 사람의 팔, 다리, 몸통의 형체임을 잽싸게 인식했다.

사람 몸이다! 딱 봐도 죽어있는.

부스럭부스럭 움직이는 뭔가가 마르니의 눈길을 잡아끌었다. 거무칙칙한 상처 끄트머리를 갉아먹고 있던 쥐새끼 한 마리가 갑자기 쏟아져 든 햇빛에 짜증이 났는지 찌익거리며 쓰레기 더미 속으로 사라졌다.

쾅.

쓰레기통 뚜껑이 요란하게 닫히면서 마르니도 기겁을 하고 뒷걸음질을 쳤다.

그리고 마르니는 그대로 줄행랑을 쳤다.

2

프랜시스

프랜시스 설리번은 영성체(가톨릭에서 성체성사를 받는 의식 - 옮긴이 주) 제병을 입천장에 올려붙이며 눈을 감았다. 조용히 진행되는 미사에 집중해보려고 안간힘을 써봤지만 마음은 이미 다른 곳에 있었다.

프랜시스 설리번 경위.

입을 다문 채 혀를 오물거려 소리 없이 말해봤다. 바로 내일이 경위로서 업무를 시작하는 첫날이다. 프랜시스는 스물아홉의 나이에 서섹스 경찰서에서 최연소로 경위 계급장을 달았다. 파격적인 승진이었다. 처음 중학교에 등교하던 날보다 신경이 더 곤두섰다. 좋은 일이긴 하지만 한편으론 겁이 났다. 상관들이 그에게 거는 기대가 그만큼 커졌다는 뜻이었으니까. 물론 프랜시스는 진급 시험도 아주 높은 점수로 통과했고, 면접위원단 앞에서도 충분히 실력 발휘를 했다. 아무리 그렇다 해도 직무 면에선 아직 경험이 부족한데 왜 이렇게 빨리 자신을 승진시켜 주었을까? 혹시 예전에 저명한 변호사로 이름을 날렸던 아버지의 영향일까? 생각이 여기에 미치자 짜증이 났다.

새로운 상관인 마틴 브래드쇼 경감도 그에게 진급 소식을 알리면서 전혀 반가워하는 기색이 아니었다. 심지어 축하한다는 말조차 하지 않았다. 프랜시스는 의문이 들 수밖에 없었다. 브래드쇼는 이 진급 결정을 전폭적으로 지지했는가, 아니면 다른 면접위원들의 압력 때문에 어쩔 수 없이 동의한 건가.

생각이 로리 맥케이에게 이르자 뱃속이 요동쳤다. 자기 때문에 진급에서 밀린 것도 모자라 자신의 직속 부하로 배정받은 로리 맥케이 경사. 맥케이와는 지난주 브래드쇼 경감 직무실에서 만나 정식으로 인사를 나눴었다. 그에 비하면 프랜시스의 실무경험은 새 발의 피였다. 연차 높으신 맥케이 경사는 아니꼬운 내색을 숨기지 않았다. 그의 얼굴은 방금 깨물어 먹은 사과에서 반 동강난 채 꿈틀대는 구더기라도 발견한 듯한 표정이었다. 프랜시스는 초연한 척 냉정을 유지하며 예의를 갖췄다. 부서원들과 무리해서 친해지려고 하다가는 오히려 역효과가 날 수 있다는 걸 알고 있었다. 하지만 이러나저러나 맥케이와의 관계는 골치 아플 게 뻔했다.

맥케이는 프랜시스가 실패하길 진심으로 바라고 있었다. 그런 생각을 품은 사람이 맥케이만이 아니라는 것을 프랜시스도 잘 알고 있었다.

"그리스도의 피!"

프랜시스는 눈을 번쩍 뜨고 얼굴을 들어 성배에 든 포도주를 받아 입술만 겨우 적셨다.

"아멘."

맘대로 생각하라지 뭐.

하지만 아무래도 너무 빠른 건가? 물론 그는 선발 과정 내내 자신 있었고 평정심을 잃지 않았다. 시험에 대해서도 걱정해 본적이 없었다. 하지만 서류상 기록이 너무 훌륭한 것이 괜히 기대만 높여놔서 나중에 정작 실무에 닥쳐서는 가랑이 찢어지는 사태가 벌어지는 게 아닐까? 경찰서 내에서도 조기 진급의 재앙에 대한 전설이 무성했다. 프랜시스도 믿거나 말거나 한 이야기들을 몇 번 들어본 적이 있었다. 기본기도 없이 무리하게 경위 자리를 차지한 이들이 결국 아무런 성과도 내지 못했다는 이야기들이었다. 프랜시스가 어마어마한 실수까지 저지르지는 않는다 해도, 까다로운 미제 사건 몇 개만 만나면 따돌림의 대상이 되는 건 시간문제였다.

불안이 엄습하자 성취의 기쁨이 금세 힘을 잃었다. 진급 통보를 받은 뒤로 밤마다 잠을 설쳤다. 지금 의지할 수 있는 유일한 수단은 자신의 집중력뿐인데 그마저도 메말라버린 상태였다.

젠장. 그는 아직 애송이일지는 몰라도 멍청하진 않았다. 그가 맡게 될 부서원들은 아직 프랜시스를 믿지 않는다. 프랜시스는 첫날부터, 당장 첫 사건부터 부하들의 인정을 얻어내야 한다. 브래드쇼와 맥케이도 두 눈을 부릅뜨고 지켜볼 것이다. 어떻게든 프랜시스의 다리를 걸어 넘어뜨리려 할 것이다.

정면으로 눈을 들어 십자가에 매달린 예수님의 조각상을 바라봤다. 자신을 책망하는 듯한 하나님 아들의 표정에 프랜시스는 얼른 다시 시선을 내렸다. 딴생각을 해서 꾸지람이라도 들은 기분이었다. 그는 짧은 기도를 중얼거리고는 성호를 긋고 일어서 신도석으로 돌아갔다.

마지막 찬송도 입으로만 대충 따라 불렀다. 무릎을 꿇고 기도하며 잠시 자신이 성당에 온 이유에 다시 집중했다. 어머니와 누이, 그리고 이 두 사람을 돌봐주는 이들을 위해 기도를 하러 왔었다. 아버지는? 그에게까지 나눠줄 몫은 없다.

그때 바지 주머니에서 휴대폰이 진동했다. 프랜시스가 미처 꺼낼 새도 없이 진동 소리가 울려 퍼졌다. 윙윙 울려대는 소리는 조용한 성당 안이라 그런지 평소보다 훨씬 크고 길게 느껴졌다. 사람들의 눈길이 쏠렸고 여자 성도 한 명이 '쉿' 소리를 내며 핀잔을 줬다. 프랜시스는 윌리엄 신부님의 눈치를 살피며 허겁지겁 휴대폰을 무음으로 전환했다.

미안함에 고개를 숙인 채 방금 받은 문자 메시지를 슬쩍 읽었다.

맥케이 경사가 보낸 메시지였다.

하루 일찍 업무 시작입니다. 파빌리온 공원에서 변사체 발견 신고 접수.

프랜시스는 조금 더 앉아 있다가 이 정도면 예의에 어긋나지 않겠다 싶을 타이밍에 일어서서 예배당 밖으로 나갔다. 입구에 있던 윌리엄 신부님이 근심 어린 표정으로 말을 건넸다.

"프랜시스."

"신부님, 뭐라고 사죄를 드려야 할지요. 전화기를 꺼두었다고 생각했는데…."

"그건 괜찮네. 미사 내내 표정이 어둡던데…. 얘기 좀 하겠나?"

"네, 저도 말씀을 나누고 싶은데…." 진심이었다. "방금 변사체 발견 신고가 들어와서 바로 가봐야 합니다."

윌리엄 신부는 나지막한 기도와 함께 성호를 그리고 프랜시스의 팔에 손을 얹었다.

"세상이 온통 악으로 넘쳐나는군. 프랜시스 자네가 이런 일을 하는 게 걱정일세. 항상 절망의 경계를 넘나들어야 하다니."

"네, 하지만 정의를 지키는 일이죠."

"최후의 심판자는 하나님이시네. 그걸 꼭 기억하게."

뒤에서 중년 여성이 팔꿈치로 프랜시스를 떠밀었다. 신부님을 너무 오래 붙들고 있었던 거겠지.

최후의 심판자라.

프랜시스는 신부님의 말을 곰곰이 생각해보았다.

'천국에서라면 그렇겠지.' 하지만 이 지구상에서 인간들이 저지른 악을 뒤쫓는 것은 자기 같은 경찰들에게 주어진 일이었다. 살인자를 추적해 정의의 심판을 받게 하는 것은 그의 일이었다. 그 첫 번째 임무가 방금 그를 호출해왔고 프랜시스는 꼭 성공해낼 작정이었다. 그러니 하나님 제발 그를 도와주소서.

설사 하늘에서 아무런 도움도 내려주지 않는다 해도 프랜시스는 혼자 힘으로라도 꼭 해내겠다는 오기가 발동했다.

3

프랜시스

뉴로드 거리로 들어서자 차가 일 센티미터씩 전진했다. 시퍼런 경광등을 아무리 요란하게 번쩍여도 대체 휴일로 몰려든 사람들은 도대체 비켜 줄 생각을 안 했다. 보행자와 자동차의 공유 도로. 이 빌어먹을 길에선 사람이고 자동차고 자전거고 모두 자기가 우선권이 있다고 믿었다. 정해진 구분선도, 방향도 없이 모두가 한꺼번에 뒤섞여 제멋대로 움직이는 그런 도로였다. 차 앞을 가로막고 꾸물대는 가족을 재촉하려고 사이렌을 짧게 한 번 울리자 곧바로 눈총이 쏟아졌다. 프랜시스도 잔뜩 찡그린 얼굴로 응수했다.

파빌리온 공원 앞에 늘어선 벤치 옆으로 차를 대자 자기 아이들한테 아이스크림을 먹이고 있던 여자가 보행로를 막았다고 프랜시스를 째려보았다. 하지만 삼삼오오 모여 있는 사람들 대부분은 고개를 쳐들고 울타리 반대쪽에서 벌어지는 경찰 수사 현장을 구경하는 데 정신이 팔려있었다. 그 때문에 프랜시스의 보행로 점거 따위는 신경도 쓰지 않았다. 현장 전체에 출입통제 테이프가 둘러져 있었고, 정복 경찰 몇 명이 통제선을 지키고 있는 모습이 눈에 들어오자 프랜시스는 안심이 됐다.

신분증을 보여주고 곧바로 출입 안내를 받았다. 단번에 자기 직속 상관을 발견한 로리 맥케이가 프랜시스에게 다가왔다. 흰 종이 재질의 현장 수사복이 그의 거구를 감싸고 있었다.

"맥케이 경사." 프랜시스가 고갯짓으로 인사를 하며 말했다.

"현장 상황 보고부터 해주시죠."

"일단 수사복부터 입으셔야 하는데요." 맥케이가 그런 것도 모르냐는 표정으로 말했다. "제 차 트렁크에 여벌이 있어요."

프랜시스는 맥케이를 따라 은색 미쓰비시 자동차로 갔다. 미쓰비시와 다른 차 몇 대가 공원의 북쪽 게이트 바로 안쪽에 주차되어 있었다. 현장 수사복 챙겨올 생각을 미처 하지 못한 것만도 짜증이 나는데, 게이트 안쪽에 편하게 주차된 차들을 보자 자기만 힘든 길을 돌아왔다는 생각에 부아가 치밀었다.

"첫 사건이라 더 빨리 오실 줄 알았죠."

프랜시스는 어깨 근육이 쪼그라드는 걸 느꼈다.

"미사 중이었어요. 원래는 메시지를 아예 못 받는 상황이었어요. 예배 끝나고 밖으로 나올 때까지는요."

"아, 그렇겠네요."

프랜시스는 비웃음 섞인 미소가 맥케이의 얼굴을 얼핏 스치는 걸 포착했다.

맥케이는 트렁크를 열어 프랜시스에게 수사복을 건넸다. 프랜시스는 우주복같이 생긴 옷을 발부터 끼워 넣고 옷을 올려 입으며 눈으로는 맥케이의 트렁크 내부를 훑었다. 스텔라 맥주 세 박스, 술병들, 하이네켄 두 박스, 통조림들, 바비큐 숯불. 맥케이의 일요일 계획을 고스란히 보여주는 물건들이었다.

"아마 경위님한테 딱 맞을 거예요. 입을 때 조심해요. 종이라서 잘 찢어지니까."

"처음 입어보는 거 아닙니다." 프랜시스가 대꾸했다.

수사복은 한 사이즈 작아서 그런지 다리 부분이 너무 짧았다. 맥케이는 기다리는 동안 차 옆에 기댄 채 전자담배를 연신 빨아댔다.

"자, 가죠." 프랜시스는 짧은 소매가 계속 마음에 안 드는지 연신 소매를 당겨 내리며 말했다.

맥케이가 트렁크를 쾅 닫고 둘은 카페 쪽으로 걸음을 뗐다.

"오전 11시 47분에 신고센터 경사가 전화를 받았어요. 파빌리온 공원 카페 뒤 쓰레기통에 변사체가 있다고만 하고 그밖에 다른 말은 없었답니다."

"전화한 사람의 신원은요?"

"여자 목소리였는데, 이름을 물어볼 새도 없이 끊어버렸다네요."

"그래도 전화번호는 확보했죠?"

"명의가 등록되지 않은 선불폰이라…."

그렇다면 신고 전화를 수사 시작 포인트로 잡으면 될 것이다.

"변사체는요?"

"남자고, 옷은 벗겨진 상태예요. 머리를 세게 한 대 얻어맞은 흔적이 뚜렷하고, 몸통과 왼쪽 어깨에 상처도 심각하고요. 아직 신분증은 못 찾았지만 몸에 문신이 많으니까 그걸 토대로 단서를 잡을 수 있을지도 모르겠습니다."

"그밖에 다른 사항은요?"

"일단 시체를 밖으로 꺼내야 쓰레기통을 뒤져볼 수 있을 겁니다. 로즈를 기다리고 있어요."

과학수사팀 법의관 로즈 루이스. 실력을 믿을 수 있는 사람이었다. 프랜시스는 짧은 기간 경사로 근무하면서 몇몇 사건을 그녀와 함께 수사해본 적이 있었다.

"그렇겠네요. 일단 시체를 먼저 봅시다."

둘이 카페를 향해 걸어가는 동안 맥케이가 전화를 받았다.

"넵, 그렇습니다. 넵, 조금 전에 도착했습니다…. 제가 이미 현장을 봉쇄하고 과학수사대에 현장 감식하도록 처리했습니다. 넵, 과학수사팀에도 연락해 두었습니다…."

맥케이는 고개를 끄덕이며 잠시 듣고만 있었다.

"넵, 지금은 전화가 될 겁니다. 아까는 교회에서 뭘 하고 있었다고 합니다."

프랜시스의 연락 두절에 대해 로리 맥케이가 어떻게 생각하는지 조금 전의 말투만으로도 충분히 짐작이 갔다. 프랜시스는 걸음을 재촉했다. 첫 사건이 출발부터 자신이 그렸던 그림과 전혀 다르게 흘러가고 있었다.

맥케이는 잔디밭을 가로질러 카페 옆쪽으로 프랜시스를 안내했다. 녹색의 대형 플라스틱 쓰레기통이 건물 뒤편을 향한 채 세워져 있었다. 가까이 다가갈수록 코를 찔러오는 쓰레기통의 악취에 프랜시스는 코를 닫고 입으로 숨을 쉬었다. 그런데도 조건반사적으로 구역질이 쏠리고 입에 침이 한가득 고였다. 프랜시스는 본능적인 신체 반응을 애써 억눌렀다. 흰색 수사복을 입은 과학수사대원들이 현장 구석구석에서 바닥을 샅샅이 훑고 거리를 재며 사진을 찍어대고 있었다.

"열어봐." 맥케이가 지시했다.

카일 히친스 경장이 쓰레기통을 지키고 있었다. 프랜시스와 맥케이가 다가가자 히친스는 페달을 밟아 뚜껑을 열었다. 그러면서도 내부는 보지 않으려는 듯 눈을 피했다. 프랜시스는 라텍스 장갑을 끼고 앞으로 다가섰다.

히친스는 한눈에도 상태가 안 좋아 보였다. 히친스 옆으로 나란히 섰을 때 프랜시스는 히친스가 가슴과 배를 막 부여잡는 걸 눈치챘다. 히친스의 입은 일자로 굳게 다물어져 있었다.

"히친스, 토할 거면 당장 현장에서 벗어나게."

프랜시스가 뚜껑을 붙잡는 사이 히친스는 쏜살같이 잔디밭을 가로질러 나갔다. 저지선 테이프가 둘러진 데까지 간신히 도착해서 상체를 구부린 채 그때까지 뱃속에 남아있던 일요일 아침밥을 풀섶에 게워냈다.

"불쌍한 친구 같으니라고." 프랜시스가 말하자 맥케이도 고개를 저었지만 둘은 서로 시선을 피했다. 경찰이라면 누구나 시체를 본 뒤 한두 번쯤 속을 게워낸 경험이 있다. 인정하긴 싫겠지만 아마 이 두 사람도 꽤 최근까지 경험했을 법한 일이었다.

프랜시스는 다시 쓰레기통 쪽으로 몸을 돌려 마음을 단단히 먹고 안을 들여다봤다. 히친스의 쪽팔림을 자신은 피해갈 수 있길 간절히 바라면서. 제발 오늘만은, 더 이상은 안 된다.

그 안에 그가 있었다. 경위로 승진하고 맡은 프랜시스의 첫 번째 희생자. 이 첫 조우는 흡사 소개팅 같았다. 앞으로 몇 주, 몇 달에 거쳐 상대에 대해 속속들이 알게 될 터였다. 어쩌면 프랜시스 자신의 가족보다 이 희생자에 대해 더 많은 것을 알게 될지도 모른다. 또는 희생자의 가족을 통째로 뒤흔들만한 비밀을 발견할지도 모른다. 비록 지금은 잿빛의 번들번들한 피부를 내보인 채 부패해가는, 자신을 둘러싼 쓰레기와 똑같은 처지로 썩어가는 낯선 이일 뿐이었지만. 하지만 프랜시스는 희생자의 피부 속까지 살살이 파고들어 어쩌다 이런 일을 당했는지, 희생자가 죽길 바란 자가 누구인지 반드시 찾아내겠다고 다짐했다.

그는 자기 눈앞에 보이는 끔찍한 모습 하나하나를 머릿속에 기록했다. 팔다리는 뒤틀려있고 피부는 고무찰흙 같았다. 이미 쥐의 식량이 되어버려 검붉은 피부 조직만 남은 얼굴과 몸통은 친어머니조차 못 알아볼 형상이었다. 이 이미지가 앞으로 프랜시스의 분노에 연료가 되고, 집중력과 예리함을 잃지 않게 해 줄 것이다.

"맥케이 경사님! 맥케이 경사님!"

뒤에서 소리가 나자 프랜시스는 몸을 돌렸다. 맥케이는 어느 틈에 벌써 저지선 너머에서 카메라를 목에 걸고 서 있는 남자 쪽으로 다가가고 있었다. 기자였다.

"톰." 맥케이가 고개를 끄덕이며 아는 체를 했다. "자네가 금방 들이닥칠 줄 알았지."

"네, 꼴 보기 싫은 거 알아요." 남자가 능청스럽게 웃으며 대답했다. "뭣 좀 있어요?"

"자네한테 줄 건 없어. 때가 되면 언론에 수사 발표를 할 거야. 그 전엔 어림도 없으니 당장 꺼져." 맥케이는 뒤돌아 프랜시스에게로 돌아왔다.

"저놈 조심하세요. 아르고스 신문의 톰 피츠라는 기자인데 빌어먹을 사건 현장마다 불쑥불쑥 나타나요." 맥케이가 말했다.

"여기는 어떻게 이렇게 빨리 왔죠?"

"뭐, 무전 내용을 훔쳐 들었거나 신고센터 경사한테 음료수라도 갖다 바쳤겠죠." 맥케이는 어깨를 으쓱하며 심드렁하게 대답했다.

"어쨌든, 잘 구워삶아놔요. 언제 요긴하게 써먹을 수도 있으니." 프랜시스가 말했다.

"로즈가 왔네요." 맥케이가 말했다. 그는 기자들 비위를 맞춰줄 의향 따윈 전혀 없어 보였다.

"프랜시스 설리번 경위님!" 친근한 목소리가 들려왔다.

프랜시스는 몸을 돌려 로즈 루이스를 맞았다. 로즈는 어느 정도 안정을 찾은 히친스를 시켜 자신의 도구함들을 근처로 옮기고 있었다. 그녀는 몸이 어쩌나 왜소한지 제일 작은 사이즈의 수사복을 입었는데도 옷 속에 거의 파묻힐 지경이었다. 까치발을 해야 겨우 쓰레기통 테두리 너머를 들여다볼 수 있었다.

"어머, 고약하네." 로즈는 히친스를 돌아보며 말했다. "사진을 찍어야 하니 사다리 좀 구해다 주겠어요?"

"네, 알겠습니다."

"먼저 축하부터 하고 시작해야겠죠?" 히친스가 사다리를 찾으러 자리를 뜬 사이 로즈가 프랜시스에게 말했다.

"아, 고마워요." 프랜시스가 답했다. "대체 휴일 즐겁게 보내고 있어요?"

"여기 왔으니 이제 즐겨야죠. 승진하고 처음 맡은 사건이죠?"

프랜시스는 고개를 끄덕여 대답했다.

"그렇다면 무슨 수를 써서라도 해결해야겠네요. 그죠?"

그래야 한다는 것은 누구보다 프랜시스 자신이 가장 잘 알았다. 그리고 해결하지 못하면 어떤 꼴을 당하게 되리라는 것도.

4
마르니

마르니는 용기를 쥐어짜 겨우 전화를 걸었다. 하지만 수화기 너머에서 자신을 상대하고 있는 사람이 경찰이라는 사실만으로도 처음 시체를 발견했을 때만큼이나 심장이 벌렁거렸다. 이름은 밝히지 않고 최소한의 말만 하고 얼른 끊었다. 아직도 경찰의 기억 자만 떠올리면 지워버리고 싶은 과거의 기억이 제멋대로 되살아났다. 죽을 때까지 절대로 다시는 경찰과 엮이지 않겠다고 맹세했었는데.

마르니가 타투 행사장으로 돌아왔을 때 스티브는 벌써 삼십 분 넘게 대기 중이었다. 하지만 그러고도 삼십 분을 더 허비한 뒤에야 마르니는 떨리는 손을 충분히 진정시키고 다시 작업을 시작할 수 있었다. 지체된 시간을 해명하기 위해 스티브에게 공원에서 있었던 일을 털어놓을 수밖에 없었다. 그러자 스티브는 표정을 싹 바꾸고 마르니가 발견한 것에 병적인 관심을 보였다. 아마 누구라도 그랬겠지.

"난 지금까지 시체를 한 번도 본 적이 없거든요. 사람들이 말하는 것처럼 진짜 냄새가 지독해요? 경찰이 바로 왔어요?"

스티브의 호기심에 시달린 마르니는 결국 마지막 고객의 예약을 취소해야 했다. 저녁이 되어 타투 행사장이 모두 끝났을 때는 진이 다 빠지고 마음도 심란했다. 시체의 모습이 자꾸 머릿속에 어른거리고 코끝에서는 아직도 역한 냄새가 맴도는 것 같았다. 파빌리온 공원까지 안 갔더라면 좋았을걸. 경찰과 얘기하는 동안 지금까지 꽁꽁 눌러놨던 과거의 기억들이 마치 자료화면처럼 재생되자 불안감이 걷잡을 수 없이 덮쳐왔다.

마르니는 다음날 작업을 위해 타투 도구들을 정리한 다음, 머리를 식힐 요량으로 해안가로 나갔다. 아까 본 장면이 자꾸 떠올랐다. 조명이라도 받은 것처럼 희번들하던 남자의 축축한 피부. 처음에 멍인 줄 알았던 군데군데 거무튀튀한 얼룩이 이내 타투임을 깨달았다. 그 이미지가 눈꺼풀 안에 정지화면처럼 찰싹 달라붙어서 눈을 깜빡일 때마다 점점 더 선명해졌다. 남자의 몸통 오른쪽에는 기도하는 손 문양의 타투가 있었고, 한쪽 종아리에는 검은색과 회색의 성 세바스찬 형상과 붉은색 화살 모양이 도드라졌다.

마르니는 시체에 대한 생각을 떨쳐내려고 주변으로 신경을 돌렸다. 해안가 부근은 사람들과 차로 붐볐다. 뒤에서 날카롭게 끼익거리며 다가오는 소리에 뒤를 돌아보니 휘황찬란한 장식으로 요란하게 꾸민 자전거족이 줄지어 달려오고 있었다. 이들이 지나가면서 내는 소리가 신경을 긁었다.

어느새 주변은 어두워지고 있었다. 가로등의 나트륨 불빛이 주변의 모든 것을 짙은 주황색으로 잔잔하게 물들였다. 하지만 마르니는 더 어둡고 조용한 곳을 찾고 싶었다. 그래서 해변으로 향하는 돌계단 위로 조용히 발길을 옮겼다. 바다에서 불어와 목구멍 깊숙이까지 배어드는 시원한 공기가 좋았다.

썰물이 빠져있었다. 그녀는 자갈 위를 저벅저벅 걸어 물가에 닿았다. 싸늘하고 어두웠다. 선착장의 시끌벅적함은 쏴아 하고 밀려왔다가 쉬이 물러나는 파도 소리에 묻혔다. 타투 머신의 진동 소리만큼이나 마음을 달래주는 소리였다. 걸음을 옮기는 사이 소금기 가득한 공기를 깊이 들이쉬며 온종일 애쓴 오른팔 근육을 주물렀다. 내일도 종일 타투를 하며 고된 하루를 보내게 될 터였다.

마르니는 황량한 해변으로 시선을 옮겼다. 그녀의 시선이 해안에서 채 백 미터도 안 되는 바다 한가운데 우뚝 서 있는 낡은 구조물에서 멈췄다. 원래 웨스트피어 선착장이었던 그 구조물은 화재로 뼈만 앙상하게 남은 뒤 그대로 방치된 지 오래였다. 어두운 바다를 배경으로 낡아 비틀어진 윤곽만 모습을 드러내고 있었다.

생각이 다시 시체로 미쳤다. 자신이 발견하지 못했더라면 쓰레기통에 있던 그 남자는 어떻게 됐을까? 결국 어딘가의 쓰레기 매립지로 옮겨져 천천히 분해되고 결국 흔적이라고는 뼈와 치아 보철물만 남게 되었을까? 시체가 파먹히면서 타투도 사라졌을 테지? 시체를 야금야금 갉아먹고 있던 쥐새끼들 입맛에 잉크 먹은 살은 그 맛이 다르게 느껴졌을까? 빨갛게 드러난 속살을 꿈틀꿈틀 파고드는 하얗고 통통한 구더기들한테는 어땠을까? 그런 상상을 하자 소름이 쫙 끼쳤다.

아마 시체를 갖다버린 사람이 살인자일 것이다. 마르니는 경찰이 꼭 범인을 밝혀내고 그를 붙잡을 수 있기를 신에게 기도했다. 이런 끔찍한 사건이 집 바로 근처에서 벌어졌다고 생각하니 마음이 뒤숭숭했다.

몸서리가 쳐졌다. 잠들기 전에 마음을 비우고 진정시키려고 밖을 나오긴 했는데 아무래도 욕심이 과했던 것 같았다. 마르니는 얇은 카디건을 어깨 위로 끌어올리며 팰리스피어 선착창을 밝히는 불빛을 향해 발걸음을 돌렸다. 삭막한 웨스트피어와는 반대로 팰리스피어는 활기차고 사람들로 와글거렸다. 잠시 바람이 멈추자 발걸음을 옮길 때마다 발밑에서 달그락거리는 조약돌 소리가 들렸다. 낮에는 인파로 들끓던 해변이 이 시간엔 한적했다.

그때 갑자기 여자의 비명소리가 들렸다.

마치 바람이 연못의 수면을 핥고 지나가듯 일순간에 살갗에 소름이 쫘르르 돋았다. 잔뜩 긴장해서는 뒤로 휙 돌아 검은 허공을 노려보았다.

곧바로 새된 웃음소리와 함께 여자 목소리, 뒤이어 남자 목소리가 들렸다. 마르니는 심호흡을 하며 마음을 가라앉히려 노력했지만, 심장은 제멋대로 쿵쾅거렸다. 산책로로 올라가는 돌계단 쪽으로 방향을 틀었을 때는 이미 해변이 텅 비어 있었다.

앞에 보이는 펠리스피어 선착장 쪽으로 시선을 돌렸다. 해안까지 쇠기둥으로 심을 박아 이어진 교각을 배경으로 어슴푸레한 형체들이 움직이고 있었다. 그리고 곧 파도 거품을 머금은 공기 속에서 남자들의 목소리가 울려 왔다. 마르니를 향해 다가오는 것 같았다.

"이쁜이, 혼자 나왔어?"

마르니는 그냥 무시했다. 저런 인간은 저렇게 까불다 어디서 한번은 된통 당하게 될 테니까.

"튕기지 말고 같이 재밌게 놀자." 이번엔 더 가까이에서 다른 목소리가 말했다.

마르니는 이들을 피하려고 황급히 산책로 쪽으로 올라갔다.

조용한 켐프타운 밤거리를 지나 집으로 걸어가는 내내 하나의 이미지가 마르니의 머릿속에 계속 떠올랐다. 남자의 종아리에 있던 성 세바스찬 타투.

이유는 하나였다. 그 타투를 보는 순간 문득 낮에 본 티에리가 떠올랐기 때문이다. 특히 화살의 상처를 붉은색으로 강조하는 건 티에리의 트레이드마크였다.

티에리가 왜 거기에?

타투 행사장에 있어야 할 시간에 왜 파빌리온 공원을 얼쩡거리고 있었을까?

하나님 제발, 별일 아니게 해주세요.

죽은 남자의 몸에 있던 그 타투가 정말 티에리의 작품일까? 아니, 그럴 리가 없다. 설사 그렇다 해도 아무 상관 없는 일일 것이다. 아무렴, 없고말고. 마르니는 말도 안 되는 논리로 생각의 연결고리를 멋대로 이어가고 있었다. 무엇이든 티에리와 관련된 일이면 마르니는 논리적으로 생각할 수가 없었다. 티에리는 마르니의 정신에 끊임없이 영향을 끼치고 있었고, 마르니가 아무리 부정하려 해도 그 영향력은 점점 더 커지는 것 같았다. 당연히 쓰레기통의 시체와 티에리 사이에는 아무 관련도 없을 것이다. 단지 마르니 자신이 티에리에게 너무 집착한 나머지, 무슨 일만 생기면 자꾸 그 인간을 그 일에 끌어들이는 게 문제였다.

그레이트칼리지 거리로 들어서자, 집 거실에 불이 켜있는 게 보였다. 알렉스가 들어왔나 보다. 열여덟 살 아들에게 엄마의 이런 모습을 보여줄 순 없었다.

마르니는 심호흡을 하며 마음을 가다듬고 주머니에서 휴대폰을 꺼냈다. 대부분은 기를 쓰고 피해 다니거나 그에 대한 감정을 억누르려고 노력했지만 그래도 힘든 일만 터지면 생각나는 사람은 항상 티에리였다. 뭐라도 확인할 수 있을까 하는 마음에 전화를 걸고 연결을 기다렸다.

"티에리?"

먹먹한 백색소음에 뒤이어 술집의 떠들썩한 소리가 들렸다.

"마르니?" 프랑스 억양으로 자신의 이름을 부르는 티에리.

"알면서 뭘."

"마르니! 나 지금 친구들하고 술집에 있는데, 이리로 올래? 찰리랑 노아도 당신이 보고 싶대."

티에리의 동료인 찰리와 노아. 세 사람은 브라이튼에서 유일한 프랑스식 타투 스튜디오인 '타투아지 그리'에서 함께 일한다. 전화기 너머로 그들의 목소리와 여자들의 웃음소리가 들렸다. 타투 행사를 구경하러 브라이튼으로 몰려온 타투 극성팬들일 것이다. 티에리가 제정신이 아니고서야 마르니가 거길 올 거라 생각하다니.

"아니, 당신이 이리로 와줘. 할 말이 있어." 갑자기 그가 미친 듯이 보고 싶었다. 그러면서도 동시에 이런 정신 나간 생각을 하는 스스로가 혐오스러웠다. 티에리에게서 도저히 벗어날 수 없을 정도로 그에게 완전히 중독되어 버린 것인가.

"무슨 할 말?"

"나 오늘 진짜 힘들었어."

티에리의 한숨 소리가 들렸다.

"오늘 내가 시체를 발견했단 말이야." 평소보다 한 옥타브는 높은 목소리로 말했다. "나 무서워⋯."

"뭐라고? 잠깐만. 대체 무슨 소리야? 경찰에는 신고했어?"

"당연히 신고했지. 그런데 당신이랑 얘기를 좀 해야 해."

"됐어. 오늘은 피곤해. 그리고 죽은 사람들은 내 알 바도 아니고."

"티에리, 그러지 말고. 만약 우리가 아는 사람이었으면 어떡해? 알렉스였어도 그럴 거야?"

"어쨌든 알렉스는 아니잖아. 한 시간 전에 알렉스랑 통화도 했어. 페퍼 밥 주고 있더구먼. 참, 강아지 사료 다 떨어졌다더라."

페퍼는 마르니의 불독이다.

"티에리, 부탁이야."

티에리가 프랑스인 특유의 어깨를 으쓱하는 제스처를 그대로 옮긴 듯한 소리를 냈다. 천연덕스럽게 끙 하는 소리를 마르니는 좋아했었다.

"나 보고 싶어서 수작 부리는 거면…."

"헛소리 좀 작작 해."

마르니는 전화를 끊어버리고 집 안으로 들어갔다.

"엄마 왔어요?" 현관으로 나온 알렉스가 마르니를 포옹하며 맞았다. "오늘 하루 어땠어요?"

마르니는 어깨를 똑바로 펴며 웃었다. "아주 좋았지. 단골한테 한 작업도 꽤 잘 나왔고, 새로운 현장 손님도 몇 명 있었고. 아들 은?"

알렉스는 어깨를 으쓱했다.

"재미없는 시험공부죠."

마르니는 저녁으로 파스타에 와인까지 한 잔 비우고 나서 뉴스나 보려고 소파에 몸을 묻었다. 알렉스는 축구를 보고 싶어 했지만 리모컨은 마르니 손에 있었다.

그냥 리모컨을 알렉스에게 양보했으면 좋았을 것을.

…브라이튼 경찰은 파빌리온 공원에서 변사체를 발견하고 경찰에 신고한 익명의 제보자에게 신분을 밝히고 수사에 협조해줄 것을 호소하고 있습니다. 쓰레기통에서 발견된 남자의 신원은 아직 밝혀지지 않았습니다….

"아들, 이제 곧 넣었나 한번 보렴."

마르니는 걷잡을 수 없이 떨리는 손을 들키지 않게 조심하며
알렉스에게 리모컨을 건넸다.

"엄마, 잠깐만요. 살인사건이 일어났나 봐요. 여기 브라이튼에서
요. 원래 아무 일도 안 일어나는 동넨데…."

하지만 마르니는 뉴스를 더 듣고 싶지 않았다.

"그러다 골 장면 놓칠 텐데…."

다행히 보도할 내용이 별로 없는지 뉴스는 금방 다음 이야기로
넘어갔고 알렉스도 채널을 돌렸다. 아직 득점은 없었고 경기는 결
국 지지부진하게 끝났다. 알렉스는 이상하게 점점 좌불안석이더
니 입을 뗐다.

"오늘 타투 행사장은 어땠어요?"

"좋았지. 네 아빠 솜씨가 대단하잖니. 타투 행사는 브라이튼만
큼 하는 데가 없지."

"엄마. 혹시 아빠랑 다시 합치게 될 수도 있을까요?"

마르니는 와인을 삼키다 사레가 들려 캑캑거리면서 고개를 저
었다.

"갑자기 그런 걸 왜 물어보는데?"

"두 분 만나면 아직 잘 지내잖아요."

"그렇긴 하지." 그래, 저 나이 땐 모든 게 저렇게 단순하게 보일
것이다.

"그리고, 아빠도 그러고 싶은 것 같아요."

과연 그럴까? 그보다는 오히려 자기 직업의 이점을 충분히 활
용해서 시도 때도 없이 여자들을 갈아치우며 싱글라이프를 제대
로 즐기고 있는 것 같던데. 마르니는 한숨을 내쉬었다.

"네 아빠는 결혼 생활을 싫어하는 게 아니라 결혼 생활의 현실

적인 부분에 젬병이라는 게 문제야."

"세상에 완벽한 사람이 어딨어요. 엄마도 마찬가지잖아요."

평소 마르니는 꿈을 잘 꾸지 않았다. 악몽은 불면보다 더 고통 스러우니까. 그날도 침실에서 두 눈을 크게 뜬 채 시커먼 허공 속에서 멀뚱히 누워있었다. 잠드는 건 포기한 지 오래였지만 고삐 풀린 마음은 신경을 이리저리 흐트러뜨렸다. 알렉스가 했던 말이 귓가를 맴돌았다.

아무 일도 안 일어나는 동네.

문제는 어떤 일이 이미 일어났고, 자신이 그 일에 얽혀 있다는 사실이었다. 한 남자가 죽었다. 그런데 그 사람의 뭔가가 마르니의 마음속 어두운 구석을 힘껏 끌어당기고 있었다. 뭔가 낯이 익은데, 콕 집어 말할 수 없는 뭔가. 만일 그 남자가 이 지역 사람이고 타투도 이 지역에서 받은 거라면, 어쩌면 마르니가 아는 사람일 수도 있지 않을까? 물론 그럴 확률은 희박했다. 브라이튼에서 타투를 받은 사람들이 수천 명은 족히 될 것이다. 그리고 정말 티에리가 그에게 타투 작업을 했더라도 그게 뭐 어떻다는 건가? 그렇다고 티에리가 직접적인 연관이 있다는 뜻은 아니지 않은가?

마르니는 협탁 스탠드의 스위치를 켰다. 갑작스런 빛에 잠깐 앞이 안 보였다. 눈을 힘주어 감은 채 가슴에서 북받치는 울음을 꾹꾹 삼키느라 안간힘을 썼다.

'아무 관련 없을 거야. 그냥 내 마음이 잠들지도, 깨어있지도 못해서 발광하는 걸 거야.'

일어나 앉자 방 안이 빙빙 돌았다. 위산이 역류해 목구멍을 적시자 열기가 느껴졌다.

마르니는 헛구역질을 하며 화장실로 내달려 이를 악문 채 변기에 머리를 처박았다. 입에서 침이 주르르 흘러나왔다. 격해진 감정을 누그러뜨리려고 심호흡을 하자 잠시 후 조금 진정이 되었다. 진을 빼느라 축축해진 눈으로 바닥에 펄썩 주저앉아 눈을 한번 깜박였다.

그러자 눈앞에 피가 흥건한 하얀 타일 바닥이 나타났다. 그리고 멀리서 철문이 기분 나쁘게 삐걱거리더니 철커덩하고 닫히는 소리가 들렸다. 공간을 둘러싼 벽은 공공시설에서나 흔히 보는 회색 시멘트였다. 임신 말기로 접어든 가슴과 배가 터질 듯 땡땡했다. 복도를 울리는 발소리에 등골이 오싹해지고 터질 듯한 고통이 느껴졌다. 계속 하혈을 했다. 마르니는 경련으로 떨리는 몸을 잔뜩 웅크리고 도와달라 울부짖었다. 그러자 대답이라도 하듯 발길질이 복부를 한 번 더 강타했다….

마르니는 눈을 떴다. 피는 사라지고 없었다. 시체와 성 세바스찬 타투가 기억의 스위치를 켜버리고 말았다. 살해당한 남자의 타투가 티에리 작품인지 아닌지에 대해 어떤 식으로든 반드시 알아야 했다. 제발 아니길. 그러면 이 모든 심란함에서 벗어날 수 있으리라.

침실로 돌아와 휴대폰으로 브라이튼 경찰서의 익명 범죄 신고 번호를 검색했다.

통화연결음이 울리고 또 울리고 계속 울렸다.

새벽 두 시 사십 분이었다. 아무도 전화를 받지 않는 게 당연했다. 그런데도 그녀는 무턱대고 계속 수화기를 들고 있었다.

마침내 포기한 마르니는 전화기를 옆으로 던져버리고 다시 누웠다. 곧 들이닥칠 두려움을 속수무책으로 기다리면서.

5

맥케이

부검실 문을 채 넘어서기도 전부터 퀴퀴한 죽음의 냄새가 맥케이의 코를 찔렀다. 냄새가 삽시간에 입 안을 맴돌자 시큼하고 비릿한 맛이 느껴졌다. 맥케이는 안으로 들어서자마자 연신 캑캑거리며 로즈의 기침 연고(vapour rub)가 보관된 쪽으로 직행했다. 그 와중에 어마어마한 볼륨으로 울려 퍼지는 합창곡이 맥케이의 귀를 습격했다. 로즈 루이스의 부검실은 숙취를 해소할 만한 장소는 절대 못 된다. 경험에 비추어 봐도 그랬다.

"좋은 아침!" 로즈가 음악 소리 너머로 소리쳤다. 그녀는 메스를 쥔 채 남자의 벌거벗은 시체 위로 몸을 수그리고 있었다.

방부처리액의 사과 썩는 냄새와 어질어질할 정도로 쏘아대는 포름알데히드의 신 내를 물리치기 위해 맥케이는 반투명의 기침 연고를 코 밑에 듬뿍 문질러 바르며 로즈에게 고갯짓으로 답례했다.

"고난받으신 예수님의 육신." 뒤따라 들어와 맥케이가 기침 연고를 바르는 걸 기다리고 서 있는 프랜시스의 입에서 튀어나온 말이다.

웬 뜬금없는 예수님 타령?

"오호, 프랜시스 경위님, 대단한데요!" 로즈가 스피커 소리를 줄이며 말했다. "작곡가도 맞춰봐요."

"북스테후데."

"너무 뻔하죠? 부검하면서 듣기에 이만한 곡이 없잖아요. 고난 받는 그리스도의 신체 부위 하나하나를 세세히 묘사해 낸 가사가 특히 압권이에요. 벌써 알고 있겠지만."

맥케이는 말없이 프랜시스에게 기침 연고를 건넸다. '좀 배웠다고 자기들끼리 잘난 척하는 꼴이라니. 누가 누가 더 똑똑한가 알아맞히기 게임 같은 건가. 저러고들 노는 게 재밌나. 저딴 걸로 사건을 해결할 수 있는 것도 아니구먼. 내가 저따위에 프랜시스를 우러러보기라도 할 거라 생각한다면 어림 반 푼어치도 없는 착각이지.'

솔직히 말하면, 맥케이는 부검실이 별로였다. 가능하면 오래 있지 않으려고 했다. 그렇다고 로즈를 싫어하는 건 아니다. 로즈가 가끔 상급자 행세를 하는 게 고깝긴 했지만 그래도 태도만큼은 항상 친절하고 상냥했다. 그럼에도, 눈에 거슬리게 새하얀 공간만큼이나 빈틈없는 그녀의 자기 확신은 맥케이를 주눅 들게 했다. 물론 맥케이도 로즈가 하는 일이 충분히 가치가 있다는 건 인정했다. 하지만 DNA 증거나 혈흔 같은 건 수사의 일부일 뿐 핵심은 아니었다. 과학은 그냥 과학일 뿐이며 형사들이 하는 진짜 수사를 보조해주는 수단에 불과한데도 최근 동향은 점차 과학만능주의로 흐르고 있었다.

맥케이는 손에 라텍스 장갑을 끼고 자기 상관을 따라 로즈의 부검대로 다가섰다.

부검대에 나와 있는 시신은 이 사람 하나지만 한쪽 벽면에 줄지어 있는 철제 서랍 안에 많은 시신들을 보관 중일 것이다. 로즈의 과학수사팀은 희생자들의 생전 이야기들을 찾아서 조합해내고 그들의 뼈와 살, 혈액, 이빨 같은 것을 분석해 비밀을 찾아내면서, 시신을 하나하나 바지런히 처리해나갔다. 오늘은 과연 로즈가 쓰레기통 남자에 대해 무슨 말을 해 줄 수 있을까.

부검대에 누워있는 시체는 흰색 고무 덮개로 몸의 일부가 가려져 있었다. 똑바로 누운 남자의 몸은 가슴에서부터 배꼽 아래까지 절개되어 있었고, 몸 안의 장기들은 좀 더 정밀한 조사를 위해 적출된 상태였다. 맥케이는 시신을 유심히 살폈다. 얼굴 부위는 뭉개져 있었다. 쥐새끼들이 피부와 살점을 마구잡이로 뜯어갔고 입술도 온전하게 남아있지 않았다. 코는 물어 뜯겨 있었고 양쪽 뺨도 너덜너덜했다. 남자의 몸통 일부도 얼굴만큼 처참하게 훼손되어 있었다. 멀쩡하게 남은 부위의 피부는 차가운 잿빛이었다. 맥케이 자신은 부검실에 들어온 시체들을 수년간 충분히 봐온 터라 이제는 속이 울렁거리거나 불편하진 않았다. 하지만 프랜시스는 어떨까? 곁눈질로 프랜시스의 반응을 슬쩍 살폈다. 그다지 동요한다고 말할 정도는 아니었다. 아니 오히려 흥미 있어 하는 것 같았다. 하지만 아까와는 달리 아래턱은 경직되어 있었다.

두 사람이 부검실에 도착했을 때 로즈는 부검을 거의 끝내가고 있었다. 사진도 다 찍고 신체 치수 측정도 마치고 시신의 손톱에 낀 찌꺼기도 긁어냈겠지. 아마 소형녹음기에 각각의 상처와 타투에 대한 부검기록을 녹음하느라 잠깐잠깐 음악도 멈추었을 것이다. 지금은 장갑 낀 손으로 시신의 입속을 검사하고 있었다. 다음으로는 항문을 살펴볼 것이다. 사인 불분명 시신이 마지막으로 거쳐 가는 모욕적 단계. 최근 성관계나 성폭행 흔적이 있는지 보기 위함이다.

두 명의 수사관은 조용히 그녀를 지켜봤고 마침내 로즈는 녹음기를 끄고 둘을 올려다봤다.

"결론은요?" 프랜시스가 물었다.

로즈는 음악을 완전히 껐다.

오, 드디어!

음악이 계속 맥케이의 신경을 박박 긁어대던 참이었다.

"첫 번째 결론. 대체 휴일에 근무한 걸로 남편한테 한 소리 듣게 생겼다는 사실!"

프랜시스는 어깨를 으쓱하며 말했다. "제 맘대로 할 수만 있다면 살인자들더러 평일 오전 9시에서 오후 5시 사이에만 일을 저지르라고 했을 텐데요."

로즈는 웃었다.

"그냥 야근하는 거라고 생각해요. 로우리는 잘 지내요?" 맥케이가 말했다.

"야근, 맞는 말이네요. 로우리는 잘 지내요. 막 고등학교에 들어가서 아주 신났어요. 신경 써줘서 고마워요."

"부검에 대한 결론은요?" 프랜시스가 고갯짓으로 시체를 가리키며 이야기를 본론으로 돌렸다.

로즈도 눈 깜짝할 새 다시 업무 모드로 전환했다.

"지금까지 알아낸 건 이래요. 사망 추정 시간은 48시간에서 72시간 전이지만 쓰레기통에 유기된 시점에 이미 사망한 상태였는지는 확실치 않아요. 쓰레기통이 그 전에 언제 수거되었었는지 지금쯤 경위님 팀이 조사 중이겠죠?"

"홀린스가 알아보고 있어요." 맥케이가 말했다.

"뉴로드 거리에 있는 CCTV는요?"

"히친스가 확인 중이에요." 프랜시스가 대답했다.

"어리바리 브라더스네." 로즈가 대꾸했다. "세월아 네월아 하겠네요. 그 두 사람 약간 굼뜨잖아요."

"말해 뭐해요, 입만 아프지." 맥케이가 말했다.

어리바리 넘버 원 넘버 투, 브라이튼 경찰서에서 히친스와 홀린스를 그렇게들 불렀다. 둘은 묘하게 서로 닮은 구석이 있었다. 둘다 부스스한 갈색 머리였고 배 둘레에 타이어를 하나씩 달고 있는 체구도 비슷했다.

로즈는 잠시 프랜시스를 보더니 맥케이에게 눈을 돌렸다.

"맥케이 경사 같은 인재를 직속으로 배정받다니 프랜시스 경위님, 정말 운 좋은 거예요."

프랜시스는 입을 닫은 채 고개만 끄덕였다.

억지로 동의하는 척도 못 하겠다는 건가?

로즈가 말을 이었다. "맥케이 경사가 경험도 제일 많고 아는 것도 많으니 뭐든지 물어보면 도움이 많이 될 거예요."

상관은 눈살을 찌푸렸다. 맥케이는 비웃음을 애써 삼켰다. 굳이 해석하자면 프랜시스는 로즈에게 전적으로 인정받진 못한 셈이다.

"내가 뭐 하나라도 잘못하면 맥케이 경사가 놓치지 않고 알려줄 거라 믿어요."라고 말하는 상관의 목소리에 날이 서 있었다.

맥케이는 갑자기 불편한 마음에 헛기침을 했다. 프랜시스가 의도한 게 뻔했지만 어째 대화가 이상하게 흘러가고 있었다. 게다가 로즈도 부채질을 하고 있었다. 왜 저럴까? 로즈는 대체 무슨 속셈이지?

"희생자는 머리를 맞고 즉사한 게 아니에요." 다행히 로즈는 다시 부검 결과로 화제를 돌렸다.

"확실해요?" 프랜시스가 부분적으로 제모된 두개골을 들여다보며 물었다.

로즈는 두 사람이 두개골 위의 피 묻은 상처를 볼 수 있도록 시신의 머리를 한쪽으로 약간 돌렸다.

"백 퍼센트요. 머리의 상처는 생명에 지장을 주지 않았을 거예요. 물론 두개골이 골절되고 그 때문에 의식은 잃었겠죠. 아마 살았어도 영구적인 뇌 손상은 남았을 거예요."

"그렇다면 뭣 때문에 죽은 건가요?" 맥케이가 물었다.

"복합적인 요인이에요." 로즈가 대답했다. 로즈는 자신이 알아낸 것에 확신이 있는지 목소리가 커졌다. "머리에 공격을 당하고 의식을 잃었어요. 내 생각엔 희생자가 쓰레기통에 버려질 때까지도 살아있었던 것 같아요. 과다 출혈에 저체온까지 겹쳐서 사망한 거예요."

"머리에서 출혈이 그렇게 많았다고요? 상처가 그리 커 보이지 않는데…" 라고 프랜시스가 말했다.

"머리에서도 출혈이 있긴 했지만, 대부분은 여기 이 상처에서 출혈이 심했어요." 로즈는 남자의 어깨와 몸통에 피투성이 속살이 드러난 넓은 부위를 가리켰다.

"그 부분은 쥐가 그런 건 줄 알았는데요. 죽은 다음에요." 맥케이가 말했다.

"전부 쥐가 한 건 아니에요. 바로 그 점이 특이한 부분이에요. 그래서 두 분을 서둘러 부른 거예요."

맥케이는 빨갛게 드러난 피부 조직을 살펴봤다.

"더 자세히 보세요." 로즈가 재촉했다. 로즈는 뒤에 있는 작업대에서 확대경을 집어 프랜시스에게 건넸다. "보이죠? 절개 흔적이 있어요. 내 선에서 말해줄 수 있는 건, 그 상처들이 굉장히 날카로운 단도로 절개되었다는 거예요."

프랜시스는 몸을 굽혀 장갑 낀 손으로 그 부위를 살펴봤다. "무슨 말인지 알겠네요."

그리고는 확대경을 맥케이에게 넘겨주고 뒤로 물러났다. 맥케이도 상처를 살펴봤다. 로즈 말이 맞았다. 도저히 동물의 이빨 솜씨라고는 볼 수 없는 절개 흔적들이 있었다.

"하느님 젠장 할!"

맥케이는 자기가 내뱉은 단어 때문에 상관이 순간적으로 멈칫하는 걸 눈치챘다. 우라지게 운도 좋지, 저렇게 독실한 가톨릭 신자가 직속 상관으로 엮이다니.

"이 몸통의 상처들은 머리에 타격을 입기 전에 생긴 걸까요? 아니면 이후일까요?" 프랜시스가 물었다.

"이 시점에서는 추측에 불과하지만 아마 머리를 먼저 공격당했을 거예요. 당시 희생자가 조금이라도 저항했다면 이 정도로 정교한 절개선은 만들 수 없어요. 그런데 절개가 깊지는 않아요. 죽일 목적은 아니었다는 거죠. 그보다는 누군가가 희생자의 몸에서 살과 피부를 도려내려는 의도였던 것 같아요. 어쨌든 확실히 단정하기는 어려워요. 절개된 자국뿐만 아니라 물린 자국도 많아서요."

맥케이는 피부가 뜯겨나간 부위를 계속 관찰했다. "칼로 벤 자국은 모두 상처 부위 가장자리를 뺑 둘러서 나 있는 것 같네요."

"네 맞아요. 그런데 가장자리 절개흔은 모두 수직 절개예요." 로즈가 덧붙였다. "반면, 그 가장자리 안쪽 부위는 진피층과 나란히, 그러니까 수평으로 절개해서 포를 뜬 것 같은 흔적들이 있어요."

맥케이는 눈을 한번 깜박이고 다시 들여다봤다. 정말 로즈 말대로였다. 지저분하게 헤집어진 살점들 가운데 내피층 안으로 더 깊이 파고 들어간 짧고 곧은 절개선이 몇 군데 있었다. 누군가 자신의 위를 비틀어 짜는 것처럼 속이 울렁거렸다. 맥케이는 구역질이 가라앉을 때까지 몇 분 동안 턱을 단단히 악물고 있어야 했다.

"어디 봅시다." 프랜시스가 말했다.

맥케이는 안도하며 프랜시스에게 확대경을 넘겨줬다.

"그래서 어쨌다는 거죠?" 상처를 자세히 들여다보며 프랜시스가 물었다.

"말하자면, 경위님 희생자가 살가죽이 벗겨졌다는 뜻이에요. 몸에서 손실된 혈액의 양으로 봐선, 일이 벌어지는 동안에도 살아 있었던 게 거의 확실해요."

6

프랜시스

검은색 청바지, 검은색 티셔츠, 민머리, 아니면 레게머리. 맨살, 문신한 살, 여기도 피부, 저기도 피부. 무수한 육체들이 프랜시스 주위를 소용돌이치듯 지나갔다. 이 사람들의 몸에 새겨진 잉크를 다 합치면 아마도 어마어마한 양이 될 것이다. 프랜시스는 방금 자신의 눈앞에 나타났다가 없어진 문신이 무슨 모양이었는지 미처 따져볼 새도 없었다. 짙은 검은색, 뭉개진 파란색, 밝은 색상의 디자인들.

맥케이에게는 다른 일을 시켜두었기 때문에 타투 행사장엔 프랜시스가 직접 올 수 밖에 없었다. 맥케이는 대체휴일에 일을 시켰다고 툴툴거리며 파빌리온 공원의 사건 현장에 나가 있었다. 혹시 시체에서 떨어져 나간 신체조직이 현장에 남아있을 수 있으니 주변을 더 샅샅이 수색하라고 시켜둔 터였다.

프랜시스는 신고자를 추적해 타투 행사장까지 왔다. 신고 전화를 한 발신 번호의 주인은 이 지역의 타투 아티스트였다. 그녀의 인터넷 홈페이지에 따르면 그녀는 오늘 타투 행사장에 와 있었다. 그 여자에게 정보가 더 있을 가능성이 있어 보였고, 왜 그렇게 자기 신분을 밝히길 주저하는지도 조사할 필요가 있었다.

브라이튼 컨퍼런스 센터 본관에 들어서자마자 프랜시스는 자기 혼자 발가벗겨진 것 같은 수치심에 휩싸였다. 대충만 훑어봐도 이 건물에 있는 사람들 중에 문신을 하지 않은 사람은 자신이 유일했고, 설상가상으로 프랜시스 혼자만 정장 차림이었다.

마지못해 깊게 숨을 들이쉬며 프랜시스는 인파 속으로 내키지 않는 걸음을 내디뎠다.

타투 부스를 구경하려고 목을 쭉 뺀 채 우르르 몰려다니는 사람들에 부대끼며 프랜시스는 이리 치이고 저리 밀렸다. 발도 여러 번 밟혔다. 게다가 귀가 아플 정도로 시끄러웠다. 칸칸이 부스마다 옆 칸의 음악 소리를 완전히 뭉개버리겠다는 듯 서로 다른 헤비메탈 음악을 시끄럽게 틀어놓고 있었다.

그리고 이 모든 것에 더해, 고음으로 윙윙대는 전기기계음 소리가 끊임없이 들려왔다. 대체 어디서 나는 소리인지 한참을 두리번거리다가 마침내 어떤 남자의 벌거벗은 등 위에서 프랜시스의 시선이 멈췄다. 여자 아티스트가 남자에게 문신을 하고 있었다. 전기기계음 소리는 집단으로 웅웅거리는 타투총 소리였다. 여자가 새겨 넣는 검은 선을 따라 피가 몽글몽글 맺혔다. 공기 중에 진동하는 비릿한 피 냄새 때문에 정신이 어찔했다.

행사장 내부는 공기가 잘 안 통하는지 너무 후끈거렸다. 프랜시스는 열린 공간을 찾으려는 절박한 심정으로 통로 끝을 향해 사람들을 헤치고 나갔다. 문신하는 것이 도대체 뭐가 좋다고 이렇게 많은 사람들이 떼로 몰려들었는지 자신은 도무지 이해할 수 없었다. 보나 마나 이 사람들은 자기들 몸에 영구적인 흔적을 남기기 이전의 모습이 훨씬 더 좋았을 것이다. 이 모든 것엔 자기들은 한 편이라는 집단의식 같은 게 있었다. 하지만 대체 그게 무슨 편이고 어떤 의미가 있는 걸까?

"저기, 잠시만요."

프랜시스는 지나가는 사람의 어깨를 잡아 세우며 말을 걸었다.

청년이 고개를 돌려 프랜시스를 쳐다봤다. 청년의 이마 왼편 위에 새겨진 문신에서 파란 거미가 거미줄을 따라 청년의 머리카락 속으로 사라지고 있었다.

"네. 말씀하세요."

"타투 아티스트 중에 마르니 뮬린스라는 사람을 찾는데요."

청년은 청바지 뒷주머니에서 종이를 꺼냈다. 부스 번호가 표기된 행사장 약도였다. 청년은 종이를 뒤집어 뒷면에 있는 타투 아티스트 명단을 찾아봤다.

"마르니…, 누구라고요?"

"뮬린스요."

청년이 종이를 내려다보자 짧은 금발 머리 안으로 거미줄 문신의 나머지 부분과 굵은 글씨체의 글자 타투가 프랜시스의 눈에 들어왔다. 프랜시스는 글자를 자세히 들여다봤지만 뭐라고 쓰여 있는지는 알아볼 수 없었다.

"28번 부스네요."

"고마워요."

"네. 뭘요."

28번 부스가 정확히 어디 있는지 물어볼 새도 없이 청년은 바글거리는 인파 속으로 다시 사라졌다. 상관없다. 아마도 숫자 순서대로 배열되어 있겠지. 한숨을 내쉬며 프랜시스는 다시 사람들 틈바구니로 진입했다.

마릴린 먼로 헤어스타일에 복고풍 드레스를 입은 여자 세 명이 숨 막힐 정도로 진한 향수 냄새를 풍기며 프랜시스를 한쪽으로 밀어붙였다. 팔이고 어깨고 가슴이고 온통 꽃, 파랑새, 하트 문신으로 알록달록하게 뒤덮여있었다. 프랜시스는 시끌벅적하게 떠드는 여자들한테서 벗어나려고 뒤로 물러섰다가 오히려 다른 패거리 안으로 들어서 버렸다. 이번엔 머리카락이고 문신이고 깡그리 검은색으로 뒤집어쓴 고스족들이었다. 그는 부스 번호를 확인하고 재빨리 다음 통로로 건너갔다.

프랜시스는 부스 번호를 찾아 좌우를 흘끗거리며 팔꿈치로 길을 뚫고 나아갔다. 한쪽 부스에 어떤 여자가 거의 발가벗은 채 시술대에 누워있는 것이 보였다. 온몸을 문신으로 도배한 남자 아티스트 두 명이 동시에 여자의 등에 어마어마하게 휘황찬란한 중국풍 디자인의 문신을 하고 있었다. 다른 부스에선 눈을 꼭 감은 채 조용히 앉아 있는 남자도 보였다. 얼굴 위로 하염없이 눈물을 흘리는 그 남자의 팔뚝에 여자 아티스트가 기하학 문양을 따라 능숙한 동작으로 문신을 새겨 넣고 있었다. 같은 부스에 있는 남자 아티스트는 다른 남자의 머리 꼭대기에 문신을 하고 있었다. 맙소사, 엄청 아파보이는데! 하지만 문신을 받는 그 남자는 조금도 움찔거리지 않았다.

마침내 프랜시스는 28번 부스에 도달했다. 여자 타투 아티스트가 한 소녀에게 열심히 문신을 하고 있었다. 소녀는 문신을 하기엔 너무 어려 보였다. 경찰이 추적한 번호가 이 여자 전화인가? 왜소하지만 단단해 보이는 체격의 여자가 의자에 앉아 여자애의 다리에 주홍과 분홍의 커다란 국화꽃 문신을 새겨 넣느라 여념이 없었다. 짙은 머리를 아무렇게나 묶어 올린 포니테일은 한쪽으로 비뚤어져 있고 그나마도 묶여있는 머리보다 삐져나간 머리카락이 더 많았다. 여자는 흰색 민소매 위에 물 빠진 멜빵 청바지를 입고 있었다. 근육이 붙어있는 양팔은 전체적으로 파랑과 녹색의 회오리 문양 문신으로 뒤덮여있었다.

프랜시스는 잠시 여자를 지켜봤다. 저 여자가 도와줄까? 아니면 뭔가 숨기고 싶은 게 있는 건가? 보통 사람들 중 어떤 부류는 살인사건에 직간접적으로 연관되면 자랑하고 떠벌리고 싶어 안달한다. 하지만 이 여자는 아니었다. 이 여자는 끝까지 익명으로 남고 싶어 했다.

프랜시스는 여자의 관심을 끌기 위해 큰소리로 기침을 하고 말했다. "마르니 퓰린스 씨?"

여자는 소녀의 허벅지 안쪽 윗부분에 문신을 하고 있었다. 소녀는 다른 쪽 다리를 쉴 새 없이 들썩거렸다. 아이의 입술을 빠져나온 한숨 소리는 고통의 신음인지 쾌감의 신음인지 구분이 되지 않았다. 마르니 퓰린스는 아랑곳하지 않고 계속해서 꽃잎에 진한 분홍색을 칠해 나갔다.

프랜시스가 다시 말을 걸자 드디어 여자는 보송보송한 피부에서 바늘을 들어 올리고 고개를 들어 자신의 이름을 불러대는 이의 얼굴을 확인했다.

"네. 전데요."

이제 보니 여자는 프랜시스가 처음 짐작했던 것보다 나이가 많아 보였다. 30대에 접어든 지 한참, 여자의 눈가에 까마귀 발자국 모양의 가는 주름이 막 생기고 있었다.

"오늘 오후는 예약이 꽉 찼어요."라고 말하고 여자는 다시 고객의 허벅지로 눈을 돌렸다.

"문신하러 온 게 아닙니다."

마르니 퓰린스는 다시 그를 올려다봤다. 이번에는 좀 더 주의 깊게. 자신이 사람을 잘못 봤다는 걸 금방 깨닫고는 고개를 저었다.

"아, 딱 봐도 아니네요. 무슨 일이죠?"

"저는 프랜시스 설리번 경위입니다. 어제 파빌리온 공원에서 발생한 사건을 조사하고 있습니다. 괜찮다면 타투총 좀 내려놓고 얘기를 좀 했으면 합니다."

"머신."

"네?"

"타투 머신이나 타투 아이언이에요. 타투총이라는 말은 안 써요."

"그래요. 타투 머신이든 뭐든, 좀 내려놓고 얘기를 좀 나눠야겠는데요."

"저랑 왜 얘기를 나눠야 할까요?" 적대적인 말투였다.

"어제 그쪽이 변사체를 발견하고 브라이튼 경찰서에 익명으로 신고를 했다고 알고 있는데, 아닙니까?"

문신을 받던 여자애가 갑자기 흥미가 발동했는지 마르니와 대화하는 사람이 누구인지 보려고 고개를 돌렸다.

"언니, 살해된 사람을 알아요?" 여자애가 물었다. 소녀는 혀짧은 소리를 냈다.

"아니. 말하자면 길어." 마르니가 대답했다.

"따로 조용히 얘기했으면 하는데요." 프랜시스가 말했다.

마르니 뮬린스는 미간을 잔뜩 찌푸렸다. "따로 조용한 대화는 한 시간 뒤에 가능해요. 중간에 일을 멈출 순 없어요."

"공무 집행 방해입니다."

"형사님이야말로 내 돈벌이와 직업적 평판을 방해하고 있어요. 한 시간 후면 끝낼 수 있어요. 그 정도도 못 기다리겠다면 나를 체포하시든가요."

이런 식으로는 목격자의 협조를 얻을 수 없을 것이다. 프랜시스는 다소 누그러뜨린 어조로 다시 시도했다. "네. 좋습니다. 한 시간 후에 이야기하죠. 장소는요?"

"1층에 있는 행사 운영사무실에서 만나요. 커피도 부탁할게요."

"한 시간이면 타투 하나는 받을 수 있어요." 여자아이가 프랜시스를 보고 씨익 웃으며 말했다.

프랜시스는 여자애의 말을 무시하고 마르니에게 말했다. "한 시간 뒤에 봅시다."

"꼰대." 소녀는 들릴까 말까 한 소리로 중얼거리며 다시 시술대에 등을 대고 누웠다.

"경찰이잖아." 마르니 뮬린스는 프랜시스가 들으라는 듯 대놓고 말했다. "답 없는 인간들이야. 뭐 좀 도와주려고 하면 고마운 줄도 모르고 자기들 맘대로 이래라저래라 해도 되는 줄 알아. 나쁜 자식들."

7

마르니

두 시간 후, 마르니는 경찰에 신고한 것이 과연 잘한 짓인가를 또 다시 의심하면서 행사 운영사무실 문을 열었다. 자신의 부스에까지 찾아온 호리호리한 젊은 경찰관의 출현에 불안한 기분이 들었다. 그 모든 것을, 이제는 경찰과 얼굴을 마주 보고 처음부터 다시 설명해야 한다고 생각하니 마음이 편치 않았다. 안으로 들어서자마자 티에리의 책상 의자에 잔뜩 구겨져 앉은 프랜시스 설리번의 긴 팔다리가 눈에 들어왔고, 사무실은 그 어느 때보다 작아 보였다.

불룩한 서류철, 서류 더미, 위태롭게 쌓여있는 행사 안내서 박스들, 마시다 남은 커피잔, 흘러넘치는 쓰레기통. 너무 익숙한 풍경이었다. 마르니는 형사의 맞은편에 있는 의자에서 서류 더미를 치우고 앉았다. 그러면서 그를 조심스레 관찰했다. 경위라더니 나이는 꽤 젊어 보였다. 그리고 그는 때와 장소를 완전히 초월한 차림새를 하고 있었다. 타투 행사장에 정장을 입고 오는 사람은 아무도 없다. 맹세코 단 한 명도 없다. 마르니의 세계에서는 정장 차림의 남자들은 대체로 안 좋은 소식을 뜻했다.

하지만, 그럼에도 불구하고 그에게서 풍기는 미소년 같은 매력은 인정하지 않을 수 없었다. 붉은 기가 도는 금발 머리에 약간의 비대칭 입, 그리고 매부리코. 눈길을 끄는 외모였다. 너무 오래 기다리게 했나. 그는 기분이 잔뜩 상한 얼굴로 책상 너머에서 마르니를 노려봤다.

"오래 기다리게 해서 미안해요." 마르니가 사과했다. 진심으로 들릴지는 모르겠지만.

형사는 보일 듯 말 듯 고개를 끄덕이며 두 잔의 테이크아웃 커피 중 하나를 가리켰다.

"그쪽이 시체를 발견했죠?"

그의 말투로 보아 정말로 질문하는 것은 아니었다.

마르니는 커피를 한 모금 마셨다. 차가웠다.

"네, 내가 신고했어요."

"본인의 이름을 밝히지 않았더군요."

"별로 중요하다고 생각 안 했어요. 어쨌든 내가 누군지 알아냈잖아요. 어떻게 한 거예요?"

프랜시스 설리번 경위는 얼굴을 찌푸리며 마르니를 쳐다봤다.

"경찰의 시간과 비용을 낭비하게 한 혐의로 뮬린스 씨를 기소할 수도 있습니다. 휴대폰 번호 하나로 그쪽을 추적하느라 반나절이나 썼어요."

저 인간들은 항상 이런 식이었다. 하긴, 뭘 바란 거야. 마르니에게 시민의 의무를 다해줘서 고맙다는 인사를 하려고 여기까지 온 건 아니지 않겠는가. 저들이 맨날 하는 똑같은 헛소리. 잘못을 저지른 쪽은 마르니이며 그런 그녀를 혼내주는 게 자기들 임무라는 듯 뻐기는 전형적인 수법이다. 이것은 마르니에겐 전부 시간 낭비일 뿐이었다. 더군다나 밖에선 고객들이 기다리고 있었다.

"미안해요." 마르니가 밖으로 나가려고 의자에서 일어서며 말했다.

프랜시스가 먼저 일어나 문을 막아섰다.

"아직 얘기 다 안 끝났습니다. 그쪽이 시체를 발견했을 때 상황이 정확히 어땠는지 들어야겠어요. 여기서 할 수도 있고 아니면 경찰서로 가서 해도 됩니다."

마르니는 다시 자리에 앉았다. 빌어먹을! 경찰서는 감당할 수 없었다. 어제 왜 하필이면 공원에 나갔을까.

"뭘 말하라는 건데요?"

프랜시스 설리번도 다시 자리에 앉았다.

"맨 처음부터요. 아무것도 빼먹지 말고요." 그는 호주머니에서 스마트폰을 꺼내 터치펜으로 받아 적을 준비를 했다.

마르니는 커피를 한 모금 마시고 얼굴을 찡그렸다. 설탕 좀 넣어 오지. 그리고 자신이 시체를 발견하게 된 경위를 빠르게 묘사했다. 커피를 마시러 갔다가 담배를 피우고 쓰레기통을 열게 된 얘기까지 말하는데 겨우 3분밖에 걸리지 않았지만, 형사는 한 자도 빼놓지 않고 몽땅 받아 적었다. 하지만 마르니는 전남편을 피하려다가 거기까지 가게 되었다는 말은 하지 않았다.

"희생자의 몸에 문신이 있는 거 봤습니까?" 그가 물었다.

"아…, 몇 개 있었던 것 같긴 한데. 하지만 어떤 모양이었는지 기억이 안 나네요."

형사는 책상 위에 놓여 있는 갈색 봉투를 집으며 말을 이었다.

"희생자 몸에 문신이 꽤 많았습니다. 그 문신들을 누구한테 받았는지 조사하고 있습니다."

"왜요?" 마르니의 심장이 빠르게 뛰기 시작했다.

형사는 봉투를 집어 들더니 어수선한 책상 위에 꽤 큰 사이즈의 사진 여러 장을 꺼내놓았다. 모두 타투를 근접 촬영한 흑백 사진들이었다. 성 세바스찬, 기도하는 손, 머리 위에 앉아 있는 독수리, 그리고 팔뚝을 휘감은 가시철조망의 타투들이었다. 마르니는 몸을 앞으로 숙여 사진을 자세히 봤다.

"이 사람 상당한 컬렉터였던 것 같네요." 마르니가 말했다.

"컬렉터라뇨?"

"타투 컬렉터요." 마르니가 설명했다. "이것들 봐요, 전부 다른 아티스트가 작업한 거예요."

"그걸 알 수 있다고요?"

이번에는 마르니가 핀잔 섞인 눈초리로 형사를 쳐다봤다. "모두 완전히 다른 스타일이잖아요. 대부분 훌륭하긴 한데 어쨌든 이것 저것 섞여 있어요."

마르니는 하나씩 자세히 들여다봤다. 기도하는 손은 훌륭했다. 대단한 솜씨였다. 분명히 돈이 많이 들었을 것이다. 마르니는 손타투 사진을 내려놓고 다음 사진을 집어 들었다. 머리를 한대 얻어맞은 것처럼 어찔했다. 마르니는 사진을 떨어뜨렸다. 더 살펴볼 필요도 없이 사진 속의 타투는 티에리의 작품이었다. 사진 속의 성 세바스찬 타투에는 마르니가 의심했던 대로 티에리의 트레이드마크가 고스란히 드러나 있었다.

"아는 문신입니까?"

마르니는 얼른 고개를 저었다. 너무 티가 날 정도로 세차게 저었나 보다.

"퓰린스 씨, 부탁입니다. 사건과 조금이라도 관련이 있을 수 있습니다."

마르니는 가슴에 차오르는 불안을 느꼈다. 다시는 경찰과 엮이고 싶지 않았다. 하지만 티에리가 어떻게든 연관되어 있다면 자신도 같이 얽히는 건 시간문제였다. 마르니는 그것만은 피하고 싶었다. 그녀는 아무 말도 하지 않고 고개만 저으며 제발 프랜시스 설리번이 이쯤에서 그만하고 사라져주길 빌었다.

"뭔가 알고 있는데도 말하지 않았다가, 나중에 그것이 사건과 조금이라도 관련이 있는 걸로 밝혀지면 공무 집행 방해로 당신을 체포하겠습니다. 그러니까 그 문신을 누가 했는지 알고 있으면 나한테 털어놓는 것이 본인 신상에도 좋습니다."

마르니는 눈을 감고 입을 오므렸다. 이게 정말 그 남자의 죽음과 관련이 있을까?

"전남편 작품인 것 같아요." 마르니는 기어드는 목소리로 말했다.

"뭐라고요?"

마르니는 가만히 침을 삼켰다. 입이 바싹 말랐다.

"전남편이라구요." 이번에는 충분히 큰 목소리가 나왔다.

"그분 이름은요?"

"티에리 뮬린스요. 하지만 티에리가 그 타투를 했다고 그 사람 죽음과 무슨 관련이 있다는 뜻은 아니잖아요? 그 남자 몸엔 티에리 것 말고 다른 사람들 타투도 많잖아요."

그는 마르니의 질문을 무시했다.

"어디에 가면 전남편분을 만날 수 있을까요? 티에리 씨와 직접 얘기를 나눠야겠는데요. 희생자의 신원을 확인하는 데 도움을 주실 수 있을 것 같아서요."

"여기가 그 사람 사무실이에요." 마르니는 얼떨결에 대답했다.

몇 분 후, 사무실 문 아래쪽을 발로 차는 소리가 들리더니 티에리 뮬린스가 나타났다. 사무실로 불려온 것이 불만스럽다는 표정이 역력했다. 티에리는 마르니와 프랜시스 설리번 경위를 차례로 노려보더니 방어적으로 팔짱을 꼈다.

"무슨 일인지 모르겠지만, 아무튼 난 시간 없어."

마르니가 티에리와 얼굴을 맞대고 얘기를 나누는 건 몇 달 만이었다. 십 대 아들을 함께 양육하고 있고 둘이 함께한 과거가 있음에도 불구하고 마르니는 평소에는 가능하면 티에리와 마주치는 것을 피하려고 노력했다. 지난 일요일 밤은 예외였지만. 어쨌든 기왕 여기서 이렇게 마주친 거, 그녀는 넋을 잃고 티에리를 바라봤다. 향수 냄새와 뒤섞인 그의 땀 냄새를 맡았다. 티에리는 좀 지쳐 보이는 얼굴에 흰머리도 예전보다 더 늘어 있었다. 자기도 모르게 티에리의 근육질 팔에 새겨진 짙은 타투를 눈으로 찬찬히 더듬다가 퍼뜩 정신을 차리고는 시선을 돌렸다.

티에리는 아주 짧은 시간이긴 했지만 훌륭한 남편이었다. 초기에 두 사람이 그 모든 혼동의 시기를 함께 겪어오는 동안 티에리는 마르니의 곁을 지켜줬다. 마르니가 임신했다는 사실을 알았을 땐 그녀와 결혼을 했고, 그 끔찍한 사건을 겪은 마르니가 트라우마를 극복할 수 있게 도와줬다. 그녀가 상황이 여의치 않을 땐 알렉스를 돌봐준 적도 많았다. 하지만 이미 오래전 일이었다. 두 사람이 결혼한 지 겨우 7년 만에 그는 밖으로 눈을 돌리기 시작했다.

물론 알렉스에게는 여전히 좋은 아빠였다. 그걸 부인할 생각은 없었다. 그 밖에도 다른 좋은 점이 많았다. 쾌활하고 유쾌한 성격 탓에 파티에서는 없어선 안 될 분위기 메이커였고, 아주 가끔 욱할 때만 제외하면 대체로 유머 넘치고 인정 많고 사람들한테 칭찬도 후하게 하는 사람이었다. 또, 종교 상징화 분야에서 실력을 인정받는 타투이스트였고, 타투 행사를 진행하는 솜씨도 그 누구보다 뛰어났다. 하지만 마르니는 그가 미웠다. 자신은 그를 미워한다고, 다짐하듯 생각했다. 스스로를 보호하려면 어쩔 수 없었다. 그들이 함께한 과거에는 어두웠던 시절이 너무 많았으니까. 그래도 그의 프랑스 억양을 들을 때마다 마르니는 평소에는 머릿속에서만 감히 시도해볼 수 있는 낯뜨거운 상상 속으로 빠져들곤 했다.

"마르니?" 티에리는 걱정스러운 표정으로 마르니를 내려다보고 있었다.

그때 프랜시스 설리번이 끼어들어 티에리에게 사진을 내밀었다.

"선생이 이 문신을 했습니까?"

티에리는 사진을 내려다보고 다시 마르니를 쳐다봤다.

"이게 다 무슨 일이야?" 티에리는 아직도 마르니를 보며 물었다.

"티에리 퓰린스 씨…"

"당신 경찰 맞죠?"

"네, 맞습니다."

티에리는 사무실을 나가려고 돌아서며 말했다. "만약 내 와이프를 괴롭히러 온 거면, 나도 가만히 있진 않을 거요."

"티에리, 잠깐만." 마르니는 손을 뻗어 티에리의 팔을 잡았다. "제발."

"마르니, 뭐 해, 얼른 나가자."

"퓰린스 씨, 선생이 지금 이 방에서 나가면 저는 영장을 가지고 다시 찾아올 겁니다. 그러니 몇 가지 질문에 대답만 해주세요. 선생이 이 문신을 한 게 맞습니까?" 형사는 여전히 사진을 내밀고 있었다.

티에리가 한발 다가섰다. 티에리는 형사보다 키도 더 컸고 근육으로 다져진 몸도 훨씬 우람했다.

"만약 내가 한 거라면?" 사실상 협박조의 목소리였다.

"살해당한 희생자의 신원을 파악하려는 중인데 도와주실 수 있습니까?" 형사의 목소리는 이제 잔뜩 지친 기색이 역력했다.

티에리는 마르니를 쳐다봤다.

"이 사람한테 무슨 일이 일어난 건지 경찰로서는 알고 싶어 할 거 아니야. 대답해 줘!" 마르니는 자신이 봤던 끔찍한 장면이 다시 떠오르자 티에리에게 타이르듯 말하며 고갯짓으로 사진을 가리켰다.

티에리는 사진을 받아들고 주의 깊게 들여다봤다.

"내가 한 타투일 수도 있어요." 티에리가 말했다.

마르니는 책상 한쪽 끝에 놓여 있는 티에리의 노트북을 가리키며 말했다.

"한번 확인해 보는 게 어때? 당신이 한 작업이면 당신 컴퓨터에 사진이 있을 거잖아."

티에리는 몸을 숙여 컴퓨터를 켰다. 티에리가 컴퓨터를 뒤지는 동안 세 사람 모두 컴퓨터 화면 앞에 머리를 맞댄 채 아무 말도 하지 않았다. 마침내 티에리가 '주제별 타투'라는 제목의 폴더를 클릭했다. 폴더 안에 '성모 M', '천사들', '루시퍼'와 같은 제목이 붙은 파일 목록이 나타났다. 티에리는 '세인트 S'라고 표시된 파일을 열었다. 여러 장의 성 세바스찬 타투 이미지가 스크린 가득 펼쳐졌다. 몇 장의 이미지를 넘기며 살펴봤지만 모두 시체의 타투와는 뚜렷한 차이점이 있었다. 화살의 위치가 다르거나 성인의 머리가 다른 쪽으로 기울어져 있었다.

"잠깐." 마르니가 재빨리 끼어들었다. "저거야. 뒤로 돌려 봐."

티에리가 화면을 다시 위로 스크롤 했다.

"당신 말이 맞네." 티에리가 말했다. "같은 타투야."

"고객이 누구였습니까?" 형사가 물었다.

"내가 타투를 해 준 사람들 이름을 어떻게 다 기억합니까? 수백 명은 될 텐데."

"날짜를 한번 확인해 봐." 마르니가 말했다. "사진 파일에 날짜가 있을 거야. 그걸로 당신 예약 장부를 확인해 보면 되잖아."

티에리가 마우스 오른쪽 버튼을 눌러 파일 속성을 클릭했다.

"5월 4일, 20시 10분."

티에리가 일정 파일을 여는 동안 마르니와 프랜시스는 묵묵히 기다렸고, 티에리의 손가락이 키보드를 눌러대는 소리만 사무실 안을 울렸다.

"이반 암스트롱. 이제야 기억나네. 덩치가 큰 놈이었어. 나쁜 자식이 돈도 안 내고 튀어버렸어."

"약 190센티미터 정도죠." 프랜시스가 말했다.

"내가 세바스찬 작업을 할 때 그놈 몸에 이미 다른 타투가 몇 개 더 있었는데…" 티에리가 말했다.

프랜시스가 나머지 사진들을 티에리에게 보여주었다. "이 문신들이 희생자의 몸에 있었던 것들입니다. 이 중에 두 분이 한 것이 또 있습니까?"

마르니는 고개를 저었다. 하지만 티에리는 시간을 들여 사진을 한장 한장 넘겼다.

"아니요. 그때도 이 가시철조망 타투는 이미 있었어요. 허접하긴." 티에리는 다음장으로 넘어갔다. "이건 좀 낫군…"

그는 사진을 계속 넘겼다. 마르니도 티에리의 어깨너머로 사진을 자세히 살펴봤다.

그러다 마지막 사진에서 마르니는 기겁했다. 티에리도 깜짝 놀라 프랑스어로 욕을 내뱉었다. 마지막 사진은 이번에 발견된 시신의 몸통을 찍은 컬러 사진이었다. 살점이 헤집어져 피투성이가 된 상처가 남자의 왼쪽 어깨 전체를 덮고, 등과 가슴 부위까지 넓게 퍼져있었다. 프랜시스가 재빨리 사진을 낚아챘다.

"미안합니다. 이 사진은 두 분이 보면 안 되는 건데…."

"쥐새끼들이 그런 거요?" 티에리가 물었다.

"네, 맞습니다. 그런데…." 프랜시스는 숨을 한번 깊게 들이쉬고 말했다. "그뿐만 아니라 누군가 이 부위의 피부를 도려낸 것으로 추정하고 있습니다."

마르니가 머리를 홱 들어 프랜시스를 쳐다봤다. "그 사진 한 번만 다시 볼게요."

프랜시스가 마르니에게 사진을 건네주자 이번에는 좀 더 자세하게 사진을 살펴봤다. 그녀의 얼굴색이 창백해졌다. 마르니는 손가락으로 상처의 윤곽을 따라 그리더니 마치 눈에서 그 이미지를 지우려는 듯 손으로 얼굴을 가렸다.

"이게 뭔지 알 것 같아요." 마르니가 손가락으로 상처 부위를 가리키며 천천히 말했다. "이 모양을 봐요. 대칭형이에요. 누군가 이 사람 몸에서 타투를 벗겨 간 거예요."

ii

나는 살아있는 몸뚱이에 작업하는 게 좋다.

칼날이 피부를 가르며 부드럽게 슥삭거리는 소리, 쇠 비린내를 풍기는 검붉은 액체, 손가락 사이를 타고 흐르는 신선한 피의 온기, 다 마음에 든다.

빨리, 또 하고 싶다.

살가죽은 몸에서 벗겨지는 순간 생명력을 잃는다. 그래도 한동안은 여전히 온기를 머금은 채 야들야들하다. 안쪽은 엉겨 붙은 피 때문에 끈적끈적하고, 바깥쪽은 그때그때 다르다. 부드러울 때도 있고, 가끔 털 때문에 보슬거리는 애들도 있고. 여자 몸에서 벗겨낸 살가죽은 보들보들하고, 남자 가죽은 약간 거칠거칠하다. 반드시 그렇다는 건 아니다. 가끔 아주 보드라운 살결을 가진 남자들도 있으니까.

이제 다음 손님을 맞을 시간이다. 이제 연장을 갈아야 할 시간. 이제 슬슬 업무로 복귀할 시간. 처리해야 할 이름이 아직 많다.

8
프랜시스

프랜시스는 자신의 사무실 문을 열면서 생각했다. 수사가 첫발부터 순조롭게 시작되긴 했지만 그걸 가지고 벌써부터 우쭐대면 안 되겠지? 신속한 희생자 신원 파악은 살인사건 수사의 판도를 바꿀 수 있는 결정적 단서였다. 대부분의 경우 살인자는 희생자와 면식범인 경우가 많기 때문이다.

"맥케이 경사." 프랜시스는 자리에 앉으며 큰 소리로 맥케이를 불렀다.

맥케이가 그의 사무실 문가에 나타났다.

"희생자가 실제로 퓰린스가 말한 사람이 맞아요?"

"그럼요." 맥케이는 사진을 여러 장 들고 있었다. "이 사진들, 이반 암스트롱의 페이스북에서 찾았어요. 확실히 이 사람이에요. 페이스북 사진에 있는 문신이 우리 희생자의 몸에 있는 문신이랑 일치합니다."

프랜시스는 사진을 살펴봤다. 반바지와 티셔츠 차림의 이반 암스트롱이 휴가 때 찍은 사진들이었다.

"그렇더라도 희생자의 가족에게 연락하셔서 공식적으로 신원 확인 절차를 거쳐야 합니다."

"네, 맥케이, 고마워요. 그 정도는 나도 잘 알아요."

당연하겠지만, 그 점이 바로 시신의 신원이 확인되면 거쳐야 할 부정적인 단계였다. 형사라는 직업에서 가장 안 좋은 부분이었다.

따라서 팀원들에게 떠넘길만한 일이 아니다. 직접 가족들에게 소식을 전하는 것이 프랜시스의 임무였다. 사망 소식을 듣고 이미 비통함에 빠진 가족에게 시신의 신원까지 확인시켜야 하는 일은 민감한 일이었다. 그들이 앞으로 어떤 일을 겪게 되든 이보다 더 참혹한 일이 있을까. 따라서 희생자의 가족을 상대하는 과정에서는 한 치의 실수도 용납될 수 없었다.

프랜시스는 예전에 봤던 한 어머니가 생각났다. 그녀는 자기 딸이 강간 살인의 희생자가 되었다는 이야기를 듣고 시신의 신원을 확인하러 왔었다. 하지만 시신은 딸이 아니었다. 그녀는 낯선 얼굴을 맞닥뜨리고 통곡을 하다가 결국 실신했다. 자기 아이를 다시 만난다는 기대, 그리고 그 아이와 마지막 작별 인사를 나눌 마음의 준비까지 단단히 하고 왔던 그 어머니는 낯선 이의 주검 앞에서 그 일말의 위안마저 빼앗겨버리고 다시 아무것도 모르는 불확실의 소용돌이 속으로 내던져진 셈이었다. 프랜시스는 다시는 그런 장면을 보고 싶지 않았다.

이번엔 그런 일은 절대 없을 것이다. 시신은 이반 암스트롱이 확실했고 그의 가족들은 사실을 알 권리가 있다. 그들이 살고 있는 워딩으로 가는 내내 프랜시스는 마치 자신이 어두운 먹구름을 함께 몰고 가는 것 같은 기분이었다. 그들의 앞날을 예고라도 하듯 하늘을 서서히 뒤덮는 고통의 장막처럼 말이다. 설사 프랜시스가 이반의 살인자를 정의의 심판대에 세울 수 있다 해도 그것이 가족들에게 얼마만큼의 위안을 줄 수 있을까.

"그분들이 조금이라도 아는 게 있나요?" 앤지 버튼이 물었다. 앤지는 가족 연락 담당관(피해자 가족에게 범죄 사실을 전하는 일을 전담하는 영국의 사법 경찰관 - 옮긴이 주) 자격으로 프랜시스와 동행하고 있었다.

"실종 신고를 하지 않은 걸 보면 이반이 없어진 걸 아직 모르는 게 분명해. 이반은 범죄기록도 없어서 우리도 가족에 대한 정보가 없고. 보나 마나 가족들한텐 청천벽력 같은 소식일 거야."

앤지는 조용했지만 긴장한 기미는 보이지 않았다. 그녀는 매력적이면서도 천진해 보이는 얼굴에 느긋한 태도가 배어있었다. 앤지의 역할은 가족이 겪을 고통의 순간에 그들을 위로하는 존재가 되는 동시에, 좀 더 실질적으로는 가족들이 눈치채지 못하게 그들에게서 희생자와 그의 삶에 대한 정보를 가능한 한 많이 얻어내는 것이었다.

"다 왔군." 프랜시스가 중세 영국풍 구조를 흉내 낸 허름한 주택 앞에 차를 세우며 말했다.

앤지는 안타까운 표정으로 고개를 저으며 현관 계단에 올라서서 초인종을 눌렀다.

"이반이라고 했죠?" 앤지가 다시 확인했다.

프랜시스가 고개를 끄덕였다. 안에서 문 쪽으로 다가오는 발소리가 들렸다.

거실로 안내를 받은 후, 테이블 위에 진한 밀크티까지 한 잔씩 차려지자, 프랜시스는 더 이상 시간을 끌 수가 없었다. 이반의 부모님은 둘 다 집에 있었다. 은퇴한 분들이었다. 그들은 불안한 눈빛으로 프랜시스를 바라보며 앉아 있었다. 아직 아무 말도 하지 않았는데도 이반의 어머니는 곧 울음을 터뜨릴 기색이었다. 방 안의 침묵이 한계에 다다랐다.

"이 사람들 경찰서에서 왔다고 그랬소?" 이반의 아버지는 자기 아내에게 묻고 있었다.

"네, 맞습니다." 프랜시스가 대답했다. "저는 프랜시스 설리번 경위이고, 이쪽은 안젤라 버튼 경장입니다."

"앤지라고 부르시면 돼요." 앤지가 덧붙였다.

프랜시스는 잠시 주춤하며 창문 밖 정원 건너편에 있는 텃밭을 바라봤다. 이웃 노부인 한 명이 쇠스랑으로 힘없이 땅을 파고 있는 장면이 잠시 그의 마음을 사로잡았다.

이분들을 더 기다리게 해서는 안 된다. 아니야. 이분들의 삶에 폭탄을 떨어뜨리기 전에 잠시만이라도 시간을 더 줘야 해….

프랜시스는 침을 삼키고 입을 열었다. "암스트롱 선생님, 부인, 두 분이 마지막으로 이반을 만나거나 연락을 한 게 언제입니까?"

그걸로 충분했다. 이반의 어머니는 블라우스 앞섶을 움켜쥐고 외마디 숨을 내뱉었다. 그녀의 몸은 마치 공기 빠지는 풍선처럼 의자 안으로 힘없이 무너졌다.

"그 녀석이 주말에 전화를 안 해서, 무슨 일이 있는 것 같다고 내가 말했잖아요." 그녀가 남편에게 말하자 남편은 곧바로 팔을 뻗어 그녀를 감싸 안았다.

"샤론. 잠깐만. 이분 말을 끝까지 들어봅시다." 하지만 그의 얼굴은 이미 사색이 되어 있었고 목소리도 떨리고 있었다.

"일요일 아침에 브라이튼에 있는 파빌리온 공원에서 시신이 발견되었습니다. 지금까지 저희가 조사한 바에 따르면 그 사람이 이반일 거라 추정됩니다." 프랜시스는 이들에게 아들의 주검이 쓰레기통에서 발견되었다는 사실은 알려주고 싶지 않았다.

"그래서 전화를 안 한 거야. 내가 그 애한테 전화를 걸었을 땐 벌써 죽었던 거야." 샤론 암스트롱은 격앙된 목소리로 거의 발작하듯 말했다. 그녀의 시선은 사물이나 사람, 어느 한군데에 머물지 못하고 초점 없이 방 안을 이리저리 휘저었다.

앤지가 샤론의 옆으로 가서 무릎을 꿇고 그녀의 등 뒤로 팔을 두르고 다른 한 손으로 샤론의 손을 잡았다.

"그 시신이 정말 우리 애가 확실합니까?"라고 묻는 이반 아버지의 목소리가 갈라졌다.

이제부터가 가장 힘든 부분이었다. 프랜시스는 가능한 한 모호하게 이반의 얼굴 부분은 알아보기 쉽지 않다고 설명했다. 쥐 얘기는 꺼내지 않았다. 다만 몸에 있는 문신들을 보고 이반일 거라 추정한다고만 말했다. 그리고 그들에게 이반의 어깨에서 없어진 문신에 대해 물었다.

그때 프랜시스는 멍한 상태가 되어서 이반의 부모가 어떤 말을 했었다는 사실만 기억에 남았고, 충격과 슬픔에 사무쳐 울며불며 무슨 말을 했는지는 기억 속에서 사라져버렸다.

그 후 샤론이 찻잔을 엎질렀고, 앤지가 샤론에게 물을 한 잔 가져다주었다. 샤론은 곧 실신할 것 같았다. 아들의 시신에 남아있던 문신 사진을 본 데이브 암스트롱은 돌처럼 굳어버린 침묵 속으로 가라앉았다.

"그놈의 문신 때문에 무슨 일이 일어날 줄 알았어요."라고 말하며 물컵을 움켜쥐는 샤론의 손가락 마디가 하얗게 질려있었다. "우리 애가 그것 때문에 죽은 거죠, 그렇죠?"

"아직 모르는 일이야." 남편이 말했다. 그는 프랜시스에게로 얼굴을 돌리며 물었다. "왜 죽었는지는 아직 모르죠? 그렇죠?"

"지금 시점에선 사건 발생 원인이나 이반에게 정확히 어떤 일이 있었는지에 대해 짐작하기가 어렵습니다. 어쨌든 두 분은 이반의 왼쪽 어깨에 문신이 있었다는 걸 알고 계셨던 거죠?"

데이브가 고개를 끄덕였다. "무슨 부족민 모양이었는데, 어깨에서 시작해서 앞뒤로 퍼져있었어요. 가장 최근에 한 거였소. 아마 몇 달 전에 한 것 같아요. 우리한테 사진도 보내줬소."

프랜시스는 데이브 암스트롱이 찾아다 준 사진을 봤을 때 심장이 멎는 것 같았다. 웃통을 벗은 이반 암스트롱의 문신 사진이었다. 복잡한 디자인의 기하학적 타투가 어깨에서 시작해 앞뒤로 뻗어나가 등과 갈비뼈 옆을 덮고 있었다. 페이스북 사진첩에는 이 문신은 없었다. 한눈에도 문신의 디자인이 시신의 상처 부위와 거의 맞아떨어진다는 것을 알 수 있었다. 이 사진을 빨리 로즈 루이스에게 전해줘야 한다. 대체 어떤 악마 같은 자식이 무슨 이유로 이런 짓을 저질렀는지 밝혀내야 한다. 이반 암스트롱은 어떤 삶을 살았길래 살해까지 당하고, 그것도 모자라 쓰레기통에 버려지기까지 했단 말인가. 이반의 소셜 미디어만 봐서는 그가 어떤 범죄에 가담하거나 관련됐다는 징후는 전혀 없었지만, 겉으로 보이지 않는다고 실제로도 그런 일이 없었다는 뜻은 아니었다. 아무튼 사건이 해결될 때까지는 앤지를 이용하든 하나님에게 빌든, 아니면 이 부부 자신들의 내면에 혹시 남아있을지 모를 여력이라도 쥐어짜서든, 프랜시스는 암스트롱 부부가 조금이라도 위로를 얻을 수 있기를 바랐다.

프랜시스는 밖으로 나오자마자 휴대폰을 확인했다. 모르는 번호에서 부재중 전화 몇 통과 음성 메시지가 들어와 있었다. 프랜시스는 번호를 누르고 음성 메시지를 들었다.

안녕하세요, 프랜시스 경위님. 아르고스 신문사 기자인 톰 피츠라고 합니다. 혹시 파빌리온 공원에서 발견된 시체에 대해 조금이라도 말씀해주실 수 있을까 해서 전화드렸습니다. 경위님이 이 사건 담당

이시라고 들었습니다. 내일 기사로 내고 싶어서요. 희생자의 신원과 사건의 전말에 대한 경위님의 의견을 듣고 싶습니다. 제 번호는….

프랜시스는 전화를 끊었다. 어림없는 소리.

그는 침통한 심정에 빠져 경찰서로 향했다. 고릿적부터 내려오는 물음이 프랜시스의 뇌리를 짓눌렀다. 하나님은 세상을 창조하실 때 왜 이런 악도 함께 만드셔야 했을까? 도대체 어떤 인간이 무슨 이유로 사람 몸에서 문신을 뜯어내고 죽게 내버려 뒀을까? 처벌이거나 보복행위였을까? 아니면, 사탄 숭배 의식 같은 것과 관련이 있을까? 어쩌면 문신 디자인에 뭔가 비밀이 담겨있는 건가…. 도무지 감조차 잡히지 않았다. 그가 차를 경찰서 주차장에 주차할 때쯤 갑자기 눈앞이 흐려지는 것이 느껴졌다. 곧 편두통이 몰려올 전조 증상이었다. 빌어먹을 해답을 도대체 어디서 찾을 수 있을 것인가?

9
프랜시스

브래드쇼 경감은 부서 전체를 상황실에 집합시켜서 현재까지의 수사 상황을 보고받고 있었다. 프랜시스 자신만 빼고 다 모여 있었다. 프랜시스는 남들이 지각하는 꼴을 못 보는 성격이었다. 그런데 자신이, 그것도 자신의 새 상관 앞에서, 지각이라는 실수를 저질렀다는 것에 짜증이 치밀었다. 그는 최대한 조용히 눈에 띄지 않게 슬며시 안으로 들어갔다.

"프랜시스 경위, 지금이라도 와서 다행이군." 브래드쇼 경감의 목소리가 통으로 뚫린 커다란 상황실의 벽을 때리고 프랜시스의 가슴을 관통했다. "늦을만한 이유가 있었겠지?"

누군가 과장된 한숨을 내쉬었고 경사 한 명이 동료에게 속삭이는 소리가 들렸다. "이것 때문에 앞으로 한참 들볶이게 생겼네."

프랜시스가 팀원들에게 인정을 받으려면 갈 길이 멀어 보였다.

"네, 경감님, 희생자의 가족에게 소식을 전하고 왔습니다." 프랜시스는 마치 다시 학생이 되어 지각을 한 기분이었다.

"그래. 쓸만한 정보 좀 가져왔겠지?" 평상시에도 못생긴 브래드쇼의 얼굴에 비웃음이 번지자 더 흉하게 일그러졌다.

"네, 경감님, 그런 것 같습니다." 프랜시스는 목소리에 빈정거림이 묻어나지 않게 하려고 죽을힘을 다했다. "희생자에 대한 정보가 있습니다."

"그 얘기는 잠시 후 듣기로 하지. 맥케이, 계속하게."

그러니까, 늦게 도착한 죄로 직속 부하에게 자기 자리를 빼앗긴 건가. 프랜시스는 이런 식으로 흘러가는 걸 두고 볼 수는 없었다.

"제가 좀 더…." 프랜시스가 끼어들며 브래드쇼가 자기를 더 잘 볼 수 있도록 히친스 뒤에서 앞으로 한 발자국 움직였다.

"자네, 맥케이가 어디까지 말했는지 아나?"

프랜시스는 고개를 가로저었다.

브래드쇼는 눈썹을 치켜올리고 맥케이에게 고갯짓을 했다.

맥케이가 말을 이었다. "로즈 루이스가 이미 부검을 실시했고, 결과는 내일 오후까지 수사팀에 전달해줄 수 있을 겁니다. 현장을 조사한 결과 희생자는 카페 근처의 산책로에서 머리를 가격당하고, 사람들의 눈에 띄지 않게 덤불 뒤로 끌려간 것으로 보입니다."

"대략적인 사망 시각은 알아냈나?"

"일요일 자정에서 아침 6시 사이입니다. 부검 결과가 나오면 로즈가 사망 추정 시각을 더 구체적으로 알려줄 수 있을 겁니다."

"제가 방금 돌아오는 길에 로즈와 통화를 했습니다." 프랜시스가 다시 끼어들었다.

브래드쇼가 말해보라는 뜻으로 프랜시스에게 고개를 끄덕였다.

"로즈는 심부 체온과 사후경직 정도를 근거로 사망 추정 시각을 새벽 2시 15분에서 45분 사이로 보고 있습니다. 쓰레기통 안에 누적된 열 때문에 시신의 경직이 빠르게 진행되고 체온은 더 천천히 떨어졌을 겁니다. 또한 조기 부패의 징후도 발견했는데 역시 온도 때문에 가속화됐을 것입니다."

"그 밖에 다른 건?"

"우리가 현장에서 시체를 옮겼을 당시 시반 흔적이 나타나 있었습니다. 발견된 당시 몸의 자세 그대로 혈액이 착색됐다는 것은 희생자가 사망하기 직전에 또는 사망 후 한 시간 내에 쓰레기통에 유기됐다는 뜻입니다."

프랜시스는 얘기를 마치고 방 안을 휙 둘러봤지만 부서원 누구도 그와 시선을 맞추지 않았다.

"좋아. 이제 희생자에 대해 말해 보지." 브래드쇼가 말했다. "맥케이?"

"희생자의 이름은 이반 암스트롱입니다."

"그건 이미 다들 알고 있는 거고." 브래드쇼가 말했다. "살해당한 이유는 뭐고, 누가 죽였을까?"

프랜시스가 다시 기회를 붙잡았다. 어쨌든 이건 그의 사건이었다. "어깨 주변에 있는 상처의 모양에 따라, 그 부위에서 문신이 도려내졌을 거라고 추정됐습니다. 방금 희생자의 부모로부터 이 가설을 확인해주는 사진을 받아왔습니다."

"범인이 왜 이런 짓을 했는지는, 짐작 가는 게 있나?"

프랜시스는 고개를 저었다. "아직 없습니다."

"그 타투 아티스트라는 여자, 그 여자는 아는 게 없었나?"

"방금 알아낸 사실이라 팀원들에게 막 지시하려던 참이었습니다."

"다들, 뭐든 단서를 얻으면 뭉개고만 있지 말란 말이야. 어서들 움직여. 암스트롱에 대해 샅샅이 알아내. 주소, 직장, 친구들은 누구고, 취미는 뭐였는지 전부다. 이봐 프랜시스, 자네도 사태가 어떤지 알잖나."

제길, 당연히 알지. 이런 회의에 쓸데없이 불려 다니지만 않았어도 벌써 수사에 착수했을 터였다.

"네, 잘 알고 있습니다. 앤지 버튼이 아직 이반의 가족과 함께 있습니다. 가족에게 얻을 수 있는 정보는 최대한 알아낼 겁니다."

"뉴로드 거리와 파빌리온 공원 주변의 CCTV는 어때? 뭐 특별한 것이 없었나?"

"홀린스?" 프랜시스는 자신이 이미 제대로 수사를 지휘하고 있다는 걸 보여주겠다는 듯 자신 있게 홀린스를 호명했다.

"그건 히친스가 조사 중입니다."라고 홀린스가 대답했다.

그러자 히친스가 프랜시스와 브래드쇼를 번갈아 보며 대답했다.

"범행과 직접적으로 연결할 만한 단서는 없었습니다. 토요일 밤인 데다가 타투 행사까지 겹쳐서 주변이 붐비고 사람들이 많았습니다. 클럽도 다 꽉 찼고 길거리에도 취객들은 물론이고 후드티를 입은 수상한 자들이 수두룩했고요…"

"도움이 될 만한 건 없군." 프랜시스가 말했다. "암스트롱의 친구들한테 그날 밤 암스트롱의 행적을 물어보고, CCTV를 다시 한번 들여다보게."

"실종 신고를 한 사람은 없었나?" 브래드쇼가 물었다.

"지금까지는 없었습니다." 맥케이가 대답했다.

"기대를 한 내가 잘못이지." 브래드쇼가 구시렁거렸다. "좋아. 다들 빨리 움직여. 내일 점심시간까지 이 게시판에 용의자 목록을 채워놓도록." 그는 손등으로 게시판을 툭툭 두드렸다. "마지막으로 한 가지 더. 기자한테 수사 정보 흘린 인간 누구야? 오늘 아침 아르고스 신문에 기사가 실렸던데. 아주 소설을 썼더구먼. 그쪽도 빨리 입을 막아버려."

곧이어 브래드쇼는 검지로 프랜시스를 가리키며 말했다. "그리고 프랜시스, 자네는 지금 내 사무실로 오게."

"네, 경감님."

프랜시스는 브래드쇼를 따라 복도와 계단을 지나 위층에 있는 그의 사무실로 들어갔다. 느낌상, 수사상황실에서 그만큼 갈구고도 아직 직성이 풀리지 않았는지 사무실까지 끌고 가서 한바탕 더 들볶으려는 것 같았다. 경감은 참을성 없이 프랜시스를 다그쳐 들이고는 앉으라는 소리도 없이 자신만 크게 한숨을 내쉬며 의자가 꺼지도록 주저앉았다. 프랜시스는 책상 앞에 차려 자세로 선 채 곧 이어질 잔소리를 기다렸다.

"이보게 젊은 친구, 팀원들 앞에서 자네를 일부러 무안 주려고 그런 게 아니야. 자네가 좀 더 분발해야 돼. 충분히 능력이 된다고 생각해서 자네를 이번 진급 대상에 추천한 걸세. 나로서도 큰 모험을 한 거라고."

"네, 알고 있습니다. 저도 대단히 감사하게…."

"자네의 감사 따위는 관심 없어. 나는 자네를 믿어줬는데 어째 위험을 무릅쓴 보람이 없어. 풀리지 않은 의문이 너무 많잖아. 동기가 뭔지? 강도치사 사건인지? 내가 듣기론 희생자한테서 지갑을 못 찾았다면서? 지갑부터 찾았으면 금방 신원 확인이 됐을 거 아닌가? 일요일에 근무를 섰던 순찰 경관과 얘기를 해봤나? 그날 밤 순찰을 돌았던 경관이 누군지 파악해서 그날 보고된 사건 사고 목록부터 넘겨받게."

브래드쇼는 자기 소리에 자기가 취하는 인간이었다. 프랜시스는 경험상 브래드쇼가 스스로 나가떨어질 때까지 계속하도록 놔두는 것이 최선이라는 걸 알고 있었다.

"시체를 처음 발견한 그 여자한테서는 더 알아낼 만한 건 없나?

그 여자는 더 아는 게 없는 거야? 뭐라도 좀 내놔 봐."

"그 여자는 나서기를 적잖이 꺼려했습니다. 희생자 시신에서 지갑은 발견되지 않았지만 바지 주머니에 꽤 많은 현금이 그대로 있었습니다. 따라서 제 생각엔 강도치사는 아니었던 것 같습니다. 히친스가 순찰초소를 통해 후속 조사를 하고 있고, 앤지 버튼은 아직 가족들을 탐문 중입니다."

"목격자는 대체 뭐가 문제야? 왜 이름을 안 밝힌 거래?"

"경찰에 상당한 적개심을 가지고 있는 것 같았습니다."

브래드쇼가 의아한 듯 눈동자를 굴렸다.

"그렇다면 왜 그런지 이유를 알아봐. 사건과 조금이라도 관련이 있을 수 있어. 사람들이 아무 이유 없이 경찰에게 적개심을 품지는 않아."

프랜시스는 희생자의 몸에서 제거된 문신에 대한 자기의 추리를 말해 볼까 고민했다. 하지만 브래드쇼의 얼굴은 이미 붉으락푸르락하고 있었고, 그의 혈압이 자신의 추리를 견딜 수 있을지 확신이 들지 않았다.

"그 남편은? 남편한테서는 뭔가 도움 될 만한 얘기가 전혀 없었나?"

"딱히 없었습니다. 그 남편이 희생자에게 문신 비용을 떼먹힌 적이 있긴 한데, 아주 오래전 일이었습니다."

프랜시스가 말하는 동안 브래드쇼는 허리를 곧추세우고 의자에서 좀 더 똑바로 일어나 앉았다.

"그 남편한테 돈을 떼먹고 달아난 희생자가 어느 날 죽은 채 발견됐다? 그게 용의자가 아니면 대체 누가 용의자야! 벌써 수사 상황판에 올려놨어야지. 그 남편을 당장 데려다 심문해. 그리고 한 번만 더 꼴 같지 않은 일 한답시고 내 귀한 시간을 낭비하면 그땐 맥케이가 수사를 지휘하고 자네는 경찰 인생 내내 교통순경이나 하고 있을 줄 알아."

iii

몇 초만 봐도 어떻게 해야 할지 견적이 나온다. 머리 가죽을 벗기는 일은 보통 민감한 일이 아니다. 작업할 때 걸리적거리지 않게 몸에서 머리통을 아예 떼어내는 게 나을 것 같다. 밖에서 처리해야 하니까 머리는 톱으로 잘라야겠다. 피가 아주 많이 나겠네. 녀석은 여전히 의식불명이고 호흡도 들쑥날쑥하다. 이번엔 어디에서 할까, 고민하면서 녀석의 숨소리를 듣고 있자니 마음이 참 편안하다.

일단 이 지하주차장에선 안 된다. 방금 여기서 녀석을 에테르로 기절시켰다. 장소를 옮겨야 한다. 차 안에서도 안 된다. 표식 없는 흰색 승합차. 그렇다고 농장으로 돌아갈 수도 없다. 번거롭게 흔적을 청소하고 시체를 처리해야 하는 피곤한 상황은 피해야 한다. 그렇다면 이번에도 내가 좋아하는 브라이튼을 위해 작은 표식이나 하나 남겨줄까? 첫 번째는 파빌리온 공원이었다. 이번엔 녀석을 선착장 아래 처박아 놓을까. 그곳이라면 구석구석 컴컴한 데가 많아서 시체를 숨기기도 좋고, 해뜨기 전에 피도 다 씻겨 없어질 거다. 작업하는 동안엔 어둠이 나를 완벽하게 가려줄 테고, 녀석이 시커먼 물가에서 발견될 즈음엔 모든 게 다 씻겨 내려가 내 뒤를 쫓을 흔적은 하나도 남아있지 않겠지.

녀석이 작은 신음을 내는 걸 보니 에테르 약효가 다 떨어졌나보다. 아직 소년 태를 다 벗지 못한 어린 녀석이다. 나는 곧바로 갈색 유리병의 뚜껑을 열어 헝겊을 다시 흠뻑 적신다. 소년은 마치 오랜 지인에게 인사라도 하려는 것처럼 마취제를 한숨에 들이마신다. 그리고 나는 다시 마음 놓고 계획을 이리저리 고민해 본다.

차 안에 고기 자르는 톱이 있다. 그걸로 목을 빨리 자를 수 있을 것이다. 시계를 보니 새벽 두 시가 다 되어간다. 시간은 충분하다. 동트기 전에는 농장으로 다시 돌아갈 수 있을 것이고, 그때까지도 머리통이 여전히 뜨뜻하면 머리 가죽이 굳어지기 전에 그럭저럭 쉽사리 머리통에서 벗겨낼 수 있을 거다. 거기까지만 하면 남은 머리통을 처리하는 것쯤이야 서두를 필요는 없지.

자, 이제 계획은 다 짰으니 작업에 돌입할 시간이다. 나는 녀석의 손목과 발목을 케이블 타이로 단단히 고정한다. 작업이 끝나기 전에 아이는 틀림없이 한 번은 더 깨어날 것이다. 소중한 머리 가죽을 보호하기 위해 아이의 머리통 둘레를 커다란 목욕 타월로 빈틈없이 감싸서 동여매 둔다. 손상이 발생할 경우, 죽은 피부는 치유가 안 될 뿐만 아니라 조금만 긁혀도 가죽으로 완성됐을 때 영원한 흠집을 남긴다.

40분 후, 나는 마데이라 도로를 따라 켐프타운 쪽으로 가는 중이다. 도로에는 다른 차들이 없다. 고맙게도 오늘 밤엔 달도 안 떴다. 해변으로 가까이 갈수록 검은 벨벳 같은 짙은 어둠이 우리를 삼켜 줄 것이다. 드디어 텅 빈 주차장에 차를 세우고 몇 분을 잠자코 기다려 본다. 쥐죽은 듯 조용하다. 이 시간에 개 산책을 시키는 미친 인간은 없겠지. 나 외엔 아무도 없다는 확신이 들어야만 움직일 수 있다.

누워있던 녀석이 겁이 나는지 끙끙거리며 꿈틀대기 시작한다. 두려움과 오줌이 합쳐진 악취가 나를 흥분시킨다. 톱날이 녀석을 저세상으로 보내는 동안 녀석을 깨어 있게 해볼까? 아, 고민된다. 하지만 녀석이 몸부림이라도 치면 소중한 머리통이 자칫 톱에 갈려 쓸모없는 뼛조각으로 전락하는 불상사가 생길 수도 있다. 안 돼. 조금의 위험도 감수할 수 없다. 1분 후, 녀석이 에테르에 취해 다시 잠잠해지자 나는 마침내 차의 뒷문을 연다. 주변에 사람이 없는지 끊임없이 주시하며 녀석을 끌고 포장도로를 가로질러 자갈밭으로 간다. 물가에 다다라 다시 한번 아무도 없는 걸 확인하고 웅크려 앉아 톱질 준비를 한다. 내 톱날이 쓱싹쓱싹 녀석의 살 속을 파고들고 써걱써걱 녀석의 뼈를 긁어대도 아무도 듣지 못한다. 사나운 파도가 제 몫을 철저히 해준다. 녀석의 몸이 얕은 물속으로 포옥 잠길 때도, 녀석의 목에서 솟구치는 피의 물결이 마치 작은 파도처럼 겹겹이 퍼져나가 잔잔한 해협의 검은 물속으로 사라질 때도 이곳엔 우리 둘뿐이다. 음식 찌꺼기를 찾아 눈을 두리번거리던 갈매기 한 마리만 나를 바라봐준다.

농장 작업장으로 돌아와 머리통을 마주 본다. 녀석의 갈색 눈동자도 나를 바라본다. 생명을 잃어버린 눈은 유리알 같다. 이마 왼쪽에 있는 거미줄은 잘 보이지만 촘촘한 스포츠머리 때문에 두개골 꼭대기에 앉아있는 거대한 거미의 윤곽이 흐릿하다. 나는 녀석의 동그란 머리를 쓰다듬어 본다. 짧게 깎인 까끌까끌한 머리털이 맨질맨질한 손가락 끝에 닿는 느낌이 좋다. 하지만 머리털은 가죽에 오래 붙어있진 않을 것이다. 가죽으로 가공하면서 화학 약품으로 제거해버릴 거니까. 머리통이 아직 따뜻하다. 피부도 여전히 부드럽고 야들야들하다. 머리통을 뒤로 돌려 거미의 통통한 배에서 뿜어져 나오는 거미줄 가닥에 새겨진 전설의 이름을 읽는다.

'벨리알BELIAL'

악마의 이름이 녀석의 두개골 뒤에 고딕 필기체로 새겨져 있다.

"'그리고 그리스도와 벨리알이 어떻게 화목하게 지낼 수 있으며 믿는 사람과 믿지 않는 사람 사이에 무슨 공통점이 있겠습니까?'" 고린도서에서 내가 가장 좋아하는 구절이다. 나는 칼을 거머쥐며 나지막이 암송해본다. 나를 믿어주지 않았던 그 나쁜 자식에게 똑똑히 보여줄 테다. 나도 할 수 있다는 걸 보여주고 말 테다. 자기 혈육한테 부정당하면, 그 한이 불씨를 틔워 이렇게나 활활 타오르는 것이다. 그렇지 않겠는가? 그놈에게 복수하는 길은 내가 해낼 수 있다는 걸 증명하는 것뿐이니.

자, 이제 남은 일은 뼈에 붙은 살을 천천히 벗겨내는 것이다.

10

맥케이

로리 맥케이는 물 만난 고기마냥 신이 났다. 아까 수사 브리핑에서 자기 직속 상관이 허둥대는 모습을 보면서 그렇게 통쾌할 수가 없었다. 프랜시스는 지각한 걸로도 이미 브래드쇼에게 감점을 받았는데, 설상가상으로 말을 꺼낼 때마다 수렁으로 빠져들었다. 프랜시스가 어리바리 헤매는 사이, 맥케이는 자신이 수사에 기여하는 것이 있으면 눈곱만한 것이라도 반드시 자기 공으로 챙겨둘 심산이었다. 맥케이 자신에게 운만 따라주면, 프랜시스는 이 첫 번째 사건을 끝으로 오래 버티지 못할 것이다.

하지만 지금은 팀이 힘을 합쳐 사건을 해결하는 게 우선이다. 적어도 이번 희생자는 어린아이도 아니고 성폭행을 당한 젊은 여성도 아니었다. 경험상, 이 사건은 해결하기가 그렇게 까다로울 것 같지 않았다. 만일 범행 동기가 강도가 아니라면, 깡패들끼리의 다툼 때문이었을 것이고, 브라이튼 출신의 범죄자들은 맥케이가 죄다 훤히 꿰고 있었다. 딱 봐도 폭력배가 연루된 사건이었다. 어쨌든 자기 새 상관은 아직 풋내기 걸음마 수준이니, 조만간 그가 수사를 총체적으로 망쳐놓을 때쯤 맥케이 자신이 본격적으로 개입해서 사건을 해결하고 경위 자리도 거머쥐면 되는 것이다. 그림이 뻔히 그려졌다.

브래드쇼가 우는 소리를 하긴 했지만 수사 상황판은 서른여섯 시간의 진전치곤 그렇게 나쁘지 않았다. 시신과 범죄 현장의 사진들이 잔뜩 붙어있었고, 이제는 희생자의 신원도 밝혀냈지 않은가. 이반 암스트롱의 과거에 대해 조금만 더 조사하면 용의자 몇 명쯤 찾아내는 것은 시간문제였다.

"맥케이 경사. 잠깐 나 좀 봐요."

맥케이가 책상에서 고개를 들자 프랜시스가 사무실 문가에 서 있었다.

"네, 경위님." 맥케이가 대답하면서 일어섰다.

맥케이는 프랜시스가 승진하면서 배정받은 허울뿐인 칸막이 안쪽 자리로 따라 들어갔다. 나달나달해진 카펫 바닥 표면엔 사무실에서 합법적으로 담배를 피우던 시절의 담배빵들이 여기저기 남아있었다. 아마 그 당시엔 최연소 경위가 경찰서 안에서 창밖이 보이는 코너 사무실을 배정받는다는 것은 절대 상상도 할 수 없는 일이었겠지.

내 차지가 됐어야 하는 방인데.

둘은 책상을 사이에 두고 마주 앉았다. 맥케이는 자기 상관이 들썩거리며 의자에 몸을 맞추고는 노란 봉투의 끄트머리를 만지작거리는 모습을 말없이 지켜봤다. 마치 학교에서 한바탕 호되게 혼나고 돌아온 학생 같았다. 프랜시스의 두 뺨도 벌겋게 달아올라 있었다.

"마르니 퓰린스와 티에리 퓰린스를 정식으로 소환해서 심문할 거예요. 지금 바로 부하들 시켜서 진행해요. 그 두 사람이 서로 알리바이 맞출 시간을 주면 안 되니까 오늘 저녁에 둘 다 데려와요."

그 두 사람이? 알리바이를 맞춘다고? 대체 무슨 생각인 거야?

"네, 알겠습니다. 근데 경위님, 그 사람들이 사건과 관련됐다고 생각하는 건가요? 두 사람 모두요? 그 부부는 이혼한 거 아니었어요?"

"이혼한 거 맞아요. 그런데 타투 행사장 사무실에서 같이 만났을 때 그 부부 사이에 뭔가 미묘한 분위기가 있었어요."

맥케이가 여전히 미심쩍은 눈으로 바라보자 프랜시스가 이어 대답했다.

"나도 사실 그 두 사람이 사건에 연루되었을 가능성은 거의 없다고 생각해요. 하지만 손에 걸리는 건 뭐든지 다 확인해봐야죠. 이반 암스트롱은 몸에서 문신이 잘려나갔어요. 분명 언론에서도 하이에나들처럼 우리를 잡아먹으려고 달려들 텐데 뭐 하나라도 놓쳤다간 끝장이에요."

맥케이는 프랜시스의 말 뒤에 울리는 브래드쇼의 메아리를 들을 수 있었다.

"그러니까, 낚싯줄에 걸리는 대로 일단 다 잡아보자는 거네요?"

프랜시스는 한숨을 내쉬며 머리를 한쪽으로 기울였다.

"경위님, 우리 야근 수당은 받는 겁니까?" 맥케이는 그렇지 않다는 걸 뻔히 알면서도 물었다.

"나가서 일이나 시작해요. 야근 수당 문제는 내가 브래드쇼와 얘기할 테니."

오호, 의외네. 어린 것이 성질도 부릴 줄 알고. 게다가 프랜시스는 브래드쇼 경감과 맞붙는 것을 별로 겁내지도 않는 것 같았다.

"그리고 이 사건 관련해서 보안 철저히 지켜요. 아르고스 신문에 수사상황에 대한 기사가 다시는 나오지 않게 조심해요."

어쩐지 맥케이가 그랬다고 비난하는 것처럼 들렸다. 언제는 언론을 구워삶아 놓으라더니.

심문실 안에 데려다 놓은 목격자가 어쩌고 있는지 보려고 맥케이가 문에 달린 작은 유리창으로 안을 들여다봤을 때는 이미 밤 10시가 넘었다. 이것은 다분히 의도적인 심문 수사 전략이다. 증인을 오래 기다리게 만들어 잔뜩 지치게 한 뒤 심문을 해서 그들을 더 쉽게 무너뜨리려는 수법이다. 짙은 머리의 왜소한 여자가 심문실 안 테이블 앞에 앉아 안절부절못하고 카디건 소맷부리를 계속 비틀어 대고 있었다. 여자의 얼굴에 드리운 죄지은 듯한 표정은 그녀의 결백을 말해주고 있었다. 실제로 잘못을 저지른 사람은 죄지은 표정을 짓지 않는다.

맥케이는 문손잡이를 돌리고 방으로 들어갔다.

"마르니 뮬린스 씨, 맞죠?"

그녀는 아무 말도 하지 않고 그를 노려보았다.

"일요일에 파빌리온 공원에서 있었던 일에 대해 몇 가지 질문을 드리려고 하는데요."

"이미 당신네 경위한테 말했는데요. 더 이상 덧붙일 것도 없구요."

"네, 그런 경우에라도, 공식적인 진술을 꼭 들어야 해서요."

맥케이는 수첩을 꺼내놓고 연필심에 침을 묻혔다. "자 뮬린스 부인, 일요일 파빌리온 공원에 가셨을 때 정확히 무슨 일이 있었는지 말씀해주세요."

"뭐 잊어버린 거 없어요?"

"뭐요?"

"미란다원칙 고지요."

"아, 체포되신 게 아니라, 목격자 진술을 하러 오신 거라서요."

여자는 의자를 그대로 뒤로 밀며 일어섰다. "그렇다면 나는 그냥 가도 되겠네요?"

질문이 아니라 그러겠다는 선포였다.

맥케이도 따라 일어섰다. "퓰린스 부인, 여러 사람 피곤하게 하지 말고 그냥 한 번만 더 진술하고 몇 가지 질문에 자발적으로 대답해 주시면 좋을 텐데요. 여기 이 질문에 부인의 대답이 꼭 필요한데 지금 못 해 주시겠다면 영장을 청구할 수도 있습니다."

"이봐요 형사님, 한 가지만 물읍시다. 내가 용의자인가요?"

그녀는 용의자는 아니다. 하지만 수사를 열렬히 도와줄 생각도 전혀 없어 보였다. 게다가 뭔가 쓸 만한 내용을 알고 있는 것 같지도 않았다.

"용의자는 아닙니다. 하지만 사람이 살해됐고 부인이 시체를 발견했죠. 부인에게는 아무 의미 없어 보이는 내용이라도 부인의 진술이 범인의 정체를 밝히는 데 뜻밖의 실마리가 될 수도 있습니다. 부탁이니 잠깐 앉아주세요. 최대한 빨리 끝내겠습니다."

마르니 퓰린스는 마지못해 다시 자리에 앉았다. 그녀는 경찰 심문에 어떻게 대처해야 하는지 잘 알고 있었고, 확실히 경찰 수사 절차에 대해서도 어느 정도 사전지식을 갖추고 있는 듯했다. 그녀가 속한 세계를 생각해보니, 어쩌면 아주 이상한 일도 아니었다.

"이제 일요일에 있었던 일을 말씀해주세요."

"커피를 마시러 파빌리온 공원으로 갔어요. 쓰레기통에서 시체를 발견했구요. 경찰에 신고 전화를 걸었죠."

1라운드는 마르니 퓰린스 승.

맥케이는 의자 깊숙이 자세를 고쳐 앉았다.

"짧은 버전이군요. 좋아요. 이제, 일요일 아침에 무슨 일이 있었는지 전부 다, 컬러 티비 버전으로 자세히, 제대로 말씀해주세요."

여섯 번의 시도 후에야 맥케이는 자기 성에 찰 정도로 자세한 수준의 이야기를 들을 수 있었다. 그 정도면 그 여자가 한 말의 전부를 써먹든 일부를 써먹든 수사에 도움이 될 만큼 충분한 사실을 뽑아낸 것 같았다. 진술이 끝났을 때 여자는 완전히 지쳐 보였다.

"퓰린스 부인, 협조해주셔서 감사합니다. 이제 가셔도 좋습니다."

그녀는 맥케이와 시선을 맞추지 않으면서 일어섰다.

맥케이는 그녀를 배웅하기 위해 문으로 걸어갔다. 하지만 문손 잡이를 잡다가 주춤하고 마르니 쪽으로 다시 몸을 돌렸다.

"마지막으로 한 가지만 더요." 맥케이가 말했다. "일요일 새벽 1시에서 5시 사이에는 어디에 계셨습니까?"

마르니는 한걸음 물러서며 한 손으로 테이블을 짚어 균형을 잡았다. "나한테 그런 질문은 하면 안 될 텐데요?"

"당연히 해도 되죠. 일요일 새벽 1시에서 5시 사이에 어디 계셨죠?"

"나는 용의자가 아닌데요."

맥케이는 문 옆에 가만히 서 있었다. 그녀의 얕은 숨소리가 빨라지는 게 들렸다. 그녀는 겁에 질려있었다.

"자고 있었죠. 집에서."

"남편도 함께 있었습니까?"

"전남편이구요, 세상이 무너져도 같이 잘 일도 없구요."

마르니 퓰린스는 갈라진 목소리로 말하며 탁자 위에 놓여 있는 종이컵으로 손을 뻗었다. 종이컵을 입술에 갖다 대는 동안 그녀의 손이 심하게 떨려 컵에 있던 물이 대부분 탁자 위로 후두두 쏟아졌다.

맥케이는 스스로가 뿌듯했다. 옆방에서 CCTV로 심문을 지켜보고 있는 프랜시스가 자신의 심문 기술을 잘 보고 배웠어야 할 텐데.

맥케이가 마르니 뮬린스를 심문실 밖으로 데리고 나가 접수 데스크로 안내하는 동안 복도에서 심문을 받으러 끌려오는 그녀의 전남편과 지나쳤다. 벌써 새벽 1시가 넘은 시각이었고, 티에리 뮬린스는 그때까지 기다리느라 화가 머리끝까지 나 있을 것이다.

"씨팔." 마르니를 노려보며 티에리가 내뱉었다.

그녀는 아무 말도 하지 않고 시선을 돌렸다.

"자기 와이프한테 인사 참 정답게 하네." 맥케이가 말했다. "저 사람하고 왜 헤어졌는지 알 만하네요."

맥케이가 이 말을 했을 때 마르니가 그를 쳐다보던 눈빛은 티에리가 그녀를 쳐다보던 눈빛처럼 적의로 가득했다. 이상하게도 이 부부는 자기들끼리 싫어하는 것보다 훨씬 더 경찰을 싫어하는 것 같았다. 도대체 이 두 사람 사이는 뭐야. 맥케이는 접수처 구역을 지나 정문으로 마르니를 안내했다.

"이제 가도 되는 거죠?" 그녀가 물었다.

"네. 하지만 저희가 다시 진술을 요청할 수도 있습니다." 물론 그 점은 티에리 뮬린스가 심문에서 무슨 말을 하느냐에 따라 달라지겠지만, 이 여자에게 굳이 그런 것까지 알려줄 필요는 없다.

프랜시스가 티에리를 심문하러 들어가자 이번에는 맥케이가 프랜시스를 대신해 관찰자 역할을 맡았다.

"일요일 새벽 1시부터 5시 사이에 어디에 있었습니까?" 프랜시스는 서론도 없이 단도직입적으로 물었다.

허, 저런! 간 보기도 안 하고 저렇게 막무가내로 치고 들어가다니. 용의자를 살살 구슬려서 방심하게 만들어야 한다는 것도 모르나? 멍청한 놈.

"거의 자고 있었죠."

프랜시스는 그를 빤히 내려다봤다. 티에리 퓰린스는 자신이 희생자의 신원을 파악하는 데 도움을 줬음에도 불구하고 경찰서까지 끌려 온 데 대해 충분히 분개할 만했다. 하지만 프랜시스는 티에리의 기분이나 사정 따위는 전혀 아랑곳하지 않는 것 같았다.

"거의 잤다고요? 그러면 거의 자고 있지 않았던 시간도 있습니까?"

"어쨌든 그 시간에도 침대에 있었어요." 티에리 퓰린스는 이런 종류의 질문을 빨리 끝내고 싶은 게 분명했다.

"장소는요?"

긴 침묵이 흘렀다. 어린놈이 그나마 어디서 주워들은 건 있어서 용의자를 몰아붙일 정도로 바보는 아닌가 보다.

"여자를 하나 만나서 걔네 집으로 갔어요. 위치는 정확히 기억 안 나요."

"그 여자를 어디서 만났습니까?"

"'하트 앤 핸드'에서요."

노스로드 거리에 있는 허접한 술집이다. 맥케이는 그곳을 잘 알긴 해도 술 마시러 간 적은 없었다. 경찰이 썩 환영받는 술집은 아니었다.

"여자 이름은요?"

티에리 퓰린스는 멍한 눈으로 어깨를 으쓱했다. "리니였나? 아니, 리지였나? 뭐 그런 비슷한 이름이었는데."

"뮬린스 씨, 그 여자분을 다시 만나면 알아볼 수 있습니까?"

"당연히 알아보죠. 궁둥이 바로 위에 인어 문신이 있었거든요. 그냥 하룻밤 재미 좀 본 거예요. 술도 취했었고. 아무튼 그래서 자세한 건 기억이 안 나요."

"뮬린스 씨 진술에 대해서는 저희가 사실관계를 확인해 보겠습니다."

"왜요? 설마 내가 이반 암스트롱이 죽은 것과 뭔가 관련이 있다고 생각하는 거요? 내가 용의자요, 뭐요?" 뮬린스는 침까지 튀겨가며 말을 내뱉었다.

"이반이 선생한테 줄 돈이 있었잖아요. 그렇죠?"

문신쟁이는 툴툴거리면서 아예 의자에서 돌아앉았다. 이제 프랜시스와는 얼굴도 쳐다보지 않겠다는 뜻이었다. 다른 말로 하면? 프랜시스가 기회를 완전히 날려버렸다는 것. 이제 티에리에게 티끌만큼이라도 협조를 받을 가능성은 사라졌다. 티에리 뮬린스의 입에서 쓸 만한 것은 아무것도 나오지 않을 것이다.

"변호사 불러줘요. 이제 아무 대답도 안 할 거예요."

맥케이 입장에선 수사가 아무런 성과 없이 자기 의도대로 아주 순조롭게 잘 진행되고 있었다. 양심의 가책 따윈 느껴지지 않았다. 그때 그의 전화벨이 울렸다.

접수처 경위의 다급한 목소리가 들려왔다.

"맥케이? 변사체가 또 발견됐어. 방금 신고가 들어왔는데 팰리스피어 선착장 바로 아래 해변이래."

11

프랜시스

어제부터 시작된 기나긴 밤이 기나긴 하루로 그대로 이어지고 있었다. 빠른 속도로 올드스틴에서 벗어나는 동안 멀리 수평선에서 희뿌연 새벽빛이 꾸물꾸물 솟아오르고 있었다. 맥케이는 텅 빈 로터리를 그대로 가로지르며 차선 따위는 아예 무시한 채 펠리스피어 선착장 입구로 돌진하더니 널찍하게 펼쳐진 노면에 차를 세웠다. 마데이라 드라이브의 횡단보도 근처에 지구대 순찰차 두 대가 벌써 와 있었고 구급차도 시동을 켠 채 서 있었다.

"저건 그만 꺼져도 될 텐데요." 산책로와 해변을 이어주는 돌계단으로 올라가는 길에 맥케이가 구급차 쪽을 가리키며 말했다.

프랜시스도 동의했다. 구급차는 굳이 출동할 필요가 없었다. 현장 조사가 몇 시간은 걸릴 것이고, 다 끝나도 시신은 검시소로 곧장 옮겨질 것이다.

"홀린스가 내장을 다 토해내고 입원해야 할 상황이 생기면 필요할 수도 있겠네요."라고 맥케이가 덧붙였다.

둘은 현장으로 이어지는 자갈밭 위로 발걸음을 뗐다.

"상황을 설명해줘요." 프랜시스가 두 사람에게 다가오는 어마어마한 거구의 정복 경관에게 말했다.

"선착장 아래 변사체가 있다고 한 시간 전쯤 젊은 커플이 신고했습니다."

"변사체는 남잔가, 여잔가? 커플이 발견했을 땐 확실히 죽어있었고?"

"남자입니다. 그런데 머리가 없습니다."

죽은 건 확실하네.

"가 보죠."

정복 경관은 두 형사를 칠흑같이 어두운 선착장 아래로 안내했다. 전방에 보이는 선착장 근처에서 여러 명의 정복 경관들이 철재와 목재 상판 구조물을 떠받치고 있는 쇠기둥 둘레로 크게 출입통제 테이프를 치고 있었다.

"그 커플은 저 아래서 뭐 하고 있었대요?" 프랜시스가 물었다.

맥케이가 웃음을 터뜨렸다.

"나이트클럽에서 나와 집으로 가던 중이었다고 합니다." 경관이 정색을 하고 대답했다.

그제야 그 뜻을 이해한 프랜시스는 얼굴이 달아오르는 걸 느꼈다.

맥케이는 아무 말도 하지 않았다. 굳이 할 필요도 없었다. 그는 자갈밭 위를 걸으며 주머니에서 까만 플라스틱 전자담배를 꺼내 피웠다.

시신은 파도가 끝나는 지점에 엎드려 있었다. 동강 난 목덜미 밑동은 참혹하게 훼손되어 있었고, 경사가 비추는 손전등 불빛이 흐려서인지 벌겋게 보여야 할 절단면이 시꺼멓게 보였다. 상체는 알몸이었지만 하체는 피 묻은 청바지와 운동화 차림이었고, 바지 뒷주머니는 지갑이 들었는지 불뚝 튀어나와 있었다. 파도가 끊임없이 밀려와 시체의 한쪽 발끝을 계속 건드렸다.

"밀물이에요, 썰물이에요?" 프랜시스가 물었다.

맥케이가 잠시 해변을 관찰하고는 대답했다.

"밀물이네요. 곧 물이 차겠는데요."

"만조가 되면 현장이 훼손될 테니 더 빨리 움직여야겠네요." 프랜시스가 그렇게 말하며 주변을 흘끗 둘러봤다. "여기서 장사하는 사람들 말고는 이 구역 안으로 들어오는 사람은 없겠네. 맥케이, 현장 수사복 가져와요. 그리고 경관, 자네는 과학수사대가 언제쯤 도착할 수 있는지 알아보고 빌어먹을 조명 좀 제대로 갖춰놓고." 동이 트고는 있었지만 선착장 아래는 아직 어두웠다.

맥케이는 자갈밭 위로 걸음을 옮겨 차로 향했다.

"그리고 머리 수색작업도 착수해요."

10분 후 로즈 루이스가 도착할 때까지, 프랜시스는 수사복을 챙겨입고 현장을 일사천리로 지휘하고 있었다. 과학수사대가 커다란 LED조명을 설치하자, 프랜시스와 로즈는 시신을 좀 더 자세히 살펴볼 수 있었다. 강력한 빛이 내리 쏘이자 청년의 피부는 희미한 녹색을 띠었고 시커멓게만 보였던 목의 절단면은 검붉은 액체로 번들거렸다. 난자된 피부 조직에 핏덩어리들이 큼지막한 젤리 덩어리들처럼 달랑달랑 들러붙어 있었다. 절단면 둘레의 피부는 갈가리 찢겨 너덜너덜했다. 무슨 도구로 잘랐는지는 몰라도 아무튼 살해 도구에 피부가 마구 물어 뜯겨 있었다. 몸통은 온통 문신으로 뒤덮여 있었고 양쪽 팔에도 문신이 더 있었는데 각도가 영 시원치 않아 프랜시스는 시커먼 문양이 뭔지 도무지 알아볼 수 없었다. 로즈는 과학수사대원 한 명에게 사진 촬영을 지시하고, 자신은 사망 시각을 가늠하기 위해 시신의 체온과 땅의 온도, 공기온도를 측정했다.

프랜시스는 지문이 묻지 않도록 로즈의 증거수집 키트에서 일회용 핀셋을 꺼내 희생자의 주머니에서 지갑을 꺼냈다. 두툼한 갈색 가죽 반지갑은 흠뻑 젖어 있었다. 장갑을 낀 손으로 신분증이 있는지 대충 확인했다. 돈도 있었고 영수증도 잔뜩 있었지만 지갑 주인의 신분을 알려줄 만한 것은 아무것도 없었다.

그는 지갑을 증거수집 비닐에 집어넣었다. 영수증이 너무 많이 젖지 않았다면 유용한 정보를 확보할 수 있을 것이다.

맥케이와 프랜시스는 시신을 주의 깊게 관찰했다.

"문신이네요." 맥케이가 말했다.

"이번 문신들은 온전하네요." 로즈가 맥케이의 말뜻을 이해한 듯 덧붙였다.

"그러게요, 이 희생자는 왠지 우리 데이터베이스에 등록되어 있을 것 같군요. 조직폭력배 문신이 몇 개 있는 걸 보니."

맥케이의 기준에서 문신은 범죄자들 또는 그런 부류의 사람들이나 하는 것이었다. 어쩌면 프랜시스도 아주 최근까지 맥케이와 마찬가지의 선입견을 가지고 있었기 때문에 잘못된 판단을 내려 왔는지도 몰랐다. 하지만 지금은 그렇게까지 확신이 들진 않았다. 이반 암스트롱에 대해서 샅샅이 조사했지만 결국 아무것도 나온 것이 없지 않은가.

"일단 지문만 채취해서 검사실로 갈게요." 로즈가 말했다. "현장 보존이 어려우니 얼른 현장 조사를 끝내고 시신을 최대한 빨리 옮겼으면 좋겠어요."

"여기가 살해 현장일까요? 아니면 유기 장소일까요?" 프랜시스가 물었다.

"아직 확답을 드리긴 일러요. 장소에 상관없이 목 부분이 잘리면 어마어마한 출혈이 발생해요. 사후에 잘리는 경우가 아니라면요."

"이번이 그 경우일까요?"

로즈는 쥐고 있던 손전등으로 절단면을 비췄다. 그녀는 잠시 말이 없었다. 프랜시스는 문득 발밑에서 조약돌을 적셔대는 파도 소리를 의식했다. 설 자리를 찾아 반걸음 물러나야 했다. 상황이 계속 바뀌고 있었다. 겉으로는 자기가 삶의 주도권을 쥐고 있는 것처럼 보여도 잔잔한 수면 아래에선 항상 역류가 휘몰아친다….

"아니요. 우리 희생자는 참수되는 동안 여전히 살아있었던 게 확실해요. 딱 봐도 엄청난 출혈이 있었어요. 죽은 상태에서 목이 잘렸다면 이렇게까지 출혈이 심하지 않았을 거예요."

12

티에리

내가 다시 경찰이랑 엮이지 않는다면 그건 아마 내가 죽어서 그런 거겠지. 티에리 퓰린스는 혼잣말을 중얼거리며 빠른 걸음으로 경찰서에서 멀어졌다. 젠장! 코너를 돌면서 하마터면 보행 카트를 밀고오는 할망구를 들이받을 뻔했다! 가뜩이나 머리 꼭대기까지 화가 치밀어있던 티에리는 사과는커녕 그냥 가던 길을 서둘렀다. 얼른 가서 처리할 일이 있다. 그리고 만약 사과를 주고받아야 한다면 사과 받을 사람은 오히려 자신이다. 망할 놈의 전마누라 때문에 더럽게 꼬였다. 쌍! 어찌 된 일인지 좋은 것은 자꾸 없어지기만하고 과거의 실수는 잊어버릴 만하면 다시 나타나 끊임없이 자신을 괴롭히는 것 같았다.

철창 안에서 열여섯 시간이나 있었다. 그는 좀 전에 당직 경관이 되돌려준 자기 시계를 흘깃 봤다. 밤새 전화도 못 하게 하고 변호사도 안 대줬다. '체포된 것도 아닌데 변호사가 굳이 왜 필요하겠나?'라고 경찰 놈들이 말했다. 그래도 티에리는 빌어먹을 자기권리를 똑똑히 알고 있었고, 그 권리가 무참히 침해됐다는 것이억울했다. 개 같은 경찰 새끼들.

빵집에서 솔솔 풍기는 뜨거운 페이스트리 냄새에 티에리는 가던 길을 멈췄다. 경찰 놈들은 자신을 쫄쫄 굶기기까지 했다. 뭐, 눅눅한 빵에 쉰내 나는 참치를 끼워 넣은 샌드위치를 줄기차게 갖다주긴 했지만 사람 음식이 아니었다. 티에리는 샌드위치 접시를 매번 테이블 건너편으로 밀어냈다. 결국 지난 24시간 동안 티에리 뱃속에 들어간 건 경찰이 갖다준 썩은 커피뿐, 그걸로 지금까지 버티고 있었다.

게다가 그 자식들은 티에리를 붙잡아둘 수 있는 시간을 끝까지 채우고 나서야, 엉덩이에 인어 문신을 한 리사를 찾아내 티에리의 알리바이를 확인했다는 사실을 알려줬다. 리사는 약간의 압박을 받자 자신이 토요일 밤 술집에서 만난 남자를 집으로 데려갔고, 다음 날 아침 아홉 시쯤까지 그 남자와 함께 있었다는 사실을 자백했다고 했다. 하지만 리사 역시 티에리의 이름을 기억하지 못했다는 얘기를 들려주며 당직 경관은 엄청 재미있어했다.

티에리는 소시지롤을 하나 사서 빵집을 나왔다. 아침 시간을 통째로 다 까먹고 이제 거의 점심시간이었다. 스튜디오 예약도 이미 두 건이나 펑크가 났다. 예약은 곧 돈이었고, 하나라도 까먹으면 당장 아쉬운 형편이었다. 고객들이야 찰리와 노아가 티에리 대신 작업을 해줬을 테니 불만은 없겠지만 어쨌든 티에리에게는 손해였다.

이스턴로드 거리로 들어서자 브라이튼 대학이 보였다. 경찰서에서 재수 없게 우쭐대던 어린 경위 놈이 저 빨간 대학 건물에서 다녔을까, 문득 궁금했다. 길을 건너고 모퉁이를 돌아 마침내 그레이트칼리지 길로 들어섰다. 마르니의 집, 아니 좀 더 정확히 말하자면 자신의 집이 길 오른쪽 중간쯤에 있었다. 티에리는 창문을 통해 그 안을 몰래 들여다보고 싶은 충동을 꾹 참고 현관문을 쾅쾅 두드렸다. 집 열쇠를 절대 넘겨주는 게 아니었는데. 하지만 그 당시에는 그게 옳은 일인 것 같았다. 그 이후로 마르니가 집과 알렉스 둘 다를 차지했고, 자신은 곰팡이 핀 욕실만 하나 딸린 허접한 원룸에 혼자 살고 있었다.

티에리는 한때 자신의 집 문이었던 마르니의 집 현관문을 맹렬히 노려보았다. 안에서 아무 대답이 없자 더욱 화가 부글부글 끓어올랐다. 그가 고래고래 소리 지르며 발로 문간을 걷어찰 때쯤에야 비로소 문이 열렸다.

마르니는 티에리를 보고 깜짝 놀라 눈을 번쩍 떴다. 일순간 그녀의 얼굴에 한차례 공포가 스쳤다. 마르니는 겁먹은 듯 얼른 뒤로 물러났다.

"마르니?" 그런 마르니를 보자 순식간에 분노가 사라지고 티에리의 마음 한구석에서 마르니에 대한 오래된 보호 본능이 튀어나왔다. 오랜 세월에 거쳐 티에리의 내면에 붙박이마냥 들어앉아 버린 감정이었다.

"아, 티에리, 당신이구나." 그러면서도 마르니는 그의 면전에서 문을 닫으려 했다.

"아 잠깐만, 좀!" 그는 문이 닫히기 직전에 얼른 문틈으로 발을 들이밀었다.

"당신 때문에 깜짝 놀랐잖아."

"그리고 난 당신 때문에 경찰서까지 가고?" 티에리는 그녀가 왜 겁을 먹었는지 충분히 짐작했다. 대체 마르니는 언제쯤이면 과거에서 벗어날 수 있을까? "들여보내 줘."

티에리가 문을 밀치며 둘은 잠시 실랑이를 벌였지만 결국 티에리가 이겼다. 그는 마르니를 그대로 밀치고 현관으로 들어가 씩씩거렸다.

"방금 왜 그렇게 놀란 건데? 말해 봐."

"아무것도 아니야. 그냥 신경이 좀 예민해져서 그래. 요즘 벌어진 일들이…, 자꾸 옛날 생각이 나게 해서."

티에리의 짐작이 맞았다. 그녀는 몸을 돌려 티에리를 마주 봤다. 마르니는 피곤해 보였다. 티에리가 예전에 많이 보던 모습이었다. 아마 잠도 제대로 못 자고 먹는 것도 부실한 모양이었다. 자신이 다시 마르니 곁에 있어 줘야 하는 건가? 아니, 자신이 과연 다시 진지한 관계를 시작할 마음의 준비가 되어 있을까?

"폴은 아직 감옥에 있잖아. 그런데 걱정할 게 뭐가 있다고 그래." 그의 어조가 약간 누그러졌다.

"몸은 갇혀있지만 어떻게든 방법을 찾아내서 나를 괴롭히니까."

이런 얘기를 하려고 여기까지 온 게 아니었다. 그냥 묻어두는 편이 나은 옛날 일을 지금 굳이 끄집어내서 좋을 게 없었다. "마르니, 이런 일에 엮이면 어떡해? 지금 내가 경찰에 불려 다닐 형편이 아니야."

마르니는 한숨을 쉬었다. "알아. 미안해."

"그 경찰놈들이 날 밤새도록 가둬놨다고."

마르니는 놀란 표정을 지으며 말했다. "와인 줄까?"

그것 말곤 마르니가 해줄 수 있는 게 없었다.

"오픈돼 있는 게 뭔데?" 티에리가 물었다.

"꼬 뜨 블레이."

티에리가 코를 찡그렸다. 그가 좋아하는 와인은 아니다.

"사과 먼저 해." 티에리가 머리를 기우뚱하며 말했다.

"뭘 사과해?"

"젠장! 당신 때문에 경찰서에서 열여섯 시간이나 갇혀있었다니까!"

"하지만 방금 내보내 줬잖아?"

"그래. 이제야 알아주니 참 고맙네."

마르니는 어깨를 으쓱했다. "경찰이 당신을 얼마나 붙들고 있었는지 내가 어떻게 알아?"

"살해당했다는 인간이 옛날에 내 돈 떼먹은 것 때문에 나를 용의자로 보더라니까. 어휴. 내가 그 인간한테 타투를 해 준 건 경찰에 꼭 말 안 해도 됐었잖아."

"티에리, 그게 할 소리야?" 마르니는 단호하게 고개를 저었다. "익명으로 신고 전화 한 통 한 게 다야. 내가 발견한 게 딴 것도 아니고 시체라구. 그걸 보고 그냥 지나쳤어야 한단 말이야?"

"당연하지. 당신이 아니었어도 다른 사람이 보고 신고했을 거잖아."

그는 마르니를 따라 주방으로 갔다. 그가 디자인하고 찰리와 함께 만든 주방이었다. 마르니와 결혼하고 그때가 제일 좋은 시절이었다. 골치 아픈 일들은 모두 프랑스에 남겨두고 브라이튼에 와서 새 삶을 시작했던 그때. 이곳에서 갓난쟁이 아들을 돌보면서 마르니의 상처도 서서히 아물기 시작했고, 아주 잠깐이었지만 티에리는 앞으로의 삶이 계속 평탄할 줄 알았다.

마르니는 반쯤 남은 와인병의 코르크를 열어 글라스 두 잔에 와인을 따르고 한 잔을 티에리에게 건네며 말했다.

"당신, 잘 들어. 난 우리 아들한테 부끄러운 짓은 안 할 거야. 당신은 자기 책임을 버리고 도망쳐도 괜찮다고 생각하는 모양인데, 적어도 어른 노릇을 하는 사람이 한 명은 있어야지."

"책임이라니 무슨 책임?"

티에리의 말에 마르니는 황당한 듯 눈을 치켜떴다. "첫 번째로는, 알렉스의 양육비를 대는 거지." 마르니가 대답했다.

티에리는 투덜거렸다. 오래된 잔소리. 귀 따갑게 듣던 소리다. 더 이상 대꾸할 말이 없었다.

"얼른 와인이나 마시고 가버려. 당신한테까지 신경 쓸 기운 없어."

그는 와인잔에 대고 냄새를 맡았다.

"맛이 갔잖아. 와인이 맛이 갔어." 그는 어깨를 으쓱하며 말했다. "그리고 폴한테 집착 좀 그만해. 사람이 잠을 자야지."

마르니는 날이 잔뜩 선 표정으로 말했다.

"폴이 나한테 편지를 보냈어."

"뭐? 언제?"

"몇 달 전에."

몇 달 전에? 근데 왜 자신에게 아무 말도 안 했지? 티에리는 좀 서운한 생각이 들었다.

"뭐라고 쓰여 있었는데?"

"뜯어보지도 않았어."

마르니의 얼굴이 다시 두려움에 사로잡혔다. 티에리는 다시 본능적으로 그녀를 안심시키려 했다. "자기야, 심각한 건 아닐 거야. 그 자식이 그냥 당신을 가지고 노는 거야. 어쨌든 갇혀있으니 절대 당신 못 건드려."

"그 자식 편지가 날 건드리잖아." 마르니가 대꾸했다.

티에리는 항복하듯 한 손을 들어 올렸다.

"편지 어디 있어? 내가 봐도 돼?"

"아니, 버렸어."

너무 뻔한 거짓말이었지만 티에리는 더 이상 실랑이하는 것도 피곤했다.

"알았어, 알았어. 이제 갈게."

그가 현관으로 돌아 나가는데 2층 계단 꼭대기에서 알렉스가 나타났다. 잠옷 차림에 잠이 아직 덜 깼는지 눈은 거의 감겨 있었다.

제장.

"아빠? 집엔 어쩐 일이에요?"

"네 아빠 막 가려던 참이야." 마르니가 말했다.

마르니는 티에리를 바짝 뒤쫓아 문 쪽으로 다그쳤다.

"티에리, 나 좀 그냥 내버려 둬. 다시는 오지 마. 당신, 폴이랑 너무 똑같이 생겼어."

이 말이야말로 마르니가 티에리에게 치명상을 입힐 수 있는 무기였다. 마르니가 아직도 저렇게 생각한다면 두 사람 사이는 절대 예전으로 돌아갈 수 없다. 티에리는 목구멍에 울컥 치미는 덩어리가 느껴지자 그녀가 자기 얼굴을 보지 못하게 얼른 고개를 돌렸다.

마르니는 현관문을 열고 티에리를 밖으로 밀쳐냈다.

"폴이 누구예요?" 계단에서 알렉스가 묻는 소리가 들렸다.

곧 문이 쾅 닫히고 티에리는 밖에 혼자 덩그러니 서 있었다.

iv

가죽을 만드는 순서다. 박피. 염장. 담금. 석회침. 제육. 탈회. 효해. 침산. 탈지. 무두질. 중화. 가지. 물기 짜기. 가죽 펴기. 건조.

가장 부드럽고 유연한 가죽을 만들기 위해서는 모든 단계가 중요하다.

사람들은 인간의 피부를 가죽으로 생각하지 않지만 몰라도 한참 모르는 말씀, 인간 피부를 써서 만든 가죽이 가장 품질이 좋다. 특히 타투가 새겨진 피부는 두말할 나위도 없지. 사람들이 가죽을 만들려고 동물을 죽이기 전에 먼저 동물의 몸에 타투를 하지 않는 것이 난 항상 이해가 안 갔다. 그렇게 하면 정말 색다르고 아름다운 가죽이 만들어질 텐데.

이 머리 가죽은 그 위에 새겨진 거미줄 덕분에 더더욱 특별한 작품이 될 것이다. 머리 가죽을 벗기는 일은 극도로 까다로운 작업이다. 날것 그대로의 피부는 너무 연약해서 피부가 찢어지지 않도록 아주아주 천천히 벗겨내야 한다. 하지만 동시에, 속도가 너무 느려서도 안 된다. 피부가 따뜻할 때는 유연하고 탄력적이지만, 식으면 뻣뻣해져서 벗겨내기가 힘들어지니까. 한 번에 일 센티미터씩, 칼로 포를 뜨고 접어 올리고, 칼로 포를 뜨고 접어 올리고. 두 시간이나 걸려 아이의 머리 껍데기를 두개골에서 조심조심 벗겨냈다.

이제 머리 껍데기를 소금물에 담가 보존처리를 한다. 소금은 피부에 있는 수분을 흡수하고 박테리아를 죽인다. 피부가 가죽이 되는 여정의 첫 번째 단계를 이제 막 시작한다. 물속에서 움직이는 통통한 비단잉어처럼 머리 가죽이 수면 아래서 살며시 우그러든다.

내 일은 아주 특별하다. 아니, 특별하다는 말로는 부족하다. 특혜라고 해야 맞다. 컬렉터가 내 특별한 재능을 알아보고 내게 이 임무를 맡을 자격을 줬으니까.

하지만 '염병할 아버지'라는 인간은 나한테 한 번도 그렇게 해주지 않았다! 왜 갑자기 그 망할 인간이 생각났지? 작업할 땐 아버지가 머릿속에 끼어들게 하면 안 된다. 그 인간만 떠올리면 손이 떨리고 집중력이 약해진다. 아버지를 마음속에서 떨쳐내려고 노력하면 할수록 아버지라는 인간은 내게 더더욱 자기 존재를 드러낸다. 나를 깎아내리고, 깔보고, 내 추악한 진실을 자꾸만 끄집어낸다.

나는 눈을 감고 오랫동안 심호흡을 한다. 그리고 다시 컬렉터에게 정신을 집중한다.

아버지라는 인간은 나를 너무 자주, 너무 많이 실망시켰지만 컬렉터가 그 모든 결핍을 채워줬다. 친아비가 쓰레기 취급했던 내 특별한 재능을 컬렉터는 정확히 꿰뚫어 봤다. 컬렉터 덕분에 내 일은 목적을 갖게 됐다. 살가죽을 부드럽고 연하게 만들고 단련해서, 살아있을 때 그저 껍데기에 지나지 않았던 것을 훨씬 더 아름다운 작품으로 승화시키는 것이다. 살아있는 몸뚱이에서 껍질을 벗겨낼 기회도 얻고 예술 작품도 만들고, 그야말로 일석이조다. 예술은, 목숨보다 더 중요하다.

이 일을 하면 영혼이 치유된다.

13

프랜시스

프랜시스는 가게 앞에 붙어있는 간판을 확인했다. 제대로 찾아 왔다. 만개한 분홍과 빨강의 국화 다발 위로 '천상의 타투'라는 글자가 검은색 필기체로 쓰여 있었다. 흐드러진 국화꽃들은 마르니 뮬린스가 타투 행사장에서 여자아이에게 하고 있었던 타투와 똑같은 모양이었다. 그러니까 여기가, 그 여자의 홈그라운드다. 프랜시스는 창문으로 어두운 가게 안을 살폈다. 작은 카운터가 보였고 그 한쪽 옆으로 갖가지 모양의 의자가 줄지어 놓여 있었다. 이상할 것도 없지만, 벽은 온통 문신 디자인으로 뒤덮여 있었다. 카운터 뒤 선반 위에는 여러 겹으로 줄지어 서 있는 향초와 책 몇권, 그리고 어두침침한 상태에서는 도저히 알아볼 수 없는 여러 종류의 물건들이 놓여 있었다.

문 안쪽에 '영업 중' 푯말이 걸려있는데 내부만 봐서는 분명히 문을 닫은 것처럼 보였다. 프랜시스는 안을 좀 더 자세히 보려고 서류 가방을 한쪽 겨드랑이 아래 끼우고 두 손을 이마 위로 올려 빛을 가렸다. 가게 뒤편에 문이 하나 더 있었다. 문틈으로 희미한 불빛이 새어 나오는 걸 보니 여자가 안에 있는 듯싶었다.

프랜시스는 문의 유리를 똑똑 두드리고 손잡이를 돌려봤다. 뻑뻑한 경첩이 시끄럽게 삐걱거리며 문이 활짝 열렸다.

"계십니까?"

안으로 들어서자 갑자기 문 안쪽에서 털로 뒤덮인 무언가가 사나운 이빨을 드러내고 으르렁거리며 온몸의 무게를 실어 프랜시스에게 포악스럽게 달려들었다. 놀란 그가 유리 쪽으로 넘어지는 바람에 문에 붙어있던 유리가 산산조각으로 깨져 바닥에 흩어졌다. 육식동물의 뜨거운 숨결이 내뿜는 고약한 냄새가 났다. 짐승의 턱은 프랜시스의 팔을 노리고 기를 쓰며 달려들었지만, 그 대신 그의 소맷부리를 움켜쥐며 닫혔고 결국 옷이 찢어졌다. 프랜시스는 숨을 헐떡거리며 짐승에게서 벗어나려고 팔다리를 허우적거렸다.

"거기 누구예요?"

프랜시스의 머리 바로 위에서 불이 켜졌다.

"누구세요?" 마르니 뮬린스의 목소리는 공포에 질려있었다.

"프랜시스 설리번이에요."

"누구라구요?"

"프랜시스 경위라구요."

"젠장, 페퍼! 페퍼, 이리 와!"

불독은 침을 질질 흘리며 주인의 말을 들은 척도 안 하고 계속 프랜시스의 소매를 물어뜯었다.

프랜시스는 여전히 숨을 몰아쉬며 고개를 들고 가게 안쪽 문가에 서 있는 마르니의 형체를 올려다봤다.

"제길, 이놈의 개 좀 어떻게 할 수 없어요?" 그는 팔을 비틀며 개의 주둥이에서 벗어나려고 낑낑댔다.

"페퍼!"

프랜시스는 그제야 겨우 일어나 앉아 다른 쪽 손으로 페퍼의 주둥이 위를 막았다. 그러더니 몸을 잔뜩 기울여 얼굴을 페퍼의 귀 바로 옆에 갖다 댔다. 페퍼는 낮게 으르렁거리며 프랜시스의

소매를 고쳐 물었다. 프랜시스는 마르니를 사납게 한번 바라보고
는 얇게 팔락대는 불독의 귀를 세게 붙잡았다.

상대의 기습에 깜짝 놀란 페퍼는 깨갱거리며 프랜시스의 팔을
놔줬다. 개는 머리를 흔들며 벗어나려 했지만 프랜시스는 페퍼의
귀를 꽉 붙잡은 채 놔주지 않았다.

"미쳤어요? 지금 뭐 하는 거예요?" 마르니가 페퍼의 목줄을 잡
자 프랜시스는 개의 귀를 놔줬다. 그러고는 얼굴을 찡그렸다.

"뮬린스 부인, 강아지를 훈련 좀 시켜야 할 것 같네요."

그는 깨진 유리 조각들을 조심조심 피하며 힘겹게 일어나 바닥
에 떨어져 있던 서류 가방을 집어 들었다. 마르니는 그 괴물을 끌
어다 가게 뒷문 밖으로 내보내고 문을 쾅 닫았다. 그녀는 그제야
정문 유리가 깨진 걸 알아챈 것 같았다. 그녀는 입가에 손을 얹으
며 말했다.

"미안해요. 다친 덴 없어요?"

프랜시스는 문 유리에 부딪힌 뒷머리를 더듬었다. 혹이 만져졌
다. 그리곤 손을 확인하니 손가락에 피가 묻어있었다.

"당연히 다쳤죠." 그는 손을 내밀어 마르니에게 보여주며 말했
다. "더 나쁘지 않았던 걸 다행으로 생각하세요. 거기다 양복도
찢어지고."

"옷은 배상해 줄게요." 마르니가 재빨리 말했다. 그녀의 목소리
가 떨렸다.

"당연히 그래야죠. 개한테 입마개 좀 씌워요. 아니 차라리 없애
버리든가."

마르니는 바닥으로 허리를 굽혀 가장 큰 유리 조각부터 줍기
시작했다.

"페퍼는 경비견이에요."

"만약 문으로 어린애라도 들어왔으면 어쩔 뻔했습니까?"

마르니는 발끈했다. "여기는 타투숍이에요. 그럴 일은 거의 없어요."

"물 좀 주실래요? 아직도 진정이 안 되네요."

그녀는 가게 뒤편으로 향했다. 프랜시스가 따라가다 말고 문가에서 엉거주춤하고 있자 마르니 뮬린스는 재밌다는 표정을 지었다.

"아, 페퍼는 걱정 말아요. 내가 초대해서 들어오는 사람한테는 아무 짓도 안 해요."

프랜시스는 주저하며 그녀를 따라 스튜디오로 들어갔다. 앞쪽 대기실과 마찬가지로 스튜디오 벽에도 그녀의 디자인 삽화가 잔뜩 붙어있었다. 그냥 단순한 스케치도 있고 수채화도 있었다. 그리고 근접 촬영한 문신 사진도 많았다. 공간은 전체적으로 어수선했고 한쪽 구석에 있는 책상도 마찬가지였다. 마사지 침대도 하나 있고 큼지막한 옛날식 이발소 의자도 있었다. 구석에 있는 유리 장식장에는 크리스털 장식품들과 실제 인간의 두개골들이 진열되어 있었고 두개골 몇 개는 멕시코의 축제일인 '죽은 자들의 날'을 상징하는 슈가스컬처럼 알록달록하게 색칠되어 있었다.

"앉아요." 그녀가 이발용 의자를 가리키며 말했다. "위스키 줄까요?"

프랜시스는 고개를 저었다. "근무 중엔 술 안 마십니다." 평소에도 술은 거의 안 마셨지만 그런 것까지 알려줄 필요는 없었다.

마르니가 부서진 문의 수리를 맡기려고 어딘가로 전화를 거는 동안 프랜시스는 물을 조금씩 마시며 페퍼를 유심히 바라봤다.

불독은 경계의 눈초리로 응수했지만, 책상 아래 더러운 쿠션 위에 쭉 뻗은 채 움직이지 않았다. 녀석은 두세 번 자기 발로 귀를 긁어댔다. 그러더니 느릿느릿 다가와선 납작한 주둥이로 프랜시스의 다리를 쿡쿡 찔렀다.

마르니가 문 치수를 재고 돌아왔을 즈음엔, 불독은 프랜시스의 발 한쪽에 머리를 베고 발라당 누워있었다.

그녀는 그 둘을 수상쩍게 바라보며 물었다. "혹시, 강아지형 인간이에요?"

"아니요."

그는 가죽 가방을 열어 커다란 사진을 꺼냈다.

"이 사진 좀 봐주겠습니까?" 프랜시스가 사진을 내밀며 말했다.

그것은 이반 암스트롱의 어깨에서 잘려 나간 문신을 확대한 사진이었다. 마르니는 사진을 받아들고 자세히 살펴봤다.

"이거 쓰레기통에서 발견된 그 남자 맞죠?"

프랜시스는 고개를 끄덕였다.

마르니는 다시 사진으로 눈을 돌렸다.

"폴리네시안 타투인데, 그렇다고 폴리네시아에서 받았다는 뜻은 아니구요. 이런 타투는 아무 데서나 받을 수 있어요. 솜씨가 꽤 좋네요. 누구 작품인지 알아요?"

그녀는 문신으로 관심을 돌리자 한결 진정되어 보였다.

"마르니 씨에게 도움을 받을 수 있을까 해서 찾아온 겁니다. 희생자의 부모님이 사진을 내주긴 했는데 아들의 문신에 대해서는 아는 게 별로 없더라고요. 사생활에 대해서도 마찬가지고요."

마르니는 얼굴을 찌푸렸다. "나라고 타투만 보고 누가 했는지 알 순 없어요. 형사님도 알겠지만, 전 세계에 수만 명의 타투 아티스트들이 있다구요."

"아, 그렇군요. 그렇지만 혹시….'

"우리가 타투에 서명 같은 걸 남기는 것도 아니구요."

"이름 첫 글자 같은 것도 안 넣습니까?"

"한두 명 정도 그렇게 하는 아티스트들이 있긴 한데, 아직 인생
의 쓴맛을 못 봐서 저 잘난 맛에 사는 멍청한 것들이죠." 마르니
가 대답했다. "어쨌든, 모르는 사람 피부에 자기 이름을 남기고 싶
어 하는 타투이스트는 거의 없어요. 그냥 사람들의 맨살에 잉크
를 새겨 넣을 수 있다는 특권만으로도 충분히 만족하거든요."

"하지만 희생자의 다리에 있던 성 세바스찬 문신이 티에리 씨
작품이라는 건 알고 있었잖아요."

마르니는 몸을 위로 쭉 들어 올려 마사지 침대에 걸터앉았다.
"내가 티에리 스타일을 특히 잘 알고 있었으니까요."

"하지만 이 문신은 누구 스타일인지 전혀 모르겠다는 겁니까?
그럼 이 지역 아티스트가 아닌 걸까요?" 그는 사진을 다시 열심
히 들여다봤다.

"네. 이 동네 사람은 아닌 것 같아요. 나도 트라이벌이나 토착문
양 쪽은 잘 몰라요."

잠시 침묵이 흘렀다.

"근데 그게 왜 중요해요?" 마르니가 물었다.

"뭐라고요?"

"타투를 누가 했는지요. 그게 사건하고 무슨 관련이 있는 거예
요?"

과연 그럴까? 솔직히 프랜시스도 잘 몰랐다. 그저 그는 단서가
될 만한 건 뭐든지 가리지 않고 뒤쫓고 있었다.

"지금 시점에선 그 가능성도 배제할 순 없죠."

"티에리가 용의자인가요?"

"사건에 대한 자세한 내용은 말씀드릴 수 없습니다."

젠장. 당연히 말씀 못 드리지. 뭐가 있어야 말을 하든지 말든지 하지. 그녀에게 더 이상 건질 게 없다면 이제 그만 가는 게 좋겠다.

프랜시스는 떠나려고 일어섰다.

"사진 놓고 가요. 사람들한테 물어볼게요." 그녀는 시술대에서 폴짝 뛰어내려 프랜시스의 손에서 사진을 낚아챘다. "이 아티스트가 용의자예요?"

"도대체 누가 무슨 이유로 희생자의 몸에서 문신을 잘라갔을까요? 뭐 짐작되는 게 전혀 없습니까? 혹시 당신들만 아는 그런 건가요?" 프랜시스가 대답 대신 되물었다.

그는 왜 이런 일이 벌어졌는지 어떻게든 이해하고 싶었다.

"우리들만 아는 그런 거라뇨?" 마르니의 눈썹이 치켜 올라갔다. "무슨 뜻으로 한 말이에요?"

"타투 세계에서의 응징이라든가 아니면 엽기적인 문신 숭배 의식 같은 것? 나는 잘 모르지만 그쪽 세계 사람들이 하는 거요."

"우리 세계 사람들요?" 마르니는 어이없다는 듯 고개를 저었다. "우리가 무슨 미신을 숭배하는 사이비 종교 집단 같은 거라고 생각해요? 무슨 그런 미친 소리가 다 있어요? 사람 몸에서 타투를 잘라내는 게 무슨 얼어 죽을 놈의 의식이야!"

마르니가 목소리를 높이자 페퍼가 귀를 쫑긋 세웠다.

"잘 들어요. 타투를 하고 싶지 않은 건 괜찮아요. 심지어 타투를 싫어한다 해도 상관없어요." 그녀는 그를 매섭게 노려봤다. "하지만 이봐요 젊은 양반, 당신 태도는 심각하게 문제가 있어요. 타투를 하는 사람들은 사이비 종교에 빠진 사람들이 아니에요. 그냥 보통 사람들이고 어쩌다 타투를 하게 된 것뿐이라구요. 그들의 공통점은 그것뿐이에요. 굳이 따지자면 이 나라 성인의 20퍼센트가 그렇다구요."

프랜시스는 용서를 빌듯 손을 들었다. "미안합니다. 그런 뜻으로 말한 건 아닙니다. 나는 그냥 뭐라도 알 수 있을까 싶어 이것저것 두드려보는 심정으로…"

그가 아픈 데를 건드렸다. 무언가가 또는 누군가가 마르니 뮬린스에게 상처를 입힌 게 틀림없었다.

"아니요, 당연히 그런 뜻으로 말한 거겠죠. 그렇지 않았으면 아예 입 밖으로 꺼내지도 않았을 테니까."

둘 사이에 장벽이 높이 솟아올랐다. 프랜시스는 어떻게든 화제를 돌려보려고 스튜디오 안을 둘러봤지만, 그가 공감할 만한 것도, 유대감을 형성하기 위해 써먹을 수 있는 것도 전혀 없었다.

"정말 진심으로 미안합니다."

마르니는 다시 마사지 침대에 기대앉았다. "그럼 말해 봐요. 대체 왜 타투를 싫어하는 거죠?"

"타투를 싫어한다기보다는," 그는 천천히 말했다. 엄밀히 말하면 싫어하는 게 맞지만 프랜시스는 마르니의 도움이 필요했다. "그냥 안 하는 것뿐입니다. 내 말은, 왜 굳이 사람을 시켜가며 자기 몸에 평생 지워지지 않는 그런 흔적을 남기는 거죠? 나는 그게 상식적으로 이해가 안 갑니다."

"자기표현이죠." 그녀는 툭 내뱉었다.

프랜시스는 마르니의 말이 무슨 뜻인지 잘 이해할 수 없었다.

"저희 어머니가 항상 문신에 대해 하시던 말씀이 있었는데…, 내면의 상처를 밖으로 표출하는 거라고." 또 말이 제멋대로 튀어나와 버렸다.

마르니는 곧 화가 폭발할 것 같은 모습이었다. 아무래도 프랜시스는 또 말실수를 한 것 같았다.

"설마! 당신도 그렇게 생각하는 건 아니죠?"

"그런 건 아니지만…, 하지만 그게 아니라면 대체 왜 하는 겁니까?"

"물론 상처받은 마음을 타투로 표현하는 사람도 있어요. 하지만 보통은 긍정적인 의미가 있어요. 자신감이라든가 희망, 또는 강해지겠다는 결심 같은 거요." 그녀는 잠시 눈을 감았다 뜨더니, 한층 강렬한 눈빛으로 프랜시스의 시선을 붙잡았다. "예전에 아이를 잃었어요. 내 등에 있는 타투는 그 아이를 기리기 위해 한 거예요. 그 아이와 영원히 함께 하려는 나만의 방식이죠."

"아, 유감입니다." 프랜시스가 말했다. 그는 자신이 지나치게 사적인 부분까지 들쑤시고 있다는 기분이 들었다.

"하지만 대부분의 경우는 단순히 심미적인 이유로 타투를 해요." 마르니는 말을 이었다. "혹은 친구들이 다 하니까 자기도 따라 하거나, 사랑이나 존경의 마음을 표현하기 위해 타투를 하는 사람들도 있죠. 사람 마음이 모두 같을 순 없잖아요. 그러니까 사람마다 타투를 하는 이유도 다 제각각이죠."

"네. 그건 저도 알 것 같네요. 타투 행사장에서 그런 걸 느꼈어요." 그는 멋쩍게 그녀를 바라봤다. "그래서, 저를 도와줄 수 있습니까?"

마르니 퓰린스의 표정은 차가웠다. "그냥 내가 할 수 있는 걸

하는 거예요. 주변에 물어볼게요. 하지만 프랭크 씨, 너무 기대는
하지 말아요."

"프랜시스입니다." 그는 이를 악물고 말했다.

마르니 뮬린스 역시 멋대로 넘겨짚는 사람이긴 마찬가지였다.
하지만 그녀는 프랜시스가 타투 세계로 들어갈 수 있게 해주는
유일한 티켓이었다. 혹시 사라진 문신이 이 살인사건을 푸는 데
중요한 단서라도 된다면, 프랜시스는 반드시 그녀가 필요했다. 이
반 암스트롱의 벗겨진 어깨를 봐선 충분히 근거 있는 추론이었
다. 그리고 이제 그들에겐 문신으로 뒤덮인 두 번째 희생자가 있
었다.

또 다른 희생자가 나타나기 전에 이 사건을 해결하려면 프랜시
스는 마르니 뮬린스가 꼭 필요했다.

v

나는 유명해지고 있다! 지역신문 기사에 내 이야기가 실렸다. 물론 그들은 나에 대해 쥐뿔도 모른다. 어쨌든 내 덕분에 동네도 좀 떠들 썩해지고 사람들 사이에 두려움도 적잖이 퍼지고 있다. 그래, 그래야 좀 할 맛이 나지. 컬렉터도 내 이야기를 읽었을까? 나를 자랑스러워 하고 있겠지?

살인자들 중엔 언론에 편지를 보내거나 경찰에 메시지를 보내서 대중들의 환심을 사려는 인간들도 있다. 하지만 난 그렇게까지 하고 싶진 않다. 내 일은 그 자체만으로 충분한 보상이 되니까. 그리고 그 멍청이들은 항상 그놈의 편지 때문에 붙잡힌다. 나는 경찰 일을 덜어 줄 생각은 눈곱만큼도 없다. 그냥 앉아서, 아르고스 신문에 실린 내 업적에 관한 기사나 재밌게 읽어줘야지.

틀린 내용이 너무 많아서 짜증나지만, 내 희생자들에게 무슨 일이 있었는지 정확히 아는 사람은 나뿐이니 어쩔 수 없는 일이다. 저들이 야 그냥 짐작만 할 수 있을 뿐이고, 나머지 빈칸은 두려움과 호기심 을 발휘해 멋대로 채워 넣겠지.

언젠가 사람들이 나에 대한 책도 쓰지 않을까?

물론 내 이야기를 나만큼 정확하게 할 수 있는 사람은 없다. 남동 생 마셜이 맏이인 내 권리를 어떻게 훔쳐 갔는지…. 그 자식은 아예 태어나지 말았어야 했다. 어머니가 그 자식을 거의 유산할 수도 있었 는데! 녀석이 말하고 걸을 수 있게 되자마자 녀석은 온 집안의 사랑 을 독차지하기 시작했다. 어린놈이 아주 영리했다. 나를 깔아뭉개고 혼자만 돋보이는 방법을 터득했고, 자기가 저지른 하찮은 잘못들을 죄다 나에게 덮어씌우는 데도 선수였다. 찬장에서 케이크를 꺼내 먹은 것도 나였고, 베이지색 카펫에 검정 잉크를 쏟은 것도 나였다. 어머니 정원에 있는 장미를 다 망가뜨리고 마늘이며 양파 머리를 다 헤집어 놓은 것도 나였다. 그 자식의 순진무구한 얼굴에 사람들은 그 자식을 의심조차 하지 않았다. 그놈은 부모님 몰래 나를 조롱하고 내 삶을 망쳐놨다.

게다가 마셜은 아버지와 나 사이를 이간질하고 회사를 차지했다. '커비 가죽회사'. 백 년 전 고조할아버지가 설립한 가족 사업. 회사는 내가 물려받았어야 했다. 그랬더라면 내가 가업을 정성스럽게 키웠을 것이고, 아직도 '커비 가죽회사'로 남아있었을 텐데. 하지만 회사는 아버지의 애지중지 아들, 마셜 자식에게 넘어갔다.

하지만 여기까진, 내 이야기의 시작일 뿐이다.

14
맥케이

남자의 입김에서 풍기는 술 냄새가 즉시 맥케이의 코를 자극했다. 남자는 쭈글쭈글한 손가락으로 맥케이가 건네주는 테이크아웃 커피를 받아들었다. 긴 손톱은 때가 껴서 시커멓고, 피부는 자신의 눈알처럼 누렇게 들떠있었다.

"고마워요." 남자가 기어들어가는 쉰 소리로 말했다.

맥케이는 좁아터진 버스 정류장 벤치에 그와 나란히 주저앉았다. 새벽 2시가 지난 시간이라 야간 버스는 가물에 콩 나듯 지나갔다. 버스 정류장에는 두 사람 말고 다른 사람이 들어올 것 같진 않았다.

"피트, 잘 지냈어?"

"뭐 그럭저럭요." 남자가 공기 빠지는 소리로 낄낄 웃으며 대답했다. "뻔히 아시믄서."

맥케이가 고개를 끄덕였다. 피트 같은 놈들이 어떻게 사는지야 늘 똑같았다. 일자리를 구하느라 급급, 돈 구하느라 급급, 술 구하느라 급급.

"평소에도 귀 쫑긋 세우고 있지?" 맥케이가 물었다.

사람은커녕 개미 한 마리도 안 보였지만 피트는 경계하듯 주위를 휙 둘러봤다.

"저, 그게…."

"뭐라도 괜찮은 정보가 있으면 돈 줄 거라는 거 알지?"

피트는 잠자코 있었지만 돈 얘기에 눈빛만은 사뭇 생기가 돌았다.

맥케이가 다시 말했다. "이봐, 자네가 날 도와줄 수도 있을 것 같은데. 어제 아침에 변사체가 하나 들어왔거든. 어린놈이고 왜소한 체격에 교도소 문신도 좀 있고. 뭐 좀 들은 거 없어?"

"어디서 발견됐는데요?"

"저 아래 해안가 근처에서."

맥케이는 피트에게 너무 많은 세부사항을 알려주고 싶진 않았다. 피트는 거름망에 물 새듯 입이 싼 데다, 기회만 있으면 정보를 다른 쪽에 팔아넘기는 것 따위 아무렇지 않게 여길 놈이다.

"주말에 거래가 몇 건 있었다는 얘기는 들었어요. 그중 하나가 틀어졌다는 말들이 있던데요. 경사님이 찾는 시간대랑 대충 맞을까요?"

맥케이는 어깨를 으쓱했다.

"누구 거랜데?"

피트는 엄지와 검지를 비벼대며 맥케이에게 의미심장한 표정을 지었다.

맥케이는 예상했다는 듯 바지 주머니를 뒤적여 작은 지폐뭉치를 꺼내더니, 20파운드짜리 지폐 한 장을 뽑아 피트에게 내밀었다. 피트는 눈을 휘둥그레 떴다. 20파운드로는 어림없다는 뜻.

맥케이는 돈을 다시 거둬들이며 고개를 내저었다. "피트, 이름이나 불어."

피트는 할리우드 액션 같은 한숨을 내쉬었다. "먼저 수고비부터 주셔야죠."

곧 40파운드의 주인이 바뀌었고, 피트는 지역 딜러들의 이름을 줄줄 읊었다. 전부 맥케이가 이미 아는 이름들이었고, 심지어 그 중 몇 명은 감옥에 갇혀있었다.

"이봐 피트, 지금 나랑 장난하자는 거야? 쓸 만한 거 안 나오면 돈 다시 가져간다."

피트는 즉각 방어 자세를 취하며 갈고리처럼 굽어진 손을 들어 올렸다. "알았어요, 알았어. 진짜배기 하나 드릴게요. 콜린스 형제요. 그쪽 패거리들끼리 잠깐 시끄러울 뻔했대요."

"걔네들이랑 누가?"

"루마니아 깡패들이 콜린스네 구역을 먹어버리려고 했대요."

이 역시 맥케이에겐 새로울 것 없는 소식이지만, 어쩌면 선착장에서 발견된 시체랑 관련이 있을지도 모른다. 집으로 돌아오면서 맥케이는 자신의 추리를 더욱 확신하는 쪽으로 기울었다. 지역 마약 조직들 간의 영역 싸움은 새로운 일도 아니었고, 사실 도시에서 일어나는 폭력 범죄의 상당 부분이 조폭들 간의 세력다툼 때문이었다. 피트가 준 정보는 40파운드짜리는 아니었지만 어쨌든 피트를 계속 붙잡아두는 게 맥케이에게도 유리했다. 그리고 피트는 아주 가끔 꽤 괜찮은 정보를 물어다 줄 때도 있었다.

다음 날 아침 맥케이가 프랜시스에게 자기가 추리한 내용을 제안했을 때 프랜시스는 시원찮아 하는 눈치였다.

"경사님 정보원의 추측인가요? 아니면 확실한 물증이라도 줬습니까?"

"그놈이 우리처럼 증거수집 원칙을 철저히 따르고 그러지는 않죠." 맥케이가 대답했다. "하지만 한번 살펴볼 거리는 되잖아요. 어쨌든, 희생자는 교도소 문신으로 뒤덮여 있었잖아요. 합리적으로 따져봐도 그 녀석이 조폭 일원이었을 수 있어요. 아니면 이 살인사건이, 아니 어쩌면 이반 암스트롱 사건도 조폭과 얽혀 있다고 추정해볼 만하지 않아요?"

"우리는 그 어떤 것도 추정하지 않을 겁니다." 프랜시스의 어조는 날카로웠다. 아마 맥케이가 쓸 만한 단서를 찾아낸 것이 탐탁지 않은 거겠지.

"그럼 경위님이 찾아낸 그 문신쟁이 여자를 불러다, 희생자 몸에 있는 문신들의 출처를 한번 물어보든가요."

하지만 맥케이가 상관을 앞질렀다는 득의만만한 자부심의 순간은 곧바로 종말을 맞았다. 수사상황실 문이 열리고, 홀린스의 안내를 받으며 마르니 뮬린스가 방으로 들어서는 것이 보였기 때문이다.

"와주셔서 감사합니다." 프랜시스가 마르니에게 다가가 인사하며 말했다.

"내 발로 온 거 아니잖아요." 그녀는 어쩔 줄 몰라 했다. "내가 아는 건 저번에 진짜 다 말했어요."

"잘 알고 있습니다. 정말 감사하게 생각하고 있습니다." 프랜시스가 대답했다. "타투 사진을 몇 개 보여드릴 테니 한번 보시고 그에 대해 설명 좀 해 주실 수 있을까요?"

그녀는 어깨를 으쓱하며 대답했다. "그러죠."

프랜시스는 방 끝에 아무도 쓰지 않는 책상으로 그녀를 데려가 책상 위에 사진 여러 장을 차례로 펼쳐 놓았다. 핏기 없이 창백한 피부에 새겨진 문신들을 근접 촬영한 사진들이었다. 사진 배경으로 보아 부검실에서 찍은 것들이었다.

"이 남자는 화요일 새벽에 변사체로 발견됐습니다. 이 타투 중

일부는 폭력 조직과 관련된 것으로 추정하고 있습니다."

마르니는 몸을 굽혀 사진을 1분 정도 살펴보더니 몸의 모양에 맞춰 사진을 재배열했다. 몸통과 팔, 다리 여기저기에 갖가지 기호며 숫자들, 해골 모양 등 형편없이 새겨진 흐릿한 검은 문신들이 수두룩했다.

"이 남자도 살해됐나요?" 마르니가 물었다.

프랜시스는 고개를 끄덕였다. "네, 목이 잘렸습니다."

마르니 뮬린스는 문신을 다시 유심히 보더니 사진 하나를 가리켰다.

"여기 이 타투들은 아주 특이하네요." 그녀는 이제 한결 편안해 보였다.

"딱 봐도 조폭이죠." 맥케이가 끼어들었다. "마약 거래가 틀어진 걸 겁니다. 이따위 몸 낙서나 들여다보고 있느니 차라리 지문을 조회해 보는 게 훨씬 유용할 거예요."

프랜시스가 맥케이를 쏘아보곤 마르니에게 다시 질문했다.

"뮬린스 부인, 이 중에 눈에 띄는 게 있습니까? 더 조사해 볼 만한 게 있을까요?"

마르니는 조금 전에 골랐던 사진을 가리키며 말했다.

"이거요, 대표적인 조폭 타투예요."

그녀가 가리킨 문신은 꼭짓점 다섯 개짜리 왕관이었다.

"내가 뭐랬어요?" 맥케이가 다시 끼어들었다.

마르니는 맥케이를 향해 고개를 휙 돌리며 물었다. "이 타투에 대해 알아요?"

"깡패들이 하는 문신이 다 거기서 거기죠. 브라이튼에 조폭이 많은 것도 아니고."

마르니는 한숨을 쉬었다. "이건 이 지역 감옥에서 받은 타투가 아니에요. 왕관은 '라틴의 제왕들(Latin Kings)' 조직의 표식이에요. 미국 시카고 근처에서 활동하는 폭력 조직이죠. 그리고 이 꼭짓점 다섯 개는 '민족국가(People Nation)'라는 조직의 소속이라는 뜻이에요. 내가 알기론 둘 다 브라이튼에 분파가 없어요. 게다가 중요한 건, 이 타투들이 전동 타투 머신으로 새겨졌다는 거예요. 교도소에서 하는 타투는 볼펜 끝을 갈아서 구두약으로 새겨요."

프랜시스가 애써 비웃음을 삼키고 있었다.

맥케이도 생각했다. '그래 너 잘났다.'

"그리고 이쪽 타투들은 손으로 직접 새기긴 했는데 그렇다고 감옥에서 했다고 단정할 순 없어요." 마르니가 조잡하게 새겨진 문신 몇 개를 가리키며 말했다. "점 모양이나 숫자 14는 모두 미국 폭력배들이 즐겨 하는 타투예요. 세 개의 점은 'mi vida loca' 즉 '나의 미친 삶'이라는 뜻이죠. 다섯 개짜리 점은 감방 갔다 왔다는 뜻이구요. 감방 모서리를 네 개의 점으로 찍고 그 안에 들어 있는 죄수가 나머지 점이에요. 그리고 숫자 14는 북부 캘리포니아에 있는 '누에스트라 파밀리아' 소속이라는 뜻이에요." 그녀는 얼굴을 돌려 프랜시스를 봤다. "내 생각에 형사님들이 데리고 있는 희생자는 정체성의 혼란을 겪고 있던 조폭 추종자인 것 같네요. 농담이지만 그 사람보다는 내가 조직폭력배의 일원이 되는 게 더 쉬울걸요?" 마르니는 맥케이를 정면으로 마주 보며 말을 이었다. "그러니까, 경사님이 이 사건을 폭력배들의 살인사건이라 생각한다면 아주 한참 잘못 짚은 것 같네요."

자기가 빌어먹을 전문가라도 된다는 거야, 뭐야? 맥케이는 짜증이 났다.

"그럼 이건 어떻습니까?" 프랜시스는 시신의 오른쪽 종아리 바깥쪽에서 이빨을 드러내고 있는 늑대 문신을 가리키며 물었다.

마르니는 손가락으로 윤곽을 더듬으며 몇 분 동안 문신을 들여다봤다.

"이건 굉장히 훌륭한 작품이에요. 엄청 비싸게 주고 받았을 것 같아요. 감옥이나 폭력배와는 전혀 상관없는 타투이고 받은 지도 얼마 안 됐어요. 이 사람, 타투 취향이 점점 더 성숙해지고 있네요. 아, 성숙하고 있었네요."

"대체, 손으로 했는지 기계로 했는지 어떻게 구별하는 겁니까?" 프랜시스가 물었다.

"감옥이나 집에서 아마추어가 한 문신은 금방 알아볼 수 있어요." 마르니가 대답했다. "타투 선이 더 굵고 디자인도 허접하거든요. 또 바깥 테두리가 또렷하지 않고 잉크가 번져있는 경우가 많아요. 여기 이 두 타투의 차이를 봐요." 그녀는 남자 몸통에 있는 왕관과 왼손 손가락 마디마다 새겨진 'HATE'(증오)를 가리키며 말했다. "감옥에서 하는 타투는 전부 검은색이에요. 감옥 안에선 다른 색깔 잉크는 구할 수 없으니까."

맥케이는 딴청을 피우다가 상관한테 고약한 눈초리를 받았다.

"맥케이 경사, 잘 들어봐요. 사건마다 자꾸 문신이 등장하고 있으니까."

"네, 경위님." 맥케이는 이를 악물고 대답했다.

"경찰서까지 와주셔서 다시 한번 감사드립니다. 알려주신 정보가 사건 해결에 분명히 큰 도움이 될 겁니다." 프랜시스가 마르니 뮬린스에게 말했다.

맥케이는 동의할 수 없었다. 따지고 보면 저 여자는 사건 해결에 실제 도움이 되는 정보는 하나도 내놓지 않고, 오히려 맥케이 자신이 논리적으로 추론해 낸 완벽한 추리에 꼬투리만 잡지 않았나.

프랜시스는 사진을 다시 정리하고 그녀를 문으로 안내했다.

"뮬린스 부인, 안녕히 가십시오."

"마르니라고 불러요. 남의 부인 아니게 된 지 15년이나 됐는데."

"맞네요. 앞으로 마르니라고 부를게요." 프랜시스가 말했다.

웃기고들 있네. 그래도 프랜시스가 얼굴을 붉히는 모습을 보니 그의 분홍빛 뺨이 나름 귀여운 구석이 있다, 라고 생각하며 맥케이는 상황판에 다시 사진을 붙였다.

15

프랜시스

프랜시스는 혼잡한 보행로에서 사람들 사이를 헤치고 나가는 마르니의 뒷모습을 눈으로 좇았다. 수많은 사람들이 소나기를 피하느라 양방향으로 종종걸음을 치고 있어서, 두 사람이 나란히 옆에 서서 걸어가는 건 불가능했다.

지금 마르니는 프랜시스를 다른 타투이스트에게 데려가는 중이었다. 이와오 이시가와라는 이름의 타투 역사가이자 마르니의 스승이었다. 어쩌면 이와오는 이반 암스트롱의 어깨 문신에 대해 아는 것이 있을지도 모른다. 그가 실제로 도움이 될까 의심스러웠지만, 프랜시스는 지푸라기라도 잡아야 하는 상황이었다.

점심시간 내내 브래드쇼에게 붙잡혀 시달린 데다가 어떻게든 자기 상관의 담배 냄새 절은 사무실에서 탈출해야 했다. 그래서 프랜시스는 자기 사무실로 돌아오자마자 마르니에게 전화를 걸어 다시 한번 도움을 요청했다.

"여기예요." 한 건물 앞에서 멈춰선 마르니가 프랜시스를 돌아보며 말했다.

현관으로 들어서자 곧바로 계단이 나타났다. 현관의 벽과 천장은 전부 검은색이었고, 바닥에 깔린 카펫은 너무 오래되고 낡아서 원래 무슨 색이었는지 가늠해보는 것도 불가능할 정도였다. 프랜시스는 마르니를 따라 계단을 올라갔다. 중간쯤 올라가자 계단이 갑자기 옆으로 꺾였다. 짧은 검정 원피스 차림의 깡마른 여자가 구석 한 귀퉁이로 물러서서 프랜시스와 마르니에게 길을 양보했다.

"짭새." 막 옆을 지나치는데 그녀가 프랜시스의 귀에 나지막이 내뱉었다.

사람들이 도대체 어떻게 알아보는 거지? 매번 그랬다! 자기한테 뭔가 그런 냄새가 나는 건가? 아니면 자신의 정장 스타일이 경찰스러운가? 그것도 아니라면, 자신의 눈동자에 '나 경찰이다'라고 쓰여 있기라도 한 건가?

"그쪽 잡으러 온 거 아니에요." 프랜시스는 계단을 내려가는 그녀의 귀에 대고 중얼거렸다.

마르니가 무슨 일이냐는 듯 그를 돌아보자 프랜시스는 그저 눈썹만 치켜올렸다.

계단을 다 오르자 양옆으로 문이 쭉 늘어선 좁은 계단이 나왔다. 뿌연 공기에 진동하는 향냄새와 아시아 허브향, 머리 위엔 빨간 전구 조명 하나, 어딘가에서 들리는 음악 소리, 그리고 또 다른 방에서 여자가 찢어지는 고음으로 불러대는 동양풍의 노래. 윤락업소인가? 아니면 마약 소굴? 자욱한 연기에 넋을 잃은 프랜시스의 눈앞에 금방이라도 셜록 홈즈가 나타날 것 같았다.

마르니는 그중 한 곳의 문을 두드리더니 대답도 기다리지 않고 문을 열었다. 프랜시스에게 따라오라는 손짓을 하며 안으로 들어갔다. 과연 저 안에서 무엇이 자신을 기다리고 있을까. 프랜시스는 음울하고 지저분한 공포의 방을 떠올리며 안으로 들어갔다. 하지만 의외의 풍경이 눈앞에 펼쳐졌다. 밝은 햇빛이 쏟아져 들어오는 널찍하고 정결한 스튜디오였다. 맞은편 벽을 차지한 크고 넓은 창문 밖으로는 관리되지 잡초가 무성한 뒷마당이 보였다. 하지만 그와는 대조적으로 스튜디오 안에 있는 모든 것은 세련되고 현대적이었다. 타투 작업용 의자와 시술대는 금속과 가죽, 나무 재질이 어우러져 한눈에도 비싸 보였다. 그 장비들과 조명 설치를 보고 있자니 프랜시스는 마치 고급 의료 시설에 들어선 느낌이었다.

하지만, 그의 관심을 단번에 사로잡은 것은 따로 있었다. 무언가 살아있는 것이 고급 가죽 재질의 타투 작업용 의자에 앉아 적대적인 눈초리로 초록빛을 내뿜으며 프랜시스를 노려보고 있었다. 프랜시스는 얼핏 그것이 온몸에 멍이 든 비쩍 마른 아기의 알몸인 줄 알고 깜짝 놀라 등골이 오싹했다. 그러나 그것은 고양이였다. 털은 하나도 없고, 말할 수 없을 정도로 깡말라서 몸에 있는 뼈가 다 드러나 있었다. 프랜시스의 마음을 가장 꺼림칙하게 한 건, 멍인 줄 알았던 푸르딩딩한 것이 좀 더 자세히 들여다보니 문신이라는 사실이었다. 그 짐승의 등, 목, 가슴, 그리고 다리에까지 짙은 남색의 일본 글자가 가득 새겨져 있었다. 고양이는 프랜시스에게 이빨을 드러내며 하악거렸다.

프랜시스는 설명을 구하는 표정으로 마르니를 바라보며 그 동물에게 손을 뻗었다. 그의 행동에 고양이는 앞발로 일어나 앉더니 한쪽 발로 프랜시스의 손을 후려쳐 상처를 남겼다.

"뭐 이런…."

뒤에서 문이 열리는 소리에 프랜시스는 말을 멈췄다. 그가 피나는 엄지손가락을 입에 물고 돌아서자 호리호리한 일본 남자가 스튜디오로 들어서는 것이 보였다. 남자는 짙은 푸른색 모시 기모노 차림이었고 짧게 깎은 머리는 완연한 백발이었지만 얼굴에는 주름이 없어 나이를 가늠하기가 어려웠다. 그는 방문객이 온 것이 달갑지 않은 표정이었다.

남자는 마르니를 알아보고 고개를 끄덕였지만 프랜시스를 발견하고는 못마땅한 기색이 더욱 짙어졌다. 그럼에도 남자는 허리를 깊이 숙여 인사했다. 마르니도 똑같이 답례하며 프랜시스에게도 따라 하라는 듯 검지로 쿡 찔렀다.

"곤니치와(안녕하세요)." 남자가 말했다. 고음의 짧고 날카로운 목소리였다.

"곤니치와, 센세이(안녕하세요, 선생님)."

그는 허리를 곧게 펴고 몸을 돌려 프랜시스를 마주 보더니 다시 허리를 굽혀 인사했다.

"곤니치와(안녕하십니까)."

프랜시스도 똑같이 답례하며 어정쩡하게 허리를 숙였지만 무슨 말을 해야 할지 몰랐다.

인사를 마치고 남자는 곧바로 마르니 쪽으로 돌아서서 그녀에게 일본어로 말하기 시작했다. 프랜시스가 듣기에 남자는 화가 난 듯했다. 무슨 말인지는 모르겠지만 마르니의 얼굴이 구겨졌다.

"예, 제가 모르는 사람을 이곳에 데려왔어요. 용서해주세요, 선생님. 하지만 도움이 필요해요." 마르니가 영어로 대답했다.

"1년 내내 얼굴 한번 안 비치더니 필요한 게 있을 때만 찾아오는 겐가?"

프랜시스는 남자의 말이 진담인지 농담인지 구분할 수 없었다.

"죄송해요. 이와오 선생님. 더 자주 찾아뵈어야 하는데, 정말 죄송해요." 마르니는 다시 가볍게 고개를 숙이며 말했다.

"그래야지. 내가 자네 몸에 타투 새기는 걸 얼마나 좋아하는지 알면서… 아직 채워 넣어야 할 부분이 많이 남았잖은가. 그리고 자네도 한참 더 배워야 하기도 하고." 그러더니 남자는 곧 표정을 누그러뜨리고 미소를 지으며 물었다. "티에리는 요즘 어떻게 지내고?"

마르니도 미소로 대답했다. "티에리는 잘 지내요. 요즘 하는 작품들도 꽤 훌륭하구요."

"티에리한테도 얼굴 좀 보여 달라고 전해 주게. 친구를 무시하는 건 자네나 티에리나 막상막하구먼. 그건 그렇고, 함께 온 손님은 누구신가?"

마르니는 긴장을 풀고 프랜시스 쪽으로 고개를 돌렸다. "선생님, 이 사람은 프랜시스 설리번이에요." 그녀는 다시 일본어로 말하기 시작했고 두 사람 사이에 빠른 대화가 오갔다. 마침내 대화가 멈추고 잠깐의 침묵 뒤에 이와오가 프랜시스를 바라봤다. 고양이가 다시 하악거리더니 의자에서 뛰어내려 이와오가 들어온 문을 향해 사푼사푼 걸어갔다.

"경찰이시라고요?" 이와오가 물었다.

프랜시스는 고개를 끄덕였다.

"나가주시오."

마르니가 한 발짝 나서서 이와오의 팔에 손을 얹었다. "선생님, 부탁드려요. 중요한 일이에요."

그는 팔을 흔들어 마르니의 손을 떨쳐냈다. "나쁜 징조야. 부탁이니 나가주시오."

마르니가 어찌할 바를 모른 채 서 있자 프랜시스가 이와오를 똑바로 바라보며 말했다. "이와오 씨, 저희는 살인사건 수사를 위해 타투 전문가인 선생의 의견을 구하고 싶습니다. 사진 몇 장만 보여드리고 금방 가겠습니다."

이와오는 얼굴을 잔뜩 찌푸리고는 일본어로 마르니에게 뭐라고 속삭였다. 그녀는 천천히 고개를 끄덕였지만 얼굴이 시뻘게졌다.

"사진을 봅시다." 그가 말했다.

프랜시스는 서류 가방을 열어 이반 암스트롱의 어깨 사진을 꺼냈다.

"우리는 이 타투를 작업한 아티스트가 누구인지 찾고 있습니다."

이와오는 프랜시스에게서 사진을 받아들고 스튜디오 저편에 놓인 먼지 하나 없이 깨끗한 작업대로 가져갔다. 그러더니 엄청나게 밝은 조명 빛에 사진을 들이대고는 뭐라고 나지막이 중얼거리며 확대경으로 사진을 자세히 관찰했다.

그 사이 프랜시스는 벽에 걸린 사진들을 둘러봤다. 너무나 당연하게도, 사진은 모두 일본 스타일이었고, 타투에 전혀 문외한인 자신의 눈으로 보기에도 문양들은 모두 아주 특별해 보였다.

"여기 있는 게 다 이와오가 한 타투예요?" 프랜시스는 마르니에게 조용히 물었다.

그녀는 고개를 끄덕였다. "내 등에 있는 타투도요." 그녀가 덧붙였다.

"이 타투가 누구 작품인지 압니다." 이와오가 말했다.

그는 작업대에 사진을 내려놓고 근처 책장에서 전시회 안내 책자를 꺼냈다. 책장을 빠르게 넘기더니 마침내 찾고 있던 페이지에서 손을 멈췄다.

프랜시스는 자기도 모르게 숨을 죽이고 있는 스스로를 언뜻 의식하고 마르니를 흘깃 쳐다봤다. 마르니도 숨을 죽인 채 기다리고 있었다.

"그렇지. 여기 이거." 이와오는 안내 책자를 사진 옆에 내려놓고 마르니와 프랜시스가 볼 수 있게 페이지를 펼쳤다. "이 두 개는 상당히 유사합니다. 같은 사람 솜씨예요. 여기 보면 이 삼각형들이 모두 같은 방향으로 살짝 찌그러져 있죠. 문양도 비슷한 범주에 있고, 선의 농도나 복잡한 정도도 똑같고…"

프랜시스도 더 가까이 들여다보니 이와오가 설명한 사항들에서 유사점을 알아볼 수 있었다.

"그래서 누구예요?" 마르니가 물었다.

"조나 메이슨이야. 그를 내 전시회에 참가시켰었는데 그 사람 입장에선 엄청난 영광이었을 거야. 물론 그에 걸맞게 훌륭한 솜씨를 갖춘 아티스트이기도 하지만."

"저도 조나의 작품일 수도 있겠다 생각했어요." 마르니가 말했다. "하지만 긴가민가해서 선생님 의견을 듣고 싶었어요."

"그 사람은 아직 현업에 있습니까?" 프랜시스가 물었다.

이와오는 어깨를 으쓱했다. "15년째 캘리포니아에서 살고 있습니다. 나도 거기서 그를 만났어요. 아무튼 아직 열심히 활동하고 있습니다."

이와오는 책자를 덮고 책장에 다시 꽂았다. 그가 책장으로 팔을 올리는 사이 그의 기모노 소매가 팔꿈치까지 미끄러져 내렸고 프랜시스는 이와오의 팔뚝에 그려진 짙은 색의 정교한 문신을 얼핏 볼 수 있었다.

"이 타투가 희생자의 몸에서 잘려나갔다고?" 이와오가 마르니를 돌아보며 물었다.

"도대체 누가 왜 그런 일을 저질렀을까요? 선생님은 혹시 짐작 가는 바가 있으세요?" 그녀가 물었다.

이와오는 숨을 깊이 들이쉰 뒤 잠시 멈췄다가 다시 내쉬었다. 그러고는 가느다란 손가락으로 턱을 어루만졌다.

"일본에서는 이런 일이 일어나긴 하는데, 그래도 이 정도까지는 아니지." 이와오가 말했다. "이레즈미를 한 사람들 사이에서, 대부분 야쿠자들이…"

"이레즈미요?" 프랜시스가 물었다.

"전신 타투요. 가끔 야쿠자가 죽으면서 자신의 몸에서 타투를 벗겨내 보관하라는 유서를 남기기도 합니다. 요코하마에 있는 타투 박물관에 견본이 여러 개 전시되어 있어요. 그리고 도쿄 대학교에서도 몇 점 소장하고 있는 걸로 알고 있습니다."

"하지만 타투 때문에 사람들이 살해당하는 일은 없습니까?"

이와오는 고개를 저었다. "일본이든 다른 어떤 곳에서도 그렇다는 얘기는 들어본 적이 없습니다. 자 이제, 그만 가주십시오."

그는 휙 돌아서더니 작별 인사도 하지 않고 방을 나가버렸다. 마르니와 프랜시스도 다시 불그스름한 계단을 내려가 건물 밖으로 나갔다. 다시 바깥 땅을 밟았을 때 프랜시스가 마르니를 보며 물었다.

"내가 사진을 봐달라고 부탁했을 때 이와오가 당신에게 일본어로 무슨 말을 한 건가요?"

마르니는 그에게서 고개를 돌렸지만 얼굴이 다시 달아올랐다.

"별거 아니었어요. 그냥 잠깐 옛날얘기를 한 것뿐이에요."

프랜시스에겐 더 이상 궁금해할 자격도 없었고, 마르니의 태도를 봐서도 더 캐물으면 안 될 것 같았다. 그래서 두 사람은 말없이 걸었다.

프랜시스의 휴대폰이 주머니에서 진동했다. 맥케이가 보낸 문자 메시지였다.

마르니 물린스가 감방 문신에 대해 어떻게 그렇게 잘 아는 걸까요? 본
인이 감방에 직접 들어갔다 나왔으니까요.

vi

지금까지 나는 타투를 꽤 많이 확보했다. 모두 가죽이 되어가는 중이지. 여러 사람 몸에서 벗겨왔다. 물론 지금은 다들 죽었지만. 타투는 저마다 다른 가공 단계에 있다. 내가 가죽 만드는 일을 시작한 지는 꽤 됐다. 물론 인간 가죽은 아니었다. 인간 가죽은 비교적 최근에 시작한 거고, 원래는 동물 가죽을 만들고 있었다. 믿기 어렵겠지만, 인간이든 동물이든 가죽을 만드는 단계는 완전히 똑같다. 사람 피부라고 특별히 다를 것도 없고, 오히려 사람 피부에서 완성된 가죽은 그렇게 부드러울 수가 없다.

어제 벗겨낸 머리 가죽 얘기를 해볼까? 지금은 모발의 케라틴을 분해하고 지방을 녹이기 위해 석회유에 담겨있다. 냄새가 지독하긴 하지만 절차상 매우 필수적인 단계다. 머리 가죽이 중화되는 동안 나는 다른 타투에 작업을 한다. 굉장히 세련된 팔뚝 타투를 만지는 중. 피부 안쪽에 덕지덕지 붙어있는 썩은 살점들을 무딘 날로 살살 긁어 제거하는 작업을 하고 있다. 이 타투의 주인이었던 여자가 생각난다. 나의 첫 번째 작품. 그때는 나도 처음이라 많이 긴장했었다. 하지만 그녀의 살가죽을 잘라서 벗겨내기 시작하는 순간 내 자신감이 다시 폭포수처럼 흘러넘쳤었지. 그녀가 죽기 전에 우리는 대화를 나눴다. 친절한 여자였다. 자신이 어떻게 되리라는 걸 깨달았을 때도 그녀는 여전히 품위를 지켰다. 죽음의 순간에 이르러서야 나는 그녀의 눈에 드리운 두려움을 보았다. 그녀에게서 찝찔한 땀 냄새가 났던 것 같다.

피부를 만지면서 일을 할 때가 나는 가장 기분이 좋다. 론 도허티 밑에서 일하면서 나도 그걸 알게 됐다. 론도 나의 특별한 재능을 알아봤다. 내가 그의 견습생으로 일하던 즈음엔 아마 그가 전국에서 가장 뛰어난 박제사였을 것이다. 그럼에도 론은 내가 기술을 충분히 연마하자 아주 흔쾌히 나에게 자리를 넘겨주었다. 하지만 모든 것을 다 떠나, 우리는 여전히 한 팀이었고 그는 내게 아버지 같은 분이었다.

아버지가 가르치다 포기한 나를 론이 받아주었다. 론은 거의 모든 면에서 친아버지보다 더 아버지 같았다. 내가 그 인간의 기대에 못 미친다는 이유로 친아버지가 나를 둥지에서 밀어냈을 때 론이 나타나, 바닥에 떨어져 부러지고 으스러진 나를 거둬주었다. 그 후로 10년 동안 론은 부러지고 으스러진 나를 다시 이어붙이고 끼워 맞춰 사람으로 만들어주고 기술도 가르쳐줬다.

내게 머물 곳과 할 일과 그 밖에 셀 수 없이 많은 것들을 주었다. 나는 매일 그의 작업장으로 출근해 그를 위해 일했다.

처음엔 내게 쥐새끼들 박제를 연습시켰다. 쥐새끼는 뱀의 먹이나 실험실에서 많이 쓰이는 동물이라 언제 어디서나 아주 쉽게 구할 수 있는 재료였다. 그래서 다행히 공급이 부족했던 적은 없었다. 게다가 값도 싸서 작업하다 실수해도 마음에 부담이 전혀 없었다. 물론 실수한 적은 거의 없었지만. 내가 쥐새끼를 가지고 연습하면서 박피, 보존처리, 몸통 채우기 같은 기본적인 기술을 다 익히자, 론은 나에게 새, 다람쥐, 햄스터, 새끼고양이로 단계를 높여가면서 실력을 쌓아나갈 기회를 줬다. 그리고 마침내 그동안 갈고닦은 실력을 발휘할 준비가 되자, 그는 내게 큰 동물들을 맡겼다. 우리가 박제해서 내놓는 동물들의 출처를 묻는 고객은 거의 없었다. 우리 돈벌이는 대부분 죽은 애완동물이나 조랑말, 소중한 가축 따위를 박제하는 데서 나왔다. 가끔은 타블로(상황극: 역사적인 장면 등을 여러 명의 배우가 정지된 행동으로 재현해 보여주는 것, 또는 한 무리의 사람들이나 동물들 등을 일련의 조각상으로 묘사한 예술 작품 – 옮긴이 주)를 주문하는 고객들도 있었다. 그런 사람들은 자기들이 좋아하는 책이나 영화의 한 장면을 죽은 쥐나 새로 재연출하고 싶어 했다. 지금까지 만든 것 중 가장 맘에 드는 작품은 돈키호테를 맡은 쥐가 고슴도치 등에 올라탄 채 풍차와 싸우는 장면이었다. 브릭썸에서 온 노부인의 주문을 받아 그녀의 어린 시절 기억에서 떠올린 장면대로 제작해 준 작품이었다.

론은 몇 년 전에 죽었다. 그와 같은 인재가 죽어버린 건 정말 아까운 일이다. 나는 그의 피부를 보관해 두었다가 가죽으로 만들었다. 인간 피부와의 첫 경험이었다. 나는 항상 론의 피부 조각을 지니고 다닌다. 가끔은 주머니 속에 넣어 다니지만, 대부분은 옷 안쪽에 핀으로 고정해 둔다. 그렇게 하면 내 맨살에 닿는 그의 피부를 더 가까이 느낄 수 있다. 이렇게 우리는 항상 함께한다. 절대로 떨어지지 않는다.

론은 최고였다. 그래서 그는 사라져야 했다.

그리고 컬렉터가 인정한 바에 따르면, 이젠 내가 업계 최고다.

16

프랜시스

제길 어떻게 된 거지? 프랜시스 설리번은 자신의 컴퓨터 화면을 응시하며 조용히 욕을 내뱉었다. 아무것도 없었다. 서섹스 경찰 데이터베이스에는 마르니 뮬린스에 대한 기록이 단 하나도 없었다. 아마도 다른 이름으로 등록되어 있는 건가. 그렇다면 그녀의 처녀 적 이름이겠지. 하지만 그렇다면 맥케이는 그녀가 수감된 적이 있다는 사실을 대체 어떻게 알아냈을까? 그는 맥케이에게 단도직입적으로 물어봤지만 맥케이는 뜬소문을 들었다는 둥 애매모호하게 얼버무릴 뿐이었다. 그녀의 죄목은 무엇이었을까? 미치도록 궁금했다. 좀도둑질? 티에리와 마찬가지로 마약사범이었을까? 티에리는 몇 번의 경고 조치를 받은 적이 있었다. 혹시 절도? 여자들도 솜씨 좋은 절도범이 될 수 있다. 전국 데이터베이스로 검색 범위를 넓히면 나올까?

물론 그러면 안 된다는 것을 알고 있었다. 프랜시스는 이반 암스트롱 사건을 수사하면서 단 한 순간도 마르니를 용의자로 생각하지 않았다. 그리고 이반 암스트롱의 살해 사건과 선착장 아래서 발견된 변사체가 서로 연관되었다고 생각할 근거도 없지 않은가. 물론 두 희생자 모두 몸에 문신이 있었지만, 프랜시스가 이해하는 한 이 도시에서 여전히 살아 숨 쉬는 젊은 남자들 중 적어도 절반은 몸에 문신이 있었다. 그리고 두 사건의 범행 수법도 완전히 달랐다. 마르니 뮬린스에 대한 병적인 호기심을 해소하는 것은 자신의 직업윤리에 어긋났다. 그런 일은 아무렇지 않게 편법을 일삼는 직속 부하의 몫으로 그냥 남겨두는 게 나을 것이다. 맥케이는 분명히 그러고도 남을 인간이다. 프랜시스는 맥케이가 마르니의 정보를 어디서 캐냈는지 더 따져 물을 엄두가 나지 않았다.

그때 이메일 수신 알림이 왔다. 프랜시스는 눈앞에 놓인 사건으로 다시 주의를 집중했다. 앤지 버튼이 보낸 이메일에는 조금도 편법적이지 않은 방법을 통해 얻은 결과들이 담겨있었다. 강력범죄 분석팀의 자료를 조사해서 과거에도 피부나 문신을 제거하는 범행 수법이 포함된 폭력 범죄가 있었는지 찾아보라는 프랜시스의 지시에 앤지가 보내온 결과 보고서였다. 프랜시스는 커피를 조금씩 홀짝거리며 눈으로 재빨리 정보를 훑었다.

눈에 띄는 것은 아무것도 없었다. 강도 사건, 술집 다툼, 가정 폭력 등등 온갖 종류의 살인사건 희생자들이 몸에 문신이 있었던 것으로 기록되어 있었다. 하지만 대부분 사건은 이미 해결이 됐고, 분석팀에서 문신을 범행 동기의 핵심요소로 판단한 사건도 없었다. 자료에 묘사되어 있는 치명상들의 정보를 하나하나 읽어 내려가자니 기분이 섬뜩했다. 어쨌든 결론은, 피부를 벗겨낸 범행은 분석 자료에 없었다. 대부분이 자상 또는 둔기에 의한 외상이었다. 팔이 잘려나간 여자, 기차 밑으로 떠밀린 여자, 그 외에도 치명적인 총상을 당한 희생자들도 몇 명 있었다. 타투 머신으로 목을 찔려 바늘이 경동맥을 건드렸는데도 살아남은 남자도 있었다.

프랜시스는 보고서 끝은 앤지 버튼이 덧붙인 결론으로 넘어갔다.

…이반 암스트롱의 죽음과 명백히 연결된 사건은 없어 보임. 더 심

증적으로 분석해 본다면 연관성이 나올 가능성도 있음. 그러나 팀 내에서 상당한 인력과 시간이 요구될 것임….

해석하자면, 앤지 자신은 그 일을 하고 싶지 않다는 뜻이었다. 프랜시스도 그녀를 탓할 순 없었다. 수사에서 데이터 분석이 점점 더 큰 부분을 차지하고는 있지만, 사람들 대부분은 데이터 분석을 하려고 경찰이 되는 게 아니었다. 그들은 책상에 앉아 컴퓨터나 들여다보고 있는 게 아니라 밖에 나가 몸을 움직이며 수사하는 것을 더 좋아했다. 하지만 만약 그곳에, 데이터 안에, 뭐라도 있으면 어쩔 것인가. 프랜시스는 자신이 맡은 첫 번째 사건에서 그 무엇 하나라도 절대 놓쳐선 안 됐다.

그는 수화기를 들었다.

"홀린스, 잠깐 내 방으로 와 주게."

2분 후 홀린스가 문에 나타났다.

"경위님, 잠시 후에 다시 와도 되겠습니까? 앤지의 생일인데 지금 막 케이크를 돌리려는 중이라서요."

어떤 미친놈이 회칼을 들고 밖에서 설치고 있는 상황인데, 그딴 일은 잠시 잊고 케이크나 먹자고 하다니 참….

하지만 그렇게 말할 순 없었다.

"그래. 괜찮네." 그는 자리에서 일어나 홀린스의 뒤를 따라 수사 상황실로 갔다. "생일 주인공은 어딨지?"

팀원들의 열렬한 생일 축하 노래가 끝나고 프랜시스가 시폰 케이크 조각을 먹는 둥 마는 둥 하고 다시 사무실로 돌아가려는데 앤지가 길을 막아서더니 짓궂게 생일 키스를 요구했다. 앤지의 뺨에 가볍게 입을 맞추는 프랜시스의 뺨이 뜨겁게 달아올랐다. 다시 자리로 돌아가는 길에 프랜시스는 홀린스가 세 번째 케이크

조각을 해치우려는 걸 제지했다. 바지 위로 흘러넘친 뱃살이 그냥 생긴 게 아니었다.

"홀린스, 내 방으로."

맥케이도 두 사람을 따라 들어오더니 입가에 묻은 딸기잼을 핥아먹으며 말했다. "경위님, 말씀드릴 게 있는데요." 맥케이가 입을 열자 빵 부스러기가 튀었다.

프랜시스는 얼굴을 찌푸렸다. "잠깐만요."

그는 다시 홀린스 쪽을 보며 말했다. "암스트롱 사건과 유사점이 있는 예전 사건들 파일을 자네한테 보냈어. 강력범죄 분석팀 보고서니까 샅샅이 파헤쳐서 뭐든 놓친 게 없는지 찾아봐. 특히 피부가 벗겨졌거나 칼에 베인 사건들 위주로 살펴보고, 지역 간 사건들도 다 교차 비교해서 일치하는 용의자나 참고인, 요주의 인물이 있는지도 확인해. 오늘 업무 종료 전까지 목록에 있는 사건들 전부 분석해서 보고하게."

"하지만…."

"토 달지 말고 당장 나가서 빨리 시작해."

홀린스는 침울한 표정으로 뒤돌아 나갔다.

맥케이는 재밌다는 얼굴로 홀린스가 지나가는 모습을 지켜봤다. "브래드쇼 경감이 홀린스한테 목숨 걸고 끝내라고 시킨 일이 있는데, 홀린스가 그 말씀을 드리려고 했던 것 같은데요?"

프랜시스가 눈썹을 치켜올렸다. 경감이 나를 건너뛰고 내 부하들을 자기 멋대로 부려먹고 있다고?

"원래 인생이란 게 힘든 거죠. 그건 그렇고 맥케이 경사, 브래드쇼 경감님이 지금 어디 있는지 알아요? 혹시 오늘 봤어요?"

"수요일이잖아요. 서장이랑 골프 치는 날요. 위로 올라가려면 기름칠 좀 해야죠."

"그렇군요. 뭐 좀 알아낸 건요?"

맥케이는 프랜시스 맞은편의 빈 의자에 자리를 잡았다.

"우선은 아르고스 신문사의 톰 피츠가 접수처에서 기다리고 있어요. 경위님이 인터뷰를 해 주기 전에는 한 발짝도 안 움직이겠답디다."

프랜시스는 한숨을 쉬었다. 빌어먹을 기자 놈, 인간이 왜 포기할 줄을 몰라?

"접수처에 말해서 쫓아버리라고 전하세요. 톰 피츠 말고 딴 거는요?"

"머리 없는 송장의 신원이 확인됐어요. 제 말이 맞았어요. 우리 데이터베이스에 그 녀석 지문이 등록돼 있더라구요."

"그리고요?"

"뭐 엄밀히 말하면 제가 생각했던 깡패는 아니었어요."

적어도 맥케이는 그럴싸하게 자기반성은 할 줄 아는군.

"차량 절도 및 탈주로 한 번 걸렸더라고요. 젬 월쉬가 그 껄렁이 이름이에요. 이 동네 녀석이고 문신쟁이 견습생이었구요. 마약 깡패들 싸움에 말려들 만한 인물은 아니었어요."

"그렇다면 무슨 일이 있었던 걸까요? 달리 생각나는 거 없어요?"

맥케이는 잠깐 뜸을 들이고 말했다. "알고 보니 그 녀석 머리에 문신이 있었어요…."

프랜시스의 심장이 쪼그라들었다. "…그리고 그 머리가 없어졌죠."

"경위님도 나랑 똑같은 생각 하는 거죠?"

"어쩌면, 정말 어쩌면, 두 사건이 연결되어 있을 수도 있겠네요."
프랜시스가 말했다.

책상을 사이에 두고 둘의 시선이 마주쳤다. 물론, 그렇다 아니
다 결론을 내리기 전에 모든 것을 철저히 조사해야 할 것이다. 하
지만 프랜시스의 심장은 이미 쿵쾅거리고 있었다. "무슨 문신이었
는지 알아냈어요?"

"거미랑 거미줄이 머리통 전체를 덮고 있었대요. 그리고 글자
요. 벨 뭐시기였는데. 벨리알?"

"사탄의 이름이라. 어떻게 알아냈어요?"

"희생자 부모한테서 사진을 받았어요."

두 사람은 책상을 사이에 둔 채 꼼짝 않고 앉아 있었다. 기나긴
30초의 침묵을 깨고 둘은 동시에 입을 열었다.

"먼저 말해요." 프랜시스가 말했다. 목 바로 아래 가슴팍에서
심장이 벌떡거리고 있었다. 프랜시스는 갑자기 몸이 오싹했다.

"혹시…, 그걸까요?" 맥케이가 눈을 크게 뜨며 말했다.

다시 5초의 침묵이 흘렀다. 둘 다 그 단어는 입 밖으로 내고 싶
지 않았다.

하지만 결국 프랜시스는 용기를 내어 말을 꺼냈다.

"비슷한 사건이 하나만 더 터지면, 우리는 연쇄살인범을 잡아
야 할 거예요."

17
맥케이

두 사람은 백 퍼센트 확신이 든 건 아니었다. 자신들이 방금 생각해 낸 그 가설을 냉정하게 판단하기 위해 지금까지 알아낸 사실들을 일일이 시간을 들여 다시 따져나갔다. 연쇄살인범에 대한 대중의 흥미나 관심은 엄청나게 무성해도, 실제 연쇄살인범은 그 수가 의외로 드물었다. 따라서 곧바로 속단해버리는 것은 적절치 않을 것이다.

"머리가 발견될 가능성이 아직 있죠. 게다가 두 사건의 범행 수법과 사망 원인도 다르고, 희생자들 사이에 밝혀진 연결고리도 없고요." 맥케이가 의견을 냈다.

"정확히 말하면 우리가 아직 거기까진 조사 안 해본 거죠. 젬월쉬의 신원도 지금 막 확인됐잖아요. 그리고 두 명의 다른 살인자가 그렇게 짧은 기간 내에 같은 구역에서 따로따로 범행을 저지를 가능성이 얼마나 되죠?"

"경위님 말도 일리는 있지만 보통 연쇄살인범은 시간차를 두고 일을 벌여요. 근데 이 두 사건은 연쇄 살인이라고 보기엔 범행이 너무 빨리 이어졌고요."

"음, 맞는 말이네요." 프랜시스는 잠시 멈추고 책상 서랍을 열었다. "이반 암스트롱의 문신과 젬 월쉬의 머리를 전리품으로 볼 수 있을까요?"

그는 책상 위에 있는 메모장을 뚫어지게 쳐다보며 골똘히 생각에 잠겼다. 맥케이는 조용히 주머니에서 전자담배를 꺼내 부드럽게 뻐끔뻐끔 빨아댔다.

그 소리에 프랜시스는 퍼뜩 정신을 차렸다.

"그거 꺼요. 알 만한 사람이 왜 그래요? 전자담배도 안 됩니다."

맥케이는 못마땅한 얼굴로 연기를 내뿜고는 작은 플라스틱 기구를 다시 바지 주머니에 찔러 넣었다. 젠장, 고지식한 인간들 밑에서 일하는 건 딱 질색인데, 겪은 지 며칠 되지도 않은 자기 상관의 고지식한 정체가 벌써부터 드러나고 있었다. 프랜시스 설리번의 사전엔 절차생략이라는 단어 따위는 없을 것이다.

"아무리 봐도 아직 연쇄 살인이라 단언하긴 일러요. 두 사건이 연관이 있다고 공식적으로 밝힐만한 근거도 부족하고요."

다시 원칙대로만 하려는 상관. 하지만 둘 다 마음속으로는 뻔히 알고 있었다.

"그럼 앞으로 계속 이게 연쇄 살인이 아닌 것처럼 행동하고 금쪽같은 시간을 낭비하자는 거죠? 경위님 혹시 연쇄 살인 사건 맡아본 적 있어요?"

"그 말이 여기서 왜 나옵니까?" 프랜시스는 발끈했다. "우리가 할 일은 최선을 다해 한 단계씩 수사를 진척시키는 거예요. 두 사건의 연결고리가 될 만한 단서가 새로 발견될 때까지 이 두 사건은 별도의 사건으로 취급하죠."

"아니면 어디서 또 빌어먹을 송장이 나타날 때까지겠죠." 맥케이가 덧붙였다.

"순찰 경관들에게도 통보해요. 한 명 또는 그 이상의 살인범이 돌아다니고 있으니 경계를 강화하고 거리에 순찰 인력을 증원하라고요. 두 사건 모두 시내 중심부에서 일어났으니…."

프랜시스의 휴대폰이 끈질기게 울려대는 바람에 대화가 중단됐다.

프랜시스는 전화를 받으며 맥케이에게 입 모양으로 "브래드쇼."라고 말했다.

"네 경감님." 그는 심각한 얼굴로 고개를 몇 번 끄덕였다. "지금 바로 가겠습니다."

그는 전화를 끊고 의자를 밀치며 일어났다.

"브래드쇼 경감님 방으로 갑시다. 경과보고 하라네요."

"오래 안 걸릴 것 같은데요." 맥케이가 따라나서며 말했다.

"바로 그게 문제죠."

"우리가 추리한 사항을 보고할 거예요?"

"연쇄 살인이라는 거요? 단서가 좀 더 나올 때까지는 하지 맙시다. 괜히 얘기 꺼냈다가 브래드쇼 경감님이 난리 법석을 떨 텐데, 지금은 그것까지 상대할 여력이 없어요."

프랜시스의 말도 일리가 있었다.

브래드쇼 경감의 직무실은 한 층 위에 있었지만, 그 두 층 사이의 간극은 천지 차이였다. 경감의 방은 안락의자와 책장, 몇 개의 파일 캐비닛이 들어갈 정도로 널찍했고 카펫엔 얼룩 하나 없었다. 거기 있는 파일 캐비닛만 다 합쳐도 자기 직속 상관인 프랜시스의 구두 상자 같은 사무실보다 넓을 것 같았다.

프랜시스는 노크를 하고 바로 문을 열고 들어갔다. 맥케이가 뒤따라 들어왔고 둘은 브래드쇼의 책상 앞에 서서 그가 통화를 끝낼 때까지 기다렸다. 책상에는 액자만 몇 개 있을 뿐 서류는 하나도 없었다. 액자도 화목한 가족사진이 아니라 골프장 여기저기서 찍은 브래드쇼 본인의 사진들뿐이었다. 프랜시스 옆에 선 맥케이는 프랜시스보다 살짝 뒤로 자리를 잡았다. 대화가 흥미진진하게 흘러갈 수도 있으니 그 자리에 서서 구경할 셈이었다.

"앉게." 브래드쇼가 고함치듯 말했다. 브래드쇼의 얼굴은 이미 벌겠다. 골프장에서 실컷 바람을 맞고 와서 그런가. 아니 그보다는, 골프 끝나고 한잔 마시고 온 거겠지. 그는 잔뜩 기대하는 표정으로 맥케이와 프랜시스가 자리에 앉는 모습을 번갈아 쳐다봤다.

"경감님…" 프랜시스가 입을 열었다.

"암스트롱 사건. 아직 체포한 사람은 없고?"

"아직 없습니다."

"알아낸 이름은 있나?"

"아직 없습니다."

"티에리 퓰린스는 어떻게 됐는데? 그 정도면 용의선상에 딱 들어맞는 인물 아니었나?"

"그 사람은 알리바이가 입증됐습니다." 맥케이가 대답했다.

"사건에 매달린 지 나흘이나 지났는데 아무것도 건진 게 없다고? 그 말이야?"

"아무것도 없는 건 아닙니다." 프랜시스가 대답했다.

브래드쇼의 얼굴에 분노의 먹구름이 드리웠다.

"그래. 그럼 말해 보게."

맥케이에게 거의 일어나지 않는 일이지만, 프랜시스 설리번의 경위 자리가 부럽지 않을 때가 있긴 있었다. 바로 브래드쇼에게 보고를 해야 할 때였다.

"희생자 두 명의 신원을 모두 파악했습니다."

"두 번째는 누군데? 똑같은 살인범의 소행으로 연관 지을만한 게 있나?"

"그 가능성을 조사 중입니다." 프랜시스가 대답했다.

브래드쇼는 한숨을 쉬었다. "하지만 아직 확실한 증거는 없다?"

"지문조회 결과가 삼십 분 전에야 나왔습니다." 맥케이가 보충했다.

"두 번째 희생자는 범죄기록이 있지 않나? 당연히 주변인들 전부 불러들여서 심문할 준비는 해뒀겠지?"

"4년 전 차량 절도 및 탈주 전과 한 건 외에 다른 기록은 없었습니다. 딱히 공범으로 볼 만한 사람들도 없고 그때 이후로 다른 법적 문제를 일으킨 적도 없습니다." 프랜시스가 대답했다.

"제길 뭐야. 계속 제자리걸음만 하고 있잖나! 한 명인지 두 명인지도 모르는 살인범이 밖에서 활개 치고 다니는데 아직 알아낸 게 아무것도 없다는 게 말이 돼?"

"실은, 프랜시스 경위가 세운 가설이 있습니다." 맥케이가 끼어들었다.

맥케이는 프랜시스의 얼굴 근육이 움찔하는 걸 눈치챘다. 물론 그 말을 꺼내지 말았어야 했다.

"프랜시스, 당장 말해 보게."

"아직 아무것도 아닙니다. 그냥 추측만 해본 것이고 아이디어 하나로 호들갑을 떨기엔 아직 너무 이른 단계입니다."

브래드쇼가 책상 너머에서 노려보자 프랜시스의 얼굴이 시뻘게졌다.

"가설이라고 할 것도 없이 그냥 저희끼리 몇 마디 얘기만 주고받은 겁니다."

프랜시스는 브래드쇼의 눈을 피해 무릎 아래로 시선을 깔았다. 시간 끌기 전략이다. 하지만 결국 털어놓을 수밖에 없을 것이다.

마침내 프랜시스는 다시 고개를 들고 자기를 노려보고 있는 경감의 눈초리를 정면으로 맞받았다. 맥케이는 약간 놀랐다.

"이반 암스트롱은 몸에서 문신이 잘려 나갔습니다. 피부가 벗겨졌⋯." 프랜시스가 설명을 시작했다.

"다 아는 내용이니까 본론만 말해."

"두 번째 희생자인 젬 월쉬는 두피 전체를 덮는 문신이 있었습니다. 월쉬의 머리는 아직 발견되지 않았습니다. 요점은 두 사람 모두 몸에서 문신이 없어졌다는 거죠. 만약 동일범의 소행이라면, 어쩌면 살인범이 전리품을 챙기는 걸 수도 있습니다."

브래드쇼는 팔꿈치를 책상 위에 올려 양손의 손가락 끝을 마주 붙이고 눈을 감았다. 맥케이의 눈에는 브래드쇼가 마치 기도하거나 명상하고 있는 것처럼 보였다.

"아니." 브래드쇼는 눈뜨는 것도 귀찮은지 눈을 감은 채 말했다.

"네?" 프랜시스가 말했다.

브래드쇼는 눈을 번쩍 떴다.

"말도 안 되는 개소리. 뭐? 연쇄살인범이 전리품을 챙기는 거라고? 동일범의 소행으로 보이는 구석이 하나도 없구먼. 그런 어처구니없는 가설 따위에 시간과 예산 좀 낭비하지 말라고." 브래드쇼는 눈을 부라리며 벌떡 일어섰다. "자네는 이 빤한 게 안 보이나? 딱 봐도 극단적으로 다른 종류의 사건이잖아. 내가 충고하는데 그 각도에서 시작하면 금방 단서를 찾을 수 있을 거야."

"저희는 모든 가능성을 열어두고 다각도에서 조사하고 있습니다." 프랜시스가 말했다.

"그게 바로 자네 문제야. 선택과 집중을 해야 할 시간에 쓸데없이 아무거나 쑤시고 다니기나 하고 말이야. 희생자들이 누구랑 어울렸는지부터 조사해. 그럼 왜 그런 꼴을 당했는지도 알아낼 수 있을 거 아닌가. 거기까지만 하면 그다음은 일사천리로 흘러 갈 걸세."

"네, 알겠습니다."

"프랜시스, 내가 자네 대신 더 경험 많은 사람을 데려다 써야 하는 불상사는 만들지 말게. 그렇게 되면 우리 둘 다 실패하는 거 니까. 확실히 말해 두는데, 난 절대 실패는 안 하네."

"저도 마찬가집니다, 경감님." 의자를 뒤로 밀고 일어서면서 프랜시스가 조용히 말했다.

"한 명이든 두 명이든, 저희가 꼭 살인범을 잡아다 드리겠습니다, 경감님." 맥케이가 말했다.

18

프랜시스

누이의 아파트에 들어서자마자 프랜시스의 눈에 제일 먼저 들어온 것은 현관 거울에 뽀얗게 쌓인 먼지였다. 죄책감이 밀려왔다. 로빈 누나는 집을 먼지 하나 없이 관리하는 사람이었다. 따라서, 거울을 덮은 먼지는 누이의 병이 재발했다는 뜻이었다. 프랜시스가 누이를 마지막으로 본 것이 벌써 몇 주 전이었다.

"동생 왔어? 나 거실에 있어."

누이를 가까이서 보니 자신의 의심이 맞았다. 누이는 무릎 위에 담요를 덮은 채 자기가 제일 좋아하는 안락의자에 깊숙이 앉아 있었다. 하지만 프랜시스는 곧바로 의자 등받이에 기대있는 목발을 발견했다. 프랜시스보다 다섯 살 많은 로빈 누나는 지적으로도 타고난 데다가 아름다웠다. 그녀는 프랜시스의 롤모델이었다. 프랜시스는 어머니보다 로빈 누나를 훨씬 더 우러러봤다. 하지만 그런 누이가 오늘은 입을 꼭 다물고 앉아 있는 모습이 피곤하고 쇠약해 보였다.

"누나, 나한테 연락하지 그랬어. 바보같이."

프랜시스는 허리를 굽혀 누이의 뺨에 키스했다. 그녀의 가냘픈 체구에 헐렁하게 걸려있는 옷에서 병자의 냄새가 짙게 배어 나왔다.

"뭐 하러?" 그녀가 말했다. "차나 마셔주면서 실컷 동정이나 하라고? 둘 다 내가 싫어하는 거잖아."

"말 나온 김에, 나야말로 차를 좀 마셔야 할까 봐."

프랜시스는 누이 앞 커피 테이블에 놓여 있던 식사 쟁반을 치우고 주전자 물이 끓는 동안 주방을 정리했다.

"어머니 보러 갔었니?" 프랜시스가 거실로 다시 오자마자 그녀가 물었다.

프랜시스가 고개를 젓자 누이가 한숨을 쉬며 말했다.

"프랜시스. 나는 너 말고도 신경 써주는 친구들이 많으니 나한테는 안 와도 돼. 하지만 어머니는, 어머니는 찾아주는 사람이 너밖에 없다는 거 너도 알잖아."

프랜시스는 잠자코 누이의 꾸지람을 들었다. 혼날 만했다.

"일 때문에 바빠서." 프랜시스는 두 잔의 컵에 차를 따르면서 대답했다.

"핑계 대지 말고." 누이가 말했다.

그녀는 팔을 앞으로 뻗어 접시에서 비스킷을 집었다. 비스킷을 집어 드는 것조차 힘겨워 보였다. 다발성경화증은 그녀의 근육과 감각, 시력을 손상시켰고 재발이 심해지면 가끔 말하는 것도 힘들어했다. 그것이 누이를 점점 망가뜨리는 것이 치가 떨리도록 싫었지만 그런 마음을 말로 꺼낼 수는 없었다.

"변명의 여지가 없다는 건 나도 인정해."

"당연히 데이트 같은 것도 안 하겠네?"

프랜시스는 시큰둥하게 어깨를 으쓱했다. 프랜시스는 누이가 자기 사생활을 시시콜콜 캐물으며 닦달하는 걸 항상 받아줬다.

"누구한테라도 데이트 신청을 해야 결혼할 사람도 만나지 않겠니?"

대체 왜 자신을 빨리 결혼을 못 시켜서 안달인가?

"지금은 일이 더 중요해. 가뜩이나 자리 잡느라 힘들단 말이야."

"그래, 일은 어떠니?"

프랜시스가 어떻게 해서든 시간을 만들어서 그녀를 보러 온 이유가 바로 일 때문이었다. 로빈은 항상 프랜시스에게 훌륭한 조언자가 되어 주었다. 그녀는 사건을 다른 각도에서 보는 능력이 탁월했고, 프랜시스 자신이나 팀원들의 눈을 감쪽같이 피해 다니는 연결고리들을 찾아내는 재주도 있었다. 함께 차를 마시면서 프랜시스는 누이에게 두 개의 살인사건에 관해 설명했다. 말을 다 마치고는 침통하게 두 손으로 머리를 감쌌다.

"수사에 전혀 진척이 없어. 이번 건은 정말 중요한데." 프랜시스가 말했다.

"살인사건은 다 중요하지." 로빈이 말했다.

"이번 건은 특히 더 그래. 내 위에 있는 상사는 나를 애송이 취급하지, 밑에 있는 부하들은 나를 먹물 좀 먹고 벼락출세한 놈으로 생각한단 말이야. 양쪽에서 인정받으려면 갈 길이 멀어."

"네가 언제는 안 그랬다고. 그래, 연쇄 살인이라…, 어디 한번 볼까?"

"응, 부탁이야."

세 개째 비스킷을 조용히 씹으며 고심하던 로빈이 드디어 천천히 입을 열었다. "겉으로만 봐선 연쇄 살인이 아니야."

"맞아. 범행 수법도 다르고 두 사건 사이에 시간차도 너무 짧으니까. 당연히 연쇄살인범이 아니겠지. 그런데 두 사건 모두 특이한 공통점이 있어. 희생자들이 범죄와 전혀 관련이 없고, 강도당한 것도 없고, 성적 동기도 아닌 것 같아."

"그렇다고 두 사건이 연결됐다고 특정 지을 순 없지."

"젠장, 수지맞았네. 그러니까 얼마 되지도 않는 인력으로 한 명이 아니라 이제는 두 명의 살인범을 찾아야 한다는 거네."

로빈은 프랜시스의 말을 무시하고 그가 가져온 사진들을 곰곰이 들여다보더니, 피부가 벗겨져 나간 이반의 어깨를 가리키며 말했다. "이건 확실히 전리품으로 챙겨간 것처럼 보여."

"하지만 월쉬의 머리는 아니라는 거야? 월쉬도 머리에 문신이 있었어."

"네 말이 무슨 뜻인진 알겠는데 살인범이 전리품으로 문신을 가져가는 거라면 월쉬는 다른 부위에도 떼어갈 수 있는 문신이 많았잖아. 안 그래? 사람 두개골에서 문신을 벗겨내는 건 쉽지 않을 텐데."

"그래서 아예 머리를 통째로 가져간 거 아닐까?"

"하고 많은 문신 중에? 다리에 있는 늑대 문신을 가져가는 게 훨씬 쉬웠을 텐데?"

프랜시스는 머리가 지끈거렸다. 주방으로 가서 뜯어놓은 비스킷을 통째로 가져왔다.

"누나, 이것 좀 봐줘." 프랜시스는 서류 묶음을 내밀며 말했다.

"이게 뭔데?"

"강력 사건 분석보고서야. 과거 사건 파일인데 내 사건하고 유사점이 있는지 비교해보려고."

"그러니까 옛날 사건들이랑 네 사건이랑 뭔가 연결고리가 있으면 이 보고서에 나올 거라는 거지?"

"응, 이론적으로는. 그런데 내가 훑어봤을 땐, 문신이 없어졌다고 기록된 살인사건은 없었어."

로빈은 서류를 자세히 살폈다.

"그렇다면 이 보고서의 분석 기준으로 생각해보면, 네가 맡은 두 사건도 서로 아무 관련이 없다는 거네? 한 명은 문신이 없어 졌고 다른 한 명은 머리가 없어졌으니까. 차 좀 더 갖다 줄래?"

주전자를 채우고 차를 우려내는 동안 프랜시스는 로빈의 말을 곰곰 생각했다. 이반 암스트롱과 젬 월쉬의 살해 수법은 서류상 에는 유사한 범행으로 기록되지 않을 것이다. 그래도 그 둘은 분 명히 공통점이 있었다.

"보고서 이리 줘 봐." 프랜시스는 새로 내온 차를 커피 테이블 에 내려놓으며 말했다.

로빈이 서류를 건네주자 그는 소파에 푹 꺼지듯 주저앉아 보고 서를 하염없이 읽고 또 읽었다.

"뭘 찾고 있는 건데?" 로빈이 물었다.

프랜시스는 고개를 저었다. "잘 모르겠어. 뭔가 잡힐 듯 말 듯한 느낌이야."

그 뭔가를 찾으려고 프랜시스는 벌써 다섯 번이나 종이를 뚫어 져라 들여다보고 있었다. 그리고 다시 보고서 맨 위로 돌아가서 범행 묘사 부분을 또 읽기 시작했다.

그리고 드디어, 그것을 발견했다. "그래! 바로 이거야!"

"뭔데?" 로빈이 물었다.

그는 주머니에서 재빨리 휴대폰을 꺼내 전화를 걸었다.

"맥케이? 맥케이 경사, 강력범죄 분석보고서 당장 열어서 지젤 코넬리에 대한 내용 확인해 봐요. 골프장에서 변사체로 발견된 여 성이에요. 팔 한쪽이 없어져서 골프장을 다 수색했는데 결국 못 찾았어요. 그 없어진 팔에 혹시 문신이 있었는지 알아보고 즉시 알려줘요."

"프랜시스, 넌 정말 천재야."

"글쎄, 과연 그럴까? 만약 그 팔에 문신이 없다면 다시 원점이야. 하지만 만약 정말 문신이 있었다면, 우리가 쫓는 범인은 문신에 미친 연쇄살인범일지도 몰라."

"너는 그게 누군지 알아내기만 하면 되는 거네?"

"어떻게?"

"범인이 왜 문신을 가져가는지 그 이유를 알아내면 돼."

그렇지. 그렇게 간단한 걸, 왜 진작 생각을 못 했지?

19
마르니

마르니는 '타투아지 그리' 밖에 서 있었다. 자신이 대체 여기서 뭘 하고 있는 거지? 조금 전 프랜시스 설리번이 보내온 팔뚝 타투에 대한 정보를 찾는 데에 꼭 티에리의 도움이 필요했던 걸까? 아니면 그냥 티에리를 보기 위한 핑계였나? 그리고 자신은 대체 왜 프랜시스 설리번을 도와주고 있는 걸까? 프랜시스에게 잘 보이고 싶은 마음이 있는 건가? 아무리 해도 대답이 순순히 그녀에게 와 줄 것 같지 않았으므로 더 이상 길에서 서성대봤자 시간 낭비였다.

문을 밀고 들어가자마자 마르니를 맞이하는 프랑스어 욕지거리는 이제 놀랍지도 않았다.

"젠장! 나 괴롭히러 여기까지 온 거야? 재수 없게!"

티에리는 잔뜩 노려보는 표정이었지만 여전히 잘생긴 얼굴이었다.

"나도 사랑해, 여보." 그녀는 티에리가 내뱉은 욕을 무시하며 대꾸했다.

'타투아지 그리'는 마르니의 타투숍보다 훨씬 넓었고 앞뒤로 공간이 분리되어 있지도 않았다. 실내를 온통 시커멓게 칠해놓지만 않았어도, 그리고 각자의 작업공간을 칸막이로 분리해 놓지만 않았어도 스튜디오는 훨씬 넓어 보였을 것이다. 한쪽 구석에 해체되다 만 오토바이가 하나 서 있었다. 찰리가 선사시대 때부터 수리하고 있는 오토바이였다. 티에리와 찰리, 노아, 이 세 명의 프랑스 남자가 함께 일하는 이 스튜디오엔 언제나 섹시한 여자 견습생들이 한 명씩 교대로 근무하고 있었다.

청소도 거의 안 하고 방향제만 대충 뿌려놔서 이것저것 뒤섞인 익숙한 냄새가 공기 중에 맴돌았다. 카레, 담배, 마리화나, 소독약.

"마르니!"

노아가 거의 노래하듯 이름을 부르며 스튜디오를 가로질러와 그녀를 안아 올렸다. 노아가 마르니를 내려놓으며 뺨에 키스하자 수염 때문에 얼굴이 따가웠다. 그래도 그의 따뜻한 품에 안기자 마치 집에 돌아온 느낌이었다.

"너무 오랜만이야. 언제쯤 당신을 평생 내 것으로 만들 수 있을까?" 노아가 그녀의 귀에 속삭였다.

마르니는 웃었다. 둘이 항상 하는 농담이었다. 절대 실현되지 않을 연애.

노아가 다시 자리로 돌아가 디자인 작업을 시작하자, 이번에는 찰리가 한창 작업 중인 반나체의 고객 너머로 손을 흔들었다.

"찰리." 그녀는 고개를 끄덕이며 인사했다.

불량 학생처럼 생긴 여자 견습생이 티에리의 진열대에서 잉크 재고를 정리하고 있었다. 마르니는 그녀를 본척만척 그냥 지나쳤다. 그들의 이름을 기억해 봐야 쓸데없는 짓이다. 실력 좀 있는 애들은 경쟁 스튜디오에서 돈을 얹어주며 재빨리 가로채 갔고, 그렇지 않으면 세 남자 중 한 명과 연애질을 하다가 헤어져서 떠나버리곤 했다. 마르니가 그들에게까지 낭비할 시간은 없었다.

티에리가 그녀를 노려보았으나 대수롭게 여길 일도 아니다. 마르니는 가방을 의자 뒤에 걸고 재킷을 벗었다.

"대체 여기까지 왜 온 건데?" 티에리가 물었다. "우리가 매일 얼굴 봐서 좋을 사이도 아니고."

"경찰에서 우리 도움이 필요하대."

"우리 도움이라고?" 노아가 끼어들었다.

"프랜시스가 팔뚝 타투 사진을 보내줬어. 그 타투를 한 아티스트를 찾고 있대. 우리가 제일 잘 알 만한 사람들이잖아."

"프랜시스? 나 체포했던 그 사람? 이제 서로 이름 부르는 사이가 된 거야?" 티에리가 날카롭게 물었다.

"신경 *끄셔*."

딱히 그럴만한 이유가 없는데도 마르니는 티에리의 말에 괜히 얼굴이 화끈거렸다. 그녀는 가방에서 두루마리 사진을 꺼내 타투 시술대 위에 펼쳐 놓았다. 그 사진은 타투숍에서 흔히 보관용으로 찍어두는 고객들의 타투 완성 사진이었다. 굉장히 정교한 바이오메카닉 타투가 여자의 팔에 새겨져 있었다.(바이오메카닉: 타투 장르 용어로서 사람의 몸과 기계가 혼용된 디자인. 이를 테면, 터미네이터의 피부 일부가 벗겨져 기계가 드러나 보이는 것 같은 모양 – 옮긴이 주)

"다들 한번 봐줘." 마르니가 말했다. "이 여자 희생자는 여섯 달 전에 살해됐대. 팔이 잘렸는데 그 팔도 아직 못 찾았고." 마르니는 사진에 있는 타투를 가리키며 말했다.

노아가 사진을 보려고 건너왔고, 심지어 티에리도 자기도 모르게 목을 쭉 빼고 사진을 보고 있었다. 그는 가볍게 휘파람을 휘 불었다. 마르니는 사진을 보는 티에리의 반응을 유심히 살폈다. 하지만 티에리의 얼굴엔 동요하는 기색이 전혀 없었다.

"대박이네. 내가 아는 사람 중에 이거랑 비슷한 타투를 한 사람이 있긴 한데, 그 사람 타투는 피부가 뜯겨 나간 것처럼 표현한 작품이었어." 노아가 말했다.

"왜 그런 엽기적인 걸…, 그거 쉐머스 번이 한 거 아니었어?" 티에리가 말했다.

"아, 맞아. 그랬어. 쉐머스는 그런 스타일을 많이 하더라고."

"근데 이건 아니지? 내 눈에도 이건 쉐머스 작품은 아닌 것 같아." 마르니가 말했다.

"나도 한번 볼게." 호기심이 발동했는지 찰리도 타투 머신을 내려놓고 건너왔다. 찰리에게 타투를 받던 여자애도 이 틈을 타 스트레칭도 하고 물도 마시는 모습이었다.

찰리가 사진을 살펴보는 사이 여자 견습생도 하던 일을 멈추고 슬그머니 티에리 뒤로 와서 섰다. 그녀가 티에리의 목에 팔을 감고 그의 어깨에 주둥이를 비벼대자, 티에리도 몸을 돌려 견습생 여자의 입에 키스했다. 마르니는 시선을 돌렸다. 어느 누가, 자기 전남편이 다른 여자랑 헛바닥을 섞어대는 꼴을 보고 싶겠는가. 속이 부글거렸지만 하루 이틀 일도 아니었다. 티에리는 항상 저렇게 남의 감정에 무신경한 인간이었다.

마르니의 불편한 심경을 읽은 노아가 그 둘에게 핀잔을 줬다. "그만들 좀 해."

티에리는 고개를 돌려 마르니를 힐긋 보고는 다시 견습생 여자를 보며 말했다.

"자기야, 좀 있다가."

티에리가 과연 저 여자 이름은 알고 있을까? 마르니는 의심스러웠다.

"몇 살이에요?" 마르니가 견습생 여자에게 날카롭게 물었다.

여자는 시골 도로에서 자동차 전조등을 정면으로 맞닥뜨리고 깜짝 놀란 사슴 같은 표정을 지었다.

"젠장, 마르니. 상관 마."

찰리는 노아와 거북한 눈빛을 주고받으며 마르니가 가져온 사진을 집어 들었다.

"아주 훌륭하네." 찰리가 말했다. "진짜 잘했다."

"살인범이 나름 고급 취향인 것 같지 않아?" 티에리가 말했다.

마르니는 자신이 이곳에 온 이유에 다시 집중하려고 노력했지만 조금 전의 장면 때문에 머릿속에 자꾸 티에리와 마지막으로 키스했던 때의 기억이 떠올랐다. 그게 언제였더라? 작년 아니면 재작년이었는데. 타투 행사 뒤풀이에서 둘 다 취해서 그랬었지 아마?

"진짜 그렇네. 암스트롱의 문신은 조나 메이슨 작품이었거든. 조나는 트라이벌 타투 분야에선 알아주는 아티스트잖아." 마르니가 겨우 덧붙였다.

"나도 이반과 아는 사이였는데." 찰리가 말했다. "괜찮은 친구였어."

"훌륭한 친구였지." 티에리가 말했다. "그래서 돈도 안 내고 튄 거잖아."

"그래도 그 친구 재밌었는데." 노아가 말했다. "그리고 티에리 너도 마음만 먹었으면 이반한테 돈을 받을 수 있었을 거야. 네가 게을러터져서 아무 노력도 안 한 게 잘못이지."

"혹시 마약 팔아서 갚은 거 아니야? 그땐 많이들 그랬잖아." 마르니가 말했다.

티에리는 고개를 저었지만 웃고 있었다.

"마르니, 경찰이 진짜 뭔가 가닥을 잡은 거야? 살인범이 사람들 몸에서 타투를 뜯어간다든가 뭐 그런 거 말이야. 난 그건 좀 아닌 것 같던데." 노아가 말했다.

"사람 피부를 가공해서 가죽으로 만들 수 있다는 거 알아? 일본에서는 야쿠자 타투를 그렇게 하거든." 마르니가 말했다.

"우웩." 견습생 여자가 끼어들었다.

"난 다시 일해야겠다." 찰리가 다시 고객에게 돌아가며 말했다. "근데 그 팔뚝, 누가 했는지 알 것 같아."

"누구?"

"폴란드 사람인데. 이름이 바르토즈 뭐였던가? 그 사람 작품이랑 비슷한 것 같아."

티에리는 자기 책상으로 돌아가 인터넷을 켰다.

"바르토즈? "비 에이 알 티 오 에스 제트(B-A-R-T-O-S-Z)?"

"응, 맞아." 새 장갑을 꺼내 끼며 찰리가 말했다.

몇 초 후 티에리가 이름을 확인했다. "바르토즈 클렘. 그렇네. 정말 많이 비슷한데?"

마르니는 티에리 의자 뒤에 서서 모니터를 들여다봤다. 타투 이미지들이 아래로 쭉 이어져 있었다. 대부분 바이오메카닉을 주제로 한 작품들이었고 희생자 여자의 팔에 있던 타투와 아주 흡사했다.

"내가 보기에도 99퍼센트 정도 확실한 것 같다." 마르니가 중얼거렸다.

"그런데 경찰이 왜 타투 아티스트들을 찾아내려고 하는 거야?" 찰리가 물었다. "설마 아티스트들이 살인 사건하고 뭔가 관련이 있다고 생각하나? 세 사람 모두 다른 아티스트 아니야?"

"나도 잘 모르지만 그럴 것 같진 않고, 그냥 지푸라기라도 잡으려는 것 같아." 마르니는 어깨를 으쓱하며 말했다.

"그래도 어쨌든 셋 다 타투랑 상관이 있다고 생각하는 거지?" 노아가 물었다.

마르니는 다시 어깨를 으쓱하며 사진을 돌돌 말았다.

"다들 고마워. 프랜시스 설리번 경위에게 잘 전해 줄게. 우리 정보가 쓸 만한지 아닌지는 그 사람이 결정하겠지."

"그냥 하던 대로 프랜시스라고 불러." 티에리가 잔뜩 빈정거리는 목소리로 말했다.

"그만 갈게." 마르니가 말했다. 티에리의 도발에 일일이 반응해 봤자 자신만 손해다. 그리고 무엇보다, 티에리가 아직도 자신의 심기를 건드릴 수 있다는 걸 들켜서 저 인간이 기고만장하는 꼴은 보고 싶지 않았다.

"자기, 이따 술집으로 와." 노아가 말했다.

"내 사랑, 오늘 말고 다음에 꼭 갈게."

마르니의 뒤에서 문이 휙 닫혔다. 찰리와 노아랑 같이 한잔하면 좋긴 하겠지만, 티에리와 견습생이 술집 구석에서 찰싹 달라붙어 있는 꼴을 보느니 차라리 죽고 말지. 마르니도 가끔은, 티에리와의 지긋지긋한 줄다리기를 그만둔답시고 잠자코 피해버리는 게 억울했다. 하지만 결국 알렉스를 생각하며 마음을 다잡았다. 마르니가 티에리와의 관계에서 유일하게 가치를 두는 기준은 알렉스였다. 티에리와 물고 뜯는 모습을 아들에게 보여줄 순 없다. 알렉스가 여섯 살 때부터 티에리는 일정 부분 아빠 노릇을 해 주었고, 이제 아이는 아빠의 영향이 가장 중요해지는 시기에 들어서고 있었다. 티에리가 아무리 허술한 인간이라도 아빠는 아빠였다.

아직 그렇게 어둡진 않은데도 해가 지자 바람에 날카로운 한기가 서려 있었다. 마르니는 재킷을 꼭 부여잡았다. 정말 누군가가 품질 좋은 타투만 노리며 시내를 어슬렁거리고 있는 걸까. 그것 말고는 달리 떠오르는 이유가 없다. 셋 다 모두 매우 훌륭한 작품들이었다. 지금까지 알아낸 그 두 사람, 조나 메이슨과 바르토즈 클렘은 마르니도 들어본 적이 있는 아티스트들이었다. 그리고 프랜시스가 가장 최근에 살해된 희생자라며 보여준 사진에도 타투가 있었다. 희생자의 머리에 있는 거미 타투였는데, 함께 새겨진 레터링(글자) 타투 역시 낯익은 스타일이었다.

마르니는 세인트 제임스 도로에 있는 타투숍 앞을 지나다가 안을 들여다봤다. 그녀가 아는 숍인데 오늘은 영업을 안 하는지 문도 닫혀있고 맨디와 페페의 모습도 보이지 않았다. 창문 안쪽에 빛바랜 채 찢어진 포스터가 붙어있었다. 최근 열렸던 타투 행사 포스터였다. 이젠 떼어버릴 때도 됐구먼. 마르니는 다시 집으로 발길을 서둘렀다.

돌아오는 내내 한 가지 생각이 그녀를 괴롭혔다.

대체 연결고리가 뭘까? 단순히 타투를 받았다는 것 외에 어떤 공통점이 있길래 그 세 명의 희생자는 살인자의 표적이 된 걸까?

아니야, 아니야. 자신은 더 이상 이 일에 말려들고 싶지 않다. 그러니까 괜히 애써 신경 쓸 필요도 없다. 그런데 왜 자꾸만 기분 나쁜 느낌이 들지. 설마 이 사건이 자신과 어떻게든 더 연관이 있는 걸까? 단순히 시체를 발견한 선에서 얌전히 끝날 일이 아닌 건가?

20

맥케이

"사건에 몇 가지 진전이 있었다. 지금은 그 추리에 따라 추적해볼 근거가 충분히 있다고 생각한다." 프랜시스가 말했다.

사건의 진전이라니. 맥케이가 보기엔 자기 상관이 좀 앞서나가는 것 같았다. 후퇴라고 말해도 시원찮을 판에.

목요일 아침, 프랜시스의 일일 브리핑을 듣기 위해 팀원 전체가 수사상황실에 집합해 있었다.

프랜시스는 상황판을 가리켰다.

"보다시피 사건이 하나 더 추가됐다. 여섯 달 전의 미제 사건이다. 희생자는 지젤 코넬리. 이 세 사건 간의 연관성은 아직 잠정적이다. 하지만 정말 만에 하나라도 그 연관성을 뒷받침할 만한 근거가 계속 발견된다면, 우리가 쫓는 범인은 연쇄살인범일 가능성이 높다."

'연쇄살인범'이라는 말에 다들 흥분해서 술렁거렸다. 특히 젊은 경관들 사이에서 그랬다. 어쨌든 다들 경찰이 된 이유가 그것 아니었던가. 맥케이도 처음 연쇄 살인 사건 수사에 참여했던 때가 떠올랐다. 당시 그는 말단 경장이었지만 이미 별의별 사건들을 다 겪은 데다 사건을 지휘하던 경위도 은퇴할 때가 가까웠던지라 자신도 벌써 배울 만큼 배우고 볼 만큼 봤다고 할 수 있었다. 하지만 연차 높은 수사관들이 모여 있는 팀조차도 연쇄 살인 사건을 해결하는 데 몇 달씩 걸리곤 했다. 프랜시스 설리번은 시험이라면 눈 감고도 통과할 수 있을지 몰라도 이 살인사건들은 절대 해결하지 못할 것이다.

이런 생각에 우울해진 맥케이는 다시 프랜시스가 하는 말에 애써 주의를 집중했다.

"우리는 이 세 사건 사이의 연관성을 입증하거나 배제해야 한다. 지금까지는 세 명의 희생자 모두를 한꺼번에 묶어주는 다른 공통점은 없어 보인다. 이반 암스트롱, IT분야에 종사, 범죄기록 없음, 원한 관계 없음, 이성애자이지만 장기간 연애 관계 없음. 지젤 코넬리, 수습 변호사, 살해 당시 남편은 해외에 있었다. 젬 윌쉬는 문신 견습생이었다. 내 생각엔 이 세 사람이 어딘가에서 동시에 마주쳤을 가능성은 없어 보인다."

"하지만 정말 연쇄살인범이라고 치더라도, 무작위로 희생자를 골랐을 가능성도 있지 않습니까?" 홀린스가 지적했다. 자신이 대단한 발견이라도 했다고 생각하는지 뿌듯해하는 표정이 얼굴에 가득했다. 맥케이는 홀린스가 나름 자리욕심이 있다는 걸 일찌감치 눈치챘었다.

"물론이다. 연쇄살인범 대부분이 무작위로 타깃을 고른다. 하지만 내가 말하는 연관성은, 범행 자체 사이의 상관관계다. 로즈 루이스 팀에서는 세 사건의 과학수사 증거물들을 전부 교차비교 하고 있다. 여러분들은 우리가 지금까지 희생자들에 대해 알아낸 사실들을 교차비교 해볼 거다. 어디서 죽었는지, 어떻게 죽었는지, 공격을 당하기 전에 무엇을 하고 있었는지, 일일이 검토해서 희생자들 사이에 사소한 것이라도 어떤 연관성을 발견하면 거기서 다시 한 단계 나아가는 것이고, 만약 아무것도 찾지 못하면 연쇄 살인이 아닌 거다. 연쇄 살인이 아니면 우리가 잡아야 할 범인은 세 사람이 되므로 우리는 세 배 더 열심히 일해야 한다."

다시 말해, 아무것도 모른다는 뜻.

맥케이의 전화벨이 울렸다. 브래드쇼였다.

"잠깐 올라오게." 그는 짧게 말하고 전화를 끊었다.

계단을 올라 위층에 도달하자 맥케이의 가슴이 터질 것 같았다. 망할 놈의 담배.

브래드쇼의 직무실 문은 약간 열려있었고 맥케이는 경감이 통화를 끝내는 사이 슬며시 안으로 들어갔다.

"맥케이, 왔군. 잠깐이면 되네."

"무슨 일이십니까?"

"자네한테만 따로 할 말이 있어서." 브래드쇼가 낮게 말했다.

맥케이가 방문을 닫자 브래드쇼가 잘했다는 듯 고개를 끄덕였다.

"맥케이, 수사상황실에서 일어나는 일을 전부 내게 보고해주게."

맥케이는 브래드쇼의 말을 찬찬히 생각했다. "무슨 말씀이신지, 저희가 이미 경감님께 일일보고를 드리고 있는데요?"

브래드쇼는 그에게 비밀스러운 표정을 지어 보였다. "믿을 수 있는 사람한테 실제 상황을 듣고 싶어. 수사가 어떻게 되어 가는지, 프랜시스가 잘하고 있는지, 뭐 그런 것들 말일세. 프랜시스가 경험이 부족하니 가까이에서 누가 지켜봐 주면 좋을 거야."

한마디로 경감은 맥케이에게 프랜시스를 감시하라고 요청하고 있었다.

"아, 네. 당연히 그렇죠. 프랜시스 경위가 제대로 하고 있는지 계속 보고 드리겠습니다."

브래드쇼는 마치 중요한 합의라도 이뤄낸 것처럼 점잔빼며 고
개를 끄덕였다. "고맙네, 맥케이. 할 일이 많을 테니 이제 그만 가
보게."

한 시간 뒤, 맥케이와 히친스는 구두창이 다 닳도록 젬 월쉬의
단골 술집을 찾아다니고 있었다. 월쉬의 형이 알려준 술집들이었
다.

"네 맞아요. 단골이에요." '머키덕(미운오리새끼)'이라는 술집 주
인이 묵직한 나무 테이블에 팔꿈치를 기대며 말했다. "보통 일주
일에 두세 번 정도 와요. 그 사람이 뭐 잘못한 거라도 있어요?"

"차라리 그랬으면 좋겠네요." 맥케이가 대답했다.

그들은 주인에게 이반 암스트롱과 지젤 코넬리의 사진도 보여
줬다.

주인은 고개를 저었다. "둘 다 기억은 안 나지만 관광객도 많이
오고 단발성으로 왔다 가는 손님들도 많아요. 여기 오는 손님 얼
굴을 다 기억하지는 못하죠."

다른 술집들도 다 마찬가지였다. 젬 월쉬는 알아봐도 암스트롱
이나 코넬리, 둘 중 하나라도 아는 사람은 없었다. 나중에 암스트
롱의 단골 가게도 다 돌아다녔지만 상황은 똑같았다. 시내 중심
의 딱 한 군데 술집에서만 바텐더가 젬 월쉬와 이반 암스트롱을
알아보긴 했는데, 그 두 명이 함께 온 적은 없다고 했다.

"그리고 심지어 지젤 코넬리는 브라이튼에 살지도 않았잖아요.
그죠?" 두 사람이 녹초가 되어 경찰서로 돌아오는 길에 히친스가
말했다.

"응, 그랬지. 리틀 햄프턴에 살았지." 맥케이의 얼굴이 험악해졌
다. "술 한 잔도 못 마시고 이렇게 많은 술집을 돌아다닌 건 내 평

생 처음이네."

두 사람은 건물로 들어서면서 마침 밖으로 나가던 홀린스와 마주쳤다.

"뭐 쓸 만한 거 좀 나왔어?" 맥케이가 물었다.

홀린스는 고개를 저었다. "전혀요. 직업도 전혀 다르고, 출신학교나 친구들도 안 겹치고, 세 사람이 공격당했던 밤에는 각각 다른 활동을 하고 있었어요. 이반 암스트롱은 나이트클럽에서 집으로 돌아가는 길이었고, 젬 월쉬는 친구 집에서 놀고 있었고, 지젤 코넬리는 늦게까지 일하고 있었어요. 젬 월쉬가 일했던 곳의 사장을 만나보려고 지금 막 나가던 참이에요. 그다음엔 월쉬가 다녔던 학교 교장도 만나보려고요."

맥케이는 홀린스의 지나친 열의를 은근히 비웃는 듯한 히친스의 표정을 놓치지 않았다.

"보아하니 연쇄살인범은 결국 아닌 것 같네요." 히친스가 계단을 오르며 말했다.

"단정 지을 순 없지. 살인범이 무작위로 희생자를 고르는 거라면 희생자들 사이에 연관성이 없을 테니까. 아니면 자기들끼리는 아니더라도 각각이 살인범과 관련이 있을 수도 있고."

히친스는 맥케이에게 미심쩍은 표정을 지어 보였다.

"나도 알아." 맥케이가 말했다. "이 염병할 사건엔 돌파구가 필요해. 그렇다고 또 다른 시체가 나타나면 안 되겠지만."

"트위터에서 별의별 소문이 퍼지고 있던데, 그것도 전부 조사해 보는 게 좋지 않을까요?" 히친스가 말했다.

"뭐 트위터? 제정신이야?" 맥케이가 말했다. "트위터는 음모론자들이 헛소리나 씨불이는 망할 놈의 공간이야!"

"하지만 만약 살인범도 거기 있으면 어떡해요?"

"좋아. 일단 확인해. 아직 언론에 공개되지 않은 내부 정보를 알고 있는 사람이 있는지 알아봐. 하지만 내가 장담하는데 그런 정보는 살인범이 아니라 어떤 머저리 같은 교통관 놈이 흘린 걸 거야."

맥케이는 프랜시스 사무실로 향했다. 빈손으로 왔어도 보고는 해야 하니까.

"경위님, 미안하지만 희생자들 사이에는 아무런 연결점이 없었어요."

"과학수사팀에서 가져온 범행 수법 비교 결과도 마찬가지예요." 프랜시스가 대답했다. "로즈가 그러는데, 세 사건의 법의학 증거를 탈탈 털었지만 먼지 한 톨 만한 유사점도 나오지 않았다네요. 범행 도구도 다 다르고요. 게다가 DNA나 머리카락, 지문, 심지어 섬유 조각 같은 미세 증거는 아예 찾지도 못했고요."

"그렇다면 연쇄살인범 가설은 없던 일로 하는 겁니까?" 맥케이가 물었다.

"그래야죠. 각각 다른 범행 동기를 가진 세 명의 살인범을 찾아야 할 것 같아요. 괜히 문신 때문에 쓸데없이 헛발질만 했네요."

21

마르니

언제 벌써 이렇게 컸지? 분명 얼마 전까지만 해도 갓난애였는데 지금은 술에 취한 채 소파에 대자로 뻗어 코를 골고 있었다. 마르니는 주방에서 물병과 컵을 가져와 알렉스의 발을 조금 치우고 소파에 앉았다. 그리고는 알렉스의 종아리를 툭툭 쳐서 아이를 깨웠다.

"마지막 과목 시험은 잘 봤니?" 마르니가 묻는 사이 알렉스가 몸을 약간 움직였다.

"네? 뭐라고 하셨어요?" 알렉스는 눈을 비비고 그제야 물컵을 알아봤다.

마르니는 아이가 물을 한꺼번에 다 마시는 걸 기다렸다가 다시 물었다.

"아들, 시험 잘 봤냐고. 기억나? 오늘 오전에 경영학 시험?"

알렉스는 빈 컵을 내려놓고 양쪽 입꼬리를 들어 올리며 활짝 웃었다.

아이가 웃을 때마다 티에리와 너무 똑같아서 마르니는 가슴이 아팠다.

"대박 잘 봤어요."

"정말?" 다행히 알렉스는 많이 취한 것 같지 않았다.

"다 내가 아는 문제만 나왔어요. 완전 다행이었죠."

"네 공부 머리는 도대체 누굴 닮은 걸까? 아빠도 나도 절대 시험 머리는 아닌데."

"아빠도 바칼로레아(프랑스의 논술형 대입시험 - 옮긴이 주) 합격
하지 않았어요?"

티에리 얘기는 정말로 하고 싶지 않았다. 요 며칠 사이에 티에
리를 너무 자주 봐서 그런지, 그동안 애써 정리했던 애증의 감정
이 다시 마르니의 마음을 휘젓고 있었다.

"마틴이랑 다른 애들은 어떻게 봤대?"

"걔들도 잘 본 것 같아요. 리브는 약간 툴툴거리긴 했는데, 그러
면서도 항상 일등 하잖아요."

리브는 마르니의 조카였고 알렉스와 같은 학교를 다니고 있었
다.

알렉스는 딸꾹질을 했다. "지금 몇 시예요? 걔네들 만나기로 했
는데."

"이제 막 네 시야. 잠깐, 근데 또 나가겠다고? 너 벌써 취했잖
아."

"엄마!" 알렉스는 얼굴을 찌푸렸다. "저 취한 거 아니에요. 애들
이랑 점심때 밥 대신 축하주 조금 마신 게 다예요. 오후에 시험
보는 애들도 많아서 파티는 이따 밤에 한단 말이에요."

마르니는 한숨을 쉬었다. 한 부모 양육은 힘들다. 마르니는 착
한 경찰, 나쁜 경찰 역할을 혼자서 다 해야 했다.

"그럼 나가기 전에 파스타나 만들어 줄게. 주방으로 와서 엄마
랑 얘기나 하자."

주전자에 물을 채우는 동안 전화벨이 울렸다.

"마르니 뮬린스 씨인가요?"

"누구시죠?"

"저는 아르고스 신문사의 기자 톰 피츠라고 합니다. 부인이 시체를 발견하신 분이라고 들었는데요…"

마르니는 전화를 끊었다. 그녀가 경찰보다 훨씬 더 불신하는 종족이 바로 기자들이었다. 젠장. 자신이 시체를 발견한 사람이라는 걸 이 기자가 어떻게 알아냈지? 그리고 전화번호는 대체 어떻게 알아낸 거야?

파스타가 다 되었을 때쯤엔 모자간의 사소한 갈등도 이미 흔적 없이 사라졌다. 솔직히 말해, 마르니의 친구들이 십 대 자식들 때문에 골치를 앓는 것에 비하면 알렉스는 한 번도 마르니를 힘들게 한 적이 없었다.

"엄마는 오늘 하루 어땠어요?" 알렉스가 식탁 의자에 자리를 잡고 앉아 게걸스럽게 스파게티를 먹어 치우며 물었다. "오늘은 또 누구 몸에다 평생 지워지지 않는 낙서를 했어요?"

마르니는 웃었다. 알렉스가 가족 사업에 동참할 가능성은 전혀 없었다. 알렉스는 타투 쪽은 거들떠보지도 않았고 심지어 무시했다. 마르니는 그런 알렉스가 오히려 괜찮았다. 그게 티에리의 심기를 얼마나 불편하게 하는지 알았으니까.

"그냥 어떤 여자. 타투 때문에 인생 망칠 수도 있다는 걸 전혀 내다보지 못하는 불쌍한 여자였지." 마르니도 장난스럽게 대답했다.

"엄마 정말 나쁜 사람이에요. 그분한테 경고해줬어야죠. 그분이 타투 살인자의 희생자가 되면 어떡해요. 엄마가 살인자한테 잠재적 먹잇감을 한 명 더 만들어준 거라구요."

"네가 그런 걸 어떻게 아니?"

알렉스는 어깨를 으쓱하며 대답했다. "학교에서 다들 그 얘기만

해요. 한 명 한 명 타투를 해 줄 때마다 살인자한테 새로운 먹잇감을 던져주는 거나 마찬가지라구요."

"범인이 내가 타투를 해 준 사람을 골라 죽이진 않을 것 같은데?" 그렇다면 범인은 어떤 기준으로 희생자를 고르는 거지?

"왜요? 엄마가 한 타투도 훌륭하잖아요. 만약 제가 타투를 모으고 싶어서 사람들을 죽이는 살인자라면 저는 엄마가 작업한 타투를 갖고 싶을 거예요."

"우리 아들, 말만 들어도 고맙네. 근데 너무 대놓고 편파적인 것 같다. 아무튼, 엄마 생각엔 살인자가 타투 아티스트를 가려서 고르는 것 같진 않아."

"하지만 엄마가 만난 그 경찰은 어쩌면 타투가 전리품일 거라 생각한다면서요. 그렇다면 논리적으로 따져봤을 때, 범인이 타투의 품질을 따질 거 아니에요. 밤새 퍼마시다 길바닥에 뻗어서 잠든 주정뱅이가 아무리 쉬운 먹잇감이라도 그런 사람들 몸에 있는 허접쓰레기 같은 타투는 거들떠보지도 않을걸요?"

마르니는 알렉스의 파스타 접시를 식기세척기에 넣었다. 그렇게 해 주면 안 되는데, 알렉스가 스스로 하게 해야 하는데, 그렇게 놔뒀다간 설거지거리만 쌓여 갈테니.

"네 말이 맞는 것 같다." 마르니가 말했다. "범인이 가져간 타투 중에 형편없는 작품은 없었어. 하나같이 좋은 것만 가져갔네."

아이스크림을 내주자 알렉스는 일주일 내내 쫄쫄 굶은 사람처럼 덤벼들었다. 살인사건은 이미 알렉스의 머릿속에서 완전히 밀려난 것 같았다.

알렉스 뒤로 벽에 붙어있는 타투 전시회의 포스터가 눈에 들어왔다. 벌거벗은 여자의 뒷모습이 포스터 대부분을 차지하고 있었다. 여자의 등 전체에 환상적인 일본식 타투가 새겨져 있었다. '피와 잉크의 연금술'이라는 제목으로 작년에 사치 갤러리에서 열린 타투 전시회 포스터였다. 알렉스와 함께 저 전시회를 구경하러 런던으로 갔던 일이 생각났다. 알렉스는 물론 전혀 관심이 없었지만 엄마의 생일선물이라며 마르니를 전시회에 데려갔었다. 여자의 이미지 한쪽 옆으로는 열 명의 이름이 세로로 나열되어 있었다. 전시회에 작품을 출품한 열 명의 타투 아티스트들이었다.

릭 글로버
제이슨 레스터
이와오 이시가와
지지 리온
조나 메이슨
폴리나 얀코프스키
빈스 프리스트
바르토즈 클렘
페트라 다니엘리
브루스터 본즈

이른바 세계에서 가장 뛰어난 열 명의 아티스트들이었다. 티에리가 전시회 출품 목록에 자신이 포함되지 않았다고 고래고래 욕을 퍼붓던 일이 떠올랐다. 어쩜 그렇게 스스로에 대한 평가가 후한지, 지금 다시 생각해봐도 정말 어이없을 정도였다. 티에리는 포스터가 나왔을 때도 미친 듯이 화를 내며 난리 법석을 떨었었다.
마르니는 다시, 이름을 쭉 읽어 내려갔다.

"오. 마이. 갓!"

마르니는 호흡을 가다듬고, 휴대폰을 들었다.

22

프랜시스

대체 무슨 일이길래.

프랜시스는 마르니가 남긴 음성 메시지를 머릿속에서 다시 재생하며 열심히 약속 장소로 향했다. 마르니 뮬린스는 밑도 끝도 없이 그냥 와달라고만 메시지를 남겼다. 하지만 그녀의 목소리에는 긴박감이 묻어났다. 무언가를 알고 있나? 새로운 걸 발견한 건가? 프랜시스는 오늘 저녁 로빈 누나를 보러 가기로 했었지만, 누이와의 약속은 어쩔 수 없이 다음 주로 미뤘다. 그러면서도 약간 죄책감이 들었다. 마르니 뮬린스를 만난다고 생각하니 누이를 만나는 것보다 훨씬 더 마음이 설레었기 때문이다.

길에 앉아 있던 노숙자가 프랜시스의 다리를 향해 손을 뻗었다.

"한 푼 줍쇼."

그의 모습을 보니 돈을 주면 어디로 갈지 뻔했다. "음식이나 좀 사드릴게요." 방금 지나온 길에 편의점이 있던 게 생각났다.

"그냥 돈이나 좀 줘요." 남자의 얼굴엔 불만스러운 표정이 가득했다.

그러건 말건 프랜시스는 편의점에서 샌드위치와 초콜릿 바, 그리고 물을 한 병 사다가, 남자 앞에 쭈그리고 앉아 음식을 건넸다.

"세인트 피터스 성당에 야간쉼터가 있어요. 거기서 따뜻한 음식도 먹을 수 있고 잠도 잘 수 있을 거예요." 프랜시스가 말했다.

남자는 모기만 한 소리로 감사 인사를 하고 샌드위치를 받아들었다. 그의 어두운 눈동자는 속 빈 껍데기처럼 공허했다.

전방 백 미터도 채 안 되는 지점에 마르니가 문자로 알려준 타파스(스페인) 식당이 있었다. 프랜시스가 문을 열고 들어선 식당 안은 아늑하고 어두웠다. 광택 없는 마룻바닥, 벽돌이 그대로 드러난 벽, 묵직한 목재가구가 식당에 투박한 분위기를 자아냈다. 프랜시스는 내부를 쭉 훑어보고 안쪽 깊숙이 앉아 있는 마르니를 발견했다. 테이블 위엔 마개를 딴 레드 와인 한 병과 잔이 놓여 있었고 그녀의 잔엔 벌써 와인이 채워져 있었다.

"왜 여기서 보자고 했어요?" 프랜시스는 자리에 앉으며 물었다. "그냥 경찰서로 오지 않고요?"

"갔었어요." 마르니가 대답했다. "당신이 어디 있는지 안 알려주더라고요."

그럴 만도 했다. 프랜시스는 계속 검시소에 있다가 마르니의 메시지를 받기 몇 분 전에야 경찰서로 돌아왔었다.

"경찰서에 누구와 이야기했는데요? 맥케이 경사요?"

마르니는 고개를 저었다. "아니, 여경이었어요. 나쁜 년 대회 우승감이던데요. 누가 보면 당신 애인인 줄 알겠어요."

프랜시스는 누구였을까 궁금했다. 앤지인가? 앤지가 가끔 재수 없게 군다는 건 프랜시스도 알고 있었다.

"그리고 한잔 마셔야 되기도 했구요."

프랜시스는 마르니를 유심히 살폈다. 무슨 일 때문인지는 몰라도 그녀는 확실히 겁에 질려있었다.

프랜시스가 말릴 새도 없이 마르니는 그의 잔에도 와인을 따랐다. 하지만 프랜시스는 잔을 들지는 않았다.

둘은 서로 마주 봤다. 그녀의 눈동자를 계속 바라보고 싶었다.

하지만 프랜시스는 시선을 돌렸다.

"무슨 일인지 말해 봐요." 프랜시스가 당혹감을 숨기며 입을 열었다.

"이거요." 테이블 위에 놓여 있는 뭔가를 가리키며 마르니가 말했다. 아까 자리에 앉을 때 미처 보지 못한 것이었다.

프랜시스는 반뜩거리는 표지의 책자를 들어 테이블 중앙에 있는 촛불 쪽으로 비스듬히 비춰봤다. 앞표지는 휘황찬란한 중국풍 용 문신으로 뒤덮인 여자의 등 사진이었다. 검은 바탕이라 그런지 용의 색깔이 빛나는 보석처럼 두드러졌다. 사진이 낯이 익었다. 이와오 이시가와의 스튜디오에 찾아갔을 때 그가 조나 메이슨의 작품을 보여주느라 꺼냈던 바로 그 안내 책자였다.

"'피와 잉크의 연금술.'" 그는 큰 소리로 겉표지에 적힌 글귀를 읽었다. "'고대 예술 양식의 현대 거장들.'"

마르니는 고개를 끄덕였다. 그녀의 눈동자가 촛불의 빛을 받아 밝게 빛났다.

"이걸 왜 보여주는 거죠?"

"작년에 사치 갤러리에서 열린 전시회예요. 책을 열어 봐요."

프랜시스는 어리둥절한 표정으로 책자의 페이지를 넘겼다. 다양한 스타일의 문신 사진들이 끊임없이 이어졌다. 지난번에 이와오가 보여줬던 사진도 있었다.

"조나 메이슨이네요. 이반 암스트롱의 타투 아티스트."

"맞아요."

"그래서요?"

그녀는 책자를 뺏어갔다.

"이것 좀 봐요."

그녀는 페이지를 몇 장 더 넘겨 사진을 하나 가리켰다. 사람 몸에 기계가 이식된 것 같은 디자인이었는데 지젤 코넬리의 없어진 팔에 있는 문신과 매우 흡사했다.

"바르토즈 클렘." 프랜시스가 큰소리로 읽었다.

"네, 맞아요. 당신이 나한테 보내준 팔뚝 사진을 티에리와 친구들에게 보여줬을 때 한 친구가 바르토즈의 스타일이라는 걸 알아봤어요. 그리고 이것도요."

그녀는 페이지를 한 장 더 넘겼다. 거기에는 굉장히 화려한 고딕체의 글자 문신 사진이 여러 개 실려 있었다.

"이 작품들은 릭 글로버가 작업한 거예요. 요 근처에서 활동해요. 내 생각엔 벨리알 레터링과 거미줄 타투도 릭 글로버의 솜씨 같아요." 마르니는 말을 마치고 기대 어린 침묵으로 빠져들었다.

프랜시스는 다시 그녀에게서 책자를 건네받아 사진을 유심히 살폈다.

"그런데요?" 몇 분 후 그가 말했다.

"이해가 안 돼요?" 마르니가 조바심치며 말했다. "살인사건들 사이의 연관성을 찾고 싶어 했잖아요. 이게 연관성이에요. 당신 희생자들 모두 사치 전시회에 출품했던 아티스트들한테 타투를 받았어요. 이 전시회에 참가한 아티스트들은 세계 최고들이에요. 누군가가 수집하고 있는 거라구요."

"연관성일까요? 그냥 우연 아닐까요?"

마르니는 눈을 휘둥그레 뜨더니 잔에 남아있던 와인을 비워버렸다. "젠장, 진지하게 안 듣는 거예요?"

"진지해요. 그럴 수밖에 없는 상황이니까." 프랜시스는 테이블 위에서 주먹을 움켜쥐었다. "좋아요. 그 아티스트들이 젬 월쉬랑 지젤 코넬리에게 문신을 했을 수 있어요. 그게 사실인지는 확인을 해보면 알겠죠. 그래서 정말로 세 명 모두 이 전시회에 참가한 아티스트라고 한들 그래서 뭐 어쨌다는 거죠? 목록엔⋯," 그는 책자를 집어 들고 페이지를 차례차례 넘기며 말을 이었다. "⋯다른 아티스트들이 적어도 예닐곱 명은 더 있고, 그 사람들의 타투를 가진 시체가 발견된 것도 아니고요. 이걸로는 별 도움이 안 돼요."

"그러는 당신은 알아낸 게 뭐가 있는데요?"

시간을 벌려고 프랜시스는 와인을 한 모금 마셨다.

"술 마시네요?"

"근무 중이 아니니까요."

"어쨌든 일하는 중이잖아요."

젊은 웨이터가 조심스럽게 테이블로 다가왔다. 마르니가 일사천리로 타파스 요리를 주문하자 웨이터는 주문을 받아 사라졌다.

프랜시스가 눈썹을 치켜올렸다. "식사도 하자고요?"

"밥을 먹어야 몸이 말을 듣죠."

프랜시스는 그녀를 좋아할 수밖에 없었다. 하고 싶은 말은 거르지 않고 그대로 말해버리고 호불호도 꾸밈없이 드러낸다. 도대체 뭣 때문에 감옥에 갔던 걸까? 그는 그녀에게 물어보고 싶은 걸 가까스로 참았다. 그녀의 전과 기록에 대해 맥케이를 더 들쑤시고 싶지도 않았다. 그랬다가 괜히 자신이 인정하고 싶은 정도보다 더 마르니에게 관심이 있다는 게 드러날까 봐 자제했었다.

"그러니까 당신의 추리는 누군가가 그 전시회를 구경하고 자기만의 소장품을 모으려고 찾아다닌다는 건가요? 예를 들면 타투 사냥꾼 같은 거요?"

"맞아요. 바로 그거예요. 타투 사냥꾼!"

"하지만 이 세 가지 사건 사이에는 티끌만 한 연관성도 없어요."

그녀가 답답하다는 듯 눈을 크게 떴다. "정말 모르겠어요? 바로 이게 그 연관성이에요."

"난 잘 모르겠어요."

"받아들이고 안 받아들이고는 당신 자유지만 어쨌든 당신도 이게 연결고리라는 건 부정할 수 없을걸요? 아무리 봐도, 이거 말고 다른 단서는 하나도 못 찾아내신 것 같은데."

"그러니까 앞으로 희생자가 더 생길 것이고 그 희생자들은 이 책에 있는 아티스트들한테 타투를 받았을 거라는 거죠?"

"내 추리가 맞다면요. 그리고 그 전에 당신이 먼저 살인자를 잡지 않는다면요."

"타투 아티스트로 일한 지는 얼마나 됐어요?" 프랜시스가 물었다.

웨이터가 올리브 한 접시를 테이블에 내려놓자 마르니가 하나를 집어 입에 넣었다.

"19년요." 마르니가 올리브를 씹으며 대답했다.

"굉장히 어린 나이에 시작했나 보군요."

"열여덟 살에 티에리의 견습생이 됐어요. 지금 내가 아는 건 거의 전부 티에리한테 배운 거예요."

"두 사람은 어떻게 만났는데요?"

마르니의 표정이 어두워졌다. "여름 햇빛만 쐬고 오려고 프랑스에 갔다가 잠깐 웨이트리스로 일한 적이 있어요. 그때 티에리의 형이랑 몇 번 데이트를 했는데, 그러다가…." 마르니가 그대로 말

끝을 흐리고 잠시 어색한 침묵이 흘렀다.

프랜시스는 더 이상 캐묻고 싶지 않았다. 다 듣지 않아도 대충 짐작이 갔다. 그는 다시 무난한 주제로 얘기를 돌렸다.

"그 19년 동안 당신이 타투를 새긴 사람들이 몇 명이나 될까요?"

그녀는 올리브를 삼키고 눈을 감은 채 계산을 했다. 그리고는 어깨를 으쓱하며 대답했다.

"말 그대로 수천 명?"

웨이터가 타파스 요리를 더 올리기 위해 테이블 위를 다시 배열하는 동안 프랜시스는 빵 한 조각을 손으로 뜯었다.

"당신이 말하는 그 타투 사냥꾼이 노리는 타투를 한 아티스트가 이제 일곱 명 남았네요. 그 정도면 잠재 희생자의 범위가 큰 거예요?"

"완전요."

"이 정보가 우리한테 얼마나 도움이 될지 사실 잘 모르겠어요."

"우리라." 마르니는 입 한가득 와인을 삼키더니 입가에 만족스러운 함박웃음을 띠며 말했다.

"이걸 정말로 제대로 된 추리라고 쳐줄 수 있다면요…."

"엄연한 추리죠. 그리고 공격받는 사람들이 내 친구들과 동료들이란 말이에요. 내 말 절대로 대충 넘기지 말아요."

"언제는 아예 엮이기도 싫어하더니 이제는 아주 잔 다르크가 따로 없네요."

"사람들이 죽는 거 보기 싫어요. 내가 아는 사람이 당할 수도 있잖아요."

프랜시스는 전시회 안내서를 좀 더 들여다보다가 다시 앞으로 넘겨 첫 장을 폈다.

"이걸 봐요." 그는 마르니가 볼 수 있게 인사말 페이지를 펼쳐 보였다.

"그게 왜요?"

"큐레이터가 당신 친구 이와오 이시가와예요."

"네, 알아요. 개회식에 나도 갔었어요."

프랜시스는 침묵했다. 그는 자기를 보며 날카롭게 울어대던 문신 고양이를 떠올렸다. 만약 이 연관성에 대한 마르니의 추리가 맞다면, 자신과 팀은 앞으로 수많은 난관을 넘어야 할 게 뻔했다. 하지만 최소한 어느 방향으로 가야 할지 알게 된 것만으로도 성과였다.

"먹어요, 프랭크." 마르니가 말했다. "얼른 먹고 어쩌다 경찰이 되었는지 얘기해줘요."

"프랜시스라니까요." 그는 굳은 표정으로 말했다.

마르니 뮬린스, 당신이 내게 먼저 말해준다면. 도대체 어쩌다 법의 반대편에 가게 되었는지.

vii

하나, 두울, 타투 한 점 자르고,
세엣, 네엣, 한 땀 한 땀 벗겨내고,
다섯, 여섯, 피 향기에 짜릿짜릿,
일곱, 여덟, 슥삭 슥삭 재촉하네.

내 일엔 조금의 오차도 있어선 안 된다. 그러려면 가장 예리한 칼날이 필요하다. 칼날은 세라믹 숫돌에 손으로 직접 간다. 전동 칼갈이는 절대 쓰지 않는다. 칼을 가는 리듬에 맞춰 짧은 멜로디를 흥얼거린다. 매끈하면서도 무자비하게 파고드는 살벌한 면도날처럼 칼날을 마무리한다. 연장들은 항상 날카롭게 관리해야 한다. 갑자기 쓸 일이 생길 수도 있으니까. 그런 절호의 기회가 언제 어디서 나타나 줄지 알 수 없으니까 주기적으로 녀석들을 만져줘야 한다. 썼던 놈이건 아니건 상관없이 골고루 관리한다. 무딘 날은 정말이지 예뻐해 줄 수가 없다.

작업대 위에 칼들이 정해진 순서대로 놓여 있다. 날이 짧은 놈들 먼저, 그다음엔 날이 긴 놈들, 그리고 마지막으로 가죽을 도려내는 용도의 둥글게 휘어진 놈들 순서다. 작업대 가장자리엔 조임새가 종류별로 줄지어 있고, 그것과 각을 딱 맞춰 숫돌이 서 있다. 도구들이 제자리에 있어야 연장들을 일사불란하게 단련할 수 있다. 연장 하나마다 한 시간씩 공을 들이며 내 십팔 번을 흥얼거린다. 무한 반복을 하다가 가끔 넋이 나간다.

그러면 내 영혼도 치유된다.

살가죽을 도려낼 때처럼.

박제할 때, 내가 가장 좋아하는 단계였다. 동물의 가죽을 온전한 모습 그대로 완벽하게 벗겨내는 것. 상당히 어려운 작업이라 성공하기만 해도 엄청난 보람을 느낄 수 있다. 물론 이것도 론에게 배웠다. 가죽 가공이나 박제술에 관해서라면 론에게 배울 수 있는 것을 모두 전수받았다. 그리고 덤으로 삶에 대한 몇 가지 지혜도. 나는 마치 스펀지처럼 모든 것을 흠뻑 빨아들였다. 그가 내게 가르칠 것이 더 이상 남아있지 않을 때까지.

론은 나에게 자신의 피부와 함께 고객 명단을 남겼다. 그 중 '컬렉터'가 있었다. 컬렉터는 오래된 고객이었다. 박제품을 수집하는 컬렉터는 당연히 업계 최고였던 론과 내게 작업을 맡겼다. 컬렉터는 항상 우리 능력의 한계치를 시험하는 숙제를 내주었다. 하지만 나는 언제나 최선을 다했다. 때때로 그는 내가 일하는 모습을 지켜본다. 훌륭한 예술 작품을 감상하듯 모든 과정을 유심히 지켜본다. 컬렉터는 매우 박식하고 현명한 사람이다. 그런 사람을 존경하는 것만큼 쉬운 일이 있을까. 그가 나와 함께 시간을 보내는 것만으로도 엄청난 영광이다. 내가 작업하는 걸 관심 어린 눈으로 지켜보는 컬렉터의 모습을 생각만 해도 가슴이 떨린다.

바로 이런 면에서 컬렉터는 내 아버지나 남동생과 전혀 다르다. 그들은 단 한 번도 내가 하는 일에 관심을 보이지 않았다. 그들이 관심을 기울이는 일이라곤 오로지 자기들 일뿐이었다. 자기들이 뭘 성취했는지. 자기들이 앞으로 무엇을 할 건지. 내 아이디어와 의견은 완전히 무시당했다. 그나마 론은 좀 나았다. 론은 내가 하는 일에 관심은 있었으니까. 하지만 그건 순전히 그가 나를 가르치는 입장이었기 때문이다. 론은 내가 얼마나 배웠는지 확인하고 싶어 했다. 하지만 컬렉터는, 진심으로 내 일을 존중해준다. 그리고 나도 온 마음으로 그를 존중한다. 그는 아름다움을 알아보는 안목이 뛰어난 것에 그치지 않고, 평범한 것을 예술적인 것으로 승화시키는 방법에 대해서도 남다른 감각을 지니고 있다. 바로 이 점에서 우리는 깊은 공감대를 나눈다.

나는 컬렉터를 위해 무엇이든 할 것이다. 세상 그 무엇이든.

그는 그저 나에게 말만 하면 된다….

앗! 칼날에 손가락을 베었다. 빨간 점이 순식간에 핏방울로 부풀어 오르더니 작업대 위로 뚝 떨어진다. 핏자국은 나중에 사포로 긁어내야겠다. 아니, 그냥 놔둘까.

피 냄새가 코를 간질이자, 얼른 다시 죽여야겠다는 생각이 든다. 때가 왔다.

23

맥케이

오전 여덟 시, 브래드쇼의 사무실이다. 어제 저녁에 프랜시스
가 뜬금없이 문자를 보내 아침 댓바람부터 브래드쇼 사무실로 호
출하더니 정작 메시지를 보낸 당사자는 아직 나타나지도 않았다.
또 지각이다.

브래드쇼 경감님도 이미 와 있구먼.

"그래, 어떻게 하고 있나?"

맥케이는 브래드쇼의 한쪽 귓불에 남아있는 면도 거품 덩어리
에서 눈을 떼지 못했다.

"맥케이?"

"아, 죄송합니다. 뭐라고 하셨죠?"

"프랜시스하고 일하는 거 말일세. 나한테 계속 보고하기로 했잖
나."

"아, 네. 확실히, 아주 영리하긴 합니다."

"그런데?"

"이 사건은, 사건들이⋯ 그게 아주 복잡합니다. 살인범이 한 명
인지 여러 명인지도 아직 모르고, 사건들끼리 무슨 상관관계가
있는지도 아직 밝혀내지 못했고 그래서⋯."

"그래서?"

맥케이는 한숨을 쉬었다. "제가 판단할 일은 아니지만, 직무 경
험이 부족한 사람이 이런 사건을 지휘하는 게 정말 옳은 일인지

잘 모르겠습니다."

브래드쇼는 맥케이가 한 말을 곰곰이 생각하더니 말했다. "맥케이, 솔직하게 말해줘서 고맙네."

맥케이, 완벽하게 잘했어! 또 지각하다니 멍청한 놈.

"물론, 제가 다른 뜻으로 말한 것이 아니라…"

노크 소리가 들리고 문이 열렸다. 맥케이는 말을 멈추고 문 쪽으로 고개를 돌렸다. 프랜시스가 방으로 들어서고 있었다. 그 어느 때보다 빳빳하게 다림질을 한 양복과는 대조적으로 그의 표정은 아주 생기가 넘쳤다. 그는 자신이 들어서자 갑자기 중단된 대화가 의심스럽다는 듯 매서운 눈초리로 맥케이를 노려봤다.

어젯밤에 대체 뭘 했길래?

"안녕하십니까. 늦어서 죄송합니다." 프랜시스는 경감에게 사과하고 맥케이에게도 인사를 건넸다.

브래드쇼는 프랜시스가 자리에 앉는 사이 시계를 확인하며 못마땅하다는 듯 그르릉거렸다.

"오셨어요?" 맥케이도 대답했다.

"수사에 진전이 좀 있는 거겠지?" 브래드쇼가 프랜시스에게 시선을 고정한 채 말했다.

"맥케이 경사가 수사 상황을 보고 드리던 중이었습니까?"

"아니. 우리는 그랭어가 출산휴가를 가면 부서 내 인력조정을 어떻게 할지 상의하고 있었네."

프랜시스는 브래드쇼의 말을 곧이곧대로 믿지 않는 눈치였다.

"말씀하신 대로 사건에 진전이 좀 있었습니다." 프랜시스가 말했다. "최근의 두 사건과 비슷하게 연관된 다른 사건이 있는지 찾아보려고 강력범죄 분석보고서를 검토했고, 그 결과 유사점이 있어 보이는 사건을 하나 찾았습니다."

브래드쇼가 고개를 끄덕였다.

"작년에 골프장에서 한쪽 팔이 잘려 나간 여성의 변사체가 발견된 사건이 있었습니다. 희생자는 치체스터 출신의 수습 변호사로 이름은 지젤 코넬리였습니다. 26세에 기혼이었고…."

브래드쇼가 프랜시스의 말을 잘랐다. "뭔 소리야? 지금 우리 미해결 사건이 두 건이 아니라 세 건이라는 건가? 자네는 이런 걸 진전이라고 부르나? 그리고 그 사건은 심지어 우리 관할도 아니잖아."

"그녀가 발견된 골프장이 우리 관할입니다. 그녀는…."

"그래, 그녀. 그 사건 희생자는 여성이잖아. 우리 사건의 희생자들은 둘 다 남성이야. 게다가 자네는 그 둘 사이의 상관관계가 있는지조차도 알아내지 못했잖아. 자네가 똑바로 알고나 있는지 모르겠지만 연쇄살인범들은 말이야, 걔네들은 한창 활동하는 중간에 갑자기 메뉴를 바꾸지 않는다고. 남자면 남자, 여자면 여자, 한 길만 판다고. 알겠나? 내가 이미 한번 말했지만, 연쇄살인범이라고 가정할 만한 증거가 하나도 없어."

"경감님." 프랜시스의 단호한 어조에 맥케이는 꽤 감탄했다. "그 여자 희생자는 없어진 팔에 문신이 있었습니다. 그리고 그 팔은 아직도 발견되지 않았습니다."

"무슨 문신?"

"문신 종류에 어떤 의미가 있을진 모르겠지만 바이오메카닉 문신이었습니다."

"바이오 뭐라고?"

"바이오메카닉입니다. 마치 피부 속에 기계가 들어 있는 것 같은 모양입니다. 사이보그처럼요."

프랜시스는 이제 문신에 대해 상당히 많이 알고 있는 듯했다. 마르니 뮬린스라는 여자와 자주 만나는 건가?

"세상에!" 브래드쇼도 놀란 눈을 했다. "수습 변호사라는 사람이?"

"중요한 점은 이반 암스트롱, 젬 윌쉬, 그리고 이 두 사람보다 몇 달 앞서 사망한 지젤 코넬리까지, 희생자들 모두가 변사체로 발견됐을 때 문신이 제거된 상태였다는 겁니다. 아마도 이반의 어깨에서 제거된 피부는 다시 찾을 수 없겠지만, 범인이 다른 두 희생자의 몸에서 떼어간 머리와 팔의 문신을 확보하고 나면 반드시 남은 뼈나 두개골을 어떻게든 처리해야 할 겁니다."

"난 자네 얘기가 하나도 납득이 안 돼." 브래드쇼가 말했다. "프랜시스 자네, 상상력이 지나치게 앞서나가는 거 아닌가? 문신 따위는 우연의 일치일 뿐이야. 내가 보기엔 이 여성 피해자 사건은 최근 사건들과 아무 상관이 없어. 그리고 솔직히 최근의 두 사건 간에도 무슨 연결점이 있다고 볼 만한 게 하나도 없고 말이야." 그는 회의가 끝났음을 알리는 듯 뒤로 물러나 앉았다. "세 사건은 서로 아무 상관 없는 별개의 사건들이야. 그것들을 어떻게든 연결해보겠다고 쓸데없이 시간 낭비하지 말게. 인력 낭비도 더는 용납 못 해. 사건 특성에 맞춰서 적절히 인력 배치를 해도 모자랄 판에."

"하지만 상관관계를 입증하면 우리에게 필요한 단서를 얻을 수 있습니다." 프랜시스가 말했다.

"더 이상 그쪽 방향으로는 수사 진행하지 마. 자, 맥케이, 자네는 뭘 조사할 건가?"

맥케이가 목청을 가다듬고 말을 시작하려는데 프랜시스가 과장되게 그를 잘랐다.

"경감님, 이걸 좀 보십시오." 프랜시스는 서류 가방에서 책자를 하나 꺼냈다. "사라진 문신은 모두 이 전시회에 참여했던 아티스트들의 작품입니다."

브래드쇼는 프랜시스가 내민 책자를 받아들었다.

저게 대체 뭐지? 왜 나는 저걸 지금 처음 보는 거지?

맥케이는 목을 길게 빼 들고 브래드쇼가 보고 있는 책자를 들여다봤다.

"물론 아직 빈약하긴 해도, 이게 바로 희생자들 사이에 연관성이 있을 수 있다는 근거입니다." 프랜시스가 계속 말했다. "그렇다고 제가 이 가설에만 치우쳐서 수사하는 것은 당연히 아니고, 단지 이 가능성도 충분히 조사해 볼 가치가 있다고 생각하는 것뿐입니다. 지금까지 팀 전체가 움직여서 이반 암스트롱과 젬 월쉬의 주변 인물들을 조사하고 탐문해 봤는데 두 사람을 연결 지을 만한 다른 범죄행위는 발견되지 않았습니다. 하지만 증거가 당장 나오지 않았다고 해서 실제 아무것도 없는 건 아니지 않습니까."

"그러니까 결론은, 희생자들 사이에 어떤 상관관계도 찾아내지 못했다는 거군. 맥케이 자네는?" 브래드쇼가 전시회 책자에 더는 관심이 없는지 책상 한쪽에 툭 던지며 코웃음을 쳤다. 맥케이가 몸을 내밀어 안내 책자를 집어 들었다. 이 책을 어디서 받아왔는지는 안 봐도 뻔했다. 마르니 뮬린스를 또 만난 거겠지. 둘이 그러고 다니는 걸 티에리 뮬린스는 어떻게 생각하려나? 맥케이 눈치로는 그 부부가 이혼은 했어도 아직 꽤 가까워 보였는데.

"예, 일단은 암스트롱과 월쉬의 가족을 만나 희생자들의 주변

인물들이나 평소 행동반경에 대해 알아봤고요. 앤지와 홀린스 조가 주변 인물들을 조사하고 저와 히친스가 그 두 사람이 자주 갔다는 술집 몇 군데를 탐문 수사했습니다. 오늘은 히친스와 홀린스가 희생자들의 직장을 찾아가 볼 거고, 앤지는 지젤 코넬리 사건하고 희생자들의 소셜미디어를 살펴볼 계획입니다."

브래드쇼는 지젤 코넬리를 언급하는 부분에서 다시 코웃음을 쳤다. "없어진 머리는?"

"아직 과학수사팀 쪽에서 나온 결과는 없지만 로즈가 수색견을 동원해 해변을 샅샅이 수색하고 있습니다." 맥케이가 대답했다. "현장 근처 주차장에서 수색견들이 월쉬의 체취를 잡아내서 거기부터 냄새를 쫓아 해변까지 추적했답니다. 당연하지만 시신이 발견된 현장 주변에서 개들이 냄새에 가장 강하게 반응했고요. 또 체취가 물가 바로 앞까지 이어지는 걸로 봐서 혹시 머리가 바다에 버려졌을 가능성을 염두에 두고 썰물 때 수색을 해봤지만 아무런 흔적도 찾지 못했습니다. 잠수부들을 내보내 역류층의 흐름도 추적해봤지만 역시 나온 게 없었습니다. 만약 머리가 정말 물속으로 사라진 거라면 다시 회수될 가능성은 없어 보입니다."

"몇 주 뒤에 셸시빌 해안에 떠오르지 않겠나?" 브래드쇼가 말했다.

"가능성은 반반입니다. 해안 경비원도 조류에 대해서는 잘 알고 있었지만, 분리된 머리가 바다 밑에서 어떻게 굴러다닐지에 대해서는 아무래도 잘 모르는 것 같더라고요. 그렇다고 쉽사리 실험해 볼 수 있는 사항도 아니고요."

"그러니까 요약하면, 수사에 빌어먹을 진척된 게 아무것도 없다는 거 아니야! 그래서 맥케이, 이제 뭘 할 건데?"

"네, 말씀드렸다시피 두 희생자의 주변 인물들과 직장을 탐문 조사하고 지젤 코넬리 건도 살펴볼 계획입니다."

"양쪽 범행 장소 부근에서 눈에 띄는 차량은 없었나?"

"번호판 일부만 파악됐고 현재 분석 중입니다."

브래드쇼가 잔뜩 찡그렸다. 그의 눈에는 모든 게 다 느려터진 것처럼 보이는 모양이다.

"프랜시스, 자네는?"

"저는 이와오 이시가와를 다시 만나보겠습니다. 전시회를 주관한 사람인데, 혹시 세 건의 살인에 대해 알려줄 만한 것이 있는지 물어볼 생각입니다."

"자네는 할 일이 그렇게 없나? 그쪽은 집어치우라고 내가 말했을 텐데."

프랜시스는 윗대가리를 다루는 기술이 영 서툴렀다. 경찰이라면 가장 먼저 익혀야 할 기본 기술이구만.

"경감님, 이것은 상당히 설득력 있는 가설이고, 지금으로선 유일한 가설이기도 합니다. 철저히 조사한 후에 그것을 버릴지 말지 판단해도 늦지 않다고 생각합니다."

"그래서 이 이시가와라는 인물이 그걸 알려줄 수 있다는 건가?"

"네, 저는 그렇게 생각합니다."

어색한 침묵이 흘렀다.

"이 사람이 고양이 몸에 문신을 한 그 사람 맞죠?" 맥케이가 어색한 침묵도 깨고 자기 딴엔 심각한 문제도 지적할 요량으로 말을 꺼냈다.

브래드쇼의 눈썹이 거의 이마 위로 사라질 정도로 올라갔다.

"그게 합법인가?" 브래드쇼가 말했다. "동물 학대 방지 협회엔 보고했나?"

"아직요. 죄송합니다." 프랜시스가 고개를 저으며 대답했다.

"맥케이, 히친스든 홀린스든 아무나 시켜서 동물에게 문신을 하는 것이 법적으로 문제가 없는지 알아내도록 하게."

브래드쇼는 콧구멍을 좁히며 숨을 거세게 들이쉬었다. "프랜시스 자네는 그 사람을 데려다 심문하고."

"고양이 때문에요?"

"아니, 살인사건 때문이지. 멍청하긴."

"미친놈들 대부분이 처음엔 보통 동물 학대에서 시작하죠." 맥케이가 끼어들었다.

"그를 소환해."

더 이상 어떤 논쟁도 용납하지 않겠다는 브래드쇼의 어조에도 불구하고 프랜시스는 멈추지 않았다.

"하지만 그가 사건과 관련됐다는 증거는 전혀 없습니다. 비공식적으로 만나서 그의 의심을 사지 않고 조사를 하는 것이 더 낫습니다."

프랜시스는 입을 열지 말았어야 했다. 하지만 이미 엎질러진 물이었다.

"딱 한 번만 더 말하겠네. 그 사람을 소환해."

"제가 오늘 오후에 하겠습니다." 맥케이가 재빨리 말했다.

프랜시스 설리번이 거의 폭발할 것 같은 표정으로 주먹을 불끈 쥐는 모습이 눈에 들어왔다.

"맥케이 경사는 빠져있어요." 프랜시스는 분노에 찬 목소리로 내뱉었다. "경감님, 우리가 그를 정식으로 심문할 수 있는 기회가 딱 한 번뿐일 수도 있습니다. 좀 더 구체적인 정황이 포착될 때까지 기회를 아껴두는 게 좋을 것 같습니다."

프랜시스 설리번은 방금 직속 명령을 거역했다. 결과는 아름답지 않았다. 브래드쇼는 눈을 새하얗게 치켜떴고 그의 얼굴은 붉으락푸르락하고 있었다. 그는 의자에서 일어섰다. 회의가 끝났다는 뜻이었다. 맥케이도 번개 같은 속도로 그를 따라 일어섰다.

"당장 그를 불러들여. 명령이야. 운 좋게 경위까지는 될 수 있었는지 모르지만, 주제 파악 못 하고 까부는 꼴은 더 이상 못 봐줘."

프랜시스는 말없이 자리를 박차고 나갔다. 용감하긴 한데 참 명청한 자식이다.

"너무 신경 쓰지 마십시오. 제가 반드시 처리하겠습니다." 맥케이는 조심스럽게 말하며 문을 최대한 살살 닫고 방을 나섰다.

24
프랜시스

프랜시스가 심문실로 들어서자 이와오 이시가와는 고개를 숙여 인사했다. 뒤따라 들어오는 맥케이의 눈을 의식하며 프랜시스도 고개 숙여 답례했다. 일본 타투이스트는 기모노 대신, 거북해 보일 정도로 몸에 꽉 조이는 비싸 보이는 청바지와 가슴 근육을 그대로 드러내는 연파랑의 옥스포드 셔츠를 입고 있었다. 이와오 이시가와는 신체적으로 자기 관리에 철저한 사람인 것이 분명했다. 그가 무술 훈련을 수행하는 장면이 프랜시스의 마음속에 즉시 떠올랐다.

인종차별적 프로파일링. 그만 좀 하자.

"이와오 씨, 와주셔서 감사합니다." 프랜시스가 말했다. "이 사람은 제 동료인 맥케이 경사입니다."

"고마워할 필요 없습니다. 자발적으로 온 거 아니니까." 이와오가 말했다. 그는 맥케이 쪽은 보지도 않고 계속 프랜시스를 노려봤다. "저한테 할 얘기가 뭐죠?"

"일단 앉으시죠." 프랜시스가 말했다.

프랜시스와 맥케이가 먼저 맞은편에 앉았다. 이와오는 잠깐 망설이는 듯했지만, 프랜시스가 그에게 고개를 끄덕이자 자리에 앉았다. 그는 무릎과 발을 가지런히 모으고 꼿꼿하게 앉은 채 허벅지에 양손을 내려놓고, 기다리는 표정으로 두 형사를 바라보았다.

"선생님이 괜찮으시다면 지금부터 대화를 녹음하겠습니다." 프랜시스가 녹음기의 녹음 버튼을 누르며 말했다.

"그렇다면 이 녹음의 사본이 내 변호사에게도 제공되겠지요? 그리고 우선 형사님들이 왜 녹음이 필요하다고 생각하시는지, 그리고 지금 이 시점에서 내가 정확히 어떤 처지에 있는지 먼저 알고 싶습니다. 제가 범죄를 저질렀다고 의심하는 건가요?"

"선생님의 변호사가 물론 녹음 사본을 신청할 수 있습니다." 맥케이가 수첩에 뭔가를 적으며 말했다.

"선생님의 신분은 피의자가 아니라, 저희 수사를 돕기 위한 증인입니다." 프랜시스가 말했다. "그 상태가 변경될 만한 이유가 발생하면 즉시 알려드리겠습니다."

이와오는 얼굴을 찌푸렸다. "그렇다면 이 대화를 녹음할 근거는 없겠군요."

"좋습니다. 그쪽이 더 편하시다면요." 프랜시스가 말했다.

이와오는 자신의 권리를 아주 잘 알고 있는 듯했다.

프랜시스와 맥케이는 이와오가 도착하길 기다리는 동안 전략을 짰었다. 타투 전시회나 아티스트들에 대한 질문으로 에두르기보다는 아예 반대쪽 끝에서 기습해 들어가겠다는 계획이었다. 살인 사건과, 더 구체적으로는 사건 발생 시간 동안의 그의 알리바이에 대한 질문에서부터 단도직입적으로.

"5월 28일 일요일 자정부터 오전 6시 사이에 정확히 어디에 있었는지 말씀해 주시겠습니까?"

이와오는 어리둥절한 표정을 지었다.

"날짜를 다시 말씀해주시겠습니까?"

"5월 28일 일요일이요. 지난 일요일입니다."

"아, 네." 예상치 못한 질문에 허를 찔렸다가 다시 정신을 추스른 이와오가 말을 시작했다. "자정부터 6시 사이에요? 자고 있었던 것 같은데요."

"자고 있었던 것 같다고요?"

"자고 있었거나 스튜디오에서 도안을 그리고 있었거나. 나는 보통 자정에서 두 시 사이에 일을 마치고, 대부분 저녁 시간은 도안을 그리면서 보냅니다. 지난 토요일 밤부터 일요일 새벽에는 외출하지 않았습니다." 그는 어깨를 으쓱했다. "따라서 그 시간에는 스튜디오에 있었거나 자고 있었겠죠."

"그것을 확인해 줄 수 있는 사람이 있습니까?"

"나는 혼자 삽니다."

맥케이와 프랜시스는 빠른 시선을 주고받았다. 그의 말에 진실성이 느껴졌지만, 냉정하게 따지면 알리바이가 없다는 뜻이었다.

"화요일 밤 자정에서 오전 5시 사이에는 어떻습니까?"

"똑같습니다."

"집에 혼자 있었다는 거죠?"

이와오는 고개를 끄덕였다. "저는 화요일 밤에 집에 혼자 있었습니다." 그는 흔들림 없는 갈색 눈으로 프랜시스의 시선을 응시했다. "필요하다면 내 휴대폰을 추적해서 나의 행적을 확인할 수 있을 텐데요."

"사람들이 외출할 때 항상 휴대폰을 가지고 다니진 않습니다." 프랜시스 역시 이와오의 시선을 피하지 않고 말했다.

"나는 항상 갖고 다닙니다." 이와오가 말했다.

프랜시스는 이와오의 휴대폰 기록을 조사할 영장을 청구해야겠다고 마음속으로 메모를 남겼다.

맥케이는 그의 주의를 끌기 위해 기침을 했다. "선생 고양이에 대해 말해 보세요. 문신한 그 고양이요. 동물 문신이 잔인한 짓이라거나 어쩌면 법에 위배될 거라는 생각은 하지 않았습니까?"

"나는 그런 고양이가 두 마리 있습니다." 이와오는 의자에서 약간 움직이며 말했다. "내가 그 아이들을 일본에서 데려올 때부터 이미 몸에 타투가 있었습니다."

"그게 괜찮다고 생각하는 겁니까?"

"그 아이들은 구조 동물 보호소에서 데려왔습니다. 나는 절대 동물들에게 타투를 할 생각이 없습니다. 동물들이 자의적으로 동의할 수 없다는 것이 너무도 명백하니까요. 상대의 동의 없이는 동물이건 사람이건 누구에게도 타투를 하지 않을 겁니다."

프랜시스는 주머니에서 휴대폰 진동이 울리는 것을 느꼈다. 전화기를 꺼내 책상 밑에서 슬쩍 봤다. 마르니 뮬린스한테서 온 부재중 전화였다. 전화기를 다시 주머니에 넣었다.

"선생이 그 고양이들을 데려오기 전부터 문신이 된 상태였다는 걸 증명할 수 있습니까?" 맥케이는 쥐 냄새를 맡은 사냥개처럼 물고 늘어졌다.

"예, 구조 동물 보호소에서 초기에 나한테 보내준 사진들이 컴퓨터 어딘가에 저장되어 있을 겁니다."

"그래도 우리는 그 고양이들을 동물 학대 방지 협회에 보고해야 합니다." 맥케이가 말했다.

이와오는 멍하니 그를 바라보았다.

프랜시스는 이 심문이 처음부터 완전히 헛짓거리라는 사실을 느끼기 시작했다. 마르니한테 받아 온 전시회 책자를 이와오가 볼 수 있게 앞으로 내밀었다.

이와오는 그것을 내려다보고 그게 뭔지 알아차렸지만, 굳이 만져보진 않았다.

"이 모든 게 내 전시회와 연관되어 있다고 생각하는 겁니까?" 그가 물었다.

프랜시스 주머니에서 휴대폰이 다시 진동했다. 역시 마르니 뮬린스였다. 좀 기다려라.

"제가 뮬린스 부인과 함께 방문했을 때 왜 아무 말도 하지 않았습니까?" 프랜시스가 물었다.

이와오는 눈썹을 치켜올렸다. "내가 뭘 말하지 않았다는 겁니까? 나한테 어깨 타투에 대해 물었잖아요. 전시회와는 별 상관이 없는 것 같았는데요."

"어쩌면 상관이 있을 거라고 보고 있습니다."

"정확히 무엇이 전시회와 관련이 있다는 겁니까?"

"몇 건의 살인사건요."

그 순간 프랜시스는 이와오의 얼굴을 스치는 생각의 흐름을 읽을 수 있었다. 그의 행적에 대한 질문, 고양이에 관한 질문, 그리고 희생자들이 서로 연관되었을 가능성. 그의 표정은 어이없다는 듯 일그러졌다.

"그러니까 내가 그 사건들에 연루됐다고 생각하는 건가요?"

"죽은 야쿠자들의 문신을 보존하기 위해 몸에서 문신을 분리한다는 얘기를 말해준 사람이 선생이었으니까요."

이와오는 뒤로 의자를 밀더니 앞으로 팔짱을 끼고 다리까지 꼬았다. 전형적인 방어 자세다. "제 변호사를 불러주십시오. 변호사가 올 때까지 더 이상 대화에 응하지 않겠습니다."

프랜시스의 휴대폰이 끈질기게 울렸다.

그는 복도로 나가서 마르니의 번호를 눌렀다.

"야, 이 나쁜 새끼야!" 통화가 연결되자마자 마르니가 날카롭게 쏘아댔다. "당신을 믿고 내 친구를 소개해줬더니 이제 그 사람을 체포해?"

"마르니…."

"처음엔 티에리한테 그러더니 이제는 이와오까지? 도대체 인간이 어떻게 그럴 수 있어? 혼자 힘으로 범인을 못 찾으니까 아무나 데려가는 거야?"

"그 사람 심문하는 거, 내 의도가 아니었어요."

"아이고 고맙다고 인사라도 해야 하는 건가? 방금 이와오의 변호사에게 연락했으니 금방 경찰서에 도착할 거야. 이와오는 파리 한 마리도 못 죽이는 사람이야. 불교 수행자라고. 그 사람을 얼른 풀어주고 진짜 살인마나 좀 찾아보시지 그래? 그리고 괜히 무고한 사람 데려다 괴롭히지 말고, 전시회 아티스트들한테 타투 받은 사람들에게 경고나 해. 그 사람들을 노리는 살인마가 돌아다니고 있으니 조심하라고 알려주란 말이야!"

그녀는 전화를 끊었다. 프랜시스는 방금 타투 업계와 자신을 연결해주는 유일한 끈을 놓쳐버렸다. 그 역시 이 사건들이 어떻게든 희생자들의 타투와 관련이 있다는 확신이 점차 강해지고 있었다.

맥케이가 그의 앞에 나타났다.

"이와오의 변호사가 접수처에 와 있어요. 도대체 어떻게 알고 이렇게 빨리 왔을까요?" 맥케이가 말했다.

"타투 업계의 비상 연락망이 가동됐죠. 일명 마르니 퓰린스라고 불리는."

한 시간 후, 이와오와 그의 변호사를 막 배웅해주고 다시 브래드쇼의 사무실로 불려갔다.

브래드쇼는 온통 호통만 쳐댔다. "그나마 하나 있는 용의자를 그냥 보내주다니."

"그를 붙잡아 둘 근거가 없었습니다." 프랜시스가 대답했다.

"알리바이는 있었나?"

"아니요. 하지만…."

"그럼 아직 용의선상에는 남겨두는 건가?"

"엄밀히는, 그렇습니다. 하지만 제 직감으로는 그 사람 짓은 아닌 것 같습니다."

브래드쇼가 눈알을 굴렸다. "아이고 하느님, 직감으로 수사하는 경찰에게서 우리를 구원하소서."

"두 건의 살인이나 또는 지젤 코넬리의 사건과도 그가 연루됐다는 증거가 전혀 없습니다."

그 남자가 좀 특이하긴 했지만 그렇다고 살인자인가?

"맞는 말입니다." 맥케이가 거들었다. "그리고 그 변호사도 아주 얍삽하더라고요. 그런 인간하고 얽혀봤자 우리만 피곤하죠."

"그럼 이제 뭐야?" 브래드쇼가 말했다. "다시 원점으로 돌아온 거 아닌가?"

"경감님, 저는 기자회견을 제안드리고 싶습니다." 프랜시스가 말했다. "사람들에게 경고해야 합니다. 살인범이 돌아다니고 있고 그가 특정 아티스트들의 문신을 가진 사람들을 표적으로 하고 있다고 알려야 합니다."

"절대 안 돼."

"네?"

"아직 확실하지도 않은 가설만 가지고 살인범에게 우리 수사

상황을 귀띔이라도 해 주자는 건가? 설사 그 가설이 맞다 해도 기자회견을 해버리면 놈은 곧장 잠수를 탈 텐데. 그러면 우리가 가진 주도권마저 잃게 될 거야. 안 되네."

대체 우리한테 무슨 주도권이 있다는 거야?

"경감님, 놈은 일주일 동안 두 사람이나 죽였습니다." 프랜시스가 말했다.

"네, 어쩌면 벌써 다음 살인을 계획하고 있을 수 있습니다." 맥케이도 덧붙였다. "저도 프랜시스 경위의 제안대로 사람들에게 경보를 발동하는 것이 맞다고 생각합니다."

"맥케이, 내가 언제 자네 망할 의견을 물어봤나? 이 연쇄살인범이니 하는 가설은 너무 피상적이야. 난 아직 동의가 안 돼."

"아무래도 그렇죠? 제 생각에도 세 명의 다른 범인이 있는 것 같습니다, 경감님."

"이제 그 망할 놈의 가설은 집어치우고 당장 나가서 증거나 구해 와. 살인이 또 나기 전에 뭐든 빨리 찾아내는 게 좋을 거야."

"우라질." 브래드쇼의 사무실을 나오면서 맥케이가 소리죽여 말했다. "누가 또 죽어 나가기라도 하면 브래드쇼가 누구 탓을 할지 딱 봐도 뻔하네요."

씰룩거리는 프랜시스의 턱선도 같은 말을 하고 있었다.

25

마르니

"아주 씩씩하게 잘 버티고 있어요!"

스티브는 뾰족한 바늘의 공격에 조건반사적으로 꼼지락거리는 몸을 어떻게든 제어해 보려고 안간힘을 쓰고 있었다. 그런 스티브에게 마르니는 입에 침도 안 바르고 상습적인 거짓말을 술술 내뱉었다. 그녀는 자신이 평소보다 약간 공격적으로 타투를 하고 있다는 걸 문득 깨달았다. 마음을 진정시키려고 심호흡을 했다. 아까 있었던 일 때문에 아직도 머리 꼭대기까지 화가 나 있었지만 애꿎은 스티브에게 화풀이할 일은 아니었다. 스티브와는 3회차 작업이었고 오늘은 스티브의 팔 전체를 휘감은 일본식 호랑이의 뒷배경으로 국화 송이들을 채워 넣는 작업을 하고 있었다. 완성될 때까지 적어도 한 번 이상은 더 작업을 해야 할 터였다.

"자, 오늘은 여기까지 할게요. 이쪽 부위는 다 끝냈어요. 한 주나 두 주 지나서 다시 오면 그때 우리 막판 스퍼트를 내 봐요."

스티브는 일어나 앉아 다리를 시술대 옆으로 내리고 혈액 순환을 위해 양쪽 어깨를 돌렸다.

"고마워요, 마르니." 그는 새로 새겨진 타투를 자세히 살펴보며 말했다.

마르니는 타투 머신을 분리해서 방금 사용한 바늘을 바늘통에 넣고, 바늘에 피가 묻지 않게 씌워둔 일회용 플라스틱 덮개를 벗겨냈다. 스티브의 팔을 밀착 필름으로 덮으면서 문득 자기 고객이 몇 살이나 됐을까 궁금했다. 머리는 거의 대머리인데 얼굴은 아직 젊어 보였고 두꺼운 안경 렌즈 뒤로 보이는 눈동자도 밝게 빛났다. 인생 첫 타투를 받기엔 좀 많은 나이가 아닌가 싶었지만 생각해보니 요즘엔 다들 나이에 상관없이 타투를 받는 추세가 되고 있었다.

"현금으로 낼까요?" 그가 말했다.

"네, 부탁해요." 마르니가 대답했다. "세 시간을 정말 꽉꽉 채워서 작업했네요."

스티브가 돈을 세는 동안 마르니는 라텍스 장갑을 벗고 손을 씻었다. 힘겨운 하루였다. 이와오가 경찰서에 끌려간 일에 잔뜩 화가 나서 신경도 더 곤두서있었다. 대체 프랜시스 설리번은 무슨 수작인 거지? 설마 실제로 이와오가 살인과 무슨 관련이 있다고 생각하는 건 아니겠지? 이와오가 사람을 죽이느니 차라리 티에리가 그랬을 가능성이 훨씬 높았다. 솔직히 말하면 두 사람을 비교하는 것 자체가 가당치도 않을 정도로 이와오 쪽은 가능성이 몹시 희박했다. 그녀는 티에리가 걱정됐다….

그때 타투숍 앞에 매달아둔 종이 울렸다. 방문객이다. 갑자기 심장이 쪼그라들었다. 젠장, 누구지? 아까 스티브한테 작업을 시작하기 전에 정문을 잠그지 않았었나?

스튜디오에서 내다보니 프랜시스 설리번이 카운터 쪽으로 오는 게 보였다. 방문객이 프랜시스라는 게 확인됐는데도 마르니의 기분은 조금도 나아지지 않았다. 이제 그녀까지 체포하러 온 건가?

"왜 왔어요?" 그녀는 다짜고짜 물었다.

마르니 뒤에서는 스티브가 막 타투를 받은 팔을 재킷 소매에 조심조심 끼워 넣고 있었다. 프랜시스는 문가에 서서 스튜디오 안을 지켜보며 말했다.

"당신 일 끝날 때까지 기다릴게요."

"스티브, 이쪽은 프랭크 설리번 경위예요. 프랭크, 이분은 내가 제일 좋아하는 고객 스티브예요." 마르니는 어떻게든 프랜시스를 약 올려 보자는 의도였고, 프랜시스가 프랭크라 불린 것에 얼굴을 찡그리자 내심 통쾌했다.

"안녕하세요, 프랭크." 스티브가 손을 내밀며 말했다.

프랜시스 설리번은 뭔가 꺼림칙한 걸 만지는 사람처럼 스티브의 손을 잡았다.

"당신이 그 경찰관 맞죠? 타투 살인 수사하는 분요."

프랜시스는 보일 듯 말듯 고개를 끄덕였다.

"마르니가 시체를 발견했다니 정말 어마어마한 일이죠." 스티브가 계속 말했다. "아직 아무도 못 잡았어요?"

"잡았죠. 멀쩡한 사람들만." 마르니가 빈정대며 계속 도구를 정리했다. 대체 진짜 범인은 언제나 잡으려고 저러고 있는 건지.

"신문에서는 타투랑 뭔가 관련이 있는 것처럼 말하던데, 맞아요? 그게 사실이에요?"

프랜시스는 계속 조잘거리는 스티브 때문에 잔뜩 성가신 표정으로 마르니에게 무언의 눈빛을 보냈지만 마르니는 그런 그의 시선을 본체만체했다.

"죄송하지만 뮬린스 부인과 따로 얘기를 나눠야 해서요." 프랜시스가 스티브에게 말했다.

"아, 그래요. 죄송해요."

"스티브, 약 꼬박꼬박 바르는 거 잊지 말아요."

스티브가 떠나고 문이 쾅 닫히자 마르니는 하던 일을 멈추고 프랜시스를 마주 봤다.

"프랭크, 더 이상 당신한테 할 말 없어요. 당신은 선을 넘었어요."

"당신하고 다른 얘기를 좀 하고 싶어요."

"내가 왜 당신하고 얘기해야 하는데요?" 마르니는 다시 등을 돌리고 플라스틱 잉크병마다 뚜껑을 닫기 시작했다.

"마르니, 지난주에 여기 브라이튼에서 두 사람이 살해됐어요. 어떤 식으로든 그들이 몸에 하고 있었던 타투가 살인과 연결되어 있다고 생각할 만한 근거가 많아요. 당신도 알잖아요."

"이제 내 추리를 믿는 거예요?" 마르니는 고개를 돌려 어깨너머로 그를 노려보며 말했다. "그래서, 당신이 우리 구역을 마구 짓밟고 다녀도 된다는 거예요? 증거도 없이 그렇게 아무나 멋대로 체포해도 되는 거냐구요!"

프랜시스는 한숨을 쉬었다. "아직 아무도 체포하지 않았어요. 그리고 우리는 정보가 필요해요. 그러니까 도움이 될 만한 사람은 누구라도 붙잡고 물어봐야죠. 당신도 포함해서요."

"내 도움이 필요해요? 우리 도움이 필요하다고? 당신들은 이런 식으로 도움을 요청해요? 당신은 오히려 사람들을 밀어내고 있어요. 어떻게 단 일 초라도 나나 티에리, 이와오가 살인에 연루됐다고 의심할 수 있어요?"

"나는 모든 가능성을 다 따져봐야 해요."

마르니는 작업대에 소독약 병을 쾅 내려놓았다. 그녀는 정말로 프랜시스에게 화가 난 건가? 아니면 자꾸만 티에리가 걱정되는 자신에게 화가 난 건가? 아니, 그녀가 이렇게 반응하는 건 어쩌면 두려움 때문일지도 몰랐다.

"사람들한테 경고나 해요. 타투한 사람들을 노리는 살인자가 길거리를 활보하고 있는데 최소한 사람들이 그 사실을 알고는 있어야 하는 거 아니에요? 신문이나 TV에서도 사람들한테 타투를 가리라든가 밤길 조심하라고 말하는 기사나 내용을 본 적이 없어요. 어떻게 그럴 수 있죠?"

"내 상관이…."

"당신 상관? 당신이 이 사건 담당 아니었어요?"

그는 당황했다. "나 혼자 외따로 일하는 거 아니에요. 내가 하고 싶다고 마음대로 결정하고 처리할 수 있는 종류의 사건이 아니란 말입니다. 따라야 할 기준이라는 게 있어요."

"아, 절차상의 문제. 그것 때문이라는 거죠? 그런 거라면 나도 봐서 알아요." 프랑스에서도 그랬다. 여기서도 마찬가지 일이 벌어지고 있는 거다. 자기들에게 가장 편리한 방법을 선택하는 것.

그녀는 마침내 하던 일을 멈추고 그를 향해 돌아섰다.

프랜시스는 곧 폭발할 것 같은 표정이었다. "아뇨, 당신은 몰라요. 빨리 결과를 내놓으라고 위에서 얼마나 나를 압박하는지 당신은 상상도 못할 거예요. 게다가 언론은 뒤꽁무니에 바짝 붙어서 나를 물어뜯으려고 안달이라고요."

"당신 업무에 그런 것도 다 포함된 거 아니에요? 온갖 압력에 잘 대처하는 거요. 그리고 사건을 해결하고, 누군가가 재수 없게 살해당하지 않도록 구하는 거요. 아니 일단, 무슨 일이 벌어지고 있는지 사람들에게 경고하는 업무부터 시작하는 게 어때요?"

"그건 안 돼요. 사람들한테 혼란만 줄 거예요."

"당신이 안 하면 내가 톰 피츠한테 얘기할 거예요. 그 사람이 사람들한테 경고할 이야기를 써주겠죠. 톰 피츠가 지금은 암스트롱과 월쉬의 시체에 대한 정보만 약간 알고 있는 것 같던데, 아마 자기 독자들한테 던져 줄 따끈따끈한 알짜배기 기삿거리를 던져 주면 좋아할걸요?"

프랜시스는 한숨을 쉬었다. "마르니, 그 사람은 제발 가까이하지 말아요. 언제 어떤 정보를 사람들에게 공개할지는 경찰에서 결정하게 해줘요. 그렇잖아도 벌써 소문이 걷잡을 수 없이 퍼지고 있다고요."

"그럼 뭐든 빨리 좀 해 봐요."

다 맞는 말이었지만 프랜시스는 더는 대꾸하지 않았다. 대신 그는 스튜디오 한구석에 있는 호리호리한 나무 의자에 앉아 양손으로 눈을 문질렀다. 피로와 스트레스가 묻어났다. 하지만 마르니는 별로 동정심이 일지 않았다. 경찰이 빠르고 쉬운 결과를 얻는 쪽으로 행동하면 어떤 일이 벌어지는지 이미 목격해봤기 때문이었다. 오심까지는 아니더라도 사실을 멋대로 왜곡해서 내려진 판결을 자신이 직접 겪었었다.

"커피 한잔 어때요?" 그가 물었다.

두 사람은 스튜디오에서 두 집 건너에 있는 작은 커피숍으로 갔다. 구석 테이블에 자리를 잡고 프랜시스는 아메리카노, 마르니는 시럽이 듬뿍 들어간 마키아토를 주문했다.

"그래서, 나한테 뭘 물어보고 싶다는 거죠?" 마르니는 적개심을 숨기지 않고 말했다.

"왜 이와오가 범인이 아니라고 확신하는지 말해줘요."

마르니는 고개를 저었다. "아니, 싫어요. 누가 범죄를 저지르지 않았는지 지금 나보고 증명하라는 거예요? 범인이 누구인지는 당신이 증명해야죠. 말로는 설명할 수 없어요. 난 그냥 이와오를 알아요. 절대 그런 짓을 할 사람이 아니에요."

"하지만 티에리는 그렇죠. 아닌가요?"

"엿이나 드세요."

그녀는 일어섰다.

"마르니!"

심상치 않은 그의 목소리에 그녀가 주춤하며 다시 앉았다.

"티에리가 범인이라고 생각한다는 게 아니라, 그에 대해 좀 더 알고 싶어요. 경찰 기록을 보니 마약 밀매와 폭행죄 전과가 있던데 그 얘기를 좀 해줘요."

"마약 밀매는 말 그대로예요. 대대적으로 한 게 아니라 그냥 스튜디오 밖에서 부업으로 조금씩 한 거예요. 알렉스가 태어났을 때 내가 몇 달이나 일을 못 하는 바람에 돈이 쪼들려서."

프랜시스는 이해했다는 듯 고개를 끄덕였다.

"몇 번 잡혀 들어갔고 그게 다예요."

마약 밀매도 티에리와 이혼한 이유 중 하나였다. 아주 많은 이유 중 하나. 예를 들면, 여자 문제나 술 마시고 돌변하면 자기 쌍둥이 형인 폴이랑 너무 비슷해진다는 등의 많은 이유들. 하지만 프랜시스에게 그런 것까지 시시콜콜 말할 필요는 없다. 과거의 그 부분은 프랜시스 설리번이 상관할 바가 아니다.

"그럼 두 번째 전과는요?"

"'하트 앤 핸드'에서 어떤 남자를 때렸어요. 아주 오래전에."

"왜요?"

마르니는 커피를 입 한가득 채우고 시간을 끌었다. "신문에 어떤 기사가 났는데 어떤 남자가, 잘 모르는 사람이었어요, 아무튼 그 남자가 그 신문 기사를 가지고 우리한테 막 욕을 했거든요."

"티에리의 마약 전과에 대한 기사였어요?"

"아니, 나에 대한 이야기요. 그 남자가 우리한테 미친 소리를 지껄여서 티에리가 그놈을 몇 대 패준 거예요."

"그게 다예요?"

"그게 다예요." 마르니는 필사적으로 주제를 바꾸고 싶었다. 프랭크 설리번이 자기 과거를 들쑤시는 것만큼은 피하고 싶었다. 그리고 티에리의 과거도.

프랜시스는 마지막 남은 커피를 입 한가득 채우고 잠시 침묵을 지켰다.

"마르니, 당신한테 뭐 물어봐도 돼요?"

"당연하죠." 안 돼요.

"티에리 얘기가 아니에요."

"말해 봐요." 제발 묻지 마.

"당신, 감옥에 간 적 있지 않아요?"

마르니가 끝까지 피하고 싶었던 주제였다. "맞아요, 갔었어요."

"하지만 경찰 시스템에는 당신 기록이 나오지 않던데요?"

마르니는 눈에 띄게 초조해했다. "프랑스에 살 때였어요."

"아, 어쩐지. 무슨 죄로요?"

"그게 중요해요?"

"아니요, 하지만…."

"어떤 남자를 칼로 찔렀어요."

둔탁한 칼날. 피, 그리고 금세 늘어난 피 웅덩이. 새벽을 울리는 사이렌 소리. 프랑스어를 속사포로 쏘아대는 경찰들. 마르니의 눈앞에 당시의 기억이 벌컥 들이닥치자 그동안 힘겹게 버텨온 허세가 속절없이 무너졌다. 그녀는 가쁜 숨을 겨우 가라앉히고 다시 말문을 열었다.

"내가 한 말 들었어요? 내가 사람을 칼로 찔렀다구요."

프랜시스의 안색이 창백했다. 그는 자기가 한 질문을 다시 회수하고 싶은 표정이었다.

viii

사람 몸에서 생가죽을 벗겨내는 것이 어떤 느낌인지 궁금했던 적 없나? 아마 없겠지. 나는 자주 그 상상을 한다. 다른 일을 하고 있을 때도, 밤에 자려고 누워있을 때도, 아니면 지금처럼 아주 고요한 순간에도. 차 안에 앉아 다음 먹잇감이 퇴근하길 기다리고 있다. 놈의 일상을 관찰하는 중이다. 그래야 놈의 성향을 읽고 그에 맞는 계획을 세울 수 있으니까. 놈은 키가 크다. 헬스장에도 자주, 거의 매일 간다. 놈의 껍질을 벗겨낼 생각을 하니 특별히 기대가 된다. 곧 놈의 타투를 도려낸다. 사과 껍질을 까는 것처럼.

아니 사실, 사과 껍질을 까는 것과는 좀 다르다. 살아있는 인간의 피부는 사과 껍질보다 더 나긋나긋하고 탱탱하다. 그리고 껍질을 벗겨내는 기술도 완전히 다르다. 일단 내가 갖고 싶은 부위 둘레를 칼로 윤곽을 그었으면, 그다음부터가 진짜 어려운 작업이다. 먼저 칼끝으로 테두리 한군데를 살짝 들어 올려서 틈을 만든다. 그리고 칼날을 옆으로 살살 움직이면서 살가죽과 그 아래 붙어있는 희뿌연 근육 힘줄 사이를 조금씩 벌려 나간다. 가끔 힘줄 대신 비계에서 벗겨내야 하는 경우도 있다. 그다음엔, 손으로 껍질을 잡을 수 있을 정도의 너비만큼 틈이 벌어지면 그때부터는 살가죽을 바깥쪽으로 젖혀내면서 조심조심, 마치 회를 뜨듯 한 땀 한 땀 속살에서 떼어낸다.

살가죽이 몸뚱이 어디에 붙어있냐에 따라 피가 적게 날 수도 있고 철철 넘칠 수도 있다. 출혈을 멎게 하는 처치는 따로 하지 않는다. 굳이 뭘. 어차피 결국엔 죽을 텐데. 그리고 진짜로 신경 써야 할 건 타투에 조금의 손상도 가지 않게 벗겨내는 것이다. 마지막 한 획을 그어, 아슬아슬하게 덜렁거리는 가죽을 몸뚱이에서 완전히 해방시킬 때의 그 짜릿함이란. 그 무엇과도 비교할 수 없다. 드디어 내 손안에 다소곳이 온몸을 내맡기는 뜨끈하고 축축한 가죽. 심지어 추운 밤 밖에서도 모락모락 김을 내뿜는다. 그리고 그제야 나는 그것이 가죽으로 완성되면 어떤 모습이 될지 대략 그려진다.

나만큼이나 자기 일을 사랑하는 운 좋은 사람이 또 있을까. 누가 보면 이게 내 천직이라고 해 줄지도 모르겠다. 보수도 훌륭하다. 하지만 솔직히 말해서 이런 일은 공짜로라도 할 거다. 컬렉터가 해달라는 일은 뭐든지 다 할 거다. 그가 내 특별한 재능을 알아본 게 정말 행운이었다. 이 작업은 우리 둘 모두의 욕구를 채워주니까. 컬렉터는 내가 지금까지 갖다준 작품들을 마음에 들어 했다. 우리는 아주 특별한 소장품을 함께 만들고 있다.

드디어 다음 먹잇감이 사무실 건물에서 나와 자기 차로 걸어간다. 놈은 평소엔 타투를 드러내지 않는다. 심지어 일하러 갈 땐 싸구려 검정 양복을 입고 다녀서 그와 함께 일하는 사람들은 아마 놈의 몸에 타투가 있다는 사실을 모를 거다. 놈은 낮에는 전화로 보험영업을 하고, 그 허접한 일과에 대한 보상으로 밤에는 일탈을 즐긴다. 클럽에서 타투를 홀랑 드러내고 몸을 흔들어대는가 하면 공중화장실에서 마약을 사서 다른 놈팡이들과 어두운 뒷골목으로 들어가 인사불성이 되거나 싸구려 흥분을 달랜다.

타이밍만 잘 맞추면 아주 손쉬운 먹잇감이 될 것이다. 얼른 따서 껍질을 벗겨 달라 애원하는 물오른 과일. 조금만 기다려라. 곧 벗겨 줄 테니. 몸뚱어리 전체를 큰 덩어리 두 개로 나눠서 한 땀 한 땀씩.

피가 억수로 많이 나겠네. 공기에서 피 맛이 막 느껴지는 것 같다.
아, 빨리 해야겠다.

26

프랜시스

기도에 집중해야 하는데, 프랜시스는 아직도 머리가 혼란스러웠다. 마르니 뮬린스가 사람을 찔렀다. 그녀가 좀 더 이야기해 주었지만, 프랜시스는 그녀의 이야기가 상식적으로 이해가 되지 않았다. 분명 정당방위였을 거라 짐작했지만 마르니는 그렇지 않다고 확실히 선을 그었다. 그리고 어쨌든 그것 때문에 감옥까지 가게 된 거였고. 프랜시스는 조금 더 알고 싶은 마음이 간절했지만 정보를 더 얻기는 힘들었다. 누구를? 왜 찌른 거지? 도대체 어떤 상황이었길래? 다시 정신을 집중하고 기도를 해보려고 노력했지만 괜한 노력이었다.

결국 프랜시스는 기도를 포기하고 바닥에서 일어나 맥케이가 앉아 있는 딱딱한 나무 의자 위로 올라앉았다. 그는 세인트 피터스 성당의 신도석 뒷자리에 앉아 있었다. 프랜시스는 이 성당에 다니진 않았지만 예전에 여기서 미사를 드린 적이 있어서 이 성당을 잘 알았다. 옆에 앉은 맥케이가 불편한 듯 꼼지락거렸다. 맥케이는 딱 봐도 성당에 다니는 인간은 아니었다. 어쨌든 희생자의 장례식이나 추모식에 참여하는 것도 업무의 일환이었다. 수사팀은 희생자의 가족에게 애도를 표하는 동시에 문상객들을 관찰해야 했다.

찰스 배리가 설계한 세인트 피터스 성당은 아름다운 스테인드글라스로 장식된 창과 높이 솟은 기둥들이 어우러진 신 고딕 양식의 거대한 건축물이었다. 프랜시스는 이 성당을 좋아했다. 윌리엄 신부님에게 신의를 지켜야 한다는 의무감만 아니었다면 세인트 캐서린 대신 이 성당엘 다녔을 것이다. 추모식이었던 만큼 관 대신 이반 암스트롱의 커다란 확대 사진이 제단 앞 계단에 세워져 있었고 그 양쪽 옆으로 지나치게 화려한 꽃장식이 놓여 있었다. 사람들은 말없이 사진 앞을 지나갔다. 창문으로 쏟아져 들어오는 햇살과 대조적으로 분위기는 침울했다.

"자기가 죽인 희생자의 장례식에 가는 살인자들이 몇 퍼센트나 될까요?" 맥케이가 손으로 입을 가리고 속삭였다.

대부분의 살인자들이 면식범이라는 점을 감안하면 비율은 매우 높을 것이다. 프랜시스는 조용히 하라는 듯 손가락을 입에 올리며 이반 암스트롱의 가족과 친구들을 살펴보는 데 집중했다. 데이브와 샤론 암스트롱은 앞줄에 앉아 있었다. 그 옆에 있는 젊은 여자는 이반의 누이일 것이다. 세 사람 모두 검은 옷을 입지 않았다. 데이브는 남색 정장을 입었는데 검은색은 아니었지만 저 정도면 우울한 추모식 분위기와 어울린다고 여겨줄 수 있다. 하지만 샤론은 밝은 자홍색 옷을 입고 있었다. 비록 그녀의 얼굴은 창백하고 수척해 보였지만. 얼굴의 주름도 프랜시스가 일주일 전 처음 그녀를 만났을 때보다 더 깊어져 있었다. 두 부부가 앞자리로 가기 위해 짧은 통로를 지나가는 동안 샤론은 데이브의 팔에 거의 온몸을 기대고 있었다. 자리에 다다르자 데이브는 샤론의 다리가 곧 부러지기라도 할 것처럼 그녀를 붙잡아 조심스럽게 자리에 앉혔다. 소리 없이 손수건으로 울음을 삼키는 딸은 갈색과 녹색이 섞인 옷을 입고 있었다. 발목까지 오는 적갈색 스커트 아래로는 흙 묻은 갈색 부츠가 살짝살짝 드러났다. 마치 밭일을 하다가 중간에 뛰쳐나온 사람처럼 보였다. 프랜시스는 장례식에는 반드시 검은 옷을 입고 가야 한다는 생각이 확고했다. 가뜩이나 요즘엔 검은 옷을 입을 일이 별로 없지 않은가. 하지만 어쨌든 암스트롱 가족은 종교적인 가족은 아닌 것 같았다.

이반의 대가족과 이반의 친구들 사이에는 뚜렷한 격차가 있었다. 가족들은 이반의 부모와 같은 틀에서 만들어져 나온, 일상에서 흔히 볼 수 있는 사람들이었다. 소중한 구성원 한 명을 잃고 일상이 처참하게 중단된 보통 사람들. 가족들 대부분은 성당에 도착하자마자 앞자리에 있는 샤론을 안아주고 데이브와 악수를 한 뒤에 자기 자리를 찾아 정중하게 침묵을 지키며 앉았다.

그와는 대조적으로 이반의 친구들은 성당 입구 밖에 자기들끼리 모여 있었다. 아직은 안으로 들어와 자신들이 알고 지냈던 누군가의 죽음을 대면할 준비가 안 된 것 같았다. 그들을 한 명 한 명 살펴보니 어쩌면 프랜시스가 타투 행사장에서 지나쳤던 사람들일 수도 있겠다는 생각이 들었다. 검은 옷, 민머리, 밝게 염색한 머리, 과도한 피어싱, 그리고 이런 침울한 의식에도 불구하고 훤히 드러낸 문신들. 게다가 시끄럽기까지 했다. 여자들은 서로 경쟁이라도 하듯 큰 소리로 울어댔고 남자들은 낮은 목소리로 심각하게 이야기하고 있었다.

마침내, 오르간이 연주되기 시작하자 그들도 안으로 들어와 앉았다. 마르니와 티에리가 함께 도착하는 게 보였다. 과도하게 문신을 한 남자 두 명이 티에리와 프랑스어로 이야기하며 뒤따랐다. 맥케이가 자신도 그들을 봤다는 듯 팔꿈치로 프랜시스의 옆구리를 찔렀다. 다들 자리를 잡고 앉자 마르니가 고개를 돌려 프랜시스를 노려보았다. 프랜시스는 그녀에게 살짝 고개를 끄덕였지만 마르니는 이미 등을 돌려버린 후였다. 이와오가 예의를 갖춘 검은색 정장 차림으로 들어와 마르니가 앉아 있는 좌석의 맨 끝에 앉았다. 저 사람도 이반 암스트롱을 알고 있었나? 그는 프랜시스를 매섭게 쏘아보고는 마르니에게 무언가를 속삭였다.

뒤늦게 들어온 사람들이 뒷좌석을 채웠고 프랜시스와 맥케이도 어떤 여자에게 자리를 내주기 위해 옆으로 조금씩 움직였다. 여자는 머리끝에서 발끝까지, 손에 장갑은 물론이고 검은 베일이 달린 작은 모자까지 온통 검은색으로 뒤덮은 차림이었다. 체격도 꽤 커서 앉아있는데도 프랜시스보다 머리 하나만큼은 더 컸다. 아마 중간에 길을 잃었거나 주차할 자리를 찾아 헤매다 늦은 결혼 안 한 이모쯤 되겠거니 하고 프랜시스는 추측했다. 그녀가 입 모양으로 고맙다는 인사를 하는 사이 사제가 나와 추모식을 시작했다. 짧은 예배가 진행되는 동안 몇몇 지각자들이 발소리를 죽이고 들어와 뒤쪽에 서 있었다.

프랜시스는 신부님이 유족들에게 위로의 말을 전하는 걸 듣고 있으면서, 자신이 다음번에 참석하게 될 장례식이나 추모식은 또 언제가 될까 궁금했다. 하지만 그게 어머니의 장례식이라면 느낌이 전혀 다르겠지. 프랜시스의 어머니는 이미 몇 년 전에 자신의 장례식에 대한 계획을 프랜시스와 상의했다. 어머니의 장례식은 그녀가 결혼식을 올리고 일요일마다 예배를 드렸던 작은 시골 성당에서 열릴 것이다. 프랜시스도 유년 시절 그 성당에서 신앙을 키웠었다. 하지만 그렇게 익숙한 장소에서 장례식을 치른다고 해서 프랜시스와 누이가 어머니에게 작별을 고하는 게 더 쉬워질까? 부모님이 결혼식을 올렸던 성당이지만 과연 그의 아버지는 어머니의 장례식에 들르기나 하겠는가 의심스러웠다. 이런 생각에 정신이 팔려있느라 프랜시스는 이반의 추모식이 끝났다는 걸 뒤늦게 깨달았다. 의식을 마치고 통로를 지나는 신부님의 기척에 프랜시스는 몽상에서 깨어났다.

성당 밖에서도 이반의 가족들 무리와 친구들 무리는 여전히 멀리 떨어져 있었지만, 이반의 친구 몇몇이 가족들에게 다가가 짧은 대화를 나누기도 했다. 프랜시스와 맥케이는 한쪽에 서서 조용히 그들을 지켜봤다. 성당 건너편에 주차된 차에서는 홀린스가 프랜시스의 지시에 따라 줌 렌즈로 이쪽의 상황을 촬영하고 있었다. 프랜시스는 살인자가 추모식에 참여할 가능성이 높다는 맥케이의 의견을 진지하게 받아들였고 나중에 홀린스가 촬영한 사진을 낱낱이 분석해서 문상객들의 신원을 일일이 파악하고 이반 암스트롱과의 관계를 밝혀낼 셈이었다. 아르고스 신문사의 톰 피츠도 똑같은 생각을 하는 게 분명했다. 그는 사람들 사이를 어슬렁거리며 잠시도 쉬지 않고 셔터를 눌러대고 있었다.

"아직도 살인범을 찾고 있는 겁니까?" 이와오 이시가와가 프랜시스의 옆에 불쑥 나타났다. "그를 보더라도 그 사람이 범인인지 어떻게 알 수 있을까요?"

그는 프랜시스가 대답할 말을 찾기도 전에 스르르 사라졌다.

프랜시스의 시선은 부득이 이와오를 쫓는 걸 포기하고 다시 마르니에게로 향했다. 그녀는 키 작은 남자와 이야기하고 있었다. 오른팔에 밝은 호랑이 문신을 한 그 남자는 프랜시스가 어제저녁 마르니의 스튜디오에서 마주쳤던 사람이었다.

하지만 프랜시스는 마르니가 어제 마지막으로 했던 말에 온 신경이 쏠려 있었다. 내가 한 말 들었어요? 내가 사람을 칼로 찔렀다고요. 마치 프랜시스가 무슨 생각을 하는지 다 들린다는 듯 마르니는 남자와의 대화를 멈추고 프랜시스의 눈을 똑바로 쳐다봤다. 다정한 눈빛은 아니었다. 프랜시스는 뒤돌아 길 건너편에 있는 홀린스에게 다가갔다. 홀린스는 굳이 숨길 필요도 없다는 듯 운전석 창문을 내린 채 사진을 찍고 있었다.

"홀린스, 한 명도 빼먹지 말고 모두 다 찍어둬."

"네 알겠습니다." 홀린스는 카메라에서 눈을 떼지 않은 채 대답했다.

"특히 문신한 친구들."

"네, 특히 집중하겠습니다."

누군가 프랜시스의 어깨를 두들기자 프랜시스는 뒤돌아봤다. 마르니 퓰린스는 온몸을 분노로 무장한 사람처럼 서 있었다.

"지금 우리 사진 찍고 있는 거예요? 당신은 심지어 여기 올 자격도 없어요. 이반이 살아있을 때 그를 만난 적도 없잖아요."

"그러는 당신은 만나봤어요?"

그녀는 당황한 표정을 짓고는 잠시 입을 실룩거리더니 대답을 찾았다.

"이반은 티에리의 고객이었고 한때 찰리, 노아와 알고 지내기도 했어요. 우리는 여기 참석할 권리가 있지만 당신은 아니에요."

"티에리는 돈 떼먹힌 것 때문에 이반을 그리 좋아하는 것 같지 않았는데요. 아무튼 우리도 여기 있을 권리가 있어요. 살인범을 추적하는 중이니까."

"여기 추모식에서요? 예의를 좀 지켜요."

"이반을 알았던 사람들이 다 모여 있으니까요."

"당신과 당신 따까리들만 빼구요." 마르니가 비웃듯 말했다.

"마르니, 우리가 같은 편인 줄 알았는데요."

"그게 무슨 편인데요?"

"정의요. 죄 없는 쪽."

별 생각 없이 한 말이었지만, 프랜시스는 의도치 않게 마르니의 상처를 건드린 게 아닌지 신경이 쓰였다. 마르니는 잠시 눈을 가늘게 뜨고 바라보더니 휙 돌아서서 저 멀리 이반 암스트롱의 누이와 얘기를 나누고 있는 티에리 쪽으로 쿵쿵거리며 돌아갔다.

프랜시스는 그녀가 가는 것을 지켜봤다. 괜히 차 있는 데로 와서 쓸데없이 시선을 끌지 말았어야 했다. 마르니의 분노에 그는 아직도 얼얼했고 그녀의 공격도 당황스러웠다. 하지만 티에리에게 뭔가를 다급하게 이야기하는 마르니를 보면서 프랜시스는 자신이 지금까지 미처 알아채지 못했던 그녀의 연약한 모습을 이제야 볼 수 있었다. 그녀에게는 어두운 과거가 있었다. 이제 그건 확실히 알겠다. 하지만 그녀의 현재는 뭐가 문제인 거지? 저 여자가 사건의 열쇠를 쥐고 있을까?

ix

장례식에 왔다. 불쌍한 이반 암스트롱을 알았던 사람들이 다 와 있다. 그리고 돌아보니, 모르는 사람들도 꽤 있는 것 같다. 경찰도 몇 명 보인다. 경찰이 아니면 누가 정장에 닥터마틴 신발을 신고 다니겠는가? 저들은 당연히 나를 잡고 싶은 거겠지만, 무엇을 또는 누구를 쫓아야 하는지 전혀 모르는 것 같다. 저들이 좀 안됐다는 생각이 든다.

저들은 나한테 눈길도 주지 않는다. 덕분에 거꾸로 내 쪽에서 저들을 관찰할 수 있다. 여기에 흥미로운 권력 관계가 얽혀 있는 것 같다. 내 추측과는 달리 나이 든 놈이 윗대가리가 아니다. 그는 딱 봐도 훨씬 어린놈한테서 명령을 받고 있다. 아하, 빨간 머리는 학교를 갓 졸업한 애송이처럼 보이지만 똘똘한 태가 줄줄 흐른다. 과소평가해선 안 되겠다.

그래도 지금까지는 엄한 데를 들쑤시고 있다.

가족들은 충격과 비탄에 빠져있다. 그게 다 내 덕분이라니 자랑스럽다. 내 작업 덕택에 이 모든 사람이 한자리에 모인 것 아닌가. 저 불쌍한 여인의 얼굴 위로 흘러넘치는 눈물도 내가 한 일, 그녀를 붙잡는 남편의 손이 덜덜 떨리는 것도 나 때문이다. 내 날카로운 칼날이 이반의 살가죽을 도려내면서 이들의 심장도 함께 후벼 판 것이다. 이들의 고통의 크기에 따라 내 작업에 점수가 매겨진다. 론도 살아서 내가 한 일을, 내가 하는 일을 봤으면 좋았을 것을. 이상한 일이지만 아버지한테도 보여줄 수 있었으면 좋았겠다는 생각이 든다. 물론 아버지는 몹시 충격을 받았겠지만 그래도 내가 뭔가에 실제로 재능이 있다는 걸 인정할 수밖에 없었을 거 아닌가. 그 사람을 생각하니 입안이 씁쓸하다. 아버지 생각은 집어치우고 다시 눈에 보이는 사람들에게 주의를 기울인다.

선하고 고귀한 척 치장을 한 피부 공동체가 모두 한 장소에 모여 있다. 자기들끼리의 자잘한 질투와 중상모략은 모두 잊어버린 척한다. 죽은 사람을 사실은 잘 알지도 못하면서 그의 죽음을 슬퍼하는 척한다. 거기다 극성팬 년들까지 마치 진심인 양 검은 손수건으로 입을 가리고 울어대는 꼴이라니. 이따가 뒤풀이에서 진탕 마시려는 속셈일 뿐이면서.

마르니 퓰린스는 예외다. 그녀가 성당 밖으로 나가려고 내 옆을 스쳐 지나간다. 그녀는 울지 않았다. 아름다운 그녀의 몸이 억지로 분노를 참는 듯 떨린다. 도대체 누구한테 화가 난 걸까. 곧 알게 되겠지.

장례식에 은밀히 참석해서 알아낼 수 있는 것들이 많다. 어떤 사람들은 정말로 꾸밈없이 감정을 드러낸다. 또 어떤 이들은 체면을 차린다는 평계로 연기를 한다. 그러다 대화가 깊어지고 뒤풀이에서 술이라도 한 잔씩 들어가면….

나는 관찰하고 배운다.

마르니 퓰린스는 젊은 경찰관과 이야기를 나눈다. 그의 얼굴이 달아오르는 걸 보니 다정한 대화는 아니다. 그에게서 멀어지는 마르니의 얼굴은 잔뜩 화가 나 있지만, 그는 그냥 후회스러운 표정이다. 그가 마르니 퓰린스에 대해 후회할 일이 뭐가 있을까? 그의 눈이 하염없이 마르니의 뒤를 쫓는다.

심장아, 심장아, 숨을 죽여라. 컬렉터가 여기 와 있다.

27
마르니

뒤풀이는 '하트 앤 핸드'에서 열렸다. 듣자 하니 이곳이 이반의 단골 술집이었다고 했다. 추모식에 왔던 인원을 다 수용할 정도로 큰 술집이 아니라 사람들은 금방 길거리 모퉁이까지 차지했다.

이 술집이 이반 살인사건에 대해 티에리의 알리바이를 만들어준 술집이라는 아이러니가 마르니의 머릿속에서 떠나지 않았다. 프랜시스는 인어 문신을 한 여자에 대해 마르니에게 귀띔해줬었다. 왠지 그 여자가 오늘 여기 올 것 같은 확신이 들었다. 마르니는 숨을 짧게 들이쉬고 아랫입술을 물어뜯었다.

올바른 생각은 아니었다. 그녀와 티에리는 헤어진 지 몇 년이나 되었고, 그러니까 그가 누구랑 자고 돌아다니든 마르니가 신경 쓸일이 아니었다. 하지만 자꾸 신경이 쓰였다.

성당에서의 엄숙했던 분위기와는 너무나 대조적으로, 뒤풀이는 파티 분위기를 띠었다. 이반과 타투 모임을 함께 했던 친구들은 다들 손에 술 한 잔씩을 들고 그동안 밀린 안부와 뜬소문을 나눴다. 새로 받은 타투를 서로 자랑하며 부러움이나 놀림을 주고받는 이들도 있었다. 이야기 주제도 최근 타투 행사에서 다른 주제들로 자연스럽게 이어졌다. 추모식에서 그렇게 꺽꺽대며 울던 여자애들도 이제는 시끄럽게 웃어대고 있었다. 마르니는 구석에 옹기종기 모여앉아 침울한 시간을 보내고 있는 이반의 가족들에게 약간 미안한 마음이 들었다.

그리곤 곧바로 티에리가 어딘가에서 인어아가씨나 새파란 견습생과 붙어있나 보려고 얼굴을 잔뜩 찡그린 채 붐비는 술집 안을 둘러봤다. 오래 걸리지도 않았다. 한쪽 구석에 처박혀 자기 제자 귀에 속닥거리는 티에리의 모습이 바로 눈에 들어왔다. 그녀는 돌아섰다. 속이 쓰렸다.

"쟤 열여덟 살은 넘었어." 마르니의 귀에 누군가 말했다. "이제 막."

노아가 마르니 옆에 불쑥 나타나 마르니에게 손을 까딱거리며 한 잔 더 마실 건지 물었다.

못할 것도 없지. 차도 안 갖고 왔고 오늘 오후엔 타투 예약도 없으니 한 잔은 더 마셔도 될 것 같았다. 칼날처럼 곤두서있는 신경을 조금이라도 누그러뜨리지 않고선 이곳에서 한두 시간을 더 버틸 수 없을 것 같았다.

"응. 고마워."

그녀가 노아를 기다리는 사이 이와오가 마르니에게 다가왔다.

"선생님도 이반을 알고 계셨어요?" 그녀가 물었다.

"아니. 조나 메이슨에게 연락해서 사건 이야기를 전해줬더니 그가 자기 대신 참석해달라고 부탁했네."

"그 사람은 캘리포니아에 있어요?"

"그렇더군. 이반의 부모에게 조나의 조의를 전달했어. 조나는 자기가 해 준 타투 때문에 이반이 죽었을 수도 있다는 사실에 굉장히 충격을 받은 모양이야. 살인자에 대한 단서를 갖다주는 사람에게 보상금을 걸 생각까지도 하고 있더군."

"정말요? 하지만 어떤 미친놈이 이반의 몸에서 조나의 타투를 뜯어간 게 그 사람 잘못은 아니잖아요. 범인은 이반의 몸에 있는 타투 중에 아무거나 가져간 걸 수도 있어요."

이와오는 동의하지 않는 듯 입술을 오므렸다. "하지만 자네의 전시회 이론이 맞다면? 그렇다면 이 살인범이 특정 타투를 노리고 있다는 뜻이고, 그에 따라 희생자를 고르는 거라고 예상할 수 있잖은가."

이와오의 어깨너머로 프랜시스 설리번이 다가오는 것이 보였다.

"빌어먹을! 경찰이 뒤풀이까지 쫓아오다니요. 정말 무례한 인간들이에요."

이와오는 뒤를 흘낏 보고는 얼굴을 찡그렸다.

"마르니, 저 사람은 그냥 자기 일을 하는 걸세. 하지만 내가 옆에 없어도 날 좀 용서해주게."

그는 재빨리 몸을 숙여 사라졌고 동시에 노아가 마르니의 손에 있던 빈 잔을 낚아채 바 위에 올렸다.

"자기, 이거 받아. 자 이제 그동안 어떻게 지냈는지 말 좀 해줘."

갑자기 마르니는 노아의 뺨에 키스를 하면서 말했다.

"잠깐만. 저 망할 놈의 경찰놈 좀 먼저 쫓아버리고."

프랜시스 설리번은 자꾸만 그녀의 시야 주변을 맴돌았고 그 때문에 마르니는 신경이 쓰여 돌아버릴 지경이었다. 게다가 저렇게 칙칙한 정장을 입고 타투이스트 틈을 어슬렁거리니 정말이지 못 봐줄 풍경이었다. 최소한 재킷이랑 넥타이라도 좀 벗지. 못 말리는 벽창호 같으니.

"낯짝 한번 두껍네요." 마르니가 그를 향해 돌아서며 말했다.

"마르니, 우리 모두 이 살인범이 잡히기를 바라는 거 아닌가요?" 그가 말했다.

그는 심지어 술잔을 들고 있지도, 사람들과 어울리려는 노력도 하지 않았다.

"세상엔 신성하게 지켜져야 하는 것들도 있다구요."

프랜시스는 바 쪽으로 눈을 돌려 사람들이 바글바글 모여서 소시지 롤을 먹어 치우고 맥주를 입에 쏟아붓는 '신성한' 장면을 쳐다봤지만, 마르니의 말에 토를 달지는 않았다.

마르니는 포도주로 입을 가득 채웠다. 지금까지 그를 도와준 게 후회되기 시작했다. 그는 진짜 증거를 찾아내는 데 몰두하기보다는 누구든 타투를 한 사람에게 죄를 뒤집어씌우려고 안달이 난 사람 같았다. 제대로 된 경찰이라면 증거부터 찾아서 살인범을 추적해야 하는 거 아닌가? 지금처럼 먼저 범인을 찍고 그다음에 증거를 찾는 게 아니라.

"이와오의 전시회에 참석했던 아티스트 중 몇 명이나 여기 왔어요?"

마르니는 와인을 삼켰다.

"이와오가 있죠." 마르니가 대답했다. "캘리포니아에 있는 조나 메이슨 대리인으로 참석했어요. 릭 글로버도 있어요. 이 두 사람 말고는 없는 것 같아요."

"릭 글로버가 젬 월쉬의 거미 타투를 한 사람이었죠?"

"맞아요."

"나를 그 사람한테 좀 소개시켜 줄래요?"

마르니는 분노로 얼굴이 터질 것 같은 기분이었다.

"그래서 당신이 내일 그 사람을 체포할 수 있게요? 일이 그렇게 돌아가는 것 같던데."

프랜시스는 한숨을 쉬었다. "마르니, 우리는 이 사건과 연관된 사람은 누구든 조사해보고 그다음에 그들을 수사에서 배제시키려는 거예요."

"그러니까 다시 말하면, 당신을 그 사람한테 소개해줘서 젬 월쉬가 죽던 날 그 사람의 알리바이를 확인할 수 있게 해 달라는 거네요? 꿈 깨요, 프랭크."

"이봐요 당신, 잠깐이라도 잘난 척 좀 그만하고 진정할 수 없어요? 지금 당신네 커뮤니티를 노리는 살인범이 있다고요."

"그래요. 당신 말이 맞아요." 그녀는 침착하게 말했다. "난 다른 사람이 또 죽어 나가는 거 보고 싶지 않아요. 하지만 경찰도 지금 사람들에게 정보를 알려주지 않으면 우리 모두를 위험에 빠뜨리는 거예요. 제발 부탁이니 사람들에게 최소한 경고 메시지라도 주라고요."

"그랬다간 살인범의 행동에 영향을 줄 수 있어요."

"하지만 여러 사람의 생명을 구할 수도 있죠."

이 사람한테 얘기하느니 차라리 벽에 대고 말을 하지.

"미안해요. 다른 친구들과 할 얘기가 있어서 이만." 마르니가 말했다.

하지만 바를 향해 걸음을 옮기는 동안 피가 귀로 쏠리고 심장이 벌떡벌떡 뛰었다. 경찰들이 하는 짓은 옳지 않았다. 마르니는 또 다른 희생자가 나타날 때까지 그냥 가만히 앉아서 기다리고 있을 생각은 없었다.

"노아, 나한테 저 의자 좀 가져다줄래?" 마르니는 티에리의 견습생이 앉아있는 의자를 가리키며 말했다.

"오케이. 실례." 노아가 의자 등받이를 잡아들어, 여자를 인정사정없이 티에리의 무릎으로 떨쳐내며 말했다. 그녀의 치마가 너무 짧아 속바지가 훤히 보였다. 여자애는 얼굴을 찡그렸지만 티에리

는 웃음을 터뜨리며 여자의 허리를 팔로 휘감았다. 그 장면을 보
자 마르니의 분노가 사정없이 치밀어 올랐다.

"어디에 놓을까?"

"여기 바 옆에. 응, 바로 거기."

마르니는 의자 위에 올라서서 시끄러운 술집을 둘러보았다. 사
람들의 관심을 끌 만한 것을 찾다가 포크를 집어 들어 자기 와인
잔을 탕탕 쳤다.

"잠깐만! 잠깐 조용히 해봐요!" 노아는 걸걸한 저음으로 소리쳤
다. "마르니가 할 말이 있답니다."

모든 시선이 마르니에게로 쏠렸다. 샤론과 데이브 암스트롱도
어리둥절한 표정으로 그녀를 바라보고 있었다.

마르니는 사람들의 와자지껄한 소리가 잦아들자 말을 시작했
다. "안녕하세요. 대부분 저를 알겠지만 모르는 분들을 위해 알려
드리자면 저는 '천상의 타투'를 운영하는 마르니 뮬린스예요. 솔
직히 말하면 저는 이반을 잘 몰랐어요. 하지만 이반을 알았던 많
은 분들이 제 친구이기 때문에 저도 이곳에 왔어요. 그리고 여러
분들에게 꼭 알려줘야 할 중요한 이야기가 있어요. 이 이야기를
듣고 여러분들도 오늘 여기 참석하지 않은 다른 친구들에게 꼭
전달해주기 바래요."

그녀는 바 테이블에 와인 잔과 포크를 내려놓았다. 수많은 사
람들이 뭔가 기대에 찬 표정으로 그녀를 올려봤다. 뒤편에 서 있
는 프랜시스 설리번은 극도로 실망한 표정이었고, 옆에 서 있는
그의 부하도 격분한 얼굴이었다.

"마르니, 제발 그러지 말아요." 프랜시스가 말했다. 프랜시스가
말을 이었지만, 그의 말은 흥분한 사람들의 한바탕 웅성거림에 묻

혀버렸다.

"자, 들어봐요." 마르니는 말했다. "경찰은 이반의 살인범이 다른 두 사람도 살해했을 거라 생각하고 있어요. 그 사람들 몸에서도 타투가 없어졌고, 그 없어진 타투들은 한 가지 공통점이 있어요. 최근 '피와 잉크의 연금술' 전시회에 출품했던 아티스트들이 작업한 타투라는 거예요." 마르니는 술집 뒤편에서 놀란 표정을 짓고 있는 릭 글로버를 발견했다. "전시회 아티스트들에게 타투를 받은 사람들이 연쇄 살인범이 노리는 표적일 가능성이 아주 높아요. 아티스트들 이름은 이와오 이시가와, 조나 메이슨, 바르토즈 클렘, 브루스터 본즈, 폴리나 얀코프스키, 릭 글로버, 지지 리온, 제이슨 레스터, 빈스 프리스트, 페트라 다니엘리입니다. 경찰이 경고해주지 않으니 저라도 여러분에게 알려주고 싶었어요. 여러분 중에 누구라도 이 아티스트들한테 타투를 받았다면 밤에 돌아다닐 때 특히 더 조심하세요. 혼자 다니지 말고요. 전 무서워요. 여러분도 그러셔야 해요."

사람들이 시간을 들여 명단의 이름을 하나하나 곱씹는 동안 그녀는 와인을 한 모금 마시고 숨을 돌렸다. 대부분은 고개를 저었지만 한두 사람은 나지막한 목소리로 다급하게 이야기하며 자기들 몸 여기저기 있는 타투를 가리켰다. 아마 명단에 있는 아티스트에게 받은 작품들이리라. 그녀는 자기 고객인 댄 카터를 발견했다. 댄은 공포에 질린 눈으로 컵 한가득 담긴 맥주를 들이켜고 있었다. 그러나 프랭크 설리번과 로리 맥케이의 모습은 보이지 않았다. 자신들이 그렇게 단단히 지키던 비밀이 새나갔으니 앞으로 뭘 할지 궁리하려고 허둥지둥 경찰서로 돌아갔겠지.

"이반 암스트롱과 젬 월쉬는 둘 다 지난 몇 주 사이에 이곳 브라이튼에서 살해됐어요." 마르니는 계속 말을 이었다.

"젬 월쉬요?" 마르니의 의자 근처에 서 있던 여자가 말했다. "젬이 죽었어요?"

"설마." 다른 누군가가 말했다. 사람들 사이로 충격의 한숨이 파도처럼 퍼져나갔다. 이미 지역신문에 기사로 났는데도 문상객 중 몇 사람은 아직 소식을 듣지 못한 게 분명했다. 누군가가 밖으로 뛰쳐나면서 문이 쾅 닫혔다.

"네, 불행히도." 마르니가 말했다.

그 여자는 실신했는지 옆에 있던 남자 쪽으로 고꾸라졌다. 남자는 여자가 바닥으로 주저앉는 걸 겨우 붙잡고 있었다.

"도대체 이게 다 무슨 일이에요? 경찰은 뭘 하고 있대요?" 누군가가 뒤에서 소리쳤다.

사람들이 마르니에게 질문을 퍼붓기 시작했고 대혼란이 벌어졌다. 티에리는 마르니가 의자에서 내려오는 걸 도와줬다. 이제 그녀가 할 일은 끝났다.

"도대체 왜 그랬어?" 티에리가 물었다. "이제 프랭크 설리번이 당신을 가만두지 않을걸?"

"이게 다 그 인간 잘못이야. 내 덕분에 한 사람이라도 구하면 다행이지. 그게 맘에 안 들면 프랭크가 이번엔 제대로 좀 하겠지."

"아무튼 당신 쓸데없는 짓 했어. 그 인간 분명히 시도 때도 없이 나타나서 쓸데없이 꼬투리나 잡고 우리한테 화풀이할 거야." 티에리는 조금 전에 마르니를 의자에서 내려 줄 때 잡았던 손을 아직도 놓지 않고 있었다. "마르니 당신이 걱정돼서 그래. 이 일에 아예 엮이지 말았어야 했어."

마르니가 티에리한테서 손을 잡아 빼자 티에리는 얼굴을 찡그렸다.

  티에리는 이 사건 수사에 뭐 맘에 안 드는 거라도 있는 건가? 자신에게도 예민하게 구는 것 같고, 이랬다저랬다 하니 종잡을 수가 없었다. 그는 평소엔 자신을 걱정해주는 것 같다가도 이 사건 얘기만 나오면 발끈했다. 대체 왜 저러는 걸까?

  정말 진실을 알고 싶긴 한 걸까?

28

맥케이

어제 아침에 이미 자기 상관의 최악의 모습을 봤다고 생각했는데 오늘 아침의 몰골은 어제보다 더 못 봐줄 꼴이었다. 양복은 잔뜩 구겨져 있고 머리도 엉망이었다. 맥케이가 사무실로 들어섰을 때 프랜시스는 벌써 책상에 앉아 수첩을 앞뒤로 넘기며 열심히 들여다보고 있었다. 책상 위에는 제일 큰 사이즈의 블랙커피 컵이 놓여 있었다.

"경위님, 뭔 일 있어요?" 맥케이는 자기 상관이 대체 뭘 하고 있는지 보려고 조심스럽게 다가가며 물었다.

프랜시스는 고개를 들고 그제야 맥케이를 알아봤다. "브래드쇼 경감님이 어디 있는지 알아요?"

"경찰서엔 없어요. 경정님 몇 분과 고위급 전략회의를 하러 갔을 거예요."

"어디서 하는지 알아요?"

"홀링버리 파크요."

브래드쇼가 골프 치러 가는 곳이다.

"잘됐네요." 프랜시스는 다시 수첩에 몰두했다.

맥케이는 더 설명을 들을 수 있을까 하고 기다렸지만 프랜시스는 맥케이를 다시 쳐다보지 않았다. 그러시든가. 맥케이도 나름 할 일이 많았다. 하지만 5분 뒤, 맥케이가 일을 제대로 시작하기도 전에 프랜시스가 그를 다시 사무실로 불렀다.

"맥케이, 밤새 고민하느라 잠을 거의 못 잤어요. 계속 양심에 걸려서요. 나도 일을 정석대로 하고 싶지만 그런 것만 집착할 순 없잖아요."

맥케이가 의자에서 꿈틀거렸다. 무슨 말을 하려는 거지?

"술집에서 마르니가 수사 내용을 떠벌린 뒤로 소문이 마구잡이로 퍼지고 사람들은 겁에 질려있어요. 만약 우리가 손 놓고 있는 사이 살인범이 또 다른 희생자를 공격한다면 우리가 그 책임을 뒤집어쓰게 될 겁니다. 우리가 주도해서 상황을 진정시켜야 해요."

"그래서 어떻게 하려구요?"

"기자회견을 열 겁니다."

"하지만 브래드쇼 경감이 분명히 금지했잖아요. 브래드쇼 말을 거역하면 그걸로 경위님 목을 매달아 죽이려고 들 텐데요."

프랜시스는 어깨를 으쓱했다. "나도 알아요. 하지만 그냥 겁쟁이처럼 아무런 말도 못 하고 있다가 또 다른 희생자를 죽게 만들 순 없어요. 마르니가 제대로 한 방 먹인 덕에 어차피 수사 내용도 다 밝혀졌고요. 어쨌든 우리도 공식적으로 알릴 필요는 있어요. 마르니 말이 맞아요. 사람들이 제대로 알고 스스로를 보호하게 해야 합니다."

맙소사. 경찰서가 한바탕 뒤집어지겠군.

"경사는 빠지고 싶으면 빠져요. 충분히 이해하니까. 부양할 가족도 있으니 잘리면 안 되잖아요."

"하지만 경위님이 잘릴 텐데요."

"그건 어쩔 수 없죠."

물론 프랜시스가 옳았다. 경찰이라면 그게 단 한 명이라도 사람의 생명을 구하는 방향으로 행동할 의무가 있었다. 하지만 프랜시스가 하자는 건 직속 상관의 명령을 정면으로 거역하는 일이다. 그랬다간 사건에서 배제되는 것은 물론이고, 브래드쇼가 작정하고 달려들면 경찰서에서 잘릴 수도 있었다. 맥케이는 밖으로 나가 상황실에서 소리가 들리지 않게 계단 아래로 내려간 뒤 주머니에서 휴대폰을 꺼내 들었다.

그리고 브래드쇼 번호로 전화를 걸었다.

기자회견은 항상 경찰서 1층에 있는 가장 큰 공간에서 열렸다. 하지만 오늘은 전례 없이 몰려든 기자들 때문에 그 큰 공간조차 미어터졌다. 기자들은 경찰의 공식적인 수사 발표를 빠짐없이 담아가려고 갖가지 종류의 전자기기와 소형녹음기를 바리바리 싸들고 몰려들었다. 일주일도 채 안 되는 기간에 살인사건이 두 건이나 발생했다는 건 사실 큰 뉴스였다. 지금까지 이 도시에서 한 해 평균 발생하던 살인사건 수가 일주일 만에 두 배로 늘어난 셈이었다. 언제나 그렇듯 이번에도 뭔가 음침하고 사악한 이야기들이 새어 나가기 시작하자, 지역신문 기자 나부랭이들은 물론이고 글로 밥 먹고 사는 어중이떠중이 기자들까지 전국에서 다 몰려온 상황이었다.

맥케이는 뒷문에서 회견장을 한번 훑어보고 복도로 나가 다시 통화를 시도했다. 브래드쇼 경감은 아직 문자 메시지에 답장이 없었다. 브래드쇼 말고는 이 난리를 중단시킬 수 있는 사람이 아무도 없었다. 맥케이는 다시 기자회견실로 들어갔다.

프랜시스는 엉망이었던 꼴을 약간 매만지고 나타났다. 양복 윗도리는 벗고 셔츠 소매를 걷어 올렸지만 셔츠도 후줄근하긴 마찬가지였다. 그나마 머리는 물로 적셔 뒤로 말끔하게 넘긴 상태였다. 프랜시스는 앞에 놓인 마이크를 톡톡 두드려 마이크가 켜져 있는지 확인했다. 잔뜩 들떠 웅성거리던 기자들이 목소리를 죽이고 기다렸다.

"안녕하십니까." 프랜시스가 입을 열어 마이크 볼륨을 시험했다.

기자 중 몇 명이 작은 소리로 대답했다.

"저는 강력범죄 수사팀의 프랜시스 설리번 경위입니다. 우리 팀은 최근 이 지역에서 발생한 두 건의 살인사건을 수사하고 있습니다. 첫 번째 희생자인 이반 암스트롱은 호브 출신의 33세 남성이며 5월 28일 일요일 파빌리온 공원에서 변사체로 발견되었습니다. 두 번째 희생자인 젬 윌쉬는 그로부터 이틀 후 팰리스피어 선착장 아래에서 목이 잘린 채 발견되었습니다."

"두 사건 사이의 연관성을 수사하는 중인가요?" 앞줄에 있던 젊은 여기자가 물었다.

"질문은 발표가 끝나면 받겠습니다." 프랜시스가 말했다.

"범인이 희생자들의 몸에서 타투를 가져갔다고 들었는데요?" 아르고스의 톰 피츠였다. 설사 그가 추모식 뒤풀이에서 마르니의 말을 직접 듣지는 못했다 해도, 분명히 나중에 어디서든 이야기의 핵심은 주워들었을 것이다. 시내의 술집마다 사람들이 그 얘기만 하고 있었을 테니까.

"어제 이반 암스트롱의 장례식 이후 수많은 소문이 돌고 있다는 걸 알고 있습니다. 바로 그 때문에 오늘 기자회견을 열게 되었습니다." 프랜시스가 말했다.

회견장 뒤에 있는 문이 열리자 프랜시스는 멈칫했다. 브래드쇼가 안으로 들어서더니 문을 닫고 맥케이 옆에 섰다. 그는 엷은 노란색 스웨터와 파란 면바지에 골프화를 신고 있었다. 얼굴은 분노로 이글거렸지만 아무 말도 하지 않았다.

브래드쇼의 등장에 프랜시스가 잠시 주춤하는 사이 기자들은 조바심 난 듯 웅성거렸다.

"우리는 이 살인을 저지른 범인이 희생자들의 몸에서 문신이 있는 부위를 제거해서 가져갔다고 믿을 만한 증거를 발견했습니다. 아직 범행 동기는 밝혀지지 않았지만, 범인이 어떤 기준으로 희생자를 선택했는지 그리고 어떤 타투를 가져갔는지에 대해 면밀히 조사 중입니다."

"마르니 뮬린스가 최근 열렸던 '피와 잉크의 연금술'이라는 전시회에 대해 언급한 걸로 알고 있는데요." 톰 피츠가 말했다. "그 전시회와 이 두 건의 살인사건이 관련이 있습니까?"

"그것은 추측일 뿐입니다. 섣불리 확대해석하는 것은 무책임한 행동입니다. 아직 그 가능성을 단정 지을 만한 구체적인 증거는 없습니다. 하지만 바로 그것 때문에 여러분을 이 자리게 모이게 했습니다. 우리는 몸에 타투를 가지고 있는 사람들에게 경고해야 합니다. 어떤 아티스트한테 받았느냐에 상관없이 타투가 있는 사람은 모두 조심해야 합니다. 밤에는 절대 혼자 돌아다니지 말고 공개된 장소에서는 타투가 보이지 않게 가리십시오. 그리고 서로서로 보호해주십시오."

프랜시스가 말을 멈추자 회견장은 대혼란에 휩싸였다. 모두들 한꺼번에 질문을 하려고 손을 들었고 뒤에 있던 기자들은 일어서서 앞쪽으로 밀려오고 있었다. 브래드쇼는 옆으로 돌아 연단을 향해 움직이기 시작했다.

"질문은 몇 가지만 받겠습니다." 프랜시스가 말했다.

"용의자가 있습니까?" 외지 출신 기자가 물었다.

"기자님의 이름과 소속을 말씀해주시겠습니까?"

"텔레그라프 신문사의 사이먼 엡슨입니다."

프랜시스는 그의 기사가 얼마나 편향적일지 짐작이 갔다.

"경위님, 용의자가 있습니까?" 그 기자가 질문을 반복했다.

"죄송하지만 현재 수사가 진행 중인 사항에 대해서는 이 자리에서 말씀드릴 수 없습니다." 프랜시스가 대답했다.

"다른 말로 하면, 이 타투 사냥꾼이 누군지 전혀 모른다는 뜻이죠?"

"노코멘트입니다."

"미러 신문사의 리지 애플턴입니다. 듣자 하니 경찰은 전시회 주최자였던 이와오 이시가와 씨를 체포했던데, 왜 그런 거죠?"

"애플턴 기자님, 이 사건에서 체포된 사람은 아직 아무도 없습니다. 지금까지 많은 사람이 수사에 도움을 보탰고 이와오 이시가와 씨도 그중 하나일 뿐입니다."

하지만 맥케이가 생각하는 한 현재까지는 이와오 이시가와야말로 가장 확실한 요주의 인물이었다.

"마르니 뮬린스처럼요?" 애플턴이 물었다.

"제가 말씀드린 대로, 저희는 많은 분들에게서 도움을 받았습니다만 그것에 대해서는 여러분에게 자세하게 공유하기 어렵습니다."

"신사 숙녀 여러분, 이제 마무리할 시간인 것 같습니다." 브래드쇼는 사실상 프랜시스를 옆으로 밀쳐내고 마이크를 차지했다. "참석해 주셔서 감사합니다. 책임감 있게 보도해주시고 지역 사회를 공황에 빠뜨리지 말아 주십시오. 우리 목표는 시민들이 공포 속에서 살게 하려는 게 아니라 합리적인 예방조치를 취하도록 하는 겁니다."

기자들은 기삿거리가 더 나올 게 없다는 걸 깨닫고 다들 문으로 우르르 몰려갔다. 맥케이는 프랜시스를 지켜봤다. 그는 얼굴이 종잇장처럼 하얘져서는 브래드쇼가 목덜미를 낚아채기 전에 재빨리 빠져나가려고 허둥지둥하고 있었다. 프랜시스는 문을 빠져나가려다가 잠시 몸을 돌려 맥케이를 노려봤다. 칼로 찌르는 듯한 눈빛이었다. 맥케이도 잠시 기다렸다가 무사히 빠져나갔다. 프랜시스는 맥케이가 브래드쇼에게 연락했다는 걸 확신하는 듯했다.

계단을 올라가며 맥케이는 자신이 저지른 짓을 약간 후회했다. 윤리적으로 말하자면 기자회견을 여는 것이 옳은 행동이었다. 그로 인해 프랜시스는 분명히 누군가의 생명을 구했을 것이다. 하지만 직속 명령을 거역하는 건 어마어마한 배포가 필요한 일이기도 했다. 맥케이는 한숨을 쉬었다. 브래드쇼에게 연락한 게 잘못된 행동이었다고 인정할 생각은 없었다. 물론 뒷맛이 개운치는 않았다.

그때 뒤에서 빠르게 다가오는 발소리가 들렸다. 돌아볼 것도 없이 프랜시스였다.

"이 더러운 개자식!"

29
프랜시스

맥케이가 브래드쇼에게 곧장 일러바쳤다는 사실에 프랜시스는 열불이 치밀어 올랐다. 물론 경감은 결국 기자회견에 대해 알게 되었을 테지만, 그렇다고 일을 개시도 하기 전부터 그 개자식이 쪼르르 달려가 일러바칠 필요까지는 없었지 않은가. 수사가 좀처럼 진척이 없는 데는 다 그만한 이유가 있었다. 부하들이 호의적으로 따라주지 않는데 자기 혼자 뭘 할 수 있겠는가. 프랜시스가 수사상황실로 들어서자 웅성거림이 갑자기 멈추고 모두의 시선이 그를 향했다. 맥케이가 뒤를 이었고 브래드쇼가 곧바로 따라 들어왔다.

"내 사무실로, 지금 당장. 자네 둘 다." 브래드쇼는 필요 이상으로 큰 목소리로 말하더니 대답도 듣지 않고 나갔다.

프랜시스가 맥케이를 바라보자 그는 어깨를 으쓱했다.

"가만히 있었으면 나까지 갈굼을 당했을 거라구요."

설마 저딴 걸 사과라고 하는 말은 아니겠지. 하지만 엄밀히 따지면 맥케이가 일러바치지 않았어도 자기 경력은 이미 위태로워질 처지였다. 각오하고 저지른 일이니까.

"그러니까 잠재적 희생자들이 무슨 일을 당할지도 모른 채 막 돌아다녀도, 경사는 본인이 갈굼만 안 당하면 괜찮다는 거죠?" 프랜시스가 말했다. "밤에 잠이 와요?"

그들은 적당한 거리를 두고 브래드쇼를 따라 계단을 올라갔다.

한 번에 두 계단씩 올라가는 동안 프랜시스의 심장이 고동쳤다. 앞으로 무슨 일이 벌어지든 자신의 책임이었다. 그래도 프랜시스는 자신이 옳은 일을 했다고 확신했고 적어도 스스로에게만큼은 부끄럽지 않을 수 있었다.

브래드쇼의 사무실로 들어서자 싸늘한 공기가 피부에 와 닿았다. 브래드쇼는 무거운 한숨을 내쉬며 의자에 주저앉았다. 프랜시스와 맥케이는 감히 앉을 생각은커녕 곧 쏟아질 일장 연설을 기다렸다. 브래드쇼도 두 사람을 번갈아 쳐다보다가 결국 프랜시스에게 시선을 꽂았다.

"도대체 무슨 생각으로 그런 건가?"

프랜시스는 마음을 단단히 먹고 대답했다. "사람들의 생명을 구할 수 있는 방법이라고 생각했습니다."

"벌써 끝낸 얘기잖아. 내가 하지 말라고 했을 텐데?"

정말로 물어보는 것이 아니었으므로 프랜시스도 대꾸하지 않았다.

브래드쇼는 맥케이를 바라보며 말했다.

"맥케이, 나한테 연락한 건 옳은 일이었어."

"무슨 일이 일어나고 있는지 경감님께서 아셔야 한다고 생각했습니다." 맥케이는 대답은 했지만 시선은 아래로 향해 있었다.

"대중들에게 정보를 공개할지 말지는 프랜시스 자네가 결정할 사안이 아니야." 브래드쇼가 다시 프랜시스에게 시선을 돌리며 말했다. "자네가 한 짓 때문에 오히려 혼란만 가중될 걸세."

"마르니 퓰린스가 암스트롱의 장례식 뒤풀이에서 정보를 흘려서 이미 소문도 퍼지기 시작했고 사람들도 겁먹고 있었습니다." 프랜시스가 말했다.

맥케이가 지원 사격은커녕 모르는 척 딴청을 부리자 그 모습에 더욱더 화가 난 프랜시스는 발끈해서 말을 이었다.

"저는 제 행동을 후회하지 않습니다. 모쪼록 한 사람의 생명이라도 구했길 바랄 뿐입니다."

브래드쇼는 눈도 깜짝하지 않았다.

"굳이 기자회견까지 하지 않아도, 항간에 나도는 소문만으로도 사람들이 알아서 조심할 거라는 생각은 못 했나?"

"외람된 말씀이지만, 저는 우리가 주도권을 쥐고 정보의 방향을 결정해야 한다고 생각했습니다."

브래드쇼가 코웃음을 쳤다. "자네가 한 일이라곤 살인범에게 우리 수사 정보를 훤히 알려준 것뿐이야. 그게 정말로 동일범이라면, 그놈이 무슨 일을 꾸미고 있는지 우리가 다 알고 있다는 걸 고스란히 알려 바친 셈이라고. 놈은 분명히 몸을 사리고 숨어버릴 거고 그러면 놈을 잡을 가능성도 그만큼 낮아지겠지."

"전 다르게 생각합니다."

"그 다른 생각은 자네의 풍부한 경험에서 나오는 건가?"

"경찰대에서 연쇄살인범들은 대체로 사람들의 관심을 받고 싶어 한다는 사실을 배웠습니다. 만약 '정말로' 이 살인사건들이 우리의 추측대로 서로 연결되어 있다면 시민들의 불안한 행동들이 분명히 타투 도둑의 허세를 부추길 것입니다. 범인은 지하로 숨어들기보다는 오히려 더 활개를 칠 수도 있습니다. 제 계획은 시내 중심가에 사복 경찰들을 쫙 깔아놓고 실시간으로 CCTV를 감시하는 것입니다. 범인이 범행을 또 저지르기 전에 잡을 수도 있습니다."

"자네 말은, 범행을 저지르는 현장에서 잡겠다는 말인가?" 브래드쇼는 고개를 저었다. "그건 너무 위험한 전략이야."

"아니요, 저지르는 데까지도 못 갈 겁니다." 프랜시스가 말했다. "모든 사람이 경고 메시지를 들었으니 범인도 기회를 잡기가 어려울 겁니다. 사람들이 경계하고 조심할수록 범인은 더욱 필사적이 되겠죠. 그러다 위험을 감수하면서까지 선을 넘고 결국 정체를 드러낼 것입니다."

"제발 그렇게 되면 좋겠네만, 젠장할 범죄율 좀 신경 쓰란 말이야. 범죄 건수를 줄이라고, 특히 폭력 범죄를 소탕하라고 내가 윗선에서 얼마나 압력을 받는 줄 아나?"

"바로 그렇게 하기 위해 저희가 범인을 밖으로 유인해 체포할 것입니다."

브래드쇼는 엄지와 검지로 콧등을 쥐고 입을 꽉 오므렸다. "자네 방법이 제대로 먹힐 것 같지 않아. 차라리 누군가를 미끼로 쓰면 기회를 잡을 가능성도 있지. 하지만 놈이 살인을 저지를 기회를 아예 차단한다? 그따위로 범인을 잡는 건 턱도 없는 일이야. 프랜시스, 어쩔 수 없이 자네를 사건에서 빼야겠네. 맥케이, 자네가 당분간 사건을 맡아. 경위 자리는 금방 다른 사람으로 대체할테니."

'하지만 경감님, 프랜시스 경위는 좋은 의도로 기자회견을 열었습니다.'라고 말해봤자 다행히도 너무 늦었다는 것을 맥케이는 당연히 알고 있었다.

"의도가 어쨌건 내 알 바 아니고, 지금부턴 자네가 사건 지휘하고 내 지시에 따르게. 그 일본 문신쟁이를 다시 소환해서 재판정에 세울 증거나 찾아내."

"그가 범인이라고 추정할 만한 근거가 전혀 없습니다."

"프랜시스 자네는 이제 그만 입 닥치게. 둘 다 나가봐."

"경감님, 이러실 순 없습니다." 프랜시스는 이를 악물고 겨우겨우 한 단어씩 내뱉었다.

"억울하면 자네가 이 자리에 앉든가. 맥케이가 사건 지휘해."

회의는 끝났다.

사무실 밖 복도에서 프랜시스는 분통을 터뜨렸다.

"젠장! 빌어먹을! 젠장!"

그는 사건에서 배제됐다. 브래드쇼와 맥케이는 전혀 엉뚱한 방향으로 사건을 좇고 있었다. 이제 살인범은 아무 방해도 받지 않고 범행을 계속 저지를 게 분명했다. 그는 꽉 움켜쥔 주먹으로 벽을 갈겼다. 전기에 감전된 듯 고통이 팔을 꿰뚫고 지나갔다.

"젠장!"

x

일단 프로젝트를 시작하면 신속하게 움직여야 한다는 건 나도 알고 있었다. 컬렉터는 나에게 모아야 할 타투 목록을 주었다. 경찰이 더 영리해지기 전에 빨리 타투를 모두 수확해야 한다. 목록에 있는 타투를 다 모으기만 하면 그다음부턴 안전하게 지낼 수 있다. 나를 찾으려면 어디를 뒤져야 할지 경찰이 알아낼 턱이 없으니까. 그러므로, 몸뚱이에서 타투를 뜯어내는 것이 전체 과정 중 가장 위험한 작업이다.

컬렉터와 그의 고귀한 목록. 컬렉터는 사람 몸의 아름다움을 알아보는 안목이 뛰어나다. 그는 세상에 다시없을 것들로 개인 소장품을 채우고 있다. 박제품과 타투는 그저 시작에 불과하다. 내가 알기로 컬렉터는 다른 것도 계획하고 있다. 지난번 얘기했을 때 그는 사람의 얼굴을 떼어내는 것도 가능한지 궁금해했다. 나는 당연히 가능할 것 같다고 말해줬다. 이번 작업만 잘 완수하면 컬렉터는 나를 완전히 신뢰할 테고 아마 내게 또 다른 일을 맡겨주겠지. 그도 내가 그의 오른팔이 될 자격이 있다는 것을, 나에게 뭐든지 믿고 맡길 수 있다는 것을 깨달을 수밖에 없을 거다. 물론 지금쯤 이미 내가 그의 대의를 위해 얼마나 헌신하는지 느꼈을 거다. 그래도 내가 더 성공하면 컬렉터도 나를 더 눈여겨보겠지. 그가 정신을 딴 데에 빼앗기지 않게 해야 한다. 그러려면 내 모든 능력이 닿는 데까지 그가 시키는 대로 해야 한다. 내가 지금까지 해준 것에 대해 그가 어느 정도 인정해줄 때가 되지 않았나 싶다.

지금까지 아주 훌륭하게 잘 해왔다. 내 먹잇감이 평소대로만 행동해 준다면 오늘 밤에 한 건 더 따낼 수 있을 것 같다. 놈은 지난 몇 주 동안 토요일 밤마다 듀크 거리와 미들 거리 모퉁이에 있는 '빅토리 인'에서 술을 마셨다. 보통 술집 문이 닫힐 때까지 친구들과 먹고 마시다가 헤어졌다. 나는 놈을 세 번이나 따라갔는데 놈은 매번 똑같은 길로 갔다. 레인스를 통과한 다음 올드스틴을 지나 켐프타운쪽으로 간다. 오늘 밤엔, 놈을 뒤쫓지 않는다. 오늘은 숨어서 놈이 지나가길 기다린다.

레인스는 작업하기에 딱 좋은 환경이다. 복잡하게 연결된 작은 골목들은 어둠에 휩싸여 개미 한 마리 없다. 댄 카터는 레인스의 작은 골목골목을 뚫고 가는 게 꽤 안전하다고 생각하겠지. 한 블록 건너에서 주정뱅이들이 시끄럽게 웃어대며 여자들한테 집적대는 소리가 여기까지 들리니까. 하지만 그렇다고 저들도 네 소리를 들을 수 있는 건 아냐. 특히 뒤에서 불쑥 손이 나타나 네 입을 가리고 마취제 헝겊으로 네 얼굴을 덮어버릴 경우엔 더더욱.

바로 이 지점은 내가 아주 신중하게 고민하고 고른 장소다. 골목이 좁긴 하지만 지금 서 있는 출입구 바로 왼편에 철문이 하나 있는데 그리로 들어가면 외떨어진 공터가 하나 있다. 철문 자물쇠도 벌써 따 놓아서 좀 있다 댄 카터를 그냥 끌고 들어가기만 하면 된다. 그 공터 정도면 내가 몇 시간 동안 방해받지 않고 작업할 수 있을 거다. 연장 가방도 이미 공터에 잘 숨겨뒀다. 댄 카터의 타투는 무진장 커서, 아무리 빨리 작업해도 시간이 꽤 걸릴 것이다. 하지만 일단 완성만 되면 정말 아름다울 거다. 어쩌면 목록에 있는 것들 중 가장 아름다울지도 몰라. 아니지, 두 번째로….

발자국이 다가오는 소리가 들린다. 댄 카터다. 그동안 쫓아다니다 보니 놈의 걸음걸이 정도는 이제 듣기만 해도 알 수 있다. 사람마다 발소리도 다르고, 한 발 한 발 내디딜 때마다 자기만의 리듬이 있다. 나는 에테르 병을 흔들어 헝겊에 묻히고 문에 등을 기댄 채 준비한다. 발소리가 점점 커진다. 점점 가까워진다. 내가 숨어 있는 곳에 거의 다다랐을 때 나는 놈의 앞으로 나가 어깨로 놈의 상체를 힘껏 밀친다. 놈이 내게 따지려고 몸을 돌리기 직전에 뒤에서 놈의 코와 입을 헝겊으로 틀어막는다. 놈은 잠깐 몸부림을 쳐보지만 마취제를 들이마신 지 겨우 몇 초 만에 내 쪽으로 제 몸을 완전히 맡긴다. 이제 놈을 내 비밀장소로 끌고 간다.

놈은 완전히 기절했다. 이제 진짜 작업을 시작할 수 있다. 내 사랑하는 아가들, 얼른 나와 놀 시간이다.

'식칼이는 냠냠 간식 먹으러 갔어요.'

나는 그 시가 너무 좋다. 가끔은 루이스 캐럴('이상한 나라의 앨리스'를 쓴 19세기 영국 작가 - 옮긴이 주)이 나를 위해 그 시를 쓴 게 아닐까 하는 생각마저 든다. 내가 하는 일과 이렇게 딱 들어맞을 수가 있나? 나의 식칼이…

웬 소리지? 가까이서 목소리가 들린다. 커플이다. 더럽게 질척거리며 속삭이는 소리. 속삭이는 소리까지 들린다는 건 저 년놈들이 아주 가까이 있다는 뜻인데. 거기다 내 탈출구까지 막고 있다.

빌어먹을.

씨팔! 빌어먹을!

30
프랜시스

프랜시스는 밤에 세인트 캐서린 성당에 가는 걸 좋아했다. 그는 성당의 열쇠를 가지고 있었다. 깊은 밤 고요한 시각, 잠이 안 올 때면 프랜시스는 성당을 찾아와 한두 시간 정도 조용히 명상을 하거나 기도를 드리곤 했다. 성당의 전기요금을 고려한 이유도 있지만 성가대에 있는 작은 독서등만 켜놓아도 제단에 은은한 빛을 드리우기엔 부족함이 없다. 다른 사람들은 어떨지 몰라도 프랜시스는 공간을 가득 채운 어둠에서 오히려 위안을 얻었다.

하지만 오늘 밤에는 그것마저도 위안이 되지 못했다. 아마도 새로운 자리에서 성공하게 해달라는 자신의 기도가 너무 자기중심적이었던 게다. 자신이 스스로의 행동기준으로 내세웠던 이타주의가 그저 눈속임에 지나지 않았나 보다. 자신은 사실 성공과 인정 그 자체를 목말라했다는 게 불편한 진실 아닐까? 첫 사건부터 완전히 망치고 있는 걸 보면 그의 기도는 응답을 받지 못한 게 분명했다. 이렇게 빨리 지휘권을 빼앗겼다는 건 앞날이 순탄치 않을 것이라는 예고였다. 운이 좋으면 주류에서 밀려나는 정도일 테고 운이 나쁘면 자신의 의지와 상관없이 다른 경찰서로 전보 신청을 해야 하거나 심지어는 다른 직업을 찾아야 할지도 모른다. 경찰에서 잘린 사람들은 무슨 일을 하며 먹고 살지? 이렇게 짧은 경력으론 선택할 수 있는 옵션이 별로 없을 것이다.

멍든 주먹을 문지르며 올려 본 십자가상의 예수님은 슬프고 안

타까운 표정을 짓고 있는 것 같았다.

그래 인정한다. 그는 허영심에 사로잡혀 있었다. 자신의 출세에만 매달려 시간을 낭비했다. 죽은 사람들에게 정의를 찾아준다는 핑계로, 자신을 더 필요로 하는 살아있는 사람들을 무시했다. 남은 시간이 그리 많지 않다는 걸 알면서도 벌써 두 번이나 어머니를 방문하지 않았다. 여러 번 걸려온 누이의 전화도 받지 못했다. 누이는 프랜시스의 도움이 필요하다는 걸 인정하지 않겠지만, 그의 존재가 누이의 삶을 지탱시키는 버팀목이라는 걸 프랜시스는 알고 있었다. 이 두 여인은 살아있는 사람들이다. 그들도 프랜시스를 필요로 했다. 어머니와 누이가 자신에게 많은 것을 바라는 것도 아니었다. 그냥 옆에 있어 달라는 것뿐인데 프랜시스는 지난 몇 주 동안 그러질 못했다.

내일은 어머니를 방문하고 누이에게 전화도 해야겠다. 그는 제단 앞의 계단에 무릎을 꿇고 머리를 숙여 기도했다. 전날 저녁 미사의 향냄새가 아직 공기 중에 남아있었다. 문이 조용히 닫히는 소리가 들리더니 윌리엄 신부님이 옆에 나타났다. 프랜시스는 신부님에게 살짝 고갯짓으로 인사를 하곤 다시 기도를 드렸다. 윌리엄 신부님이 나타난 것이 왠지 하나님이 그를 저버리지 않고 조언자를 보내주신 징조처럼 느껴졌다. 프랜시스는 하나님께 감사했다.

"불빛을 보고 프랜시스 자네인 줄 알았지." 프랜시스가 성가대석으로 가서 앉자 윌리엄 신부가 말했다.

"하나님이 알려주셨나요?"

윌리엄 신부는 웃었다. "아니, 나 말고 성당 열쇠를 가지고 있는 사람은 자네랑 관리인뿐인데, 관리인은 죽어가는 수녀를 위로한

답시고 잠을 포기할 리는 없을 걸세."

프랜시스는 미소를 지었다. 그는 성당 관리인을 잘 알았다. 교구민들과 오후에 차를 마시면서도 절대 경건함을 허락하지 않는 재미있는 사람이었다.

윌리엄 신부는 찬송가에 올려놓은 프랜시스의 손에 자신의 양손을 얹었다.

"자, 새벽 두 시에 대체 무엇이 자네를 하나님의 집에 데려왔는지 말해 보게." 윌리엄 신부가 말했다. "위에 계신 저분보다는 내가 더 실용적인 대답을 해 줄 수 있을 것 같은데." 신부는 위에 걸린 십자가상을 잠깐 올려다보며 말했다.

윌리엄 신부님은 사람의 마음의 문제에 관한 한 훌륭한 지혜와 오랜 경험을 겸비한 분이었다. 만약 프랜시스의 친아버지가 그를 버린 거라면 그것은 오로지 윌리엄 신부님이 프랜시스의 인생에 나타날 수 있도록 자리를 내주기 위해서였을 것이다.

마침내 털어놓을 수 있게 되자 프랜시스는 텅 빈 교회의 어스름 속에서 거의 한 시간 동안 이야기를 계속했다. 사건에서 실패한 이야기, 그리고 어머니와 누이에게 잘못한 이야기를 대략 설명하는 동안 윌리엄 신부는 고개를 끄덕이며 귀를 기울였다.

"신부님, 저는 이 살인범을 붙잡고 싶어요. 지금까지 살면서 이렇게까지 뭔가를 간절히 원했던 적은 없어요. 그게 그렇게 잘못된 건가요? 게다가 단서는 전혀 없고, 심지어 저는 사건에서 배제돼서 이젠 범인을 잡을 가능성도 더 줄었어요."

"자네가 일에서 성공하고 싶어 하는 건 잘못이 아닐세. 그리고 자네가 일을 제대로 해내면 더 많은 생명을 구하게 된다는 것도 사실 아닌가. 우리의 마음을 지배하는 요인은 항상 한 가지만 있는 게 아니야. 대부분의 이타주의는 자기가치라는 관념과 연결되어 있고, 우리는 뭔가 선하고 옳은 일을 하면 자부심을 느끼지. 하지만 그것도 사실은 죄악이네만.”

“저도 알아요. 그리고 제가 제 일을 잘 해낸다면 우리 공동체를 더 안전한 곳으로 만들 수 있다는 것도 알아요. 하지만 이제는 그것조차 할 수 없게 됐어요. 수사는 막다른 벽에 부딪혔고 살인범은 분명히 다시 공격할 거예요.”

“절대 포기하지 말게, 프랜시스. 자네가 하는 일이 옳은 일이라는 확신이 든다면 계속하게. 세상이 자네에게 손가락질할 것이 두려워 뒤로 물러서지는 말게. 오직 중요한 의견은 하나님의 의견일 뿐이야.”

“이것저것 신경 쓰지 말고 계속 앞으로 나가라는 말씀이신가요?”

“바로 그 말이네.” 단호한 윌리엄 신부님의 목소리에 프랜시스는 힘을 얻었다. “이제 어서 가서 자네 누이에게 내 안부나 전해 주게나. 나도 내일 자네 어머니를 만나면 자네가 곧 갈 거라고 전하겠네.”

윌리엄 신부는 성가대석에서 무릎을 꿇고 손을 여전히 프랜시스의 손 위에 얹은 채 기도했다.

“도미네 예수, 디미떼 노비스 데비따 노스뜨라, 살바 노스 압 이네 인페리오리…(주예수님 저희 죄를 용서하시며 저희를 지옥 불에서 구하시고…: 파티마 구원의 기도문 - 옮긴이 주)”

저희를 지옥 불에서 구하소서.

프랜시스는 아직은 포기하지 않을 것이다.

31
맥케이

이제 자신이 책임자다. 프랜시스는 사건에서 빠졌다. 그리고 살인범의 공격이 또 있었다.

하지만 이번에는 소득이 있었다. 피해자가 살아남았다. 맥케이는 혹시 잠깐이라도 피해자와 면담을 할 수 있을까 해서 병실 밖에서 기다리고 있었다. 의사는 피해자가 말을 할 수 있는 상태가 아니라고 우겼지만, 의사들은 항상 그렇게 말한다는 걸 뻔히 알고 있는 맥케이는 기다려보기로 했다. 하지만 흐릿한 복도를 서성이면서도 스스로에게 영 확신이 서지 않았다.

이것이야말로 그들이 계속 기다려 온 돌파구였다. 단서의 삼박자가 모두 맞아떨어졌다. 공격에서 살아남은 피해자, 범행 도중 방해를 받고 달아난 범인이 남긴 따끈따끈한 범죄 현장, 그리고 경찰서 심문실에 데려다 놓은 술 취한 목격자 커플. 물론 이 커플이 너무 인사불성이라 자신들이 어쩌다 엮여 든 당시의 상황에 대해 아무것도 기억하지 못할 경우, 목격자 단서는 버리는 카드가 될 테지만. 맥케이는 이 뜻밖의 행운을 최대한 활용하기 위해 팀 전체를 다 깨워 소집했다. 그리고 치가 떨릴 정도로 인정하기 싫지만, 자기 직속 상관의 의견조차도 반갑게 받아야 할 처지였다.

어쨌든 한 가지는 확실했다. 이와오 가설은 완전히 물 건너갔다는 것. 그의 집 근처에 밤새 배치해 둔 순찰 경관에 따르면 이와오는 집 밖으로 한 발자국도 나가지 않았다고 했다.

맥케이는 프랜시스에게 문자 메시지를 보내고 그가 성당에서 나오는 걸 태워 왔다. 젠장 교회에서 아예 사나?

시립병원. 15분 후 프랜시스는 맥케이가 있는 휴게실로 들어왔다. 맥케이는 음료수 자판기에서 커피를 뽑아 자신의 전 상관에게 건넸다.

"난 여기 있으면 안 돼요. 만약 브래드쇼가 알기라도 하면…." 단호한 프랜시스의 어조엔 분명한 뜻이 담겨있었다.

"모르게 할 거예요. 그래도 머리 하나보단 둘이 낫죠."

맥케이의 행동 때문에 프랜시스는 사건에서 배제됐다. 맥케이는 문득 궁금했다. 입장이 바뀌어 자신이 쫓겨났더라면 과연 자신은 이 상황에서 프랜시스를 도왔을까? 프랜시스를 다시 만나면 수사를 어떻게 진행해야 할지 그에게 조언을 들을 수 있지 않을까 반쯤 기대하고 있었는데, 막상 프랜시스는 엉성한 플라스틱 의자에 피곤한 듯 주저앉아 맥케이가 열심히 설명하는 걸 듣고만 있었다.

"나는 그냥 의견이나 몇 가지 줄 수 있어요. 결정은 경사가 해요. 의사는 뭐래요?"

"심각하다고요." 맥케이가 대답했다. "댄 카터라는 사람인데, 역시나 머리에 심각한 타격을 입었고 개자식이 칼로 여기저기 깊숙이 그어놔서 출혈도 너무 많았답니다. 듣자 하니 희생자는 전신에 문신이 있나 봐요. 그러니까 우리 술 취한 연인들이 시간 맞춰 도착하지 않았더라면 아주 험한 꼴 날 뻔했죠."

"없어진 문신은 없고요?"

"의사가 그러는데, 칼자국은 전부 문신 테두리 주변으로만 나 있고…."

"암스트롱의 어깨 문신에서 봤던 것처럼요."

"네, 그리고 범인이 댄 카터의 어깨 위에서부터 벌써 피부를 벗겨낸 상태였대요. 그래서 그 벗겨진 피부를 잘라내고 거기에 카터의 허벅지 피부를 이식해 붙였답니다."

프랜시스는 기겁한 표정을 지었다. 맥케이도 아까 외과의한테 이 소름 끼치는 내용을 들었을 때 정확히 똑같은 표정을 지었었다.

"피해자와는 언제 얘기를 할 수 있답니까?"

"의사들이 하지 말라더군요."

복도에서 발소리가 들리더니 곧 간호사가 문을 열었다.

"여기들 계세요." 간호사가 뒤따라온 사람을 향해 말했다.

"고마워요." 여자 목소리가 대답했다.

휴게실로 들어온 사람은 마르니 뮬린스였다. 머리는 헝클어진 데다가 얼굴엔 짙은 눈 화장이 잔뜩 번져있었다.

"저 사람이 여기 왜 왔죠?" 프랜시스가 말했다.

"나도 안 반갑거든요." 마르니가 말했다. "나라고 새벽 네 시에 당신네들 돕겠다고 얼씨구나 끌려 나온 줄 알아요? 게다가 난 병원은 질색이라구요."

그녀는 긴장한 것 같았다.

"내가 연락했어요." 맥케이가 말했다. "마르니 씨가 피해자의 문신을 봐줬으면 해서요. 범인이 점점 속도를 내는 것 같으니 우리도 다음 희생자를 빨리 파악해야죠."

"아, 그랬군요. 그렇다면 와줘서 고마워요." 프랜시스가 말했다. 프랜시스의 감사 표시에 맥케이는 자신의 무례했던 말투를 뼈아프게 자각했다.

마르니가 문을 들어서는 순간 이미 자리에서 일어난 프랜시스는 이제 가까이 다가가 그녀의 팔뚝에 가볍게 손을 얹었다. 맥케이는 분위기가 좀 전과는 약간 달라진 걸 눈치챘다. 이게 무슨 상황이지? 맥케이는 마르니에게 상황을 설명했다.

"전시회에 출품한 타투이스트가 모두 몇 명이에요?" 프랜시스가 다시 앉으며 물었다.

마르니는 잠시 생각하고 대답했다. "열 명요."

맥케이가 주머니에서 수첩을 꺼내더니 말했다.

"그 사람들 이름을 알려주세요."

마르니는 손가락을 하나씩 꼽으며 이름을 말했다. "이와오 이시가와, 바르토즈 클렘, 릭 글로버, 지지 리온, 브루스터 본즈, 제이슨 레스터, 폴리나 얀코프스키, 조나 메이슨, 빈스 프리스트, 그리고…." 그녀는 마지막 이름을 기억해내려고 애를 쓰며 손으로 이마를 비벼댔다. "집에 전시회 책자가 있어요. 아, 잠깐. 여자 아티스트였는데…." 마르니는 프랜시스 맞은편에 앉았다. "기억났어요. 페트라 다니엘리. 이탈리아 사람이고 밀라노 근방에서 작업해요."

"그리고 지금까지 어느 아티스트들의 문신이 없어진 거죠?" 맥케이가 물었다.

"이반 암스트롱의 문신은 조나 메이슨의 작품이었고." 프랜시스가 말했다. "바르토즈 클렘이 지젤 코넬리의 팔 문신을 했죠."

"젬 월쉬의 타투는 릭 글로버 작품이었어요." 마르니가 덧붙였다.

"그러니까 요약하면, 우리 추리가 맞는다면 이 아티스트들 중에 댄 카터의 문신을 작업해 준 사람이 있어야 하는 거네요." 맥케이가 아티스트들 이름이 적혀 있는 수첩을 연필로 두드리며 말했다.

"명단에 있는 아티스트가 아니라면요?" 마르니는 말했다.

맥케이는 어깨를 으쓱했다. "그럼 마르니 씨 추리가 그냥 가설로 끝나는 거죠."

"우리한텐 이제 생존자도 있고 목격자도 두 명이나 있어요." 프랜시스가 말했다. "그 사람들이 뭔가 보고 들은 게 있겠죠. 운이 좋으면 그 정보를 이용해 이 나쁜 자식을 잡을 수 있을 겁니다."

문이 열리더니 와이셔츠 차림에 목에 청진기를 두른 키 큰 남자가 들어왔다. 세 사람을 휙 둘러보는 그의 표정은 맥케이만큼이나 지쳐 보였다.

"책임자가 누구시죠?" 그가 물었다.

프랜시스는 고갯짓으로 맥케이를 가리켰다.

"카터 씨가 깨어났습니다. 인지 기능이 완전히 정상으로 돌아온 건 아니지만, 5분 정도 면회 시간을 드릴 수 있습니다. 그 후에는 다시 휴식을 취해야 합니다."

"그 사람 괜찮아질까요?" 마르니가 물었다.

"나중에 뇌 MRI 결과가 나와야 알 수 있지만 가벼운 두부 외상을 입었어요. 아마 쓰러지면서 다친 것 같습니다." 의사가 말했다. "하지만 다행히 칼에 베인 상처들은 모두 피부 표피에만 집중되어 있어서 그 상처들은 아물 겁니다. 피부가 이식된 부위는 흉터가 남겠지만요."

"몸도 그렇지만 마음에도 흉터가 남겠네요." 맥케이가 중얼거렸다.

"뭐, 마음은 제 전공은 아니라서요." 의사가 말했다. "저를 따라오세요."

복도를 따라 조금 걸어가자 1인실에 댄 카터가 있었다. 희미한 새벽빛을 받자 병실의 모든 것이, 심지어 환자를 둘러싸고 있는 새하얀 침대보와 붕대마저도 흐릿한 회색빛을 띄었다. 댄 카터가 대체 어떤 문신을 했었는지는 몰라도 겉으로는 아무것도 드러나 있지 않았다. 눈에 보이는 피부라고는 얼굴과 목, 손밖에 없었고, 팔 한쪽은 가슴 위 팔걸이에 매달려있었다. 잿빛으로 물든 얼굴은 땀 때문에 부자연스럽게 번들거렸다.

의사가 나가자 마르니는 카터에게 가까이 다가갔다.

"댄."

"마르니." 남자가 말했다. 약 기운 때문인지 말이 느렸다. "여긴 어쩐 일이에요?"

"이 사람들을 돕고 있어요." 마르니는 어깨너머로 맥케이와 프랜시스를 고개로 가리키며 대답했다.

그녀가 희생자와 아는 사이인가? 대체 문신하는 작자들은 얼마나 끼리끼리 뭉쳐있는 거야?

"경찰요?" 댄이 말했다.

마르니는 고개를 끄덕였다. "댄, 당신 타투를 좀 봐도 될까요?"

"물론이죠." 그는 고갯짓으로 매달려있지 않은 나머지 팔 쪽을 가리키며 말했다.

마르니가 카터의 환자복 소매를 조심스럽게 걷어 올리자 그의 팔을 뒤덮은 밝은 색상의 일본식 타투가 드러났다. 마르니는 잠시 문신을 살펴봤다.

"정말 훌륭하네요. 페트라 다니엘리?"

"네. 170시간이나 걸린 작품이에요. 하지만 이제는…." 그는 얼굴을 찡그리며 말을 멈췄다.

프랜시스가 침대 맞은편으로 다가서며 말했다.

"카터 씨, 어떻게 된 건지 좀 자세히 설명해 줄 수 있습니까?"

댄 카터는 환자복 소매를 내리며 얼굴을 찌푸렸다.

"해볼게요. 친구들 몇 명과 '빅토리'에 있었어요."

"친구들 이름은요?" 맥케이가 말했다.

"피트. 피트가 있었던 것 같은데. 아, 아니다. 피트가 아니라…."
그의 눈꺼풀이 무겁게 처졌다.

"괜찮아요." 프랜시스가 말했다. "빅토리에서 몇 시에 나왔는지
기억납니까?"

"친구들이랑 헤어지던 게 기억이 안 나요. 술집이 문을 닫아서
다 같이 밖에 있었고…, 담배를 피우고 있었는데."

"누구 다른 사람과 같이 가진 않았습니까?"

"아니요. 아닌 것 같아요."

"길에 다른 사람들은 없었어요?"

카터는 힘없이 어깨를 으쓱했다.

"무슨 일이 있었던 거죠?" 프랜시스가 다시 물었다.

카터는 고개를 저었다. "미안해요. 전혀 기억이 나지 않아요. 빅
토리 밖에 서 있었던 기억 이후로 전혀 모르겠어요."

"의사 말로는 당신이 마취제 같은 걸 흡입한 뒤 의식을 잃고 땅
에 쓰러지면서 머리를 부딪친 것 같다고 하던데요. 정신이 들었을
때의 상황은 기억이 나요?" 이번엔 맥케이가 침대 발치에서 말했
다.

"어떤 여자가 비명을 지르고 있었어요. 그리고 어떤 남자가 내
얼굴을 들여다보면서 괜찮냐고 물었어요. 셔츠는 벗겨져 있었고
엄청 아프고 추웠어요. 내 몸에서 피가 나는 것 같았어요. 팔 아
래로 뭔가 따뜻한 게 흐르는 느낌이 났거든요."

"당신을 공격한 사람에 대해서는 기억나는 게 없습니까?"

"그놈은 사라졌던 것 같아요. 남자가 여자한테 조용히 하라고 몇 번이나 말했어요. 그 사람들이 119에 전화하는 소리를 듣고 다시 정신을 잃었던 것 같아요."

"기억나는 게 그게 답니까?"

댄 카터는 눈을 감았다. 문이 열리더니 간호사가 병실로 들어왔다.

"이제 그만하면 됐어요. 카터 씨는 휴식을 취해야 해요."

"고마워요, 카터 씨." 맥케이가 말했다. "내일 다시 오겠습니다. 어쩌면 내일은 뭔가 더 기억이 날 수도 있겠죠."

카터가 눈을 떴다.

"뭔가 생각나는 게 하나 있긴 한데, 근데 그게 기억인지 상상인지 잘 모르겠어요."

"말해 보세요." 프랜시스가 말했다. 맥케이는 프랜시스의 목소리에 묻어나는 긴장감을 알아챘다.

"어떤 이미지인데…, 흰색 라텍스 장갑을 낀 두 손이 내 얼굴 앞에서 어른거리는 장면요. 장갑에 뭔가 비치는 게 있었어요. 손등에, 타투 같은 거요. 크고 진한 빨간색 타투 같았어요. 장미 비슷했는데…"

댄 카터는 어깨 상처를 깜빡하고 어깨를 으쓱하다가 통증으로 움찔했다.

"자 이제, 나가세요." 간호사가 말했다. "내일 다시 오세요."

32
마르니

장미.

신체의 부위에 상관없이 사람들이 가장 흔하게 받는 타투다. 마르니 자신도 장미 타투를 얼마나 많이 작업했던가. 이미 오래전부터 장미는 작업으로 셈하지도 않았다. 트라이벌이나 블랙 타투를 전문으로 하는 아티스트가 아닌 이상 아마 모든 타투이스트가 세상의 모든 장미 타투에 한몫씩은 했을 것이다.

하지만 손등 위에 한 타투는 어쩌면 아주 흔하지 않을 수도 있다. 마르니가 개인적으로 아는 사람 중에 장미 타투를 손등에 한 사람은 없었다. 안도의 한숨이 나왔다.

혹시 인터넷에서는 손등에 장미 타투를 한 남자를 찾아낼 수 있지 않을까? 어쨌든 시도는 해봐야 했다. 댄 카터는 운이 좋았지만 살인범이 노리는 다음 타깃은 그런 운이 없을지도 모른다. 범인은 댄의 몸에 있는 페트라 다니엘리의 타투를 가져가지 못했다. 그렇다면 범인은 페트라의 타투를 한 다른 희생자를 노릴까? 아니면 명단에 있는 다음 아티스트로 넘어갈까? 마르니는 생각만 해도 몸서리가 쳐졌다. 팔에도 순식간에 소름이 돋았다.

새벽 4시에 시립병원에 불려갔다 온 뒤로 그녀는 7시 너머까지 잠들지 못하고 평소 밤마다 그녀를 괴롭히는 두려움과 한바탕 싸움을 벌이고 있었다. 경찰서나 병원 같은 공공기관은 항상 마르니를 불안하게 만들었다. 깜빡 잠이 든 사이, 어두운 감방 안에 갇힌 악몽을 또 꾸고 있었다. 사방의 벽이 조여들고 천장은 거대한 추처럼 꼭대기에 매달려있었다. 그녀는 눈을 뜨고 벌떡 일어나 앉았다. 하지만 다시 눈을 감자 똑같은 장면이 다시 머릿속에 떠올랐다. 그러기를 몇 번이나 반복하다 간신히 잠은 들었지만 불안함이 가시지 않아서인지 정오쯤 잠에서 깼을 때도 여전히 피곤하고 초조했다. 다행히 일요일이라 오늘은 일이 없다. 하지만 장미 타투가 새겨진 손이 칼을 휘두르는 장면이 머릿속에 떠오르자 마르니는 결국 스튜디오로 향할 수밖에 없었다. 자신의 친구들을 해치는 이 나쁜 놈을 멈추기 위해 무엇이든 해야 했다.

프랜시스나 맥케이는 수사에 별로 진척을 내지 못하는 것 같았다. 지금까지 모은 증거도 거의 없고 딱히 주목하는 용의자도 없어 보였다. 그런 상황에서 이 새로운 정보가 중요한 열쇠가 될 수도 있었다. 마르니가 아무리 생각해봐도 이 동네 출신 중에 손등에 장미 타투를 한 사람은 떠오르지 않았다. 그렇다면 살인범은 다른 지역에서 온 사람일 가능성도 있다. 범인은 타투 행사가 열리는 기간 동안 이반 암스트롱을 죽이고 며칠 뒤 젬 윌쉬를 죽였다.

스튜디오에 도착한 마르니는 책상 밑에 페퍼의 쿠션을 깔아주고 간식도 챙겨준 다음 노트북을 열었다. 부팅이 끝나자마자 구글 사이트를 열어 '2017년 브라이튼 타투 행사'를 검색창에 입력했다. 타투 행사장에 살인범이 왔었을까? 왠지 그럴 것 같았다. 그리고 혹시 정말로 왔었다면, 어쩌면 사진에 찍혔을지도 모른다. 온라인에는 말 그대로 수천 장의 타투 행사 사진이 올라와 있었다. 어떤 사람이, 이를테면 마르니같은 사람이 맘먹고 시간을 들여 그 사진들을 샅샅이 훑는다면, 어쩌면 혹시 그 개자식을 찾아낼 수 있을지도 모른다.

재빨리 티에리와 찰리, 노아에게도 사진 찾는 걸 도와달라고 이메일을 보냈다. 시간을 보니 일요일 점심시간이었다. 이 사내들은 아직 퍼질러 자고 있거나 해장 중이거나, 그것도 아니면 술집에서 또 퍼마시고 있을 게 뻔했다. 상관없다. 그녀는 화면을 아래로 스크롤 하면서 손이 찍힌 사진과 장미가 나온 사진들을 죄다 들여다보기 시작했다. 사진에 찍힌 타투이스트들은 전부 검은색 라텍스 장갑을 끼고 작업하고 있었다. 반면 타투를 받는 고객들 대부분은 손이 그대로 드러난 채였고 아티스트들도 작업을 안 할 때는 장갑을 벗고 있었다. 살인범은 타투 아티스트일까? 아니면 그냥 컬렉터일 뿐일까? 궁금했다.

"오 마이 갓! 페퍼, 내가 누굴 찾았는지 알아?"

개는 자기 이름을 알아듣고 끙끙거렸다. 마르니는 작년에 몇 번 데이트했던 타투이스트를 사진에서 알아보고 잠깐 정신이 팔렸다. 그와의 관계가 더 진전되진 않았지만 착한 사람이라 계속 친구로 지내고 있었다.

"여기 내 사진도 있네. 스티브한테 작업할 때 찍혔나 봐."

페퍼는 들은 척도 안 했지만 마르니는 그 사진을 한참 들여다봤다. 마르니의 부스 앞에 구경꾼들이 한 줄로 늘어서서 그녀가 스티브의 팔에 있는 호랑이 등에 색깔을 채워 넣는 걸 구경하고 있었다. 혹시 저 사람들 중에 범인이 있을까? 살인범이 설마 내 부스 앞에도 들러 내가 작업하는 모습을 지켜본 건 아니겠지? 등골이 오싹했다. 그 사진에 나온 손을 일일이 확인했지만 장미 모양은 없었다. 그런데도 불안한 마음이 가시지 않았다. 마르니는 조금이라도 위안이 될까 싶어 얼른 신발을 벗고 맨발을 페퍼의 어깨에 갖다 댔다.

오후 내내 화면을 쳐다보느라 마르니의 눈은 점점 피곤해졌다. 중간 중간 한 번씩 멈추고 커피를 마시거나 십 분씩 페퍼를 데리고 나가 담배를 피웠다. 타투가 새겨진 손은 전부 다 살폈지만 장미는 없었다. 괜히 헛짓하는 건가. 타투 도둑이 행사장에 아예 안 왔을 수도 있잖아. 설사 왔더라도 놈이 사진에 찍혔을, 아니 더 정확하게 말하면 놈의 손이 사진에 찍혔을 가능성은 희박했다. 마르니는 혹시 모를 그 희박한 가능성에 매달려 칠천 명이 넘는 사람들을 체로 거르듯 살펴보고 있었다.

지금까지의 인생을 통틀어 타투가 새겨진 손을 이렇게 많이 본 적은 없었다. 그러나 대부분의 타투는 손에서 팔뚝 위로 이어지는 타투이거나, 손등 관절을 가로지르는 LOVE(사랑), HATE(증오), GOOD(선), EVIL(악), LONE WOLF(외로운 늑대), WHAT If(만약 그랬다면), IF ONLY(그러면 좋을 텐데) 같은 캘리그라피(글자 타투)였다.

밖은 종일 흐리더니 평소보다 일찍 어스름이 내렸다. 마르니는 책상 위에 있는 조명을 켜고 행사장 사진을 하나하나 계속 집중해서 살펴봤다. 페퍼가 자면서 내쉬는 작은 한숨 소리가 마르니의 귀를 다정하게 어루만지며 안심시켰다. 피로가 몰려오자 작업 속도도 느려졌다. 집중력이 떨어져서 같은 사진을 몇 번이나 다시 확인하기도 했다. 딱 한 시간만, 딱 한 시간만 더 찾아보고 나머지는 내일 아침에 이어서 봐야겠다….

그때 갑자기 페퍼가 나지막이 으르렁거렸다. 개는 곧 책상 밑에서 뛰쳐나와 타투숍 문으로 달려가더니 바깥을 향해 사납게 짖어댔다. 마르니가 문 앞으로 쫓아가 페퍼를 끌어안았을 때 페퍼는 온몸을 떨고 있었다. 공포가 그녀의 몸을 휩쓸고 지나가자, 마르니도 숨도 가빠졌다.

"페퍼, 왜 그래? 무슨 소리가 들린 거야?"

유리창 밖을 내다봤지만 비가 내리는 길거리는 텅 비어 있었다. 유리를 때리는 빗방울들이 잠시 맺혔다가 그대로 아래로 흘러내리며 수많은 물줄기를 만들었다. 마르니는 다시 밖을 둘러봤다. 페퍼가 아무 이유 없이 짖을 리가 없었다. 저기! 맞은편 세 집 건너에 있는 건물 앞에서 뭔가 움직였다. 검은 그림자가 순식간에 어둠 속으로 사라졌다. 그녀는 눈앞에 검은 점이 나타나 어른거릴 때까지 그 건물을 계속 쳐다봤지만 더 이상의 움직임은 보이지 않았다. 상점 건물이라 일요일인 오늘은 영업도 하지 않고 불도 꺼져 있고 출입문 안쪽으로 다른 인기척도 없는 것 같은데, 문밖에서 누가 움직인 걸까?

자신이 실제 무언가를 본 게 맞나? 아니면 헛것을 본 건가? 마르니는 요즘 들어 부쩍 더 불안했다. 아마도 최근 있었던 난리 때문에 필요 이상으로 더 날카로워진 것 같았다.

"아무것도 없네." 그녀는 다시 페퍼를 바라보며 말했다. "갈매기가 쓰레기 뒤지는 소리였나 봐."

마르니는 책상으로 다시 돌아갔지만 페퍼는 여전히 문가에 서서 몸을 부르르 떨며 출입구를 지켰다. 마르니가 자리에 앉을 때까지도 페퍼는 쿵쿵거리며 으르렁대고 있었다. 페퍼는 총기가 번뜩이는 개는 아니라서 일일이 신경 쓰지 말아야 하는 게 당연했지만 마르니는 속수무책으로 초조해졌고 키보드 위에 놓인 손도 떨렸다. 시체를 발견한 이후, 마르니는 사건에 점점 더 빨려 들어갔다. 얼마나 한심한 짓인가? 시계가 일곱 시 반을 향하고 있었다. 삼십 분만 더 찾아보고 집으로 가야지.

그 삼십 분이 거의 다 끝날 무렵 마르니의 눈에 그것이 들어왔다. 타투를 받고 있는 아래 팔뚝. 아티스트의 손에 가려 어떤 타투를 받고 있는지는 알아볼 수 없었다. 하지만 몰라도 상관없다. 마르니의 눈을 사로잡은 건 그게 아니니까. 마르니가 아래로 스크롤 하던 화면을 멈춘 이유는 단 하나였다. 타투를 받으며 앉아 있는 사람의 손등이 검붉은 색 타투로 짙게 물들어 있었기 때문이다. 마르니는 눈을 가늘게 뜨고 집중해서 사진을 들여다봤다. 저게 장미인가? 마르니는 사진을 클릭해 이미지를 확대했다.

댄 카터가 말했던 타투가 이것일지도 모른다. 대체 무슨 모양이지? 사진 속 이미지를 뚫어지게 들여다보던 마르니는 그것이 장미가 아니라는 걸 깨달았다.

절대, 장미는 아니었다.

33

프랜시스

브래드쇼 경감이 일요일 저녁에 경찰서에 얼굴을 내미는 것은 흔치 않은 일이었다. 그가 이 사건이 해결되기를 얼마나 노심초사하고 있는지를 보여주는 증거였다. 어서 빨리 시의적절한 체포가 이루어져 자기 경력에 후광이 비추길 기대하고 있겠지만, 만약 이 사건이 미결로 남게 되면 자기 목줄이 무사하지 못할 거라는 것도 분명히 잘 알고 있었다.

맥케이는 브래드쇼가 자기를 못살게 굴면서 이 사람 저 사람 다 소환해다가 그들을 엮어 넣을 증거를 찾아내라고 닦달한다며 프랜시스에게 마지못해 털어놨다.

"무작정 증거 찾을 생각만 하지 말고, 먼저 논리적으로 결론을 도출하고 그런 다음에 체포해야죠." 프랜시스가 말했다. "브래드쇼는 경찰대 시절 배웠던 건 깡그리 잊어버렸대요?"

"근데 진짜 문제는 지금까지 모은 증거로 알 수 있는 게 거의 없다는 거예요." 맥케이가 한숨을 쉬며 말했다. "기껏해야 어떤 종류의 칼이라는 것 말고는 단서가 없어요."

어색한 휴전 분위기 속에서 두 사람이 차를 마시며 지난 24시간의 일을 따져보는 사이 브래드쇼가 불쑥 나타났다. 그는 자신이 새로 임명한 사건 책임자가 자기가 쫓아낸 전 책임자와 화기애애하게 대화를 나누는 것을 보고 놀란 눈치였다.

"프랜시스, 대체 여기서 뭐 하는 건가? 사건에서 손 떼라고 했을 텐데?"

맥케이가 일어나 경감의 노여운 시선을 정면으로 받았다.

"제가 불렀습니다. 프랜시스 경위님이 지금 당장 배정받은 사건도 없고, 제 생각엔 지난밤 일어난 일을 분석하는 데 경위님이 가진 지식을 활용할 수 있을 것 같아서요. 도움이 될 수도 있는 인력을 한가하게 놀리는 것도 낭비라고 생각합니다."

다행히 맥케이의 말에 브래드쇼는 자기가 왜 일요일 저녁에 경찰서에 출근했는지 떠올린 것 같았다.

"맥케이, 5분 뒤에 내 사무실로 와서 수사 상황을 상세히 보고하게."

브래드쇼가 사라지자 맥케이는 다시 자리에 앉아 찻잔을 비웠다.

"경위님, 다시 수사에 복귀해줘요."

프랜시스는 어깨를 으쓱했다. "브래드쇼를 잘 설득해 봐요."

맥케이가 눈을 가늘게 뜨며 대답했다. "우리 둘이 같이 설득합시다."

프랜시스가 브래드쇼 사무실 문을 두드리고는 안으로 들어갔다. 심장이 두근거리고 아드레날린으로 신경이 곤두섰다. 맥케이가 뒤따라 들어왔다.

브래드쇼는 보고서를 읽느라 올려다보지도 않았다.

"맥케이, 앉게." 그가 말했다.

프랜시스가 기침을 했다. 그제야 브래드쇼는 맥케이가 혼자 온 게 아니라는 걸 알아챘다.

"자넨 뭔가? 사건 보고는 맥케이더러 하라고 했지 자네는 부른 기억이 없는데?"

"제게 다시 지휘권을 주십시오."

맥케이는 즉시 분노에 찬 얼굴로 프랜시스를 돌아보며 말했다. "젠장 그게 무슨…? 내 말은 그 말이 아니었잖아요!"

"부서에서 제가 상급 수사관입니다. 사건 지휘는 제가 해야 합니다." 프랜시스는 고개를 돌려 맥케이를 바라봤다. "나보고 수사에 다시 합류해 달라고요? 그걸 원하면 내 밑에서 일해요. 알아들었어요?"

브래드쇼가 끼어들려 했지만 프랜시스는 물러서지 않고 계속했다.

"지난밤은 운이 좋았습니다. 사실 엄청나게 좋았죠. 술집에서 파하고 집으로 가던 커플이 타투 도둑의 범행을 방해했으니까요. 범인은 물론 도망쳤지만 우리에겐 생존자와 두 명의 목격자가 생겼습니다. 그 사람들의 증언이 낭비되게 하지 마십시오."

"맥케이도 자네 도움 없이 그 정도는 처리할 수 있네."

"피해자 이름은 댄 카터였습니다. 댄 카터는 이탈리아에서 활동하는 페트라 다니엘리라는 타투이스트한테 전신 문신을 받았습니다. 그 아티스트도 사치 전시회에 참가했던 타투이스트 목록에 있던 사람이고요. 이로써 살인범이 특정 아티스트들이 작업한 문신을 수집하고 있다는 가설이 입증된 겁니다. 경감님이나 맥케이 경사가 전혀 믿지 않았던 그 추리요. 제가 옳았다는 걸 이제 인정하셔야 합니다."

브래드쇼는 눈을 가늘게 뜨고, 두 사람을 번갈아 봤다.

"좋아. 프랜시스, 더 해보게."

"범인은 피해자의 몸에 있는 문신의 테두리를 칼로 베었습니다.

아마 단도를 사용한 것 같습니다. 그리곤 칼을 바꿔 카터의 어깨부터 피부를 벗겨내기 시작했습니다. 사용된 칼들은 이반 암스트롱에게 썼던 칼들과 확실히 비슷한 유형입니다. 확실히 단정 지을 수 있는 증거는 아직 없지만요. 절개 패턴에 따르면 범인은 도중에 방해만 받지 않았다면 댄 카터의 전신 피부를 두 부분으로 나눠서 벗겨내려고 한 것 같습니다. 앞면과 뒷면으로요."

"전신 피부라고?"

"일본식 문신이 몸통과 팔, 다리까지 전신을 뒤덮고 있습니다."

"맙소사."

"댄 카터는 뒤에서 공격을 받고 의식을 잃었기 때문에 카터에게서 얻을 수 있는 정보는 거의 없었습니다. 하지만 잠깐 의식이 있었을 때 살인범이 끼고 있던 라텍스 장갑 안으로 문신이 비치는 걸 본 것 같다고 말했습니다. 양손 손등에 검붉은 문신이 있었다고 하는데 아마도 장미로 추정됩니다."

"그래서 놈의 정체를 파악할 단서를 얻었다는 거군."

"제 조언에 따라, 맥케이 경사가 홀린스와 히친스를 시켜 사진을 검색해 유사한 문신을 가진 사람을 찾아내도록 지시했습니다. 내일은 그 둘이 현지 타투숍을 모두 돌며 댄 카터가 묘사한 것과 일치하는 문신을 했다는 아티스트가 있는지 탐문 수사를 할 겁니다. 저는 우리가 어느 정도 단서를 잡을 수 있을 거라고 확신합니다."

"'우리'가 아니라 '맥케이'가 어느 정도 단서를 잡을 수 있을 거라 확신하는 거겠지. 연인들 쪽은 어떤가? 뭐라고 하던가?"

"그들은 사람들 눈에 띄지 않는 장소를 찾아 레인스 골목길로 들어갔습니다. 골목 깊숙이까지 들어간 것도 아닌데 범인은 아마 그들을 위협으로 인식했는지 황급히 현장에서 도망쳤다고 합니다. 그때 두 사람은 골목 끝에서 들려오는 신음소리를 들었고, 그중 남자가 살펴보려고 현장으로 간 겁니다. 사실상 그들이 댄 카터의 생명을 구한 거죠."

"범인은? 범인에 대해선 뭐라고 하던가?"

"쓸 만한 내용은 없었습니다. 범인은 묵직한 가방을 들고 있었고 그걸로 여자 목격자를 치고 지나가서 여자가 거의 나가떨어질 뻔했답니다. 놈은 야구 모자를 푹 눌러써서 얼굴을 거의 가리고 있었고 키도 남자 목격자보다 컸다고 합니다. 아마 180센티는 훨씬 넘었던 모양입니다. 놈은 목소리도 내지 않았고, 사방이 너무 어두워서 머리 색깔이나 눈 색깔도 알아볼 수 없었답니다." 프랜시스는 어깨를 으쓱했다. "댄 카터한테 직접 얻어낸 정보야말로 수사에 실질적인 보탬이 될 겁니다."

브래드쇼는 책상 위에 두 손을 모았다.

"그래서 내가 자네를 복귀시켜야 한다고? 맥케이가 자네 없이도 훌륭하게 잘하고 있어. 자네가 무슨 말을 하든 그 사실이 바뀌는 건 아니지."

"맥케이 자네는 지휘권을 내놓을 의향이 있나?" 브래드쇼는 절차 따위는 상관없다는 듯 말했다.

"아닙니다, 경감님." 맥케이가 대답했다. "저야말로 경험이 더 풍부한 수사관입니다."

"결정이 쉽지 않군." 브래드쇼가 말했다.

그래, 어려운 결정이겠지. 살인사건을 해결할 가능성보다는 어느쪽이 자기 경력에 쓸모가 있을 것인가를 기준으로 계산을 해야 할 테니 분명 쉽진 않을 것이다. 프랜시스는 브래드쇼를 경멸했다.

브래드쇼는 창가로 가더니 두 사람을 등지고 서서 밖을 내다봤다.

"사건은 맥케이가 계속 맡게. 프랜시스 자네는 한 주 쉬었다 오게. 월요일에 다른 사건에 배정하겠네." 브래드쇼는 그렇게 말을 하면서 심지어 두 사람을 마주 보지도 못했다.

"감사합니다, 경감님." 맥케이가 말했다. "올바른 결정이십니다."

상사 똥구멍이나 핥아대는 더러운 자식.

프랜시스는 더 이상 할 말이 없었다.

"이제 살인범이 누구를 타깃으로 노리는지 알게 됐으니 놈을 밖으로 유인해 낼 수 있을 겁니다." 맥케이가 말했다.

"잠재적 희생자를 미끼로 써서 함정수사를 하겠다는 건가요?" 프랜시스가 말했다.

"프랜시스, 자네는 입 닥치고 가만히 있어."

"하지만 경감님, 이 방법은 완전히 비윤리적인 수사 방법입니다."

브래드쇼가 프랜시스를 노려봤다. 자신이 너무 나간 건가? 한마디만 더했다간 영영 사건에 복귀하지 못하겠다는 생각이 들었다.

"그렇다면 자네는 댄 카터가 진짜 봤는지도 확실치 않은 어렴풋한 손 모양에만 매달려서 직감대로 수사해야 한다는 건가?"

"그건 정말로 바보 같은 짓입니다." 맥케이가 말했다.

프랜시스는 주머니에서 부재중 전화를 알리는 익숙한 진동을 느꼈다.

"하지만 그게 우리가 현재까지 알아낸 최상의 단서입니다." 프랜시스가 말했다.

"맥케이, 자네 뜻대로 수사 진행하고 나한테 다시 보고하게."

"네, 알겠습니다. 경감님."

프랜시스의 주머니에서 전화가 다시 울렸다.

"그리고 과학수사팀에서 현장 감식을 마치면 법의학 증거들도 많이 확보되겠지. 그것들도 주의 깊게 살펴보고."

"네, 알겠습니다." 맥케이가 대답했다.

"오케이, 정확히 24시간 내로 뭐든 확실한 걸 가져와. 멍청한 짓 하지 말고. 기회는 한 번뿐이야."

"실망시켜드리지 않겠습니다."

"프랜시스, 다른 사건에 배정될 때까지 다시는 코빼기도 보이지 말게."

둘이 방에서 나오자마자 맥케이는 아무 말도 없이 빠른 걸음으로 계단을 향해 갔다. 말 한마디 못할 정도로 화가 뻗친 프랜시스는 뒤에 남아 주머니에서 휴대폰을 꺼냈다. 전화는 손안에서 다시 진동했다. 누군가 그와 통화를 하고 싶어 필사적이었다.

문자 메시지도 와 있었다. 전부 마르니 뮬린스가 보낸 것들이었다. 가장 마지막 메시지를 열자, 사진 하나가 액정 화면을 가득 채웠다. 손이었다. 문신이 새겨진 손.

하지만 문신은 장미가 아니었다.

짙은 빨강에 검은색의 뚜렷한 윤곽, 그리고 검정으로 명암을 준 입체감.

이미지를 머릿속에서 처리하는 데 몇 초가 걸렸다. 인간의 심장이었다. 해부학적으로도 아주 정밀할 뿐만 아니라 벌떡벌떡 뛰고 있는 것처럼 생생한 이미지였다. 그 아래로 검붉은 핏줄기들이 뚝

뚝 흘러내리고 있었다.

이게 살인범의 손일까?

34
마르니

마르니가 경찰서에 도착했을 때 앤지 버튼이 그녀를 수사상황실로 안내했다. 앤지는 계단을 오르면서도 마르니에게 거의 말을 하지 않았다. 고귀하신 여경님은 마르니를 깔보고 있는 게 분명했다. 그러시든가 말든가. 마르니는 그런 것엔 아주 이골이 나 있었다. 마르니처럼 타투를 한 사람들한테 낭비할 시간 따위는 없다는 듯 행동하는 특정 부류들이 있었다.

맥케이가 그녀를 빈 책상으로 데려가자, 마르니는 가져온 노트북을 열었다.

"프랜시스 말로는 마르니 씨가 범인의 손으로 추정되는 사진을 몇 개 찾았다고 하던데요." 맥케이가 말했다.

마르니는 주위를 둘러보았다. "그 사람은 지금 없나 봐요?"

"아, 마르니 씨는 아직 못 들었어요?"

"뭘요?"

"프랜시스 경위님은 경감님의 명령을 어기고 기자회견을 열어서 사건에서 배제됐어요."

"아, 저도 기자회견 봤어요. 꼭 필요한 일이었는데, 그것 때문에 사건에서 배제됐다구요?"

"네, 맞아요. 언론에서 '타투 샤냥꾼' 살인사건이네 뭐네 하면서 신나게 떠들어대니 윗선에서도 폭발한 거죠." 맥케이는 갑자기 주제를 바꿨다. "가져온 사진 좀 볼까요?"

마르니는 여러 개의 파일을 건너뛰고 사진 파일을 열었다.

맥케이는 화면에 확대된 심장 타투 사진을 들여다봤다. 그리고 마르니는 그런 그를 지켜봤다. 그녀는 그 사진을 볼 만큼 봐서 다시 볼 필요도 없었다.

"이런 모양 본 적 있어요?" 맥케이가 자세를 약간 바꾸며 물었다.

"당연하죠. 인간 심장은 흔하디흔한 주제예요. 대부분 가슴에 새기긴 하지만. 사람들이 타투를 받을 때 흔히 선호하는 신체 부위들이 있는데, 그런 데에 새긴 심장 타투는 거의 다 봤어요. 하지만 이런 건 처음이에요. 손등에 있는 거요."

"댄 카터가 장갑 안에서 본 문신이 이것인 것 같아요?"

마르니는 어깨를 으쓱했다. "어쩌면요. 근데 장미든 심장이든 아니면 다른 모양이든 손등에 타투를 한 사람이 수백 명은 더 있을 거예요."

"이 작업은 어때요? 낯이 익어요?"

"전혀요. 이 사진을 티에리와 찰리, 노아에게도 보냈으니 혹시 그 친구들이 뭔가 아는 게 있으면 알려주겠죠. 내 생각엔 이 사람에게 타투 작업을 하고 있는 이 아티스트를 찾는 게 더 빠를 것 같아요. 이 사진은 타투 행사 때 찍힌 거니까 그때 참석했던 타투이스트만 확인하면 되잖아요."

"그게 몇 명인데요?"

"대략 삼백오십 명 정도요."

"아이고, 껌이네."

"하지만 그중 거의 절반은 여자 아티스트예요."

맥케이는 사진을 다시 힐끗 봤다. 마르니 말이 맞았다. 용의자에게 타투 작업을 하고 있는 아티스트의 손은 크고 두툼했으며 검정 장갑 밖으로 뻗어 나온 팔뚝은 건장했다. 얼굴 부분까진 찍히지 않았지만 그가 입고 있는 티셔츠는 알아볼 수 있었다. 아이언메이든(오래된 영국 헤비메탈 그룹)의 콘서트 투어 기념 티셔츠였고 한참 입었는지 검은색 배경이 어두운 회색으로 바래있었다.

"앤지, 히친스, 이리 와서 이것 좀 봐."

두 형사는 마르니가 앉아 있는 곳으로 다가와 그녀의 어깨너머로 화면을 들여다봤다.

히친스는 길고 낮은 휘파람을 내 불며 말했다. "와, 완전 엽기네요."

"앤지, USB 좀 가져오겠어? 그리고 좀 있다 타투 행사에 참가했던 아티스트들 목록 구해서 이 사진 속에 있는 남자랑 일치하는 사람을 찾아봐."

"네, 경사님." 앤지는 대답하고 자기 책상으로 되돌아갔다. 잠시 후 USB를 가지고 돌아와서는 마르니에게 묻지도 않고 마르니의 노트북에 꽂았다.

"사진 다운로드 해주세요." 앤지가 마르니에게 말했다.

마르니는 그녀의 말투가 거슬렸다.

"이건 잔디밭에서 바늘 찾는 거나 마찬가진데요." 히친스가 말했다.

"그러니까 당장 시작해." 맥케이는 고개를 돌려 마르니를 마주보고 말했다. "마르니 씨, 사진을 제공해줘서 고맙습니다. 더 필요한 게 있으면 다시 연락드리겠습니다."

앤지가 노트북에서 USB를 뽑았다. 이제 마르니는 꺼져도 좋다는 신호였다. 그러지 뭐. 이들은 이제 프랜시스도 필요 없고 마르니도 필요 없었다. 사람들에게 위험을 경고했다는 이유만으로 프랜시스를 사건에서 배제하다니 그건 좀 지나친 처사 같았다. 하지만 막상 생각해 보니 경찰이 원래 그런 족속들이라는 걸 이미 알고 있지 않았던가. 굳이 자신의 도움이 필요 없다는데 나서서 도와줄 필요는 없었다. 그렇다면 이 미치광이가 다시 날뛰기 전에 빨리 잡기나 하든가.

마르니가 집에 도착했을 때 알렉스는 축구를 보고 있었다. 벌써 열한 시가 지난 시간이었지만 알렉스의 차림새를 보아하니 외출할 모양이었다. 체인이 주렁주렁 매달린 검정 바지와 찢어진 밥 말리 티셔츠라니.

"어디 가려고?" 마르니가 와인 잔과 과자봉지를 들고 알렉스 옆에 주저앉으며 물었다.

"리브 남자친구가 여행 떠나기 전에 파티를 연대요."

"재밌겠네."

"맥주 가져가도 돼요?"

"집에 맥주가 있어?"

알렉스는 어깨를 으쓱했지만 경기를 보다 말고 확인하러 갈 정도로 적극적이진 않았다.

마르니는 와인을 홀짝거리며 축구를 보는 둥 마는 둥 했다. 이미 모니터 앞에서 너무 많은 시간을 보낸 하루였다. 알렉스가 외출하면 혼자 집에서 마음껏 뜨거운 욕조에 몸을 담그고 있어야겠다고 생각하며 쿠션에 기대 눈을 감았다.

"엄마!"

마르니는 휙 일어나 앉았다. 와인이 무릎과 쿠션에까지 튀었다.

"초인종요!"

"네가 가서 확인하면 되잖아."

알렉스는 그녀에게 눈살을 찌푸리며 간신히 소파에서 엉덩이를 뗐다. 마르니는 쏟아진 와인을 소맷부리로 가볍게 문질렀다. 제발 티에리가 온 게 아니길.

"엄마 손님이에요. 그 경찰 아저씨요." 알렉스가 현관에서 소리쳤다. "저 이제 나갈게요. 내일 봐요."

"외박할 거니?"

"아마도요." 알렉스는 다시 문 안으로 고개를 빼꼼 들이밀고 말했다. "혹시 제가 집에 들어와도 엄마는 어차피 자고 있을 거잖아요."

그녀는 얼른 일어서서 알렉스가 막 돌아서 나가려는 걸 겨우 붙잡아 뺨에 간신히 키스를 했다.

프랜시스 설리번은 현관에 서 있었다. 어떤 이유에서인지, 그의 예상치 못한 등장에 마르니는 잠시 당황했다. 알렉스가 나가고 문이 쾅 닫히자 마르니는 프랜시스에게 거실로 오라고 손짓했다.

"어쩐 일이에요? 들어와요." 마르니가 말했다.

프랜시스가 거실로 들어오자 페퍼는 신이 나서 짖어 대더니 겨우 몸을 일으켜 프랜시스의 바지 주위를 쿵쿵거렸다. 프랜시스는 페퍼를 무시했다.

"너무 늦은 시간에 와서 미안해요. 맥케이가 방금 이걸 나한테 보내왔는데 당신도 보고 싶을 것 같아서요."

그래도 경찰 중에 그녀의 노력을 인정해주는 사람이 적어도 한 명은 있었다. 하지만 곧 프랜시스가 사건에서 배제됐다는 사실이 기억났다.

"맥케이가 그러던데 당신 이제 수사를 못 하게 됐다면서요?"

프랜시스는 탁자 위에 노트북을 내려놓았다.

"공식적으로는 그렇지만, 내 마음속에선 이 사건은 아직 내 사건이에요."

"와인 할래요?"

프랜시스는 잠시 망설이더니 대답했다. "안 하는 게 좋겠어요."

마르니는 그의 대답을 무시하고 와인을 한잔 갖다줬다. 그리고는 자기 잔에도 와인을 더 채우고 프랜시스 옆에 앉았다.

"이 사진들을 봐요." 그가 말했다. "타투 행사장에서 우리 용의자에게 타투 작업을 하던 아티스트가 바로 이 사람이에요."

마르니는 그가 화면에 띄운 사진들을 관찰했다. 여러 장의 사진에서 근육질의 타투 아티스트가 각각 다른 고객들에게 타투 작업을 하고 있었다. 마르니가 발견한 사진에서와 똑같은 티셔츠를 입고 있는 사진도 몇 장 있었다. 우람한 양쪽 팔뚝에 새겨진 폴리네시안 타투도 똑같았다.

"아 맞아요." 마르니가 말했다. "내가 찾은 사진에 있던 것과 같은 티셔츠예요. 제법 빨리 찾아냈네요."

"맥케이가 이 사람을 찾아내느라 팀 전체를 돌렸어요. 머릿수로 밀어붙이는 거죠. 이 아티스트 이름은 제임스 다이아몬드예요. 혹시 들어봤어요?"

마르니는 고개를 저었다. 이름을 들어본 적도, 얼굴을 본 적도 없는 사람이었다. "그럼 이제 어떻게 되는 거예요?"

"이 사람을 만나서 그가 타투 행사장에서 문신을 해준 사람의 정체를 알아내야죠. 그러면 살인범이 누군지 알 수 있겠죠."

"그 사진 속의 심장 타투가 댄이 장갑 속으로 본 그 모양이 맞다면요."

"물론 그렇죠. 만약 같은 모양이 아니라면 우리는 다시 원점으로 후퇴하는 거고요."

"이 사람 어디서 일한대요?" 마르니가 물었다.

"이 사람 스튜디오가 길드포드에 있어요. 내일 아침에 거기 같이 가보는 거 어때요?"

"당신, 사건에서 배제된 거 아니었어요?"

"이건 브래드쇼 경감이 좋아하는 수사 방향이 아니에요. 맥케이는 브래드쇼의 맘에 드는 쪽으로 수사를 집중하느라 하루 이틀 정도는 이쪽으로 눈 돌릴 틈도 없을 거예요."

"아니, 어떻게 그럴 수 있죠?"

"그러니까 우리가 선수 칠 수 있어요. 나는 반드시 이 사건을 해결하고야 말 겁니다. 그리고 이거야말로 정말 중요한 단서일 수 있어요."

프랜시스 설리번은 뭔가를 증명해내야 한다.

"그래요. 같이 가요. 이 살인범의 미래 희생자 중 절반 정도는 내가 알 만한 사람들일 테니, 이놈을 얼른 잡아 가두는 게 나한테도 좋은 일이죠, 뭐." 그녀는 와인을 홀짝이고 잠시 생각에 잠겼다. "그래야 그놈의 사진을 들여다보느라 눈 빠지게 고생한 시간도 보람이 있죠."

"그게 바로 훌륭한 경찰 수사의 기본 틀이에요. 이 잡듯 다 뒤지고 끊임없이 세부사항을 확인하고 또 확인하는 거요."

"재미없는 일이네요."

"하지만 아주 사소한 조각 하나를 정확히 찾아내서 덕분에 사건에 돌파구가 생기면 충분히 가치 있는 일이죠. 살인범이나 피해자와 일치하는 머리카락 한 가닥을 찾는 일일 수도 있고, 누군가의 거짓 알리바이를 증명할 CCTV 한 장면을 포착해내는 것일 수도 있어요. 그게 뭐든, 거기서 쾌감을 얻는 거죠."

"아, 알 것 같아요. 아주 정교한 타투 작업을 할 때랑 비슷하겠네요. 사실상 다 똑같아 보이는 수백 개의 국화 꽃잎이라도 타투가 완성되고 고객이 자기 타투를 처음으로 거울에 비춰보는 모습을 지켜볼 때면 나도 정말 기분이 좋거든요."

"그 사람들이 완성된 결과를 맘에 들어 한다는 가정하에 그렇다는 거죠?" 프랜시스는 살짝 웃으며 말했다.

프랜시스의 갑작스런 유머에 마르니는 좀 놀랐다. 물론 그를 알고 지낸 시간이 짧은 것도 사실이지만, 프랜시스가 흉내로라도 그녀를 놀리는 농담을 한 건 처음이었다.

"왜 그렇게 항상 심각해요?" 머릿속 생각이 엉겁결에 입으로 튀어나왔다.

"네?" 마르니의 질문에 그는 진짜로 놀란 것 같았다.

"그렇잖아요. 당신이 뭔가 웃긴 얘기하는 거 처음 들었어요. 그렇게 웃기지도 않았지만."

"그래요." 프랜시스는 이번에는 제대로 웃으며 말했다. 저 미소. 마르니는 갑자기 저 미소를 다시 보고 싶다는 생각이 들었다.

워, 워! 마르니, 지금 대체 무슨 생각을 하는 거야.

마르니는 기지개를 켜고 시계를 보았다. 자정이 지난 시각이었다. 담배가 당겼다. 알렉스 때문에 집 안에서는 담배를 피우지 않았다.

"나가서 담배 한 대 피울 건데, 당신도 몸 좀 움직일래요?"

"그러죠."

마당에서 담뱃불을 붙이고 길게 한 모금 빨아들였다. 프랜시스가 자신을 바라보는 게 느껴졌다.

"당신도 한 대 피울래요?"라고 말하며 마르니는 그에게 담뱃갑을 통째로 내밀다가 예상외로 프랜시스가 받아들려고 손을 뻗는 바람에 깜짝 놀라서 담뱃갑을 떨어뜨릴 뻔했다.

"고등학교 졸업하고는 피워본 적이 없어요." 프랜시스가 천천히 한 개비를 뽑아 들며 말했다.

"당신이 실제로 담배를 피워본 적이 있다구요?"

"딱 한 번요." 그는 씁쓸하게 웃으며 대답했다.

"그럼 지금도 딱히 피고 싶은 건 아니겠네요."

"당신이 담배를 한 모금 빨아들일 때 얼굴에 나타나는 표정이 있어요." 그가 말했다. "만족감. 안도감. 쾌감. 그게 뭔지 나도 알고 싶어요. 실험이라고 해두죠."

프랜시스 설리번이 자기 인생에서 두 번째 담배를 빨아들이면서 경험한 것은 만족감도 쾌감도 그 무엇도 아니었다. 주체할 수 없이 터져 나오는 기침으로 몸을 뒤흔드느라 담배는 바닥에 떨어지고 그의 허리는 거의 반으로 꺾여있었다. 프랜시스가 기침하느라 정신 못 차리는 동안 마르니는 웃어 재끼느라 온몸을 들썩였다. 아주 잠깐 프랜시스가 진짜 병에 걸리는 게 아닌가 하는 생각마저 들었다. 두 사람의 휴식에 동참한 페퍼는 고양이라도 봤는지 넓지도 않은 마당을 뛰어다니며 짖기 시작했다.

"그렇게 힘들었어요?" 마르니는 담배를 다 피우고 발코니 끝에 있는 재떨이에 꽁초를 비벼 끄며 말했다.

프랜시스는 폐로 들어간 연기를 다 뽑아내려는 듯 컥컥거리며 목구멍을 긁어대는 소리를 냈다.

"나한테 이제 담배 주지 말아요. 앞으로 다시는." 프랜시스는 힘 빠진 듯 쉰 목소리로 말했다.

"안 줄 거예요. 멀쩡한 담배만 아깝게 버렸네."

그녀는 그의 앞에 서 있었다. 마르니는 별 생각 없이 그의 이마로 흘러내린 머리를 손으로 쓸어 올렸다. 그녀의 손이 프랜시스의 얼굴을 가볍게 어루만지는 동안 둘은 서로의 눈을 마주 봤다.

마르니, 대체 뭐 하고 있는 거야?

프랜시스도 그녀 쪽으로 몸을 기울이는 것 같았다. 마치 산불이 번지듯 마르니의 온몸이 화르르 달아올랐다. 프랜시스에게 키스를 하고 싶었다. 프랜시스도 그녀에게 키스를 하고 싶은 것 같았다. 정말 금방이라도 키스를 할 자세였다. 하지만 그때 하필이면 페퍼가 날카롭게 으르렁거리는 바람에 두 사람의 야릇한 분위기는 산산이 깨져버렸다.

"페퍼, 왜 그러니?" 마르니가 말했다.

"당신 개, 설마 질투하는 거예요?"

마르니는 고개를 저었다. 다행히 적어도 이 사람은 방금 있을 뻔한 일을 모른 척하진 않았다.

"보통은 안 그러는데. 질투는 아닌 것 같고 뭐에 놀란 것 같아요. 아까 저녁때도 좀 이상하게 행동하더니."

프랜시스는 아담한 뒷마당을 둘러봤다.

"저 울타리 밖엔 뭐가 있어요?"

"큰길에서 쓰레기 수거차가 들어오는 작은 진입로가 있어요."

"내 눈엔 아무것도 안 보이는데, 여우나 고양이 같은 걸 봤나 봅니다."

어차피 마법도 풀려버렸고, 둘은 다시 집 안으로 들어갔다. 마르니가 커피를 권하자 프랜시스는 이를 사양하며 말했다.

"이만 가는 게 좋을 것 같아요. 내일 아침 일찍 데리러 올게요. 제임스 다이아몬드를 만나러 가봅시다."

그를 문밖까지 배웅하면서 마르니는 다시 한번 프랜시스에게 키스하고 싶은 충동이 솟구치는 걸 간신히 억눌렀다.

젠장, 도대체 내가 왜 이러는 거지?

프랜시스가 떠나고 오늘은 잠드는 게 평소보다 더 오래 걸렸다. 매일 밤 순서를 바꿔가며 달려드는 공포 때문이 아니었다. 프랜시스 설리번과 키스하는 건 어떤 느낌일까, 그와 키스하면 앞으로 두 사람은 어떻게 될까, 이런 상상이 계속 머릿속에 맴돌아 잠이 오지 않았기 때문이다. 아까 그 일은 특별한 의미가 있는 행동은 아니었을 거다. 마르니는 스스로에게 그렇게 말했다. 하지만 한 가지 이미지가 계속 머릿속에 떠올랐다. 그의 이마 위로 흘러내린 흐트러진 앞머리, 그 머리칼을 손으로 쓸어 올리는 게 어쩌나 자연스럽게 느껴졌던지.

xi

숨이 안 쉬어진다.

머릿속에서 아버지의 목소리가 들린다. 내가 일을 망쳤다고 잔소리를 해댄다. 했던 말 또 하고 또 하고. 맨날 나만 일을 망치고 맨날 나만 실수를 한다고. 이제 컬렉터가 아버지의 목소리로 똑같은 잔소리를 한다. 절대 망치지 말았어야 했는데. 실수하지 않았어야 했는데.

제발 숨통아 트여라.

작업. 작업에 집중해야 한다. 얼결에 미쳐버리면 안 되니까, 우선은 작업에만 집중하자. 지난 일은, 그리고 앞으로 어떻게 해야 할지는 마음이 준비되면 그때 생각하자.

작업에만, 작업에만.

하지만 모든 게 망가졌다. 젠장, 다 끝장났다.

나는 깨끗한 칼을 하나 꺼내 내 팔뚝을 휙 긋는다. 거미줄 위로 피가 흘러내린다. 이렇게 해야만 미쳐 날뛰는 마음을 진정시킬 수 있다. 쓰라린 고통으로 마음을 달래자 분노가 좀 사그라든다.

상처를 붕대로 감는다. 이제 다시 작업을 시작할 준비가 됐다.

내 손에는 거미줄 타투가 새겨진 머리 가죽이 들려있다. 이 단계에서는 가죽이 미끌미끌하고 고무처럼 쫀득쫀득하다. 손가락으로 가죽 표면을 부드럽게 어루만지며 조금씩 움직여 한 땀 한 땀 세심하게 가죽 상태를 점검한다. 방금 연화제 통에서 막 꺼낸 뒤라 맨손으로 만지면 안 되는데, 그래도 손가락에 느껴지는 감촉이 너무 좋다. 부드럽고 연하고 촉촉한 이 느낌. 가죽에 붙어있던 머리털과 지방도 어느 정도 용해됐고 가죽 자체의 체취도 황화나트륨과 수산화나트륨의 강한 냄새에 가려졌다. 나중에 장갑을 끼지 않은 대가를 톡톡히 치르게 될 것이다. 손이 벌겋게 달아올라 따끔거리고, 피부는 건조하게 갈라지겠지. 하지만 난 아파도 싸다.

오늘 밤 해야 할 작업은 가죽을 깨끗이 씻고 듬성듬성 남아있는 털을 제거하고 기름기를 쫙 빼서 무두질할 준비를 해 놓는 것이다. 대부분의 머리털은 제거됐지만 석회에 담갔다 나와도 약간의 잔털은 항상 피부에 남는다. 이제 '다듬기' 기술로 잔털을 제거한다. 뭉툭한 칼로 잔털을 긁어내는 과정이다. 매우 조심스러운 작업이다. 피부가 까지거나 칼자국이 날 위험이 아주 크기 때문이다. 그랬다간 작품이 통째로 망가진다. 집중, 또 집중해야 한다. 한순간이라도 산만해져선 안 된다. 바로 이런 이유 때문에 내 작업이 영혼을 치유하는 일이라는 거다. 딴생각이 끼어들 틈이 없으니 자연히 내 마음도 가라앉을 시간을 얻겠지.

하지만 머리를 비우려고 아무리 노력해도 자꾸 정신이 산란하다.

계속 여자의 비명소리가 들린다. "이 사람 죽었나 봐!" 그년은 계속 소리를 질러댔다. "이 사람 죽었어!" 하지만 댄 카터는 털끝만큼도 안 죽어있었다. 나는 길 한쪽 끝 문간에 숨어 구급차와 경찰들이 도착하는 걸 지켜봤다. 유니폼에 피를 뒤집어쓴 응급대원들이 댄 카터의 얼굴에 산소마스크를 씌워 데리고 가는 모습도 다 봤다. 그는 죽지 않았다. 나한텐 잘된 일이다. 아니 씨팔, 나쁜 일인 건가.

씨팔 빌어먹을!

절대 일어나선 안 되는 일이었다. 그 망할 년놈들 때문에! 술 처먹고 짐승들 마냥 발정 나서 길바닥에서 부둥켜안은 꼴이라니. 년놈들한테서 고린내가 났다.

앗, 젠장! 이거, 피부가 약간 긁힌 건가? 일에 집중하자. 일에 집중하자. 그렇지 않으면 작품을 망칠 것이다.

일이 잘못됐다는 얘기는 컬렉터에게 아직 할 수 없다. 아직은 안된다. 언젠가는 어쩔 수 없이 해야겠지만. 좀 있으면 신문에서도 타투 사냥꾼의 새로운 공격이 좌절됐다고 떠들어대겠지. 신문에서 내게 이름을 붙여줬다. 타투 사냥꾼. 도시 전체가 내 칼에 대한 두려움으로 떨고 있다. 다들 조금만 참아라. 몇 개만 더 하면 된다. 목록에 남아있는 이름만 다 끝내면 금방 다시 세상에서 사라져 줄 테니. 나는 나대로 일생의 위대한 업적을 남기고, 컬렉터도 자신의 간절한 소망을 이루고 난 뒤에 말이다.

모든 것을 감안해 보면, 댄 카터가 살아있는 게 여러모로 잘된 일인 것 같다. 아무리 생각해도 그가 경찰에게 줄 수 있는 정보는 없는 것 같고, 그리고 그가 퇴원한 뒤에 다시 작업할 수 있으니까.

댄 카터는 아직 목록에 남겨둔다.

35

마르니

프랜시스 설리번이 웬일로 마르니에게 길드포드까지 같이 가자고 했는지 그 이유는 금방 밝혀졌다. 다음 날 아침 프랜시스는 차없이 마르니의 집 앞에 도착해서, 자신의 차는 공무용이라 이런 변칙적인 출동에 사용하면 규정을 어기는 거라는 변명을 늘어났다.

"마침 알렉스가 차를 안 빌려 갈 줄 어떻게 아셨을까?" 마르니가 식탁 위에 있는 자동차 열쇠를 집어 들며 말했다.

프랜시스는 왼쪽에 운전대가 있는 마르니의 시트로엥은 말할 것도 없고 그녀의 산만한 운전 스타일도 썩 달가워하지 않는 것 같았다. 마르니 쪽에서 보면 프랜시스도 형편없는 동승자였다. 아직 그레이트칼리지 거리를 채 벗어나지도 않았을 때부터 프랜시스는 하얗게 질린 손가락으로 의자 가장자리를 움켜쥐고 있었다. 마르니의 시트로엥은 엔진소리도 시끄럽고 서스펜션(충격흡수장치)도 거의 없는 거나 마찬가지였다. 그래도 이 차는 마르니가 티에리와 영국으로 이사 올 때 파리에서부터 끌고 온 차였다. 이 차를 타고 가로수가 이어진 시골길을 달리던 기억, 티에리가 라디오에서 나오는 노래를 따라 부르던 기억, 차 안에서 즐겼던 소풍, 그런 기억들은 마르니가 간직하고 있는 프랑스에서의 유일하게 행복했던 추억들이었다. 마르니는 폐차하는 그날까지 이 차를 탈 생각이었다.

"이 차 수명이 다 된 것 같은데요." 프랜시스가 말했다. "안전한 거 맞아요?"

"아직 끄떡없어요." 마르니가 대답했다. 그녀는 활짝 웃으며 화제를 바꿨다. "어젯밤 좋지 않았어요?"

프랜시스는 고개를 휙 돌려 마르니를 쳐다봤다.

"타투 아티스트를 찾아냈잖아요. 기억 안 나요?" 설마 어제 키스할 뻔한 일을 좋다는 줄 알았나?

프랜시스는 창밖을 응시했지만 마르니는 화끈거리는 그의 얼굴을 볼 수 있었다.

길드포드에 도착했을 땐 비가 억수로 쏟아지고 있었다. 그러고도 십 분을 더 달려 도착한 제임스 다이아몬드의 타투 스튜디오 앞에는 주정차 금지선이 그려져 있었다. 마르니는 완전히 짜증이 솟구쳤다.

그녀가 막 불법으로 주차를 하려는데 프랜시스가 저지하며 말했다. "주차장을 찾아봅시다."

"당신 경찰이잖아요. 사건 수사 때문에 온 건데 불법 주차 정도는 봐줄 수 있는 거 아니에요?"

프랜시스는 마르니에게 나무라는 듯한 눈빛을 보냈다. "아니요. 경찰이라고 마음대로 법을 어겨도 되는 건 아니죠."

"그냥 노란 선에 차를 아주 잠깐 대는 것도요?"

"긴급한 상황이라면 넘어갈 수도 있어요. 하지만 마르니, 이건 비상 상황이 아니잖아요."

"내가 보기엔 비상 상황인데. 살인범이 싸돌아다니고 있잖아요."

프랜시스는 마르니의 말을 무시하고 저 멀리 주차 타워로 들어가는 입구를 손으로 가리켰다. 마르니는 투덜거리며 주차장 쪽으로 차를 몰았다. 그렇게 차를 주차하고는 비를 철철 맞으며 십 분이나 걸어 스튜디오에 도착했다. 저 인간이 저렇게 고지식하게만 굴지 않았으면 피할 수 있는 일이었다. 마르니가 지금까지 만난 경찰들은 대부분 한순간의 망설임도 없이 노란 차선에 차를 댔을 것이다.

설상가상으로 타투숍은 아직 문을 열지 않은 상태였다. 마르니는 짜증이 나서 폭발하기 직전이었다. 둘은 우울하게 비를 맞고 서서 창문으로 안을 들여다봤다. 스튜디오 내부는 꽤 훌륭해 보였다. 타투 장비들이 순서대로 깔끔하게 정리 정돈되어 있었다. 마르니는 정돈되지 않은 스튜디오는 절대 인정하지 않았다. 스튜디오를 지저분하게 관리하는 타투이스트는 위생 관리도 대충대충 할 가능성이 높았다.

프랜시스가 유리문을 몇 번 두드리고는 옆에 있는 초인종을 눌러댔다.

"전화를 걸어 봐요." 마르니가 문 유리에 적힌 전화번호를 가리키며 말했다.

프랜시스가 전화를 걸자 타투숍 왼편의 쪽문이 열리더니 한 남자가 머리를 내밀었다. 자다가 이제 막 일어난 모습이었다. 문을 잡고 있느라 밖으로 드러난 팔뚝에는 폴리네시안 타투가 띠를 두르고 있었다.

"이봐요. 지금 영업 안 해요. 좀 있다 오후에 다시 와요." 그는 호주 억양으로 말했다.

"제임스 다이아몬드 씨인가요?" 마르니가 물었다.

"네, 맞는데요."

"난 마르니 뮬린스라고 해요." 마르니는 그에게 다가갔다.

제임스가 문을 좀 더 열자 티셔츠와 사각팬티만 입고 있는 모습이 드러났다. 그의 팔과 다리는 검은 잉크로 뒤덮여 있었다.

"아, 안녕하세요. 당신 작업 봤어요. 정말 훌륭한 작품들이에요."

"이 사람은 프랜시스 설리번 경위예요."

프랜시스가 앞으로 다가섰다.

"최근에 브라이튼에서 일어난 살인사건을 조사 중입니다." 프랜시스가 말했다.

제임스 다이아몬드의 눈이 커졌다. "타투 사냥꾼요?"

"네, 맞습니다. 잠깐 안으로 들어가서 얘기 좀 나눌 수 있을까요?"

"저기요. 나는 그 사건과는 아무 상관도 없어요."

"당신은 용의자가 아니에요." 마르니가 재빨리 말했다. "그냥 타투 행사장에서 찍힌 사진에 대해 몇 가지 물어보고 싶은 게 있어요. 어떤 사람을 찾고 있거든요."

제임스는 안도의 한숨을 크게 내쉬었다. "아, 그래요. 옷 좀 입고 나올게요. 스튜디오에서 얘기합시다."

그는 2분 후 다른 티셔츠에 청바지를 입고 숍 출입문에 나타났다. 스튜디오로 들어선 마르니는 주위를 둘러봤다. 제임스 다이아몬드의 전문 장르를 금방 짐작할 수 있었다. 등나무 가구에다 벽은 온통 태평양의 열대섬처럼 장식되어 있어서 마치 1950년대 폴리네시아 휴양지에 들어선 것 같았다. 꼭대기엔 폴리네시아 부족의 나무 탈들이 쭉 걸려있었고 한쪽엔 트라이벌 문양들이 화려하게 전시되어 있었다.

두 사람이 제임스에게 사진을 보여주자 그는 사진을 몇 분 동안 뚫어지게 살펴봤다.

마르니는 프랜시스를 관찰했다. 프랜시스는 마르니의 예상과는 달리 훨씬 흥미로운 눈빛으로 스튜디오를 둘러보고 있었다. 그가 마침내 타투를 이해하기 시작한 건가. 어쩌면, 조금만 더 공을 들이면 프랜시스가 타투를 받도록 그를 설득할 수 있을지도 모른다. 프랜시스가 타투를 한다면 과연 어떤 디자인을 선택할지 궁금했다.

"네, 이 사람 기억나요. 솔직히 좀 이상했거든요."

"뭐가요?" 프랜시스가 물었다.

"약간 불안해 보이기도 하고, 타투를 받는 동안엔 말도 한마디도 안 하고요."

"무슨 타투를 했어요?" 마르니가 물었다.

"한 번도 본 적 없는 무슨 기호였어요. 종이 쪼가리에 손으로 그린 그림을 직접 가져왔는데 그게 무슨 의미가 있는지는 나야 모르죠."

"혹시 고객 명단을 기록해 두시나요?"

제임스는 고개를 저었다. "행사장 현장 손님들은 기록 안 해요. 그냥 타투를 해주고 현금을 받거든요."

"그럼, 이름은 모르는 건가요?" 프랜시스가 물었다.

제임스는 잠깐 생각을 하더니 말했다. "샘, 샘 커비, 아니면 코비였을 거예요. 디칠링 도로인가 아무튼 농장에 산다는 얘기를 한 것 같기도 하고…." 제임스는 어깨를 으쓱하며 말꼬리를 흐렸다.

프랜시스는 주차장으로 다시 돌아가는 동안 잔뜩 신이 나서 펄

쩍펄쩍 뛰었다.

"드디어! 드디어 우리에게 쓸 만한 단서가 생긴 거예요."

"정말 이 사람이 우리가 찾는 범인일까요?"

"하나님만 알겠죠." 그렇게 말하곤 프랜시스는 용서라도 빌듯
하늘을 흘깃 올려봤다. "물론 본명이 아닐 수도 있어요. 또 디칠
링 도로는 몇 킬로미터나 떨어져 있고요. 어쩌면 딴 데로 이사 갔
을 수도 있고, 우리가 찾는 범인과 전혀 다른 사람일 수도 있죠.
그럴 경우엔 그 사람을 찾더라도 완벽한 알리바이가 있을 테고
요. 하지만 최소한 수사가 어딘가로 굴러가기 시작했고 우리한테
도 할 일이 생겼잖아요."

그는 주머니에서 휴대폰을 꺼냈다.

"앤지, 디칠링 도로에 있는 주소 검색해서 '샘 커비' 또는 '샘 코
비'라는 사람 주소 좀 찾아줘…"

마르니의 등줄기를 타고 전율이 일었다. 이제 게임은 시작됐다.
손 놓고 있다가 살인범이 또다시 그녀의 친구들을 공격하기라도
하면 그녀는 견딜 수 없을 것이다.

36
마르니

디칠링 도로는 브라이튼 시내 중심에서 시작해 디칠링 마을까지 북쪽으로 약 13킬로미터 정도 뻗어 있는 길이었다. 브라이튼의 경계를 넘으면 도로는 사우스다운스 교외로 굽이치며 가파르게 올라간다. 그리고 거기부턴 빅토리아풍의 빌라들이 사라지고 들판과 농가들이 나타난다.

길드포드에서 돌아오는 길에 앤지에게 전화가 왔다.

"아니. 맥케이에겐 알리지 말고 철저히 비밀로 해줘."

마르니는 수화기 너머에서 앤지가 무슨 말을 하는지 들으려고 귀를 쫑긋 세웠지만 무슨 말인지 알아들을 수 없었다.

"그래서, 뭔가 알아낸 건가? 좋아, 오케이. 앤지, 고마워. 이 빚은 꼭 갚지···. 그래, 조만간 한잔 살게."

"주소 받았어요?" 마르니가 물었다.

"네, 받았어요. 경찰서로 날 좀 데려다줘야겠어요. 용의자를 찾으러 가는 길에 민간인을 데려갈 순 없어요."

"하지만 브라이튼으로 돌아가는 길에 곧바로 디칠링 도로를 탈 수 있어요."

"마르니, 그런 식으로 공무를 볼 순 없어요. 당신을 현장에 데려갔다가 수사를 망칠 수도 있고, 그리고 만약 살인범과 마주치기라도 한다면···. 절대 안 돼요. 이건 선택의 문제가 아니에요. 당신을 위험에 빠뜨릴 순 없어요."

"차 안에만 있을게요. 시간 낭비하면 안 되잖아요. 만약 제임스 다이아몬드가 실제로 샘 커비인지 코비인지랑 아는 사이면 어떡해요. 벌써 전화해서 알려줬으면 어떡하냐고요. 범인이 도망쳐버릴 수도 있잖아요."

"커비예요." 프랜시스가 말했다. "앤지가 샘 커비의 주소를 찾았어요."

그는 잠시 침묵하더니 조수석에서 몸을 돌려 마르니를 마주 봤다. 그녀도 곁눈질로 프랜시스를 바라봤다.

"좋아요. 그 주소지를 그냥 지나가 보기만 합시다. 어떤 동네인지 대충 살펴보기만 하고 만약 그 주소에 누군가가 있는 것 같으면 내가 맥케이에게 지원 요청을 하고 체포하면 돼요. 하지만 무슨 일이 있어도 당신은 차 안에 있어야 해요."

"차 안에만 있을게요."

당연하지. 마르니는 절대 차 밖으로 나갈 생각이 없었다.

그들은 길드포드를 떠나 아까와는 다른 길을 타고 디칠링 마을로 차를 몰았다.

"번지수가 뭐예요?" 디칠링 마을을 지나며 마르니가 물었다.

프랜시스가 웃었다. "이 지역은 번지수가 없어요. 농장이니까. 우리가 가는 곳은 '스톤 에이커 농장'이에요."

사우스다운스에서 세 번째로 높은 지대인 디칠링 비컨을 향해 올라갈수록 인가가 뜸해졌다. 차는 나무가 우거진 산비탈을 따라 한참을 구불구불 올라가 어느새 꼭대기에 다다랐다. 두 사람 앞에 브라이튼까지 이어진 길고 긴 내리막길이 펼쳐졌고 마르니는 길 양쪽으로 농가가 쭉 늘어선 것을 볼 수 있었다.

두 사람은 이름이 붙어있지 않은 집 몇 채를 지나치긴 했는데 진짜 농장처럼은 보이지 않았다. 그다음으로 나타난 집은 확실히 농장 같았다. '하이 크로프트 농장'이라는 표지판도 붙어있었다.

"여기 잠깐 세워 봐요." 프랜시스가 말했다. "스톤 에이커 농장이 어디쯤 있는지 물어보고 올게요."

강아지를 데리고 농장 마당을 가로지르던 노인이 두 사람을 보고는 멈춰 섰다.

"스톤 에이커요? 바로 다음 농장이요. 톰 애벗네가 살던 오래된 집이지."

"어르신, 혹시 샘 커비라고 아십니까?" 프랜시스가 말했다.

"아니, 그런 이름은 들어본 적이 없수. 여하튼 톰이 죽고 나서 농장은 내가 샀고 집은 그 자식들이 세를 놓는 것 같더구만. 최근 몇 년 새 세입자가 몇 번 바뀐 것 같수다. 여기서 한 이백 미터쯤 가다가 오른쪽 길로 꺾어서 사백 미터쯤 더 가면 나올 거요. 딱 보면 알 수 있어."

노인이 일러준 대로 찾아가다 보니 길 앞쪽에 '스톤 에이커 농장'이라고 적힌 나무 표지판이 나왔다. 표지판은 페인트가 갈라져 껍질이 벗겨져 있었고 기둥은 길가로 튀어나오듯 비스듬히 서 있었다. 차는 스톤 에이커 농장 진입로로 들어섰다. 농장으로 운영되지 않는 게 분명해 보였다. 다 쓰러져가는 울타리 문은 받침대로 받쳐 열어놓은 상태였고, 콘크리트 바닥의 갈라진 틈마다 잡초들이 무성하게 자라 있었다. 마당은 마구잡이로 자라난 풀들이 가득했고 곧 쓰러질 것 같은 창고 몇 채가 드문드문 떨어져 있었다. 집 옆에 붙은 포장 노면에는 차가 없었다. 창문도 다 닫혀있었고, 정말이지 누군가 사람이 살고 있다는 징후가 전혀 없었다.

프랜시스가 차에서 내렸고 마르니는 그대로 차에 남아있었다. 그녀는 차의 창문을 돌려 내렸다. 농장은 조용했다. 저 멀리 디칠링 도로를 달리는 자동차들 소리는 빽빽한 나무숲을 통과하면서 희미해졌고 바람도 언덕에 가로막혔는지 거의 제소리를 내지 못했다. 마르니는 소름이 돋았다. 뭔가 기괴한 느낌이 들었다. 그녀의 경험상 이런 이상한 느낌을 대수롭지 않게 넘기면 나중에 꼭 뒤탈이 생겼다. 자신이 시트로엥 안에 틀어박혀 있는 게 다행이라는 생각이 들었다.

빗방울 하나가 앞 유리창을 때리더니 곧이어 하늘이 뚫린 것처럼 비가 쏟아졌다. 끽끽거리며 왔다 갔다 하는 와이퍼 사이로 마르니는 프랜시스가 콘크리트 마당을 가로질러 처마 밑 현관까지 성큼성큼 걸어가는 모습을 지켜봤다. 그가 쇠로 된 종의 손잡이를 잡아당기자 희미하게 댕그랑거리는 소리가 들렸다. 이곳은 '콜드 컴포트 농장'(1932년 출간된 영국 작가 스텔라 기번스의 대표작, 풍자적 전원소설 - 옮긴이 주)을 생각나게 했다.

집 안에는 아무도 없었다. 아니, 아무도 프랜시스의 종소리에 대답하지 않았다. 쏟아지는 비 따위는 안중에도 없는 듯 프랜시스는 차로 돌아와 마르니가 앉아 있는 운전석 창문 옆에 서서 전화기를 꺼냈다.

"맥케이 경사? 스톤 에이커 농장에 있는데, 비컨에서 브라이튼 쪽으로 약 1.5킬로미터 정도 떨어진 곳이에요." 맥케이는 잠시 듣고만 있었다. "아니요, 지금은 말해줄 만한 건 없어요. 하지만 팀을 꾸려서 이쪽으로 오는 게 좋겠어요. 더 알아내는 게 있으면 다시 전화할게요."

그는 다시 마당을 성큼성큼 가로질러, 거의 버려진 것 같은 창고 세 채가 모여 있는 쪽으로 갔다. 마르니는 모세혈관을 따라 스멀스멀 퍼져나가는 두려움을 느끼며 그를 지켜보고 있었다.

프랜시스는 첫 번째 건물 안으로 사라졌다. 제일 큰 헛간 옆에 올록볼록한 양철판으로 지어진 구조물이 별채처럼 붙어있었다. 프랜시스가 시야에서 사라지자 마르니는 훨씬 더 초조해졌다. 마르니는 혹시 필요할 경우 무기로 쓸 만한 게 있을까 하고 차 내부를 둘러봤다. 뒷좌석에는 아무것도 없었지만, 트렁크에 렌치가 있다는 사실이 기억났다.

마르니가 렌치를 꺼내러 차 밖으로 나갔을 때 프랜시스가 다시 나타났다. 그는 마르니에게 의심스러운 눈초리를 보냈다.

"여기 뭔가 섬뜩해요." 마르니가 트렁크를 열며 말했다.

"일단 차 밖으로 나오지 말아요." 프랜시스가 말했다. "여긴 아무것도 없는 것 같아요. 금방 돌아보고 올게요."

마르니는 렌치를 움켜쥐고 다시 운전석에 들어가 앉았다. 무거운 금속을 무릎 위에 걸쳐놓자 마음이 좀 놓였다.

프랜시스는 제일 큰 헛간의 입구를 찾으려고 건물 주위를 돌며 무슨 냄새가 나기라도 하는지 코를 킁킁거렸다.

"뭔가, 여기 어딘가에서 굉장히 지독한 냄새가 나요." 프랜시스가 마르니에게 소리쳤다.

마르니는 창밖으로 머리를 내밀어 숨을 들이쉬어 봤다. 비가 농장의 냄새를 무디게 했을 텐데도 목구멍 뒤쪽을 간질이듯 톡 쏘는 향이 공기 중에 아직 남아 있었다.

"시골이잖아요." 마르니가 대답했다.

프랜시스가 차를 향해 몇 발자국 다가왔다.

"동물도 없는데요?"

"동물 시체가 있는 거 아닐까요?"

"그럴 수도 있죠. 그런데 동물은 아니에요. 화학 약품 냄새 같아요."

그는 헛간 옆쪽으로 사라졌다가 순식간에 다시 나타났다.

"헛간 문이 잠겨 있어요. 번쩍거리는 새 자물쇠로요."

"영장 받아야 하지 않아요?" 마르니가 말했다.

프랜시스의 목소리만 들어선 영장을 기다리지 않을 것 같은 기세였지만 결국은 그의 법 준수 의지가 승리했다. 십 분이나 전화통에 매달려 브래드쇼에게 자신이 여기까지 오게 된 경위를 구구절절 설명하고 영장 청구를 해달라고 설득했다.

잠시 후 맥케이가 경관 몇 명과 함께 도착했다. 그는 경관들에게 주변을 살펴보라고 지시했다. 프랜시스는 차 밖으로 나가 맥케이와 얘기를 나눴고, 마르니는 열린 차창을 통해 두 형사의 대화를 들었다.

"저 여자는 대체 왜 여기 있는 거예요?" 맥케이는 시트로엥 운전석에 앉아있는 마르니를 보며 말했다.

"내가 커비의 이름과 주소를 알아냈을 때 같이 있었어요." 프랜시스가 대답했다. "마르니를 브라이튼에 데려다주느라 시간을 낭비할 수도 없었구요. 아무튼 마르니는 차 안에만 있을 겁니다."

"세상에 이런 일이." 맥케이가 계속 말을 이었다. "경위님, 수사의 첫 번째 규칙 몰라요? 범죄 현장에 민간인 출입금지요. 만일 저 여자 때문에 조금이라도 현장이 훼손되면 이 사건은 물 건너갈 수도 있다구요."

프랜시스는 신경 쓰지 않았다. "그녀는 이제 전문가 증인이에요. 그리고 내가 말했지만 차 안에만 있을 겁니다."

뭐? 전문가 증인? 누구 맘대로!

처음도 아니지만, 마르니는 이반 암스트롱의 시체를 발견했던 순간을 후회했다. 그다음으론 경찰에 신고 전화를 한 것도.

히친스가 다시 경찰서로 돌아가 영장을 가지고 오는 데만도 한 시간이 더 걸렸다. 두 형사 사이에 긴장감이 팽팽했다. 맥케이는 시트로엥의 좁아터진 뒷좌석에 앉아 있었다. 비가 쏟아지는 와중인데 전자담배를 피고 싶으면 밖에 나가서 피우라고 했다고 잔뜩 성이 난 맥케이 때문에 차 안의 분위기는 썰렁했다.

히친스는 지시대로 금속 절단기도 가져왔다. 프랜시스와 맥케이, 그리고 히친스 세 사람은 헛간 옆으로 사라졌고 마르니는 다시 차 안에 혼자 남았다.

하지만 이번엔 그녀도 참을 만큼 참았다는 생각이 들었다. 마르니는 최대한 소리가 나지 않게 차 문을 열고 손에는 렌치를 꼭 움켜쥔 채 밖으로 나왔다. 살금살금 헛간 모퉁이 쪽으로 다가가 세 사람을 훔쳐봤다.

맥케이가 단숨에 자물쇠를 자르자 문이 낮은 쇳소리를 내며 활짝 열리는 것이 보였다. 프랜시스가 먼저 들어갔고 나머지 두 사람이 따라 들어갔다.

마르니는 민간인 출입금지라는 규칙을 잊어버리고 서둘러 그들을 쫓아갔다. 그들을 거의 따라잡았을 때 맥케이가 낮은 비명을 내지르는 소리가 들렸다. 그리고 곧바로 문가에 다시 나타난 프랜시스의 눈에서 섬뜩한 공포를 읽을 수 있었다.

"마르니, 차로 돌아가요." 프랜시스가 마르니를 보자마자 말했다. 목소리가 떨리고 있었다.

그녀가 프랜시스 쪽으로 다가서는데 맥케이가 나타났다. 그는 마르니의 의도를 눈치채고 양팔을 앞으로 내밀며 마르니를 뒤로 몰아세웠다.

"여긴 범죄 현장이에요." 맥케이가 마르니를 막아서며 말했다.

마르니는 그들이 뭘 발견했는지 알고 싶었다. 맥케이의 등 너머로 문 안쪽을 들여다보려고 애써봤지만 공기마저 썩어버린 것 같은 악취의 벽에 부딪혀 머리가 띵했다.

그것은 죽음의 냄새였다.

죽음의 냄새, 그리고 무언가 죽음보다 훨씬 더 사악한 것의 냄새였다.

37
프랜시스

프랜시스가 범죄 현장 밖으로 물러나면서 이렇게 안도했던 적이 있었던가. 그들이 문을 열자마자 지독한 악취가 풍겼다. 프랜시스는 즉시 맥케이를 끌고 나왔다. 그리고 3분 뒤, 현장 수사복에 덧신과 마스크까지 착용하고 나서야 이들은 다시 현장으로 들어설 준비를 마쳤다.

열린 문 근처에 다가서서 프랜시스는 시험 삼아 숨을 들이쉬어 봤다. 마스크 안쪽에 이미 기침 연고(vapour rub)를 발라둔 상태였다. 연고의 향 때문에 눈도 따가운 데다 숨을 들이쉴 때마다 박하의 화한 느낌이 목구멍을 날카롭게 찔러댔다. 프랜시스와 똑같은 단계를 거친 맥케이는 기침을 콜록거렸고 뺨으로는 눈물이 줄줄 흘러 마스크 가장자리를 흠뻑 적시고 있었다.

"자, 시작해 봅시다." 프랜시스가 말했다.

그는 문턱에서 잠시 주춤했다. 과연 그 안에서 무엇을 발견하게 될 것인가. 두렵기도 하고 미친 듯이 궁금하기도 했다. 맥케이가 뒤에서 바짝 다가서자 프랜시스는 어쩔 수 없이 안으로 들어섰다.

문 바로 오른쪽에 스위치가 있었다. 프랜시스는 스위치를 켰다. 나무틀로 짜인 천장에 길게 줄지어 매달린 조명들이 눈부신 백색 빛을 밝히며 공간을 가득 채웠다. 단번에 봐도 내부는 개조 보수한 게 분명했다. 건물 외양과는 딴판이었다.

프랜시스는 뻥 뚫린 공간을 휙 둘러봤다. 제일 먼저 눈에 들어온 것은 헛간의 왼쪽 벽 쪽에 일렬로 줄지어 서 있는 오십 리터짜리 플라스틱 통들이었다. 그다음으로 확대된 문신 사진들이 벽에 잔뜩 붙어있는 게 눈에 들어왔다. 도대체 여기서 무슨 일이 벌어지고 있는 건가? 그는 좀처럼 내키지 않는 발을 억지로 움직여 매끄러운 콘크리트 바닥을 가로질러 통 쪽으로 향했다. 가까이 다가가서 보니 통마다 액체가 가득 차 있었다. 그 액체들이 썩는 냄새의 원천이었다. 냄새 때문에 숨 쉬는 게 고통스러웠다. 프랜시스는 굳이 눈으로 확인하지 않아도 그 안에 뭐가 들었는지 알 것 같았다.

"맙소사. 나 이것들 뭔지 알아요." 맥케이가 그를 뒤따르며 말했다. "작년에 리즈랑 애들 데리고 마라케쉬에 갔다가 가죽공장에 들른 적이 있는데 딱 이 냄새가 났어요."

"가죽 보존처리를 하는 모양인데요?" 프랜시스가 말했다.

그는 문으로 곧장 달려 나가 이 끔찍한 곳에서 최대한 빨리 벗어나고 싶다는 충동을 겨우 억누르고 발을 조금 더 내밀어 억지로 첫 번째 통 안을 들여다봤다. 어두운 액체 표면 아래에 뭔가 허여멀건 물체가 떠도는 게 보였다. 마치 오염된 물에서 죽어가는 물고기 같았다. 그중 하나가 천천히 방향을 틀더니 한 면에 어두운 타투의 윤곽이 모습을 드러냈다. 목구멍에서 쓴 물이 올라와 프랜시스는 고개를 돌려야 했다.

"범인은 사람 피부를 염장하고 있어요." 프랜시스가 말했다.

모든 게 아귀가 들어맞았다. 살인범이 왜 타투를 가져갔는지, 가져간 타투로 대체 뭘 하고 있었는지 윤곽이 잡혔다.

맥케이가 프랜시스 옆에 섰다.

"아, 씨팔."

프랜시스는 이를 악물고 나머지 통들을 훑어봤다. 모든 통에

다 똑같은 액체가 들어 있는 것도 아니었고, 통마다 다 사람 피부가 담겨 있는 것도 아니었다. 어떤 통이 이 악취의 주범인지, 아니면 여러 유독가스가 합쳐져서 그런 냄새가 나는 건지 지금 당장은 알 수 없다. 과학수사대가 통을 모조리 수거해 화학 성분을 분석하겠지. 하지만 통의 내용물이 정확히 무슨 성분이냐 하는 건 별로 중요하지 않았다. 여긴 어떻게 봐도 범죄 현장임이 분명했다.

프랜시스는 역겨움에 몸을 돌렸다. 맞은편 벽 쪽에는 작업대가 있었고 그 위에는 병, 정체를 알 수 없는 화학약품들, 짙은 얼룩이 묻은 나무판, 칼꽂이, 다양한 수술기구가 담겨 있는 통 따위가 어지럽게 널려있었다. 그 밖에도 라텍스 장갑 통, 박제술에 관한 책이 여러 권 놓여있었고, 작업대 한쪽 끝에는 박제된 다람쥐가 서 있었다. 반대쪽 끝에는 커다란 석조 싱크대가 있었다. 그 배수관으로 대체 무엇이 씻겨내려 갔을지 프랜시스는 생각조차 하기 싫었다.

"경위님?"

"왜요?"

맥케이는 작업대 맨 끝 쪽에 있었다.

"이것 좀 와서 보세요."

그는 납작하고 얕은 용기 안을 가리키고 있었다. 프랜시스가 가까이 다가갔다.

경찰 일을 하다 보면 차라리 안 봤으면 좋았을 법한 것들을 어쩔 수 없이 보게 된다. 프랜시스도 남한테 뒤지지 않을 정도는 겪었다고 생각했었다. 하지만 이런 것은 처음이었다. 건조되는 것을 방지하려는 듯 유리 용기를 랩으로 씌워놓았는데, 그 안에 바람 빠진 풍선처럼 구겨진 채 담겨 있는 것은 둥근 모양의 피부였다. 피부는 허옇게 물이 빠져있었고 약간 부풀어 오른 것 같았지만, 그 피부 위에 그려진 것은 의심의 여지 없이 거미줄 문신이었다. 맥케이가 펜 끝으로 접시를 살짝 밀자 문신은 마치 젤리가 흔들리는 것처럼 가볍게 떨렸다.

"경위님, 우리가 그놈 잡은 거 맞죠?"

프랜시스는 고개를 저었다. "여기 놈이 없잖아요."

맥케이는 전화기를 꺼냈다. "히친스, 과학수사대가 도착하면 여기 건물들 이 잡듯 샅샅이 뒤지고 필요하면 뼈까지 발라낼 정도로 모조리 조사하라고 해. 이 일대를 탈탈 털어서 빠짐없이 다 조사해. 배수구도 검사하고. 주변에 질퍼덕한 구덩이나 땅을 판 흔적, 매장한 흔적이 있는지 다 살펴보고 도대체 어떤 미친 인간인지 알아내고…" 전화 통화를 하기 위해 어쩔 수 없이 마스크를 턱밑으로 내린 맥케이는 숨을 쉬기 위해 손으로 입을 막아야 했다. "응. 그래, 야근 승인 났어. 경찰서에 있는 가용 인원은 전부 다 이리로 올려보내, 당장."

맥케이는 수사 지휘관답게 자기 일에 열중했다.

그가 전화를 끊자 두 사람은 문신 사진이 잔뜩 걸려있는 벽을 응시했다. 벽에는 이반 암스트롱, 지젤 코넬리, 젬 월쉬의 몸에 있던 문신 사진들이 붙어있었다. 댄 카터의 전신 타투를 찍은 사진과 사치 갤러리 전시회의 대형 포스터도 걸려있었다. 그 밖에 프랜시스가 처음 보는 문신 사진도 여러 장 붙어있었다.

"잠재적 희생자들이거나 아직 발견되지 않은 시체들의 문신이겠죠?" 맥케이가 말했다.

"지금 마르니를 불러와야 돼요."

"절대 안 돼요. 그 여자가 여기 들어오면 현장이 훼손될 수 있어요."

"전문가 증인의 자격으로 있으면 괜찮아요."

"안 돼요."

"맥케이, 잘 생각해봐요. 제일 먼저 희생자들의 연결 고리에 대해 알아낸 사람이 마르니예요. 게다가 이 문신들에 대해서도 중요한 정보를 줄 수 있을지도 몰라요. 그걸로 우리는 또 한 명의 생명을 구하게 될 수도 있고요. 마르니를 데려올게요."

맥케이는 못마땅한 표정이었지만 프랜시스를 막진 않았다.

5분 뒤, 마르니는 프랜시스의 옆에 서서 벽에 걸려있는 사진들을 살펴보고 있었다. 마스크 위로 드러난 마르니의 얼굴은 창백해졌지만, 그녀는 그곳이 살인범의 작업장이라는 사실을 알았을 때도 침착하게 반응했다. 맥케이는 전화를 걸기 위해 밖으로 나갔다. 그가 누구와 통화하려는지 짐작만 할 수 있을 뿐이었다.

"여기 있는 이 타투들은 전부 전시회 아티스트들의 작품처럼 보여요." 마르니가 말했다. "우리 가설이 맞았네요."

"당신 가설이죠." 프랜시스가 말했다.

마르니는 어깨를 으쓱했다.

"우리가 지금까지 못 봤던 이쪽 타투들은 어때요? 분명히 놈의 향후 타깃일 거예요. 이 문신을 받은 사람들이 누군지만 알아내면 우리가 보호할 수 있어요." 프랜시스가 말했다.

마르니는 사진을 따라 발을 옮겼다.

"이 중에 아는 타투가 있어요?"

"그냥 아티스트가 누구인지 정도만 추측할 수 있어요. 어쨌든 다들 전시회에 참가한 사람들이라는 건 이미 알고 있잖아요. 하지만 이 사진에 있는 사람들까지는…." 마르니는 힘없이 어깨를 으쓱했다.

맥케이가 다시 돌아와서 두 사람과 합류하더니 마르니에게 말을 걸었다.

"그래서요? 우리한테 뭐 알려줄 만한 거 있어요?" 그의 어조는 날이 서 있었다.

마르니는 그를 무시하고 계속 사진을 주시했다.

"여기 붙어있는 타투의 개수가 아티스트 숫자보다 더 많은 걸 보니, 같은 아티스트의 문신이라도 여러 작품 중 맘에 드는 걸로 고르고 있었나 봅니다." 프랜시스가 말했다.

"이 중에는 추적하기 쉬운 것들도 좀 있을 거예요." 마르니가 말했다. 마르니는 한쪽 다리 전체에 새겨진 타투를 보고 있었다. 여자 다리였는데 사진이 잘려 몸의 나머지 부분은 나와 있지 않았다. "이 작품은 명백히 이와오 작업이에요. 그가 전문으로 하는 일본 신화예요."

"그럼 이건요?" 프랜시스가 남자의 등 사진을 가리키며 말했다. 블랙과 회색으로 루시퍼의 몰락을 그린 타투였다.

마르니는 그것을 보고 고개를 돌렸다.

"미안해요." 마르니가 말했다. "마스크 때문에 숨을 못 쉬겠어요."

마르니는 떨고 있는 것 같았다.

"와, 이건 훌륭하네." 맥케이가 벽 한쪽을 가리키며 말했다.

마르니와 프랜시스가 맥케이 쪽으로 고개를 돌렸다. 맥케이는 여자의 등 문신 사진을 가리키고 있었다. 연못을 노니는 강렬한 오렌지빛의 코이 잉어 한 쌍과 그 옆에 무릎을 꿇고 앉은 게이샤의 얼굴에서 눈물이 흘러 연못으로 떨어지는 모양의 일본식 타투였다. 그리고 여자의 왼쪽 어깨를 향해 구부러진 단풍나무 가지에서 독특한 모양의 잎사귀들이 배경 전체에 떨어지고 있었다.

"이것도 이와오 작품인가요?" 프랜시스는 마구잡이로 추측해봤다.

"프랭크, 나 쓰러질 것 같아요."

마르니가 쓰러지는 걸 프랜시스가 겨우 붙잡았다.

xii

불길한 예감이 든다. 디칠링 도로를 따라 운전하는 내내 뭔가 꺼림칙하다. 내 육감은 보통 틀리지 않는다. 나는 아주 사소한 것이라도 내 마음의 균형을 흐트러뜨리는 것들을 아주 금방 알아본다. 최근 있었던 일로 내 정신은 큰 타격을 입었다. 그 사실을 잊지 말아야한다. 레인스 골목에서 당한 일 때문에 나는 잠시 평정을 잃고 휘청거렸다. 당분간은 그동안 모아놓은 피부 껍데기들하고 시간을 보내며 반성하는 시간을 가져야겠다.

하지만, 무언가 잘못되었다는 느낌을 떨쳐버릴 수 없다.

그리고, 실제로 뭔가가 잘못되었다! 차 한 대가 농장 진입로에서 빠져나온다. 이상하다. 은색 미쓰비시. 내 차 말고 이 길로 지나다니는 유일한 차는 우편배달차밖에 없는데. 반대차선으로 지나가는 미쓰비시를 보며 나는 속도를 줄인다.

운전자를 본 적이 있다. 이반 암스트롱의 장례식에서 봤던 순경 놈이다. 조수석에 있는 사람도 아는 사람이다. 마르니 뮬린스. 제길 저 인간들이 내 농장에서 무슨 짓을 한 거지?

나는 농장으로 진입하는 대신 그대로 지나쳐 비콘 쪽으로 직진한다. 손이 떨린다. 당장 약을 먹어야 한다. 서둘러 비콘의 주차구역에 차를 댄다.

엔진을 끄고.

숨을 쉰다.

화가 참아지지 않는다. 화가 나서 미쳐버린 모습을 숨기려고 몸을 앞으로 숙여 운전대에 머리를 기댄다.

기분을 좀 가라앉히고 조수석 도구함에서 망원경을 꺼낸다. 가방에서 칼도 하나 꺼내 든다. 차는 그대로 두고 허허벌판을 15분쯤 걸어 농장 가장자리까지 간다. 벌판 꼭대기에 서니 집 앞마당이 보인다. 차들이 많다. 경찰차, 표식 없는 차, 승합차 등등. 그리고 내 땅에 메뚜기떼처럼 몰려든 인간들이 집 안을 들락거리고 헛간에서도 툭툭 튀어나온다.

내 안의 무언가가 통째로 뜯겨나간 느낌이다. 지금은 컬렉터까지 신경 쓸 겨를 따위도 없다. 아무 생각이 나지 않는다.

나를 이 지경으로 만든 인간이 저기 보인다. 빨간 머리 경찰관. 저 난장판 한가운데 서서 졸개들을 시켜 닥치는 대로 쑤셔대고 있다. 마치 거미줄 한가운데서 먹잇감을 기다리는 한 마리 거미 같다. 나는 놈을 안다. 놈이 무엇을 원하는지 안다. 하지만 절대 원하는 걸 가질 수 없을 거야. 나는 그렇게 쉽게 잡혀주지 않을 거다. 내 일은 말이야, 아주 고귀한 일이다. 저런 햇병아리 자식이 끼어들어 방해할 만한 일이 아니란 말이다.

복수심으로 피가 끓어오른다.

38
맥케이

저 애송이가 감히! 프랜시스는 자신이 다시 수사 지휘관이라도 된 것처럼 행동했다. 지원팀이 현장에 도착하자마자 프랜시스와 마르니 퓰린스를 즉시 현장에서 내쫓았어야 했다. 하지만 그러기는커녕 맥케이는 마르니 퓰린스를 현장 안으로 들어오게까지 하고, 그 여자가 기절해버리는 바람에 이제는 홀린스를 시켜 그녀를 집에 데려다주느라 몇 시간의 인력손실까지 생기고 말았다. 젠장, 뜻대로 되는 게 없다. 하지만 그래도 여기까진 귀엽게 봐줄 수 있는 정도다. 애초에 프랜시스와 마르니 퓰린스에게 제임스 다이아몬드에 대한 정보를 알려준 것부터가 이 모든 재앙의 시작이었다. 저들이 제임스 다이아몬드를 찾아갔다가 결국 이 스톤 에이커 농장까지 발견하게 된 것 아닌가. 이젠 맥케이가 생각하기에도 샘 커비가 그들이 쫓는 범인이며 이 사건이 곧 해결되리라는 게 분명해 보였다. 저 헛간에 그놈을 평생 감옥에 보내고도 남을 증거들이 가득 들어 있었다. 어떻게든 이 모든 발견의 공을 반드시 자신이, 물론 브래드쇼와 함께 차지할 방법을 찾아야 한다.

과학수사팀의 로즈 루이스가 도착했다. 현장 테이프는 이제 앞마당에까지 둘러져 있었다. 곧 과학수사팀이 마당을 샅샅이 뒤지기 시작할 거다. 두 형사는 로즈를 헛간으로 안내한 뒤 그녀가 어마어마한 양의 증거를 눈으로 흡수하는 동안 말없이 기다렸다. 과학수사대원 한 명이 헛간 안을 천천히 돌아다니며 플라스틱 통들과 작업대의 사진을 찍었다.

로즈가 마침내 얘기할 준비가 됐다는 신호를 보내자, 프랜시스가 물었다. "용의자가 여기서 가죽을 가공하고 있는 게 맞죠?"

"가죽을 가공하는 단계는 사람들이 생각하는 것처럼 단순하지 않아요." 로즈가 대답했다. "대부분의 단계가 다양한 종류의 화학 처리 과정이에요. 지방과 털을 제거하고 산도를 중화하고 그 전 단계의 화학물질을 씻어내고 피부에 있는 단백질을 방부처리하고…."

"그 모든 과정이 얼마나 걸리죠?" 프랜시스가 물었다.

"어떤 화학 약품을 사용하느냐와 어떤 종류의 피부를 가공하냐에 따라 달라져요. 몇 시간 만에도 될 수 있고 며칠이 걸리기도 하고요."

"그리고 그 과정은 동물 가죽이나 인간 피부나 똑같은 단계를 거치고요?"

맥케이의 인상이 구겨졌다. 두 사람의 대화에 맥케이는 속이 울렁거렸다.

"당연하죠. 가공 과정만 따져보면 사람의 피부와 동물의 가죽에는 아무런 차이가 없어요. 돼지가죽과 유사한 방식으로 취급하면 될 거예요."

"지금 여기에 있는 문신이 몇 개죠?" 맥케이가 화제를 바꾸고 싶은 간절한 마음으로 물었다.

"젬 월쉬의 두피인 건 확실해요. 하지만 지젤 코넬리의 팔이나 이반 암스트롱의 문신은 보이지 않네요. 뭐 아직 수색이 끝난 건 아니니까." 프랜시스가 대답했다.

과학수사대원 한 명이 다가와 로즈를 손짓으로 불렀다.

"잠깐만요." 로즈는 양해를 구하고 대원과 함께 사라졌다.

"이제 뭘 할 거죠?" 프랜시스가 맥케이에게 물었다.

"샘 커비를 찾아내서 감방에 쳐 넣어야죠. 체포 영장을 신청할 증거도 넘쳐나고, 벌써 경찰서에 지시해서 전국에 지명수배령도 발동했어요. 앤지 버튼한테는 공개 배포할 만한 사진이 없는지 찾아보라고 말해뒀고요."

이 정도면 프랜시스도 연륜 있는 경찰이 수사를 어떻게 지휘하는지 한 수 배우겠지.

"또 살인을 저지를 것 같아요?" 로즈가 두 사람 쪽으로 다시 다가오며 말했다.

프랜시스는 맞은편 벽에 붙은 사진들을 바라봤다. "범인이 사치 전시회의 아티스트들 작품을 노리는 게 분명해요. 하지만 우리가 여기 들이닥친 걸 알게 되면 놈은 분명 잠수를 타겠죠. 그동안 이 사진 속의 사람들이 누구인지 모두 파악해서 그들에게 신변 보호 조치를 취해두는 게 좋겠네요." 프랜시스는 맥케이를 보며 말하고 있었다. "홀린스를 시켜서 타투 아티스트들에게 연락을 취해 이 사진의 사람들이 누구인지 알아보는 게 어때요?"

또 나서서 잘난 척을 하려는 수작이다.

"그건 벌써 히친스한테 시켰어요." 맥케이는 당장 해야겠다고 속으로 생각하며 말했다. "집 안으로는 들어가 봤어요?" 맥케이가 물었다.

프랜시스는 고개를 저었다. "아직요."

집 안에선 과학수사대원들이 사진을 찍고 지문을 채취하느라 정신없이 우글거렸다. 프랜시스와 맥케이가 집 안으로 들어서자 흰색 수사복을 입은 경사 한 명이 다가왔다.

"집 안에는 범죄와 직접적으로 연결되는 증거는 없어 보입니다." 경사가 말했다. "하지만 분명히 누군가 거주하는 게 틀림없습니다. 주방에 오늘 아침에 먹다 남긴 걸로 보이는 식사 흔적도 있습니다. 지금까지 찾아낸 문서들도 모두 샘 커비 이름으로 되어 있는 걸 보면 용의자가 청구서도 직접 내고 은행 계좌 명세서도 이쪽으로 받는 것 같습니다."

"알았네. 수고했어. 수첩이나 달력 같은 건 못 찾았나?"

과학수사대원은 고개를 젓고 다시 자기 일로 돌아갔다.

"놈은 지금 어디 있을까요?" 프랜시스가 말했다. "놈을 놓치다니 우리가 운이 나빴던 것 같네요."

"운이 나빴다뇨?" 맥케이가 말했다. "생각 안 나요? 경위님이랑 마르니 뮬린스가 지원도 없이 단둘이 왔던 거. 그렇게 무책임할 수 있다니. 놈이 손에 칼이라도 들고 문을 열었으면 어쩔 뻔했어요?"

"여하간, 이 난장판 통에 놈이 집에 돌아오긴 그른 것 같네요."

"경사님! 경사님!" 정복 경관이 문 안으로 뛰어 들어왔다.

"무슨 일인데?" 맥케이가 물었다.

"벌판 끝에서 어떤 남자가 포착됐습니다. 이쪽을 지켜보고 있는 것 같습니다."

"가보죠." 프랜시스가 곧바로 문을 향하며 말했다. "범인일 수도 있어요."

"그럴 리가요."라고 맥케이는 말했지만 추격하지 않을 순 없다.

정복 경관은 두 사람을 집 밖으로 데리고 나가 마당을 대각선으로 가로질렀다. 그가 비콘 방향으로 펼쳐진 오르막 벌판 꼭대기를 손으로 가리키자, 곧바로 짙은 옷을 입은 키 큰 남자가 모습을 드러내더니 어색한 달리기로 언덕 너머로 도망가기 시작했다.

"멍청하긴." 프랜시스가 중얼거렸다. "놈한테 아예 손이라도 흔들지?"

프랜시스는 곧바로 도움닫기를 해서 갈아엎어놓은 들판 옆길로 남자를 쫓아갔다. 맥케이가 뒤를 쫓았지만 그는 프랜시스보다 이십 킬로그램은 더 나가는 데다 15년만큼의 나잇살까지 달려있었다. 즉 뒤쫓는 건 불가능이었다. 게다가 맥케이는 오르막을 뛰어오르는 걸 세상에서 제일 싫어했다. 겨우 15미터밖에 안 뛰었는데 벌써 가슴이 조여드는 게 느껴졌다.

프랜시스는 맥케이로부터 점점 멀어졌지만 그렇다고 사냥감과의 거리가 좁혀지는 것도 아니었다. 벌써 들판 꼭대기까지 올라간 프랜시스는 앞을 가로막은 울타리를 따라 양옆으로 열심히 눈을 움직여 봤지만 반대편으로 통하는 문이나 디딤돌 같은 것은 없었다. 그는 울타리를 기어올라 넘어가 보려고 몇 번이나 시도했지만 실패했고 남자는 결국 언덕 너머로 사라져버렸다.

"빌어먹을!" 프랜시스는 휴대폰을 꺼냈다. "여기선 망할 신호도 안 잡히네!" 맥케이가 마침내 뒤따라왔을 때 프랜시스가 격분해서 소리쳤다.

맥케이는 두 손으로 무릎을 짚고 몸을 반으로 꺾은 채 심하게 헐떡거렸다.

"맥케이 경사, 체력 검사 좀 받아야겠어요." 프랜시스가 다시 언덕 아래로 발길을 돌리며 짧게 말했다.

맥케이는 잠시 그 자리에 서서 소리 없이 욕을 내뱉고는 호흡이 진정되길 기다렸다. 그때 울타리 아래쪽에서 뭔가 번쩍거리는 게 눈에 들어왔다.

"경위님, 잠깐만요."

프랜시스가 몸을 돌렸다. 맥케이는 울타리 아래 얕은 배수로 건너편으로 손을 뻗었다. 그의 손가락이 움켜잡은 것은 차가운 금속이었다. 아주 날카로운.

"악!"

그는 손을 꺼내 자신이 쥐고 있는 물건을 눈으로 확인했다. 칼이었다. 날카로운 칼날이 순식간에 맥케이의 집게손가락 가운데 관절을 베어버렸고, 칼자루 위로 맥케이의 피가 줄줄 흘러내리고 있었다.

"아주 잘했네요." 프랜시스가 말했다.

"고마워요." 맥케이가 대답했다.

프랜시스는 수사복 주머니에서 증거물 봉투를 꺼내 입구를 벌렸다. 맥케이는 칼을 조심스럽게 봉투에 집어넣었다.

"칭찬하고 욕도 구분 못 해요? 우리가 확보한 것 중 가장 핵심적일 수도 있는 증거물을 경사가 방금 훼손했잖아요."

39

프랜시스

주유소에서 파는 꽃은 내키지 않았다. 하지만 프랜시스는 빈손으로 가고 싶진 않았다. 마르니가 충격적인 범죄 현장까지 목격하게 한 데다, 이제는 현장 사진을 봐달라는 핑계로 그녀를 또다시 괴롭혀야 하기 때문이다. 그는 보드카로 결정했다. 예전에 마르니가 좋아하는 보드카 브랜드를 한번 말한 적이 있었다. 프랜시스는 디칠링에서 브라이튼 시내로 돌아가는 길에 마트에 들러 그 보드카를 사 가야겠다고 생각했다.

과학수사대는 일단 오늘 할 일은 거의 마무리했지만 내일 아침에 다시 이곳으로 출동할 것이다. 프랜시스는 샘 커비가 다시 집으로 돌아올 경우를 대비해 근방에 밤샘 경비를 붙여두고, 브라이튼으로 돌아가는 차 안에서 로즈에게 전화를 걸었다.

로즈는 이제 자기만의 서늘하고 고요한 얼음 궁전인 부검실로 돌아가, 반쯤 가공되다 만 젬 월쉬의 문신과 각종 화학약품 통에서 함께 회수한 피부 문신 조각들을 검사하고 있었다. DNA 분석을 위해 조직 샘플을 분석실로 보내긴 했지만, 두 사람 모두 그것이 젬 월쉬의 두피라는 걸 확신했다. 그들은 샘 커비의 냉동고에서 두피가 벗겨진 머리도 발견했는데 두 눈을 부릅뜬 채 빨간 속살을 그대로 드러낸 머리는 아마 젬 월쉬의 머리일 것이다.

"뭐든지 알아내면 나한테도 알려줘요." 로즈에게 그렇게 말하고 전화를 끊었다. 마르니의 집에서 몇 미터 떨어진 빈 주차공간에 차를 댔다.

맥케이는 오후 내내 브래드쇼와 통화를 하느라 수시로 전화통을 붙들고 있었다. 프랜시스가 이해한 바로는 브래드쇼는 수사에 진전이 생긴 것에 사실상 만족해하는 것 같았다.

"경위님이 그놈이 집에 올 때까지 기다리지 않고 무작정 들이닥친 걸 브래드쇼가 엄청 아쉬워하더라구요." 맥케이가 얼굴에 비웃음을 가득 담고 말했다.

"그러게요. 놈이 집에 있는지 없는지 먼저 하나님한테 물어보고 도착할 걸 그랬네요." 프랜시스가 대답했다.

브래드쇼야 원래 개자식인걸.

프랜시스는 마르니의 문을 두들겼다. 분명히 위층엔 불이 켜져 있는데 대답이 없었다. 프랜시스는 통화를 시도했다.

"여보세요?"

"당신 집 앞에 와 있어요."

"혼자만의 시간을 즐기며 목욕 중이에요. 형사님, 그냥 가주세요."

"마르니, 중요한 일이 아니면 여기 오지도 않았을 거예요. 기다릴게요."

10분 뒤 마르니는 문을 열고 그를 안으로 들였다. 그녀는 두꺼운 융단 가운을 입고 있었고 머리는 젖은 채 하나로 묶여 있었다. 그녀에게서 달콤한 향의 목욕용 오일 냄새가 났다.

"미안해요." 프랜시스가 주방으로 마르니를 따라가며 말했다. "아까 당신을 그 헛간 안으로 데리고 들어가는 게 아니었는데."

그녀는 세차게 고개를 저었다. "괜찮아요. 그 안에 있던 것들 때문이 아니라 마스크 때문에 불편해서 그랬어요. 원래 밀실 공포증 같은 게 좀 있어서 숨을 쉴 수가 없었어요."

"이거 선물이에요." 그가 화해의 선물을 내밀자 마르니의 눈에
서 빛이 났다.

"와, 무조건 용서해줄게요. 와인이라도 줄까 했는데, 오늘 겪은
일을 생각하면 보드카가 더 낫겠네요."

프랜시스는 평상시에도 증류주 종류는 되도록 피하려고 했지
만, 오늘은 힘든 날이기도 했고 마르니 기분도 맞춰줄 필요가 있
었다. 또다시 그녀의 도움을 받아야 하는 처지이다 보니.

"그래요. 못할 것도 없죠."

"이쪽으로 와요." 마르니는 한쪽 눈을 치켜뜨더니 찬장에서 작
은 양주용 유리잔을 두 개 꺼내왔다.

마르니를 따라 거실로 들어간 프랜시스는 주위를 둘러보았다.
거실은 마르니의 스튜디오보다 훨씬 더 히피 소굴 같았다. 인도
라자스탄, 네팔 카트만두, 잉카 유적 순례길에서 하나하나 들여온
것 같은 이런저런 물건들로 꾸며진 아늑한 응접실이었다. 프랜시
스는 푹신한 소파에 잔뜩 널려있는 터키 융단 쿠션들 더미 속으
로 푹 가라앉았다.

마르니는 향대에 불을 붙이고 유리잔에 술을 가득 채웠다. 프
랜시스는 술을 따르는 마르니의 손이 약간 떨리는 걸 알아차렸다.
아마도 농장에서 본 것들이 그녀가 수용할 수 있는 한계치를 넘
어선 듯했다. 마르니는 프랜시스에게 잔을 건넸다.

"스트레이트로요?" 프랜시스가 몸이 떨리는 걸 간신히 참으며
말했다.

"당연히 스트레이트죠. 하지만 원샷은 하지 않아도 돼요."

그는 그럴 생각은 추호도 없었다. 일단 한 모금만 넘겨봤다. 목

구멍이 혹독하게 타오를 거라 예상했는데 의외로 목넘김이 부드러웠다. 마르니도 잔을 넘겼다. 알코올이 제대로 들어갔는지 한껏 누그러지는 표정이었다.

"프랭크 설리번, 이제 내가 당신을 타락시킬 거예요."

"보드카 한 잔으론 어림도 없어요."

그녀는 갑자기 심각한 표정을 지었다.

"스톤 에이커에서 뭘 발견했는지 말해줘요." 그녀가 말했다.

그는 헛간에서 발견한 것들과 집 안에서 쏟아져 나온 증거들에 대해 마르니에게 설명했다. 프랜시스가 헛간에 있던 수많은 플라스틱 통과 그 안에 들어있던 소름 끼치는 내용물에 대해 이야기하는 동안 마르니의 얼굴이 창백해졌다. 자기 술잔을 다시 채우는 마르니의 손이 또 떨리고 있었다.

"샘 커비가 멀리서 우리를 지켜보고 있었던 것 같아요. 경관 한 명이 농장 너머 언덕에 있는 어떤 남자를 발견했거든요."

"그냥 농부 아니었을까요?"

"쌍안경으로 울타리 너머를 훔쳐보는?"

"음. 농부는 아니네."

"우리가 뒤를 쫓긴 했는데 놓쳐버렸어요. 하지만 칼을 하나 떨어뜨리고 갔어요."

"그 칼이 살인 도구인지 알아낼 수 있어요?"

프랜시스는 고개를 저었다. "증거로 인정될 가능성이 없어 보여요. 그 멍청이 맥케이가 맨손으로 주워들었다가 손가락을 베이고 자기 피를 온통 다 묻혀버렸으니까."

"맥케이요? 많이 다쳤어요?"

"이렇게 얘기해 볼게요. 칼에 베인 손가락 상처는 쪽팔림에 베인 마음의 상처에 비하면 아무것도 아니라고요."

프랜시스는 한꺼번에 꿀꺽 잔을 비웠다. 이번에는 목구멍이 타오르는 걸 느꼈지만 오히려 기분이 좋았다.

"당신 도움이 또 필요해요."

마르니는 두 개의 잔을 다시 채웠다. "알아요." 그녀가 말했다. "범인이 아직 건드리지 않은 사람들의 타투 사진을 봐 달라는 거죠?"

프랜시스는 서류 가방에서 노트북을 꺼내 테이블 위에 펼쳤다. 헛간 벽에 붙어있던 타투 사진들이 화면에 펼쳐졌다. 그는 사진들 중 마르니가 아는 타투가 있는지 물었다.

"모래밭에서 바늘 찾기예요." 마르니가 말했다. "심지어 이 타투를 한 아티스트들도 고객들의 연락처를 기록하지 않았을 수도 있어요."

"맞아요, 그럴 수도 있죠." 프랜시스가 말했다. "하지만 무슨 수를 써서라도 알아내야 해요. 그래야 그 사람들의 신변을 보호해 줄 수 있어요. 샘 커비를 붙잡을 때까지는 그 사람들이 위험에 처한 것으로 간주해야 해요."

"샘 커비를 어떻게 잡을 건데요?"

"맥케이가 광범위한 수색 작전을 시작했어요. 특별팀도 꾸리고 용의자 차량도 추적 중이고요. 놈이 어디 숨어있는지 알아내기가 힘드니 이 잠재 희생자들을 빨리 파악하는 게 그만큼 중요해요. 운이 나쁘면 타깃 중 한 명이 또다시 우리를 범인에게 이끌어주겠죠."

마르니는 한 시간 동안 사진들을 골똘히 들여다봤지만 그중 누구의 신원도 알아내지 못했다. "사진을 나한테 이메일로 보내줘요. 주변에도 물어볼게요." 마르니가 말했다. "누군가는 알아보는 사람이 있을지도 몰라요."

프랜시스는 노트북을 닫고 잔을 비웠다.

"난 이제 그만 가는 게 좋겠어요."

"같이 아침 먹은 후로 뭐 좀 먹었어요?"

"아니요." 지금까지 생각도 못 하고 있다가 갑자기 음식 생각을 하자 배고픔으로 위장이 뒤틀렸다.

"파스타 괜찮아요?"

보아하니 파스타는 무조건 레드와인과 곁들여 먹어야 하는 게 뮬린스 집안의 법칙인 듯했다. 프랜시스는 최대한 사양하려고 했지만 마르니는 들은 척도 하지 않았다.

"아들은 어디 갔어요?" 프랜시스가 입술을 오므리고 스파게티 가락을 흡입하면서 물었다.

"친구네 집에서 자고 온대요."

"아들은 가업을 물려받지 않을 건가 봐요?"

"가업은커녕 몸에 점 하나도 안 찍을걸요." 마르니가 웃으며 말했다.

"분별력 있는 청년으로 성장하겠네요." 프랜시스가 심술궂게 말했다.

"당신 가족 얘기나 해봐요."

어디서부터 시작해야 할까.

"어머니와 누나가 있어요."

"둘 다 브라이튼에 살아요?"

"두 사람 모두 다발성 경화증이 있어요. 어머니는 솔트딘에 있는 요양소에 계시고, 누나는 호브에 있는 보호시설에 살고 있는

데 누나가 있는 곳은 독립적으로 살 수 있으면서도 필요할 경우 바로 근처에서 도움을 받을 수 있는 시설이에요."

마르니는 고개를 끄덕였다. "두 분 모두 꽤 가까이 있는 거네요. 마음만 먹으면 자주 만날 수 있겠어요."

"자주 가 봐야 하는데 그러지 못하고 있어요."

"당신 아버지는요?"

"떠난 지 한참 됐어요."

"아, 괜한 걸 물었네요." 마르니는 프랜시스의 잔에 와인을 더 따르며 말했다.

프랜시스는 씁쓸하게 고개를 저었다. "돌아가신 건 아니에요. 누나와 내가 아직 십 대일 때 누나마저 다발성 경화증 진단을 받자 우리를 떠났어요. 뒤치다꺼리할 환자가 두 명이나 되는 걸 감당할 수 없었나 봐요." 벌써 많은 세월이 흘렀는데도, 아버지에 대해 얘기할 때면 말투에 스며든 냉소를 완전히 걷어내는 게 쉽지 않았다.

"무거운 짐을 당신한테 떠넘기고요?"

"가족들은 짐이 아니에요." 프랜시스는 발끈했다. "두 사람 곁에 내가 항상 있어 줄 겁니다. 그래서 내 일에 온 힘을 쏟는 거예요. 어머니와 누나를 최고의 시설에서 지내게 하고 싶어요. 그러려면 돈이 들고요."

"미안해요. 일부러 그런 건 아니지만 내가 괜히 아픈 데를 건드렸네요. 그래도 지금까지 꽤 성공한 거 아니에요? 젊은 나이에 경위가 됐잖아요."

대답하기 어려운 질문이었다.

"경찰서에 있는 사람들 대부분은 내가 능력 이상으로 승진했다

고 생각해요. 게다가 내가 맡은 첫 사건에서도 배제됐고요. 어쩌
면 여기까지가 내 능력의 한계인가 봐요. 그러니까 성공했다고 말
하긴 좀 그렇죠."

"하지만 오늘 수사에서 엄청난 소득이 있었잖아요. 당연히 당
신 상관도 그걸 알 텐데요?"

"범인이 누군지를 알아내는 것과 그를 실제로 잡아들이는 것은
천지 차이예요. 쫓기는 중이니 영영 숨어버리거나 자살해버릴 수
도 있어요. 우리는 놈을 반드시 법정에 세워야 해요. 그러지 못하
면 뭘 해도 실패인 셈이에요. 게다가 브래드쇼와 맥케이는 수사가
잘되기라도 하면 모든 성과를 독차지하려고 수단과 방법을 가리
지 않을걸요?"

프랜시스는 지금까지 단 한 번도 다른 사람에게 가족 얘기나
자기 일 얘기를 한 적이 없었다. 그런데 왜 지금 자신이 마르니 뮬
린스와 이런 얘기를 하는 거지? 피로가 한꺼번에 몰려왔다.

"재미없는 얘기만 늘어놔서 미안해요."

"사람 사는 얘기 중에 재미없는 얘기는 없어요." 마르니가 말했
다. "그렇게 생각하면 타투 일도 절대 못 하죠."

"타투를 받는 동안 사람들이 얘기를 많이 하나 보죠?"

"항상요. 상담 치료받듯 오는 사람들도 가끔 있어요."

"감옥에 있는 사람들한테도 타투를 해 줬어요?"

마르니는 뜻밖의 질문에 놀란 것 같았다.

"미안해요. 캐묻지 말아야 하는데."

"아니, 괜찮아요." 마르니가 대답했다. 그리고는 고개를 저었다.
"아니요, 교도소에 있을 땐 아무한테도 타투를 하지 않았어요.
그럴 수 있는 상태가 아니었어요. 적응도 잘 못 했고 거기 있는

다른 여자들한테 쓰레기 취급을 당했거든요. 그 안에서 난 프랑스 남자를 칼로 찌른 영국 년이었어요. 내가 왜 그랬는지, 무슨 일이 있었는지 물어봐 주는 사람도 없었고, 다들 그냥 자기들 생각하고 싶은 대로 결론 낸 거죠."

"얼마나 오래 있었어요?"

"오래 안 있었어요. 몇 주 정도. 쌍둥이 임신 말기였어요."

프랜시스는 기겁했다. "쌍둥이를 출산하기 직전이었는데 당신을 감옥으로 보냈다구요?"

"판사가 그다지 동정심 있는 사람은 아니었어요."

"쌍둥이라는 걸 당신은 벌써 알고 있었던 거예요?" 예전에 그녀가 아이를 잃었다는 이야기를 한 적이 있었지만 그 아이가 쌍둥이 중 하나였다니, 프랜시스는 충격을 받았다.

마르니는 고개를 끄덕였다. "샤워실에서 공격을 받았을 때 쌍둥이 중 하나를 유산했어요. 그 후에 병원으로 옮겨져 뱃속에 남은 아이의 상태를 계속 확인했구요. 알렉스가 태어날 즈음엔 나도 형량을 거의 다 채운 상태라 판사가 석방시켜 주더라구요." 그녀는 잠시 침묵했다. "참 힘든 시절이었어요."

"정말 안됐네요." 프랜시스가 다시 말했다.

대화가 끊겼다. 프랜시스는 어떻게 하면 최대한 자연스럽게 대화의 주제를 바꿀 수 있을까 고민했다. 마르니는 냅킨을 만지작거리고 있었다.

"혹시…?"

"그거 알…?"

두 사람은 동시에 입을 열었다가 다시 멈췄다.

"먼저 말해요." 프랜시스가 말했다.

마르니는 고개를 저었다. "아니, 당신 먼저 말해요."

하지만 프랜시스는 자신이 무슨 말을 하려고 했는지 기억이 나지 않았다.

"저기, 이만 가보는 게 좋겠어요. 파스타랑 와인 고마웠어요."

자리에서 일어선 프랜시스가 빈 접시를 들려고 움직이다가 한쪽 다리가 커피 테이블 모서리에 걸리는 바람에 살짝 휘청거렸다.

"앗 조심!" 마르니가 프랜시스를 재빨리 팔로 붙잡아 세웠다. 둘은 마주 서서 서로의 얼굴을 바라봤다.

프랜시스가 활짝 웃었다. "나 좀 취한 것 같아요."

"프랭크, 당신 엄청 많이 취한 것 같아요."

"프랭크라고 부르지 말아요." 프랜시스는 자기 앞에 있는 얼굴을 찬찬히 살펴봤다. 처음으로, 자기가 그 얼굴을 아주 많이 좋아한다는 걸 깨달았다. "미안해요. 평소에 술을 잘 안 마셔서 내가 어느 정도 취한 건지 잘 모르겠어요."

"괜찮아요." 마르니가 말했다. "하지만 운전하면 안 돼요. 오늘 밤은 여기서 자고 가는 게 좋겠어요."

프랜시스에게도 좋은 생각처럼 들렸다. 너무 좋은 생각이라 마르니에게 키스라도 해야 할 것 같았다.

그래서 그렇게 했다. 마르니도 그의 키스에 응했다. 프랜시스의 삶에서 새로운 뭔가가 시작되려는 것 같았다.

뭔가 아주 좋은 일이.

xiii

아버지가 내게 화를 낼 때마다 나는 아버지가 정말 싫었다. 어렸을 땐 학교 성적 가지고 화를 내더니 좀 더 크니까 내가 뭘 결정할 때마다 잔소리를 해댔다. 아버지 회사에서 일을 시작했을 땐 내가 하는 일마다 꼬투리를 잡았다. '주문을 잘못 넣었다', '가죽을 잘못 썼다', '어떻게 그렇게 끔찍한 색깔로 가방을 만들었냐' 등등. 아버지의 화가 잦아질수록 아버지에 대한 내 사랑은 차츰 다른 것으로 바뀌었다. 점점 날카롭고 적대적인 감정으로 변해가더니 결국 마지막엔 그것들만 남았다.

이젠 컬렉터가 화가 났다. 무슨 일이 있었는지 그에게 털어놓을 수밖에 없었다. 컬렉터는 처음엔 실망한 목소리더니 금방 냉소적인 어조로 돌변했다. 전화기 너머에서 일그러진 얼굴로 경멸의 표정을 짓고 있는 그의 모습이 생생하게 그려졌다. 나는 숨어버리고 싶었다. 아니, 시간을 되돌리고 싶었다. 물론 컬렉터는 아버지와 상황이 다르다. 그는 내게 화를 낼 자격이 있다. 나는 용서받을 수 없는 실수를 저질렀고 젬 월쉬의 죽음도 결국 개죽음이 됐다. 특별했던 그의 머리 가죽은 아름다운 예술 작품으로 승화되지 못한 채 번호가 매겨진 증거물 껍데기로 전락했다.

이 모든 일의 원흉은 프랜시스 설리번이라는 경찰놈이다. 그놈이 텔레비전에 나와 기자회견을 열었다. 그놈이 내 은신처를 쳐들어가 내가 마음을 놓을 수 있는 유일한 장소를 쑥대밭으로 만들었다. 그놈이 나를 잡으려고 언덕을 달려 올라왔다. 내가 지금까지 이뤄놓은 모든 것을 그 놈이 다 망쳐버렸다.

놈은 후회하게 될 거다. 반드시 놈이 후회하게 만들 거다.

마르니 퓰린스의 집 밖에 세워진 그놈의 차를 보니 미치도록 화가 치민다. 마르니 퓰린스는 이 경찰놈과 스톤 에이커까지 와서 대체 뭘 하고 있었던 거지? 그리고 지금은 왜 둘이 같이 있는 건가.

놈이 떠날 때까지 여기서 기다려야겠다.

아래층 불이 꺼졌다. 그런데 놈이 떠나지 않는다.

열린 창으로 웃음소리가 들린다. 마르니 퓰린스의 웃음소리.

기다릴 수 있다.

위층의 불도 꺼졌다.

기다려야 한다. 기다릴 수밖에 없다. 하지만 분노가 온몸을 활활 태운다. 젠장, 조만간 일을 해치워야겠다.

40

프랜시스

프랜시스는 이불을 당겨 얼굴을 덮었다. 침대에서 낯선 냄새가 난다? 향수 냄샌가? 여전히 이불을 뒤집어쓴 채 프랜시스는 눈을 떴다. 사각팬티 차림이다. 이건 자신의 침대가 아니다. 침대 시트도 처음 보는 거다.

침대 끝에 뭔가 덩어리 같은 것이 쿵 내려앉더니 이불 위를 아슬랑거렸다. 프랜시스가 황급히 일어나 앉자 눈앞에 페퍼가 마주보고 있었다. 개는 흥분해서 짖어대더니 프랜시스의 뺨을 핥기 시작했다.

모든 기억이 한꺼번에 들이닥쳤다. 보드카, 파스타, 레드와인. 마르니와의 키스.

도대체 무슨 정신으로 보드카를 마셔도 괜찮다고 생각한 거야?

그는 페퍼를 밀어내고 시계를 봤다. 제길. 벌써 경찰서에 가 있어야 할 시간이었다. 우선 집에 들러 옷을 갈아입어야 한다. 페퍼가 재공격을 시도했다. 뒷골까지 뻗친 두통으로 머리가 욱신거렸다.

그는 신음을 토하며 다시 누웠다. 와인과 보드카라니. 이 나이에 숙취를 처음 겪어보는 건 당연히 아니었다. 술에서 덜 깬 채 일어난 적이 있긴 있었다. 하지만 오늘은 그러면 안 되는 날이었다. 아니, 이번 주 내내 그러면 안 되는 거였다.

"프랭크, 일어났어요?"

프랜시스가 눈을 뜨자 침실로 들어서는 마르니가 보였다. 벌거벗은 채였다. 당장 침대 속으로 다시 파고드는 게 지상과제인 사람처럼 침대로 다가왔다. 어젯밤 기억 중 텅 빈 부분이 있었다. 하지만 우리 둘 사이에 다른 일이 있었다면 당연히 기억나야 하는 거 아닌가? 하지만 생각나는 거라곤 그 길고도 끝없는 키스뿐이었다. 그 밖엔 아무것도 기억나지 않았다.

마르니는 침대 끝에 앉아 프랜시스를 마주 봤다. 프랜시스는 그녀의 가슴에서 시선을 피하려고 필사적으로 노력했지만 형편없이 실패했다. 아름다운 가슴이었다. 덕분에 이불 밑에서 통제 불능의 흥분이 불끈거렸다. 그는 무슨 말이라도 하려고 입을 열었지만 할 말이 미처 생각나기도 전에 초인종이 울렸다.

"이렇게 이른 시각에 누구지?" 마르니는 일어서서 가운이 몇 벌 걸려있는 침실 문 쪽으로 향했다.

프랜시스는 마르니에게서 눈을 뗄 수 없었다. 완전히 벌거벗은 그녀의 아름다운 몸 때문이 아니었다. 물론 다른 상황이었다면 그것이 유일한 이유였을 거다. 그녀가 어딜 가는지 궁금해서 그런 것도 당연히 아니다. 이미 알고 있으니까. 다만, 마르니가 그에게서 등을 돌렸을 때 프랜시스는 처음으로 마르니의 등에 있는 문신을 목격했다. 그녀의 등에 이와오에게 받은 타투가 있다는 건 알고 있었지만 그걸 보여 달라 부탁할 생각은 해본 적이 없었다. 그녀의 문신은 프랜시스 자신이 참견할 일이 아니었으니까.

하지만 이번 것은 그가 참견할 이유가 차고도 넘쳤다.

프랜시스는 그것을 단번에 알아봤다. 그리고 심장이 그대로 멈췄다.

저 모양을 다른 데서 봤다. 살인범의 헛간에서.

마르니 물린스도 그의 타깃이었다.

마르니 뮬린스도 살인범의 리스트에 있었다.

마르니의 등에 있는 문신은 타투 도둑이 벽에 걸어놓은 이미지 중 하나였다. 소용돌이치는 청록빛 연못 안에서 헤엄치는 주황과 황금빛의 코이 잉어, 그리고 다홍색 기모노에 검은 허리 오비를 두르고 울고 있는 게이샤였다. 다만 현실에서는 마르니가 방을 가로질러 걸어가자 문신이 꾸물꾸물 움직이며, 그가 벽에서 봤던 평평한 이미지에서보다 훨씬 더 생생했다.

범인은 여전히 탈주 중이고 마르니의 등에서 문신을 떼어가고 싶어 한다.

"이봐요, 마르니…."

"대체 어떤 인간인지 금방 쫓아 보내고 올게요. 그리고 커피도 좀 만들어오고요."

프랜시스는 침착하려고 노력했다.

그녀가 어제저녁에 입었던 융단 가운을 걸치고 사라지자 잠시 뒤 계단이 삐걱거리는 소리가 났다.

프랜시스는 스스로를 추스르며 침실을 둘러봤다. 자신의 옷 무더기가 창문 근처에 구겨진 채 쌓여있었다. 지끈거리는 두통을 무시하고 다리를 들어 침대에서 바닥으로 내리고 조심히 일어났다. 방이 빙그르 돌았지만 프랜시스는 숨을 깊이 들이쉬며 차분히 균형을 잡았다. 움직일 수 있게 되자 옷더미 쪽으로 가서 바지 주머니에 있는 휴대폰을 꺼냈다.

세 번의 시도 끝에 겨우 비밀번호를 제대로 누르고 전화기의 잠금을 풀었다. 그는 전날 스톤 에이커에서 찍은 사진들을 열었다. 맞다. 그의 짐작이 맞았다. 방금 마르니의 등에서 본 살아있는 문신은 살인범의 명단에 있는 것이 맞았다.

그러니 마르니가 헛간 벽에 있는 사진을 보고 그 순간 기절한 것이 당연했다. 바보 멍청이같이 어떻게 그걸 알아채지 못했지? 그리고 마르니는 왜 자신에게 그 사실을 말해주지 않았을까? 마르니가 위험하다는 생각이 들자 불안감이 물밀듯 엄습했다.

프랜시스는 맥케이에게 전화를 걸었다. 살인범이 잡힐 때까지 마르니는 상시 보호를 받아야 한다. 맥케이는 전화를 받지 않았다.

프랜시스의 뇌가 슬로우모션으로 작동하고 있었다. 그는 방에서 뛰쳐나가면서 계단이 어느 쪽에 있는지 한참을 생각했다. 페퍼가 짖어대며 바짝 뒤를 따라오더니 프랜시스의 다리 사이를 정신없이 왔다 갔다 했다. 까딱하면 발에 차이기 직전이었다.

"마르니! 마르니, 기다려요! 문 열지 말아요."

그는 한 번에 두 계단씩 뛰어 내려갔고 페퍼는 프랜시스 발밑에서 계단 아래로 굴렀다.

"문밖에 살인범이…"

하지만 이미 너무 늦었다. '살인범'이라는 단어가 프랜시스의 입 밖으로 나오기도 전에 이미 마르니는 걸쇠를 풀고 문을 당기고 있었다.

티에리 뮬린스가 크루아상 한 봉지와 테이크아웃 커피 두 잔을 움켜쥐고 문밖 계단 위에 서 있었다. 티에리는 두 사람을 위아래로 훑어보더니, 사각팬티만 입고 있는 프랜시스를 발견하고는 마르니의 눈을 정면으로 쳐다보며 프랑스어로 쏘아댔다.

"이 자식이 대체 여기서 뭐 하는 거야?(Qu'est ce Q'il fout ici, Lui?)"

페퍼는 프랜시스 앞에 자리를 잡고 가슴통을 울리며 티에리를 향해 낮게 으르렁거렸다.

41

마르니

마르니는 두 남자를 번갈아 봤다. 프랜시스는 귀신이라도 본 것 같은 표정이었다. 그는 가쁜 숨을 몰아쉬며 현관 벽에 기대 비틀거렸다. 이 사람 도대체 왜 저러지? 티에리의 얼굴은 금방 사람이라도 죽일 것 같은 표정이었지만, 프랜시스는 전혀 티에리를 무서워하는 기색이 아니었다. 세 사람 중 누가 입을 열기도 전에 알렉스가 자기 아빠를 밀어제치고 현관으로 들어섰다. 페퍼가 꼬리를 흔들며 알렉스에게 달려들어 헥헥거렸다.

"엄마, 안녕." 알렉스가 마르니의 뺨에 키스하며 말했다.

젠장, 이게 무슨 꼴이야. 간밤에 한 이불을 덮고 잔 남자와 전남편이 서로 눈을 부라리고 있는 사이에 십 대 아들이 등장하다니. 마르니는 '그런 거 아니야. 같이 잔 거 아니야.'라고 말하고 싶었지만, 오히려 분위기만 더 이상해질 것이다.

"안녕 아들." 마르니는 알렉스를 안으며 대답했다. "잘 놀고 왔어?"

그녀가 달리 무슨 말을 할 수 있겠는가.

알렉스는 뒤로 물러서더니 의심스러운 눈초리로 마르니를 쳐다봤다. 그리고는 티에리, 프랜시스를 순서대로 쳐다보고는 다시 마르니에게로 눈을 돌렸다.

"엄마?" 이 한 마디로 알렉스는 마르니가 대답하고 싶지 않은 모든 질문을 던지고 있었다.

아무도 입을 열지 않았다. 어색함이 감돌았다. 좋게 말해서 어색함이지, 도저히 말로 표현할 수 없는 이상한 분위기였다.

알렉스의 얼굴엔 화난 표정과 어리둥절한 표정이 번갈아 스쳤다. "페퍼, 이리 와. 우린 이 미친 상황에서 사라져주자."

알렉스는 불룩한 배낭을 현관에 던져놓고, 자기 아빠의 손에서 커피와 크루아상을 낚아챘다. 페퍼는 침을 질질 흘리며 주방 쪽으로 알렉스를 따라갔다.

티에리는 마르니가 너무나 잘 아는 그 표정을 하고 프랜시스를 노려보고 있었다. 이마를 잔뜩 내리깔고, 줄줄이 튀어나오려는 프랑스 욕지거리를 참으며 입술을 꽉 다물고 있었다. 프랜시스는 어두운 현관 안쪽으로 조금씩 물러섰다. 그의 얼굴이 시뻘겋게 달아오르고 있었다.

티에리는 몸을 부풀리듯 한껏 위로 들어 올려 프랜시스를 내려다 봤다.

"이게 당신이 내 와이프를 타투 사냥꾼한테서 보호하는 방법이야? 마르니의 침대에서? 요즘엔 이런 걸 밀착 경호라고 부르는 건가?"

드디어 자기가 경찰서에서 당했던 앙갚음을 하려는 거다.

"전 부인이지." 마르니가 끼어들었다. "내가 누구랑 자든 말든 당신이 왜 참견인데?"

마르니는 말을 뱉고는 곧바로 후회했다. 그녀는 티에리의 성질을 알고 있었다. 그는 원래 질투심이 많은 남자였다. 심지어 이혼했는데도 항상 자신이, 가톨릭 신자로서 마르니의 유일한 남편이라는 주장을 고수했다. 물론 자기한테 편리한 상황일 때뿐이었지만. 티에리가 이빨을 바득바득 가는 소리가 실제로 들렸다.

"마르니 당신, 아들 생각은 안 해?"

말은 이렇게 했지만 티에리가 마르니를 밀치고 지나갔을 때는 이미 제정신이 아닌 상태였다.

"티에리!"

그는 프랜시스 앞에서 양쪽 어깨를 치켜세운 채 이미 두 주먹을 잔뜩 움켜쥐고 있었다. 반면 사각팬티 차림의 프랜시스는 키나 몸무게 면에서 신체적으로 불리한 건 말할 것도 없고, 심리적으로도 취약한 처지임이 너무 뚜렷해 보였다.

"내 집에서 지금 당장 나가든지 아니면 나한테 쫓겨나든지." 티에리가 말했다.

"이게 왜 당신 집이야!" 마르니가 격분해서 말했다.

마르니가 티에리의 어깨를 세게 잡아당겼지만 티에리는 사소한 방해꾼을 떨쳐내듯 마르니를 밀어냈다.

프랜시스는 팔을 들어 수비 자세를 취했다. 그는 퀸즈베리 룰(복싱규칙)의 안내 포스터에 실린 소년 같았다. 제대로 된 싸움까지 가지도 못할 게 뻔했다. 티에리는 항상 지저분하게 싸웠고 게다가 마르니만큼이나 경찰을 혐오했다.

"그만해. 지금 당장." 마르니가 소리쳤다.

"티에리 씨, 당신은 이 집의 거주자가 아닙니다. 경찰관으로서 경고하는데 이 집에서 나가주십시오."

젠장, 저런 식으로는 절대 먹히지 않을 텐데.

티에리의 주먹이 프랜시스의 코와 광대뼈를 비스듬히 때리고 지나가면서 프랜시스의 머리가 거실 문틀에 탁 부딪혔다. 그는 미끄러지듯 주저앉더니 양손으로 코를 부여잡고 숨을 쉬려고 헐떡거렸다. 마르니는 겁에 질린 채 프랜시스의 손가락 사이로 흐르는 피를 바라봤다.

"잘하는 짓이다, 티에리. 당신 방금 경찰관을 폭행한 거야. 또 철창신세가 될 거라고!"

티에리는 손마디를 주무르며 찍소리도 못하고 끙끙 골난 소리만 냈다. 변한 게 하나도 없었다. 매사가 이런 식이었다. 두 사람 사이가 왜 틀어질 수밖에 없었는지 다시 한번 확인한 셈이었다.

마르니가 알렉스를 불렀다. "알렉스, 주방에서 휴지 좀 갖다줄래?"

마르니는 프랜시스 옆에 무릎을 꿇고 그의 손을 살며시 코에서 뗐다. 코에서 피가 철철 흐르고 코 한쪽은 이미 불룩하게 부어오르고 있었다.

"부러진 것 같지는 않아요." 마르니가 알렉스에게서 휴지를 건네받으며 말했다. 알렉스는 재빨리 사라졌다. 마르니는 프랜시스가 지혈을 할 수 있게 휴지를 손에 쥐여주었다. "저 사람 체포하지 않을 거죠?"

"지금 당장 떠나면요." 피와 점액 때문에 꽉 막힌 목소리로 프랜시스가 대답했다.

"즐거운 아침 식사나 하시든가." 티에리가 뒤돌아서며 말했다.

"그런데 티에리, 잠깐만. 당신한테 할 말이 있어!" 마르니가 말했다.

티에리는 마르니를 무시하고 문으로 향했다.

"티에리! 당신도 살인범의 타깃이야."

그녀의 목소리에 날카로운 히스테리가 묻어나오자 티에리는 발걸음을 멈췄다.

"씨팔 그건 뭔 소리야?"

프랜시스는 충격으로 눈이 휘둥그레져서 마르니를 쳐다봤다.

"타투 사냥꾼 말이야. 당신도 명단에 있다고."

세 사람은 소파에 나란히 앉았다. 프랜시스는 여전히 코피를 닦아내고 있었다. 티에리는 너무 놀라 할 말을 잊은 채 마르니가 갖다준 위스키 잔을 단숨에 비웠다.

알렉스가 커피 쟁반을 들고 조용히 들어왔다. 그는 보란 듯이 자기 부모에게는 커피잔을 건네주더니, 프랜시스의 커피는 테이블 위에 툭 던지듯 내려놓았다. 분위기가 냉랭했다.

마르니는 안절부절못하고 계속 휴지를 조각조각 찢으며 두 남자가 생각을 정리하길 기다리고 있다.

프랜시스가 먼저 입을 열었다.

"그러니까 정리하자면, 당신이 살인범의 헛간 벽에서 당신 몸에 있는 타투와 티에리의 타투 사진을 봤다는 거죠?"

마르니는 입술을 깨물며 고개를 끄덕였다.

"어떤 게 티에리의 타투였죠?"

"루시퍼의 몰락이요."

"당신들 둘 다 타깃인거죠? 그것 때문에 거기서 기절했군요?"

"맞아요."

"그런데도 나한테 사실을 말해야겠다는 생각은 안 들었어요? 어제저녁에 사진을 보여줬을 때도?" 프랜시스는 단어마다 또박또박 끊어서 말하고 있었지만 분노를 삭이고 있는 표정이 역력했다. "왜 말을 안 했는지 도대체 이해가 안 돼요. 저 밖에 실제로, 아주 전문적인 살인범이 탈주 중이고, 게다가 놈이 당신을 쫓고 있는데도요?"

마르니는 고통으로 속이 뒤틀렸다. 왜 말을 안 했냐고? 아마 현실을 인정하기 싫었던 거 아닐까? 아니면 혼자서도 자기 자신을 지킬 수 있을 거라 생각했던 걸까?

티에리가 목을 긁으며 끙끙댔다. 그의 손이 떨리고 있었다. "왜 알자마자 나한테 얘기 안 했어? 왜 말 안 했냐고?"

"난…." 마르니는 뭐라고 해야 할지 몰랐다.

"우리 둘 중 누구든 자다가 그냥 죽었을 수도 있다고."

자신이 다 망쳐버렸다.

"제길, 마르니, 어젯밤 내가 오기 전까지 집에 당신 혼자 있었잖아요." 이번엔 프랜시스가 시작했다. "만약 내가 아니라 살인범이 왔으면 어쩔 뻔했어요?"

"그럼 내가 문을 열어주지 않았겠죠. 당신인 줄 알았다구요. 당신이 나한테 전화했잖아요."

"젠장 못 해 먹겠네." 티에리가 일어나 주방으로 향하면서 말했다.

"앉아요." 프랜시스가 쏘아붙이듯 말했다. "두 사람 모두 내 말 잘 들어요. 전문가로서 하는 말입니다. 둘 다 경찰의 보호를 받아야 합니다. 마르니, 옷 좀 챙겨 입고 올 테니 커피 좀 만들어줘요."

빌어먹을 남자놈들. 뭐든지 자기들 맘대로 해도 된다고 생각하지. 이곳은 그녀의 집이었다. 누구도 이 집에서 그녀한테 이래라저래라 할 권리는 없었다. 니코틴이 절실했다. 마르니는 담배에 불을 붙여 뒷문으로 나갔다.

티에리가 따라 나와 문간에 서서 물었다. "말해 봐, 저 형사 놈이랑 대체 무슨 사이야?"

"웬 참견이야?" 마르니는 담배 연기를 내뿜으며 대답했다. "당신

이름이 살인 명부에 있다는 거나 신경 쓰고 몸조심해."

"걱정해주셔서 정말 황송하네요." 마르니에게 다시 화풀이를 하는 걸 보니 티에리도 아까의 충격에서 어느 정도 벗어난 모양이다.

"당신은 알렉스 아빠야. 괜히 당신한테 무슨 일이 생겨서 알렉스가 상처받는 거 보고 싶지 않아."

프랜시스가 아래층으로 다시 내려왔을 땐 티에리는 이미 떠난 뒤였다. 티에리가 없어져서 프랜시스가 후련해하는지 짜증이 났는지 도무지 표정을 읽을 수 없었다. 마르니는 새로 내린 커피를 잔에 따랐다.

"티에리의 집과 직장 주소를 알려줘요. 경관을 시켜 사건이 해결될 때까지 신변보호 조치를 취해둘게요."

"고마워요." 마르니가 말했다. 그리곤 갑자기 고개를 쳐들었다. "나한테도 똑같이 할 건가요? 경찰이 나를 졸졸 따라다니는 거예요?"

"당연하죠."

그녀는 얼굴을 찌푸렸다. "나한텐 페퍼가 있어요. 경호원은 따로 필요 없어요."

"당신은 선택권이 없어요."

"당신이 해줄 건가요?"

"난 안 돼요. 난 수사를 지휘해야지 증인 꽁무니나 쫓아다닐 순 없죠."

"그렇다면 밀착 경호는 안 된다는 거네요."

프랜시스의 얼굴이 금방 빨개졌다. 이 사람은 정말 쉬운 놀림감이었다.

"저기, 어젯밤에 우리 둘, 정확히 무슨 일이 있었던 거죠?"

"아이 프랭크, 정말 기억 안 나는 거예요?"

"당신한테 키스한 건 기억나요." 프랜시스는 레몬이라도 씹은 표정이었다.

정말? 그 정도로 형편없었나?

"걱정 안 해도 돼요. 아무 일 없었어요. 당신 금방 곯아떨어졌어요. 그리고 믿거나 말거나지만 나는 흐리멍덩한 경찰과 섹스하는 취미는 없습니다요. 아니 거기까지 갈 것도 없이, 어떤 종류의 경찰과도 안 해요."

프랜시스는 발밑만 쳐다봤다. 그의 뺨이 다시 불타올랐다. "미안해요."

"미안할 거 없어요. 이제 마음이 좀 놓였죠? 아까 티에리가 우리 둘이 같이 잤다고 생각했을 때 당신 엄청 당황한 것 같던데."

프랜시스의 얼굴에 적나라하게 드러난 후회의 표정을 보며 마르니는 자신도 이 해프닝을 쿨하게 넘겨주겠노라 다짐했다. 그녀는 커피를 단숨에 들이켜며 말했다. "자, 할 일도 많을 텐데 얼른 가 봐요. 힘세고 튼튼한 보디가드나 한 명 구해다 줘요."

아쉽다. 다시는 이 사람과 함께 밤을 보내지 못한다니. 간밤에 자기 귓가에 대고 부드럽게 코를 골며 잠든 프랭크 설리번 덕분에 마르니도 정말 몇 달 만에 단잠을 잤는데.

그는 소지품을 주섬주섬 챙기더니 아무 말도 하지 않고 집을 떠났다.

문이 닫히자마자 마르니는 주먹으로 벽을 때렸다.

"프랜시스 설리번, 이 멍청한 자식!"

42

맥케이

맥케이는 디칠링 도로에서 거의 밤새도록 지나가는 차들을 검문했다. 살인범을 체포할 수 있으리라는 기대 때문이 아니라 누구든 평소와 다른 점을 본 사람이 있는지 알아보고, 그 지역 주민들에게 주위를 경계하라는 경고를 해주려는 의도였다. 새벽이 되어 교통량이 급속히 줄자 맥케이는 경찰서로 복귀했다. CCTV에서 발견한 증거들을 검토하고 브래드쇼가 기자회견에서 쓸 발표문 초안을 작성해야 했다. 쉬운 일이 아니었다. 기자회견 자료는 자신보다는 프랜시스의 강점인데 어젯밤 이후로 프랜시스와 연락이 닿지 않았다. 맥케이는 일을 모두 마치고 재빨리 집에 들러 간단히 샤워를 하고 잠깐 눈을 붙였다가 방금 다시 출근했다. 샘 커비를 반드시 잡고야 말겠다는 굳은 의지가 그 어느 때보다 불끈 샘솟았다.

주차장으로 진입하면서 맥케이는 전화기를 확인했다. 프랜시스한테서 부재중 전화가 와 있었다. 하지만 음성 메시지도, 문자 메시지도 없다. 그는 프랜시스에게 전화를 걸었다. 신호가 가기도 전에 수사상황실 문이 활짝 열렸다.

"맥케이, 전화 끊어요. 나 여 어요."

프랜시스 설리번이긴 한데 지금까지 한 번도 보지 못한 꼴을 하고 있었다. 머리는 제멋대로 뻗쳐있고 옷은 입고 잤다가 그대로 나온 것 같고 코는 퉁퉁 부어서 한쪽으로 비틀어져 있었다. 그가 방을 가로질러 가까이 다가오자 두 눈에 이제 막 피어오르기 시작한 희미한 멍 자국도 보였다.

"오마이갓, 경위님 대체 무슨 일 있었던 거예요? 설마 범인이 그런 건 아니죠?"

프랜시스는 의자에 꺼지듯 주저앉았다.

"커피 좀 갖다줄래요?" 혀가 약간 꼬인 목소리였다.

"술이 덜 깬 거예요?"

프랜시스는 몸을 고꾸라뜨리더니 손으로 머리를 감싸 쥐었다.

"거기다 누구랑 한판 붙기까지 하고요?"

프랜시스는 앓는 소리를 냈고, 맥케이는 참지 못하고 코웃음을 터뜨렸다.

"상대는 어떻게 됐는데요? 누구였어요?"

"티에리 뮬린스요."

티에리 뮬린스가 왜 프랜시스 설리번의 코에 주먹을 날렸을까. 맥케이가 생각해낼 수 있는 이유는 단 한 가지뿐이었다. 프랜시스를 여자 문제에 엮일 만한 사람으로는 한 번도 생각해 본 적이 없었는데.

"커피 가져올게요."

그가 탕비실에서 커피를 가지고 돌아왔을 때 프랜시스는 어느 정도 모양새를 가다듬은 상태였다. 양복 윗도리는 의자 등받이에 걸려있고 셔츠 앞자락엔 물이 잔뜩 튀어있고 머리는 축축했다. 그 사이 홀린스가 출근해서는 자리에 앉아 프랜시스를 힐끔힐끔 바라보고 있었다.

맥케이는 커피잔을 내려놓고 재킷 주머니에서 빗을 꺼내 프랜시스에게 건넸다.

"고마워요."

"홀린스, 입 좀 닫고 일이나 해."

"네, 경사님."

맥케이는 간밤의 차량 검문 결과와 별 진척 없는 수사 상황을 프랜시스에게 간단히 설명했다.

"그건 그렇고, 당장은 마르니 퓰린스에 대한 밀착 경호 조치가 우선이에요. 마르니도 타투 사냥꾼의 살생부 목록에 있어요." 프랜시스는 수사 상황판에 걸린 사진들 중 마르니의 문신 사진을 가리켰다. "아, 그리고 인력에 여유가 있으면 티에리 퓰린스도 명단에 있으니 알아서 해요."

"네, 알아서 처리할게요." 맥케이가 대답했다. "근데…, 티에리 퓰린스를 경찰법 89조 경관폭행죄 위반으로 기소할까요?"

당연히 맥케이는 그들 사이에 무슨 일이 있었는지 슬쩍 떠보려는 속셈이었다.

"아니요."

맥케이는 눈썹을 치켜올렸다.

"그 얘기는 하지 말죠."

프랜시스가 다시 서류로 눈을 돌리는데 상황실 문이 다시 열렸다. 이번엔 브래드쇼가 문가에 서 있었다.

"샘 커비가 어디 처박혀있는지 정도는 알아냈겠지?" 그도 한심하다는 눈빛으로 프랜시스를 위아래로 훑어봤다. "자네는 대체 왜 또 나타난 건가?"

맥케이가 한 발 앞으로 나섰다. "제가 수사에 참여시켰습니다." 맥케이가 말했다. "이 사건에 가능한 모든 인력을 동원해야 하니까요."

브래드쇼는 화가 난 것 같았다.

"사실, 샘 커비의 정체를 파악하고 그의 거주지인 스톤 에이커 농장을 찾아낸 사람은 프랜시스 설리번 경위님입니다. 프랜시스 경위님을 다시 수사에 복귀시켜 주십시오."

개인적으로는 프랜시스가 마음에 들지 않았지만, 맥케이도 프랜시스가 엄청나게 똑똑하다는 것과 일 처리 능력도 뛰어나다는 걸 차츰 받아들이기 시작했다. 게다가 프랜시스의 기자회견을 브래드쇼에게 일러바쳤던 일 때문에 찜찜한 기분이 맥케이를 계속 괴롭히고 있었다.

"그러니까 자네 말은, 자네보다 프랜시스가 자네 할 일을 더 잘하고 있다는 뜻인가?"

"꼭 그런 뜻은 아니지만," 맥케이가 자신도 스스로에게 놀란 것 같은 표정으로 말을 이었다. "수사에 기여할 만한 자질은 있습니다."

프랜시스의 입이 떡 벌어졌다가 곧바로 닫혔다.

자리에서 일하는 척하고 있던 홀린스가 커피 컵을 넘어뜨렸다. 브래드쇼는 홀린스에게 잠시 시선을 빼앗겼다가 다시 맥케이를 바라봤다.

"맥케이 자네가 이 정도밖에 안 될 줄은 몰랐군." 브래드쇼는 프랜시스를 쳐다보며 말했다. "좋아. 전혀 좋은 생각인 것 같진 않지만 어쨌든 수사에 복귀하게."

"어떤 자격으로 말입니까?" 프랜시스가 물었다.

"이 부서에서 자네가 선임 계급 아닌가? 그러니 당연히 지휘를 맡아야지. 내가 그런 것까지 일일이 알려줘야 하나?"

"아닙니다, 경감님. 감사합니다."

"사건이나 해결한 다음에 감사하게. 그래서 어떻게 진행할 건 가?"

"디칠링 도로를 지나는 운전자들을 대상으로 검문검색을 계속하고 있고 팀원들도 온종일 도시 전역의 CCTV를 전부 살펴보고 있습니다. 이반 암스트롱이 살해된 날 밤, 후드티를 입은 사람이 찍힌 영상을 이미 확보했는데 살인범일 가능성이 높아 보입니다. 또한 샘 커비의 헛간에서 수거한 타깃 사진들 중 몇 명의 신원을 파악했습니다. 티에리 퓰린스와 마르니 퓰린스인데 우선 그 두 사람에게 밀착 경호 조치를 취할 예정입니다. 앤지 버튼은 다른 사진들의 신원을 파악 중입니다."

"범인 이름으로 등록된 차량은?"

"전혀 없었습니다." 맥케이가 대답했다. "차량을 가지고 있는 게 분명한데 놈의 이름으로 면허 등록된 것도 없고 자동차 보험 정보에서도 아직 확인된 것이 없습니다. 스톤 에이커 농장 근처에서 감식반이 확인한 타이어 자국을 조사 중인데 수색 범위를 좁히기엔 정보가 충분치 않습니다."

"빌어먹을! 지금쯤 수십 킬로미터 밖으로 달아났을 수도 있겠 군."

프랜시스는 아무 말도 하지 않았다.

"좋아, 프랜시스 자네가 다시 수사를 맡았지만 지금부터는 모든 걸 나한테 일일이 보고하고 상의해서 처리해. 자네는 조직을 통솔하려면 경험을 좀 쌓아야 해."

"네, 경감님. 그렇게 하십시오." 프랜시스가 말했지만 목소리는 싸늘했다. "뭔가 생각해 둔 게 있으십니까?"

"우리가 좀 더 적극적으로 치고 나가야지. 살인범을 밖으로 끌어내야 한다고."

상황이 어디로 흘러가는지 맥케이는 즉시 눈치챘다.

"어떻게 그렇게 하라는 말씀이십니까?" 프랜시스가 말했다.

"뻔하지 않은가? 우리는 이미 살인범의 다음 타깃을 알고 있잖나. 마르니 뮬린스를 놈의 눈앞에다가 미끼로 대령하는 거지."

프랜시스의 눈이 휘둥그레졌다. "경감님, 그렇게 하면 안 될 것 같습니다."

"아이고, 안 될 것 같습니까?" 브래드쇼는 잔뜩 빈정거렸다.

"네 그렇습니다. 그것은 민간인의 생명을 위험에 빠뜨리는 일입니다. 마르니의 목숨을요. 저는 그러려고 경찰관이 된 것이 아닙니다."

"멍청한 소리 좀 그만해. 당연히 여자를 엄호할 거야. 위험에 빠지는 일은 절대 없을 걸세."

"죄송하지만 경감님, 제 입장에선 그 방법은 고려할 수 없습니다."

브래드쇼의 표정이 어두워졌다. "자네는 선택권이 없어. 그게 내 최종 결정이야."

"그러면 저를 다시 수사에서 빼십시오. 저는 마르니 뮬린스를 살인범의 경로에 일부러 데려다 놓는 일은 못합니다."

맥케이가 티에리도 타깃이라고 막 덧붙이려는데 전화가 오는 바람에 가로막혔다. 히친스였다.

"히친스인데요, 오늘 아침 텔레비전으로 내보낸 공개 수배 방송을 보고 누가 신고 전화를 했다는데요…. 히친스 잠깐만, 전화를 스피커폰으로 돌리겠네."

"어떤 남자가 신고 전화를 했습니다. 샘 커비와 비슷한 사람을

봤답니다. 우리가 방송에 내보낸 CCTV영상 속의 인물과 비슷해
보였다고 합니다."

"어디서?" 프랜시스 재빨리 물었다.

"요트 정박장에서요."

"바로 출동하겠네."

내 칼. 내 소중한 칼. 내 아이.

그 녀석을 어디에 떨어뜨렸는지는 알지만 찾으러 갈 수는 없다. 이 제 다시는 스톤 에이커로 돌아갈 수 없다. 놈들이 나를 기다리고 있을 것이다. 설사 돌아갈 수 있다 해도 칼은 찾을 수 없겠지. 분명 놈들이 가져갔을 거다. 과학수사를 한다는 놈들은 꼭 흰개미들 같다. 내 왕국을 한 뼘 한 뼘 기어 다니면서 눈앞에 보이는 건 모조리 망가 뜨리고 내 작품에 이러쿵저러쿵 입방아질이다. 멋대로 나를 판단한다.

감동 좀 받았을걸? 빌어먹을 벌레 같은 놈들.

칼은 또 있다. 당연히 또 있지. 하지만 그놈은 정말 특별한 놈이었는데. 내가 제일 아끼는 놈이었는데. 컬렉터가 일본에 다녀오면서 나를 위해 특별히 구해다 준 놈이었다. 대체품을 구하려면 몇 달은 걸릴 것이다. 하지만 당장은 몸을 숨길 곳을 찾아야 한다. 요트 정박장에 컬렉터 소유의 작은 보트가 있다. 그냥 조그마한 선실 하나랑 침낭뿐이지만 그곳에서 며칠 정도는 숨을 돌릴 수 있을 거다. 컬렉터가 알아채지만 않으면 괜찮을 거다. 그의 과제를 계속 수행하기 위해 어쩔 수 없는 선택이라 해도, 그가 알면 기분 나빠할 거다. 컬렉터는 내가 이번 컬렉션을 끝까지 마무리하길 간절히 바라고 있다. 게다가 컬렉터는 다음 계획도 빨리 착수했으면 좋겠다고 살짝 귀띔을 줬다. 그는 정말 원대한 꿈을 가진 사람이다. 바로 그런 점이 내가 그를 존경하는 가장 큰 이유다. 한번은 그가 내게 어린 시절 이야기를 해준 적이 있다. 학창시절엔 그림 카드를 수집했고, 당연한 말이지만 그가 수집한 컬렉션은 최고였다고 했다. 높은 점수가 매겨진 아주 희귀한 카드 한 장만 더 모으면 완성이었다. 어느 날 그의 절친이 그 카드를 손에 넣었다는 걸 알았을 때 컬렉터는 너무 화가 나서 견딜 수 없었다. 그래서 며칠 후 하교하는 길에 그 친구를 다리 난간에 거꾸로 매달았다. 십 미터 아래로 넓은 강이 흐르는 다리 위에서 컬렉터는 그 친구가 카드를 포기하겠다고 맹세할 때까지 친구의 한쪽 발목만 붙잡고 있었다고 했다. 컬렉터는 원하는 것은 항상 갖고야 만다.

나는 그가 두려운 동시에 그를 흠모한다. 다음번에 그와 연락할 때는 입을 까딱 잘못 놀려 내가 어디서 지내고 있는지 들키지 않도록 아주 조심을 해야겠다. 그리고 무엇보다, 그를 위한 과제를 반드시 마무리해야 한다.

나는 어둠 속에서만 움직일 거다. 그리고 아주 조만간, 다시 죽일 거다. 생각만 해도 손가락이 근질근질하다.

43

프랜시스

프랜시스와 맥케이가 요트 정박장 경비초소 밖에 차를 세웠을 땐 이미 날이 어두워지고 있었다. 제복 차림의 경비원이 초소 입구에 서 있다가 두 형사가 차에서 내리자 인사를 하려고 다가왔다.

"경찰이시죠?"

프랜시스가 고개를 끄덕여 대답했다.

"앨런 채프먼입니다. 제가 신고를 했습니다."

프랜시스가 차에서 내려 보도 쪽으로 돌아왔다. "그 사람을 어디에서 봤습니까? 그 사람이 타투 사냥꾼이라고 생각한 이유가 있습니까?"

"일단 저를 따라와 보시죠." 앨런이 말했다.

끝없는 방파제를 따라 이어진 산책로를 함께 걸으며 앨런은 자세한 내용을 설명했다.

"텔레비전에 나오는 공개 수배 방송과 CCTV 영상을 봤어요. 선착장에 별의별 사람들이 왔다 갔다 해서 저는 항상 경찰 발표나 뉴스 같은 걸 주의 깊게 보거든요. 그렇다고 그 사람이 여기 근처에 나타날지도 모른다거나 그런 생각을 한 건 아니었어요."

그는 한참을 걷다가 왼쪽에 있는 선착장 쪽으로 방향을 틀었다. 2층으로 되어 있는 넓은 잔교가 바다 위로 쭉 뻗어 있고 그 길 양쪽으로 다시 가지처럼 뻗어나간 목조 선착로마다 크고 작은 보트들이 촘촘히 정박해 있었다. 위층 중앙엔 흰색과 노란색으로 페인트칠을 한 양철 건물들이 몇 채 있었다.

"이 건물들은 뭔가요?" 맥케이가 물었다.

"샤워장하고 화장실, 빨래방이에요." 채프먼은 대답했다.

"그래서, 어디서 뭘 봤다는 거죠?" 프랜시스가 물었다.

"여기였어요." 채프먼이 좁은 목조 선착로 한군데를 가리키며 말했다. "분명히 이 길이었어요. 왜냐면 저기 끝에 있는 저 큰 보트를 아까도 봤거든요. 맨날 저 자리에 있는 보트라서요. 제가 딱 이 자리에 서서 해변 쪽을 바라보고 있었는데, 저 선착로로 짙은 색 후드티에 모자를 뒤집어쓴 사람이 굉장히 빨리 걸어가고 있었어요."

"근데 뭐가 의심스러웠던 거죠?"

"그 사람 걸음걸이 때문에요. 약간 건들거리듯 걷는 모양이 뉴스에서 보여준 CCTV 영상에 나온 사람이랑 비슷했어요. 옷차림도 경찰이 말한 것과 비슷해 보였고요. 계속 주변을 두리번거리는 폼이, 누가 자기를 따라오지는 않나, 누군가 자기를 보고 있는 사람이 없나, 걱정하는 것 같았어요."

"그 사람이 저 중에 어느 보트에 탔습니까?" 프랜시스가 물었다.

채프먼은 어깨를 으쓱했다. "제가 잠깐 딴 데를 보느라 놓쳤어요. 반대편 선착장으로 들어오는 보트가 하나 있었는데 배를 대느라 낑낑대고 있었거든요. 다시 이쪽을 봤을 땐 벌써 사라지고 없더라구요. 보트에 탔거나 아니면 다시 해변 쪽으로 돌아갔을 수도 있죠."

맥케이는 턱을 문질러댔다. "선생이 왜 그 사람을 우리 용의자라고 생각하는지 난 아직 완전히 이해가 안 가는데요? 후드 모자를 쓰고 다니는 사람들은 흔하잖아요."

"저도 경비 일을 꽤 오래 했어요. 그러다 보니 뭔가 행동이 부자연스럽거나 어색한 사람을 보면 금방 알아보게 되더라고요. 초소로 다시 돌아갔을 때 마침 경찰에서 발표한 CCTV 영상이 방송에 나오고 있었어요. 뉴로드 거리에서 찍힌 흐릿한 사람 형체요. 아까도 말했지만, 걸음걸이랑 옷차림도 비슷했고, 그 뭐랄까, 사람이 풍기는 분위기가 있잖아요. 뭐, 내가 완전히 틀릴 수도 있지만 그래도 한번 확인해볼 만은 할 겁니다."

세 사람은 좁은 선착로로 끝까지 갔다가 다시 돌아오며 정박된 배들을 훑어봤지만, 전부 아무런 인기척도 없이 조용했다.

"신고해줘서 고맙습니다." 프랜시스가 말했다. 그는 맥케이를 보며 말했다. "팀을 출동시켜서 이쪽 라인에 있는 보트들 전부 확인하고 저 옆에 있는 보트 두 대도 수색해요. 인상착의가 일치하는 사람이 있는지 확인하고요."

그들은 경비초소로 돌아갔다.

"현재 여기 정박된 보트 소유주들 이름과 주소를 알려주시겠습니까?" 프랜시스가 채프먼에게 말했다.

"물론이죠."

"그리고 혹시 선착로마다 CCTV가 있습니까?"

"아니요, 길마다 하나씩 다 있는 건 아니에요. 정박장 입구에 하나 있고 산책로를 따라서 몇 개, 그리고 주차장에 몇 개 설치되어 있어요."

"좀 볼 수 있을까요?"

몇 시간이나 CCTV 영상을 관찰하고 홀린스와 히친스를 시켜 보트 소유주들에게 연락해 배를 일일이 확인했지만 아무 소득이 없었다.

그렇다고 프랜시스가 채프먼의 말을 못 믿는 것은 아니었다. 사실, 프랜시스는 채프먼이 제대로 본 게 맞다고 확신했다. 하지만 후드를 쓴 수상한 인물은 아무 흔적도 남기지 않았고, 그가 목격됐다는 사실 말고는 더 이상 찾아낸 성과도 없었다. 프랜시스는 맥케이를 경찰서에 내려놓고 왔던 길을 다시 돌아 마르니의 집으로 향했다. 마르니의 집에 보호팀이 배치됐는지 확인해야 했다.

그곳에 도착했을 때, 경계를 서고 있는 순찰차가 눈에 들어오자 비로소 안심했다. 그는 두 경관과 짧은 대화를 나눴다. 보고할 만한 특이사항은 아직 없다고 했다. 프랜시스가 다시 자기 차로 돌아가는데 마르니의 집 문이 열렸다.

"프랭크?"

그는 마르니에게 다가갔다.

"당신이 저 사람들한테 얘기하는 거 봤어요." 프랜시스가 집 앞으로 올라가는 계단을 세 칸쯤 올라섰을 때 마르니가 다짜고짜 말했다. "제발 철수시켜줘요. 내가 가는 데마다 따라다니면서 내 정신 건강을 해치고 있다구요."

"제정신이에요? 당신을 지켜주려고 여기 있는 거예요. 저 사람들 덕분에 당신 마음이 좀 놓일 거라고 생각했는데." 그는 두 번째 계단에서 한 발을 까딱거리며 마르니가 자기를 들어오라고 하지 않을까 생각했다.

"내 몸은 내가 알아서 지킬 수 있어요."

"이반 암스트롱도 그렇게 생각했을 거예요. 암스트롱은 180이

넘는 키였어요."

마르니는 한숨을 쉬었다. "나를 좀 혼자 내버려두라고 부탁했는데 들은 척도 안 해요."

"나도 들었어요. 하지만 저 사람들이 내 명령을 따르지 당신 말을 듣겠어요?"

"그럼 나는 아무 선택권이 없는 거예요?"

"그래요, 없어요." 그는 보행로로 물러서며 말했다.

마르니는 오만상을 찌푸렸다.

"생각해 봐요. 살인범이 당신 등에 있는 그 멋진 타투를 떼어가려고 덤빌 때 저 사람들이 나타나서 범인을 막아주면 나한테 고맙지 않겠어요? 놈이 지금 어디 있는지 우리도 전혀 몰라요. 목격자들이 말하는 대로 브라이튼을 전부 뒤지고 남쪽 해안까지도 수색했는데 못 찾았어요. 선착장에서 봤다는 사람도 있고 또 한시간 뒤엔 쇼어햄에서 봤다는 사람도 있고. 아무튼 내가 그놈을 잡아서 감방에 가둬놓을 때까지는 당신은 보호를 받아야 해요."

"나한테는 개도 있고 그리고 호신술도 배웠어요."

"칼 가지고 덤비는 사람한테 페퍼가 상대가 되겠어요? 그리고 호신술 몇 번 배운 걸로는 턱도 없어요."

마르니는 입을 꾹 닫고 그를 응시했다. 그녀는 문을 닫으려다가 생각을 바꿨다. "내가 호신술을 배운 건 그 정도로 위험한 상황에 빠져있었기 때문이에요. 어리바리한 취미 호신술 같은 게 아니라 이스라엘 군인 출신한테 수업을 받았다구요. 크라브마가(krav maga 히브리어로 근접전투술 - 옮긴이 주)는 이스라엘 군인들이 쓰는 자기방어술이에요."

"와, 그 정도까지?"

"그럴 수밖에 없었어요. 나한테 실제로 어마어마한 위협을 가하는 남자가 있었거든요."

"당신이 칼로 찌른 그 사람요?"

그녀는 고개를 끄덕였다. 얼굴이 창백하게 굳어 있었다.

"무슨 일이 있었던 거예요?"

그녀는 고개를 저었다. "그냥. 그 남자가 나한테 너무 집착을 한 것뿐이에요."

"그 사람은 지금 어디 있는데요?"

"나랑은 전혀 상관없는 일로 감옥에 들어가 있어요."

"누구였는데요?"

"티에리의 쌍둥이 형요. 나를 강간했어요. 그래서 내가 칼로 찔렀구요." 그녀의 눈빛은 절대 용서할 수 없다는 듯 단호했다. "그러니까 이제 빨리 당신 쫄따구들이나 치워줘요."

44
마르니

얼굴 없는 남자가 한팔로 루크를 안고 있었다. 다른 쪽 손으로는 길게 휘어진 칼을 들고 있었는데 칼날이 눈부시게 번쩍이고 있었다. 다들 정신없이 달리고 있었다. 어떤 때는 마르니가 그들 뒤를 쫓아가다가 또 어떤 때는 그들이 마르니 뒤를 쫓고 있었다. 저 멀리서 알렉스가 손짓으로 마르니를 불렀지만 아무리 뛰어가도 전혀 따라잡을 수가 없었다.

그녀는 땀에 흠뻑 젖은 채 잠에서 깼다. 얼른 창문 쪽으로 가서 밖을 내다봤다. 내려다보니 순찰차 한 대가 집 앞에 진을 치고 있었고 운전석에 있는 경관은 종이컵에 담긴 커피를 홀짝홀짝 마시고 있었다.

자신도 커피를 좀 마시면 정신이 들 것 같았다. 침대 옆 탁자에 있는 알람시계를 확인했다. 30분 내로 스튜디오에 가야 한다. 오늘은 종일 예약이 잡혀 있었다. 상황이야 어떻든 돈은 벌어야 하니까. 커피 먼저 마시고 샤워를 해야겠다.

40분 뒤 마르니는 순찰차 창문을 두드렸다.

"일하러 가는데 좀 태워다 줬으면 좋겠는데요." 불만 가득한 표정의 경관이 창문을 내렸을 때 마르니가 그에게 말했다. "경관님들도 어차피 거기 갈 거잖아요. 내가 좀 늦었거든요."

"그럼 타세요." 그는 웃음기 전혀 없는 얼굴로 말했다.

그를 탓할 순 없다. 여덟 시간 내내 작은 차에 틀어박혀 다른 사람의 일상이나 지켜보고 있어야 한다니, 그런 삶에 어떤 존재의 의미가 있겠는가?

타투숍에 도착했더니 첫 예약 손님이 벌써 문 앞에서 기다리고 있었다. 중간에 고객 한 명이 펑크를 냈는데도 온종일 쉴 틈 없이 손님이 몰려왔다. 역시 일에 집중하고 있으니 마음이 편했다. 지난 몇 주 동안 참 뒤죽박죽이었다. 마르니는 경찰 수사에 엮여서 왔다 갔다 하느라고 단골손님들의 예약 일정을 여러 차례 조정해야 했다. 제발 이 나쁜 자식이 빨리 잡혀서 원래의 생활로 돌아갈 수 있길 바라는 마음뿐이었다. 안정적이고, 조용하고, 특별할 일 없었던 예전의 생활로. 자신의 적성에 딱 맞는 그런 일상으로.

오후 예약 손님은 스티브였다. 타투 행사 때 하던 호랑이 타투를 오늘 끝내기로 했었다. 다 끝내고 나면 정말 자랑스러운 작품이 될 거다. 배경 가득 흩날리는 진홍색 국화 송이들 밖으로 우뚝서 있는 호랑이의 날카로운 이빨과 발톱에서 피가 뚝뚝 떨어지는 디자인이었다.

스티브는 일찌감치 도착해서는 마르니가 바로 전 손님의 작업을 끝내고 도구를 정리하고 돈을 받을 때까지 20분을 기다리고 있었다. 마르니가 그의 작업을 시작할 준비가 되자마자 그는 조급하게 시술대 위로 올라갔다.

"마르니, 오늘 다 끝낼 수 있을까요?"

"그럴 것 같아요." 마르니는 어깨를 으쓱하며 대답하고는 타투를 살펴보고 다시 말했다. "네다섯 시간은 더 걸릴 것 같아요. 스티브 당신만 괜찮다면 하죠."

처음 한 시간 동안 마르니는 그냥 신경을 차단해버렸다. 스티브는 자기 회사가 무슨 일을 하는지 계속 떠들어대고 있었다. 무슨 최첨단 프로그램 기술이라는데 도저히 이해도 안 되고 전혀 관심도 없는 내용들이었다. 도대체 숨은 언제 쉬는 건지, 쉴 새 없이 주절댔다. 주요 내용은 자기 회사가 경쟁사보다 얼마나 더 훌륭한지에 대한 자랑인 것 같았다. 마르니는 스스로를 작업에 완전히 몰입시켰다. 그러자 마음이 맑아지면서 지난 며칠간 받았던 스트레스가 누그러지기 시작했다.

"마르니, 당신 세계는 별일 없어요? 알렉스는 잘 지내요?" 스티브가 화제를 돌리며 마르니의 생각을 치고 들어왔다. 제발 그의 말을 하나도 안 듣고 있었다는 걸 눈치 못 채야 할 텐데.

"네, 잘 지내요. 얼마 전에 수능시험 봤으니 앞으로 당분간은 마음껏 놀겠죠."

"좋을 때네요. 나도 그럴 때가 있었는데…. 이제 뭐 할 거래요?"

"대학에 가고 싶은가 봐요. 지리학 전공으로요."

"지리학을 전공한다고요? 그 분야는 졸업하면 할 수 있는 일이 많지 않은데. 언제 나한테 한번 보내 봐요. 프로그래밍 쪽 일에 대해 내가 얘기 좀 해줄게요."

"그럴게요." 마르니는 대답하며 작업에 집중하려고 노력했다.

"마르니 당신은 별일 없어요? 그 타투 사냥꾼 살인범은 어떻게 됐대요?"

마르니의 손이 살짝 삐끗하자 스티브는 움찔했다. 바로 그때, 출입문에 우편함 뚜껑이 덜커덕하는 소리가 들리고 페퍼가 재빨리 입구 쪽으로 달려가며 짖었다.

"스티브, 잠깐만요. 우편물을 그냥 뒀다간 페퍼가 먹어 치워 버릴 거예요."

"네, 그러세요."

사실은 우편물에 관심이 있었던 게 아니라 스티브와 살인사건 얘기를 하지 않을 수 있는 절호의 핑계였다.

우편물은 편지 한 통뿐이었다. 페퍼가 주둥이로 그것을 잡으려고 바닥 여기저기를 끌고 다니고 있었다.

"페퍼, 그만해. 너한테 온 거 아니잖아." 마르니는 몸을 숙여 편지를 집어 들며 말했다.

편지에 찍힌 프랑스 소인을 본 순간 마르니는 비틀거리며 카운터에 기댔다. 겉봉에 적힌 주소의 필체까지 알아보자 두려움으로 머리카락이 쭈뼛 서고 가슴이 덜컥 내려앉았다.

또 폴이 보낸 편지였다.

읽을 수 없다. 봉투를 만지기만 해도 치가 떨리는데 어떻게 읽나. 그럼에도 마르니는 소인을 다시 확인했다. 발송지는 마르세유였다. 폴이 갇혀 있는 곳이다. 편지는 대체 어떻게 감방 밖으로 빼냈을까? 누구를 시켜서 편지를 보낸 거지? 뻔할 뻔 자 뒤가 구린 교도관 하나 구워삶았을 거다. 마르니는 숨이 가빴다. 호흡을 안정시키기 위해 억지로 천천히 숫자를 셌다. 그녀는 편지를 카운터 위에 뒤집어놓고 눈을 감았다.

도대체 뭘 원하는 거야? 왜 나를 그냥 가만히 내버려 두지 않는 거야?

현기증이 났다. 마르니는 다시 눈을 뜨고 바닥에 있는 검은 점에 시선을 고정했다.

"마르니, 괜찮은 거예요?"

젠장! 스티브를 잠깐 잊고 있었다.

"네, 괜찮아요. 금방 갈게요."

그녀는 스튜디오로 돌아가서 편지를 가방에 대충 쑤셔 넣었다.

찬물을 쭉 들이켜고 나니 기분도 좀 나아졌다. 그리고 지금까지 작업한 스티브의 타투를 다시 살펴보자 마음이 많이 진정됐다.

"스티브, 미안한데 오늘 다 못 할 것 같아요. 정말 미안해요. 몸이 너무 힘들어서 작업을 오래 할 수 있는 상태가 아니에요. 몇 주 뒤에 다시 예약을 잡아 놓을게요, 네?"

스티브가 인상을 구겼다. "마르니, 이러기예요?" 그는 자기 팔을 내려다보았다. "더 이상 할 것도 별로 없어 보이는데 그냥 오늘 해주면 안 될까요? 돈을 더 낼게요."

"돈은 상관없어요. 다만 피곤한 상태로 계속 작업을 하면 최고의 작품을 못 만들 것 같아서 그래요. 그러면 당신한테도 손해잖아요." 피곤할 뿐만 아니라 스트레스까지 겹쳐 있다고 이 사람아. 게다가 마르니는 뭘 좀 먹어야 했다. 혈당 수치가 떨어지고 있었다.

"그럼 잠깐 쉬었다 해요. 커피 한잔 마시고 와요. 그러고 나서 막판 스퍼트를 내 봅시다. 정말 오늘 꼭 끝내고 싶어서 그래요."

"왜요?"

"꼭 보여주고 싶은 사람이 있어요."

마르니도 그 심정을 이해할 수 있었다. 타투를 받는 사람들은 다들 최대한 빨리 완성하고 싶어 했다. 마르니는 완전히 진이 빠진 상태였지만 손님을 실망시킨 채 보내는 것은 딱 질색이었다.

"그래요. 스티브 당신도 커피 한잔 할래요?"

정말 그러고 싶지 않지만, 그나마 커피라도 있으니 조금은 견딜 만하겠지.

"그럴까요? 고마워요, 마르니. 당신 아주 씩씩하게 잘하고 있어요."

xv

마르니는 경찰의 신변 보호를 받고 있다. 스튜디오 밖에 순찰차가 서 있다. 덕분에 그녀가 어디에 있는지 그때그때 쉽게 알 수 있다. 순찰차는 어젯밤엔 친구들과 헤어지고 집으로 걸어가는 마르니 뒤를 굼벵이처럼 졸졸 쫓아가더니 밤새 집 밖에 서 있었다. 그리고 그 전엔 그녀가 아들을 태우러 학교에 갈 때도 그 뒤를 조용히 따라다녔다. 그래 나도 인정한다. 저 경찰놈들이 없으면 내 인생이 훨씬 쉬워질 거라는 거.

컬렉터한테 막 오케이 사인을 받았다. 그는 타투 수확을 계속 밀어붙이고 싶다고 했다. 내가 가죽가공 작업을 재개할 수 있도록 새로운 장소를 열심히 물색하고 있다고 했다. 컬렉터는 지난번 통화했을 때보다 훨씬 더 침착해져 있었다. 더 이상 비난도 하지 않고 오로지 일 얘기만 했다. 앞으로 수확해야 할 타투가 더 많아졌다. 경찰놈들이 빼앗아 간 작품들도 다시 대체해야 하므로 명단이 갱신됐다. 마르니 뮬린스는 명단의 맨 처음이다. 컬렉터가 드디어 마르니에 대한 작업을 허락했고 이제 최우선 순위가 되었다. 그런데 이 말은 꼭 하고 싶다. 사진으로만 봐도 마르니의 타투는 아름다움 그 자체다.

경찰이 스톤 에이커에서 그녀의 사진을 발견한 이상 그녀에게 신변보호 조치를 취하는 건 당연한 수순이었겠지. 하지만 경찰은 스튜디오 밖 차 안에 있고 그녀는 안에 있다. 그들은 십 미터 멀리 떨어진 곳에서 타투숍의 잠긴 문을 바라보고 있다. 나도 놈들을 지켜보며 어떻게 처리할지 고민 중이다. 따돌리는 게 나을까? 먼저 죽이는 게 나을까?

일을 할 땐 내가 받을 보상과 내가 떠안을 위험을 저울질해 보는 게 가장 중요하다. 컬렉터는 마르니 뮬린스의 타투에 높은 값을 매겼다. 하지만 돈이 문제가 아니지. 내가 컬렉터를 실망시켰지 않은가. 경찰은 내 뒤를 쫓고 있고, 마감 날짜도 뒤로 미뤄져야 했다. 지금은 내가 계속해서 과제를 수행해 낼 수 있다는 것을 컬렉터에게 증명하는 게 우선이다. 그리고 내가 여전히 돈 주고 쓸 만한 사람이라는 것도.

꽤 늦은 시각인데, 마르니가 웬일로 아직까지 스튜디오에서 일하고 있다. 건물 뒤편에 있는 골목으로 가면 그녀를 지켜볼 수 있다. 마르니는 스튜디오에 혼자 앉아 새로운 타투 디자인을 그리고 있다. 그 사이 앞쪽에선 보초들이 차에 들어앉아 커피를 홀짝이며 담배를 피우고 있다.

몇 시간 저러고 있다 보면 놈들도 지루하고 졸릴 테니 안에서 무슨 일이 터져도 낌새도 못 챌 거다. 마르니가 그 시간을 넘어서까지도 일을 한다면, 잘하면 나도 오늘 일을 할 수 있겠는데?

그녀가 얼마나 거칠게 저항을 할까? 피를 얼마나 많이 흘릴까?

45

마르니

스티브의 작업을 다 끝내느라 정말 힘든 하루였다. 마르니는 얼른 집에 가서 뜨거운 욕조에 몸을 담그고 싶은 마음뿐이었다. 하지만 오늘 밤도 곱게 잠들지 못할 게 뻔했다. 이 생각 저 생각이 머릿속을 어지럽혔고 위장을 긁어대는 듯한 불안감도 계속 가시지 않았다. 그래서 마르니는 집에 잠깐 들러 알렉스와 저녁만 간단히 먹고, 다시 스튜디오로 돌아왔다. 책상에 앉아 디자인 작업을 시작했다. 지금 마르니에게 너무나도 간절한 마음의 평화를 얻으려면 이 방법이 유일했다. 그리고 무엇보다, 위험에 빠져줄 시간이 되기도 했고.

한 시간째, 마르니는 스튜디오 구석으로 스며드는 어둠을 애써 무시하고 자기 앞에 놓인 그림에 집중하려고 노력했다. 그녀는 작은 조명이 만들어내는 빛무리에 감싸인 채 창문을 등지고 혼자 앉아 있었다. 그녀가 입고 있는 홀터넥 상의 위로 등 문신의 윗부분이 훤히 드러났다. 누구든 뒷골목을 지나가다가 우연히 스튜디오 창문으로 눈길만 돌려도 충분히 볼 수 있을 터였다. 저녁 공기가 약간 쌀쌀해졌는데도 등이 훤히 드러나는 옷을 입은 덴 의도가 있었다.

당연히 프랭크 설리번이 그녀에게 '뭘 해라', '하지 말아라'라고 말할 처지는 아니었다. 하지만 마르니는 살인자를 끌어내기 위해 자신이 할 수 있는 일이라면 뭐든 해야 할 것 같은 생각이 들었다.

그녀는 너무 오랫동안 희생자로 살았다. 뜯어보지도 않고 화장대 서랍에 처박아 둔 수많은 폴의 편지가 그 증거였다. 이제는 당하고 있지만은 않을 거다. 폴이든 타투 사냥꾼이든 다시는 나쁜 자식들이 자신을 위협하게 내버려 두지 않을 작정이었다. 나쁜 개자식, 어디 한번 덤벼봐. 제대로 상대해 줄 테니!

하지만 만약 그녀가 아는 사람이면 어떡하지? 마음 한구석이 계속 찜찜했다. 진심으로 타투 사냥꾼의 정체를 밝혀내고 싶었다. 하지만 자신이 감당할 수 없는 결과를 알게 될까 봐 두려웠다.

그림.

그림에 집중해야지. 자꾸만 정신이 산만해지고 있었다. 집중해야 한다. 새로운 고객이 자기 어머니가 가장 좋아하는 꽃을 주제로 일본식 타투를 디자인해달라고 주문했었다. 수수료를 받고 하는 일이 언제나 그렇듯, 자기 머릿속에 떠오르는 대로 자유롭게 디자인하는 것보다는 고객이 원하는 것을 잘 해석해서 연출하는 것이 중요했다. 마르니는 활짝 피어올라 송이송이 흐드러진 모란꽃을 한 아름 그려봤다. 마음의 눈으로는 이미 진분홍과 자홍의 꽃들이 사방을 둘러싼 진녹색 잎사귀 안에서 자태를 뽐내는 모습이 보이는 것 같았다. 윗부분에 한 무리의 나비를 그려 넣고 바닥에는 떨어진 꽃잎들 아래 숨어 밖을 내다보는 작은 개구리도 한 마리 그려 넣었다. 다시 시계를 올려봤을 땐 한 시간이 지나있었다.

하지만 다시 살인사건에 대한 생각이 마르니의 의식을 침범했고 아까 프랑스에서 온 편지의 기억까지 가세했다. 그림을 그리던 연필이 흔들렸다. 이렇게 약해 빠져가지고….

마르니는 모란꽃 그림을 옆으로 치우고 새 종이를 펼쳤다. 어차피 디자인에 집중하긴 글렀으니, 연필이 가는 대로 완전히 손을 맡겨보자. 그녀는 종이 위에 곡선을 몇 개 그렸다. 그리곤 눈을 가늘게 뜨고 그 곡선들이 자신에게 무슨 말을 해주지는 않을까 지켜봤다.

타투가 새겨진 피부를 휙 긋고 지나간 칼날 자국. 그리고 그 선에서 새어 나오는 시뻘건 물결.

그녀는 눈을 완전히 뜨고 종이에서 시선을 피했다.

페퍼는 책상 밑에서 코를 킁킁거렸다. 마르니는 허리를 굽혀 페퍼의 귀를 긁어줬다. 아무 일도 일어나지 않을 거야. 저 바깥, 저 어둠 속에서 스튜디오 안을 들여다보는 사람은 아무도 없어.

마르니는 종이의 방향을 돌려봤다. 그러자 곡선은 굽이치는 호쿠사이(일본화가 - 옮긴이 주) 스타일의 파도 모양으로 변신했다. 그녀는 연필을 다시 쥐고 이번에는 좀 더 주도적으로 그림을 그리기 시작했다. 마음속을 휘젓던 불안이 금세 누그러졌다. 또 한 시간이 흐르는 사이 책상 한켠에는 그녀가 디자인을 마친 종이들이 한 장 한 장 쌓여갔다. 잠깐 페퍼를 데리고 밖에 나가 담배를 피우고 안으로 들어와 인슐린 주사를 맞았다. 새로 내린 커피를 들고 다시 책상으로 돌아와 아까 제쳐두었던 모란꽃 디자인을 다시 펼쳤다. 거의 새벽 한 시였다. 페퍼는 집에 가고 싶은지 낑낑댔지만 마르니는 이제야 제대로 발동이 걸린 상태였다.

그때 뒷문 쪽에서 우지직하는 소리가 크게 났다. 순식간에 아드레날린이 솟구치면서 위장이 뒤틀리고 목줄기에서 머리 꼭대기까지 털이 쭈뼛 곤두섰다.

"거기 누구 있어요?" 마르니는 의자를 뒤로 밀쳐 조심스럽게 일어서면서 소리쳤다.

페퍼가 으르렁거리며 책상 아래에서 튀어나왔다. 둘이 스튜디오의 뒷문을 보고 서 있는 사이 문이 벌컥 열리고 시꺼먼 형체가 둘을 향해 달려들었다. 자신을 향해 다가오는 번쩍이는 금속이 먼저 눈에 들어왔다. 몸이 통째로 쪼그라들면서 얼어붙었다. 숨을 쉴 수가 없었다. 아무 생각도 할 수 없었다. 모든 것이 슬로우모션으로 움직였다.

괴한은 오른손에 칼을, 왼손엔 헝겊 뭉치를 움켜쥐고 있었다. 얼굴엔 머리통을 전부 가리는 복면을 뒤집어쓰고 있었다. 마르니는 얼른 생각을 지우고 양쪽 발을 방어 자세로 전환했다. 짧게, 단순하게, 반복해서 타격하기. 머릿속으로 주문을 되뇌며 마르니는 남자가 가까이 오지 못하게 두 팔을 앞으로 들어 올렸다.

페퍼가 먼저 교전을 개시했다. 개는 자기 주인을 지키겠다고 사납게 짖어 대며 몸을 날려 괴한의 다리를 물었다. 마르니는 그 틈을 타 놈의 나머지 다리 아래쪽을 걷어차 봤지만 너무 멀리 있는 바람에 거의 타격을 주지 못했다. 괴한은 재빨리 칼을 아래로 내려 페퍼의 견갑골 정 중앙에 내리꽂았다. 개는 남자의 다리를 놓아주고 고통으로 울부짖었다. 괴한이 다시 칼을 뽑는 순간 페퍼가 도망가려고 머리 방향을 틀자 상처가 활 모양을 그리며 더 넓어졌다. 페퍼의 등에서 피가 솟구쳐 나와 하얀 털을 적셨다. 페퍼는 바닥에 털썩 쓰러졌고 폐에 공기가 찼는지 헐떡거리며 괴로워했다.

"이 개자식아!" 마르니는 악을 쓰며 소리쳤다.

이제 괴한은 칼을 휘두르며 마르니에게 달려들었다. 칼날이 마르니의 팔을 스쳤다. 그녀는 칼을 피하기 위해 몸을 돌리며 뒤로

한발 물러섰다. 그리고는 기억을 샅샅이 뒤져 자신이 배웠던 방어
기술들을 하나하나 끄집어냈다.

마르니는 이제 어떻게 움직여야 하는지 알았다. 칼을 쥐고 있는
놈의 팔을 손으로 날렵하게 강타하자 놈은 잠깐 움찔했다. 이번
엔 발차기. 하지만 괴한은 어느새 한발 물러나 헝겊 뭉치를 들고
있던 팔을 앞으로 뻗더니 오른손에 들고 있던 칼을 버리고 순식
간에 마르니 옆으로 다가와 오른팔로 그녀의 목을 조였다. 그녀의
눈 바로 앞에서 헝겊 뭉치가 얼굴을 향해 다가오고 있었다. 작은
덩어리지만 코와 입은 충분히 덮을 것이다. 마르니는 놈의 팔에서
벗어나려고 몸부림쳤다. 하지만 놈은 힘도 훨씬 셌고 키도 삼십
센티미터 이상은 더 컸다.

신변을 보호해준다던 멍청이 경찰 놈들은 꼭 필요할 때 도대체 어디서
뭘 하고 있는 거야?

톡 쏘는 석유향이 그녀의 코를 찔렀다. 축축한 헝겊 무더기가
마르니의 얼굴을 압박하고 있었다. 숨을 들이쉬면 그 숨을 마지막
으로 의식을 잃을 게 분명했다. 1분 30초 정도는 숨을 참을 수 있
을 것이다. 물론 몸부림을 친다면 그 시간이 짧아지겠지만. 마르
니가 몸의 힘을 빼고 괴한 쪽으로 무게를 실으며 살짝 뒤로 기대
자 놈은 어쩔 수 없이 뒤로 약간 물러났다. 마르니는 괴한의 발이
자신의 발과 얼마나 떨어져 있는지 가늠해보고 놈의 오른쪽 발
등을 사정없이 찍어 눌렀다.

놈이 비명을 내지르는 순간 그녀는 놈의 팔에서 벗어났고 곧바
로 놈을 향해 몸을 돌려 놈과 맞붙었다. 아직도 얼굴 주변을 맴도
는 에테르 향이 마르니의 분노에 불을 붙였다. 절대 또다시 이런
일을 당할 순 없다고 다짐하며 무릎으로 놈의 사타구니를 세차게

후려쳤다. 하지만 마르니의 팔뚝을 움켜쥔 놈의 손아귀는 어쩐지 조금도 느슨해지지 않았다.

페퍼는 끙끙거리며 움직이려고 했다. 마르니는 페퍼가 있는 쪽을 흘끗 쳐다봤다. 흐릿한 조명 때문에 시꺼멓게 미끈거리는 피가 페퍼 주변 바닥으로 퍼져나가고 있었다. 마르니가 산만해진 틈을 타 놈은 마르니의 다리를 발로 찼다. 마르니는 그대로 바닥에 쿵 쓰러졌고 놈이 곧바로 마르니의 위에 올라타 두 다리를 벌리고 걸터앉았다. 에테르 헝겊을 쥔 손이 마르니의 얼굴을 향해 내려왔다.

"도대체 왜!" 마르니는 그의 무게 아래서 발버둥 치며 겨우 목소리를 냈다. "도대체 왜 가져가는 건데?"

놈은 복면으로 얼굴을 다 가리고 있으면서도 계속 머리를 숙이고 마르니의 시선을 피했다. 마치 자기 표정을 감추려는 것 같았다.

"개 같은 사이코 새끼야!" 분노가 치밀자 마르니에게 다시 싸울 의지가 샘솟았다. 그녀는 에테르를 피하기 위해 머리를 이쪽저쪽으로 세차게 흔들며 놈에게 깔린 몸을 필사적으로 버둥거렸다. 절대 굴복하지 않을 거야. 그녀는 절대로 여기서 죽지 않을 거다. 절대로, 지금은 죽을 수 없다.

하지만 전세는 이미 놈한테 기울어 있었다. 놈은 주먹으로 마르니의 머리를 세게 쳤다. 방이 빙그르 돌았다. 어렴풋이 헝겊 뭉치가 눈앞으로 들이닥치는 것이 보이자 숨이 턱 막혔다.

"안 돼…, 안 돼…."

그녀는 온 힘을 다해 크게 소리를 질렀다. 단어들은 원래의 형태를 잃고 날카로운 절규만 튀어나왔다.

그 와중에도 빠져나갈 방법을 궁리하느라 머릿속은 뒤죽박죽이었고, 몸은 양팔 모두 괴한의 몸에 깔려 옴짝달싹할 수 없었다. 다리를 움직여 발차기를 해 볼까 했지만 놈을 칠 수 있을 정도로 충분히 들어 올릴 수는 없었다. 놈의 밑에서 온몸을 비틀어봤지만 소용없었다.

복면은 눈구멍 두 개와 입 구멍 하나가 뚫려 있었다. 놈은 몸을 아래로 구부려 마르니를 쳐다보며 이를 드러내고 웃고 있었다. 이 놈은 마르니의 두려움에서 쾌감을 얻고 있었다. 마르니는 그의 눈과 미소에서 그것을 볼 수 있었다. 그녀는 잔인하고 나약한 사람들에게서 이런 표정을 본 적이 있었다.

죽기 전에 마지막으로 보는 게 이놈의 얼굴이 되게 할 순 없다.

에테르 헝겊이 다시 얼굴로 다가오자 마르니는 숨을 깊게 들이쉬어 가슴을 빵빵하게 채우고 입을 꽉 다물었다. 그리고 마지막으로 자신에게 남아있는 모든 에너지를 끌어모아 머리를 있는 힘껏 앞으로 쳐들었다. 마르니의 이마가 놈의 코를 들이받았다. 무언가 으스러지는 소리가 나고 놈의 머리가 뒤로 홱 재껴졌다. 이마가 끔찍할 정도로 아팠지만, 날카롭게 허공을 찌르는 비명으로 봐선 놈이 자신보다 훨씬 큰 타격을 입은 게 틀림없었다.

놈이 양손으로 코를 움켜잡는 사이 마르니의 얼굴에서 헝겊이 떨어졌다. 그녀는 다시 숨을 쉴 수 있었다. 놈이 고통으로 정신 못 차리고 몸을 들썩거리는 사이, 마르니는 양팔을 빼내고 몸을 한쪽 옆으로 돌렸다. 놈은 순간 균형을 잃었고, 마르니는 그놈을 자기 몸 위에서 밀쳐냈다.

당장 발을 딛고 일어서서 도망치고 싶은 충동에 휩싸였다. 하지만 이성은 그러면 안 된다고 말하고 있었다. 그랬다간 순식간에 다시 놈에게 붙잡힐 것이다. 도망가는 대신 그녀는 놈의 등에 올라타 놈의 양팔을 한꺼번에 움켜쥐고 꼼짝 못 하게 힘껏 눌렀다.

둘 다 거칠게 헐떡거리고 있었다. 놈은 숨을 가다듬는 즉시 혼신의 노력을 다해 빠져나가려고 할 것이다. 그 전에 재빨리 놈을 무력화시켜야 한다. 마르니는 놈의 머리 뒤에서 복면을 한 움큼 움켜쥐고 놈의 얼굴을 바닥에 힘껏 내리쳤다. 놈의 비명소리는 마룻바닥에 부딪히자 컥 소리를 내며 둔탁하게 끊겼다. 한 번 더 내리쳤다. 그리고 좀 더 확실히 하기 위해 세 번을 더 내리쳤다.

마음에 조금의 거리낌도 망설임도 느껴지지 않았다. 그녀의 생존이 걸린 문제였고 놈의 고통까지 배려해줄 처지는 아니었다.

놈의 몸부림이 잦아들었지만 완전히 나가떨어진 건 아니었다. 강력한 한방으로 마무리를 해야 한다. 어떻게? 마르니는 온 신경을 집중해서 주변을 둘러봤다. 책상 밑에서 뭔가 반짝였다. 놈의 칼이었다. 그녀는 호흡을 길게 가다듬어 쿵쾅거리는 심장을 진정시켰다. 놈을 내리누르고 있는 상태에서 칼까지 손이 닿을까?

닿으면 어쩌려고? 놈을 찔러?

타투숍 출입문 밖에서 어수선한 소리가 들리더니 곧 경관 두 명이 앞문을 부수고 들이닥쳤다. 그들은 재빨리 괴한을 제압하고 마르니를 부축해 놈에게서 떼어냈다. 경관이 놈에게 수갑을 채우는 사이 마르니는 페퍼에게 달려갔다. 페퍼는 피 웅덩이에 꼼짝 않고 누워있었다.

"페퍼, 안돼. 제발…, 제발 죽지 마."

마르니는 페퍼를 조심히 끌어당겨 머리를 부드럽게 감싸 안았다. 페퍼의 가슴이 간신히 이어지는 호흡에 맞춰 불규칙하게 움직였다.

"수의사를 불러주세요!" 마르니가 경관에게 소리쳤다.

"네, 그렇게 할게요."

괴한이 무장해제되자 경관은 지원을 요청했다.

마르니는 눈을 감았다. 페퍼를 잃는다는 건 견딜 수 없는 일이다. 마르니는 부들부들 떨리는 팔로 페퍼를 부드럽게 안았다. 심장이 아직 쿵쾅거리고 있었다. 게다가 주체할 수 없이 솟구치는 아드레날린 때문에 숨 쉬는 것도 힘들었다. 몇 분 만에 스튜디오는 경찰들로 가득 찼다.

"마르니?" 프랭크였다. "도대체 어떻게 된 거예요? 팔에서 피가 나요."

"난 괜찮아요." 마르니는 팔의 상처 따위 상관없다는 듯 떨리는 목소리로 대답했다. "그놈 맞아요? 타투 사냥꾼, 우리가 타투 사냥꾼을 잡은 거 맞아요?"

정복 경관 한 명이 괴한을 일으켜 세웠다. 프랜시스는 그를 마주 보고 섰다. 그 남자는 프랜시스보다 키도 덩치도 훨씬 컸다. 180센티미터는 거뜬히 넘어 보였다.

"샘 커비?"

괴한은 아무 말도 하지 않았다. 프랜시스는 손을 뻗어 남자의 복면 꼭대기를 붙잡아 위로 잡아당겼다. 놈의 얼굴이 드러나자 프랜시스는 놀란 숨을 멈췄다.

모두 깜짝 놀라 숨을 죽였다.

타투 사냥꾼은 여자였다.

46
프랜시스

샘 커비. 사만다. 여자 타투 사냥꾼. 프랜시스는 머리가 혼란스러웠다. 마르니가 처음 이반 암스트롱의 시체를 발견한 그 순간부터 지금까지, 살인범이 남자가 아닐 거라는 생각은 단 한 번도 해보지 않았다. 왜 안 그랬겠는가? 대답은 너무도 당연했다. 지금까지의 살인 수법은 체력 소모가 엄청난 방식이었다. 사람의 죽은 몸은 특히 더 무겁다는 건 말할 것도 없고, 살인범은 희생자들을 힘으로 제압하고, 팔다리와 머리를 토막 내고, 피부를 벗겨내고, 그리고 갖다 버리기까지 하지 않았던가. 만일 누군가가 이 모든 살인을 저지른 사람이 여자라고 했다면 부서에서 엄청난 비웃음을 샀을 것이다.

물론 지금은 그 모든 게 납득이 갔다. 샘 커비의 체형을 보라. 키도 덩치도 웬만한 남자보다 크고 근육질이다. 확실히 이 여자는 지금까지의 모든 범행을 혼자서도 충분히 저지를 수 있을 정도로 힘이 세 보였다. 하지만 여자가 그렇게까지 폭력적인 공격성을 가질 수 있나? 여자 연쇄살인범은 상대적으로 그 수도 드물고 대부분의 범행 수법은 독살이었다. 게다가 그들이 선택하는 살해 대상은 갓난아기이거나 노인들이었다. 그는 샘 커비가 했던 것처럼 남자를 공격하고 살해한 여자 살인범을 어디서도 본 기억이 없었다.

한편, 마르니 뮬린스는 프랜시스가 하지 말라고 한 일을 아주 앞장서서 했다. 그 이유 하나만으로도 프랜시스는 화가 나서 견 딜 수가 없었다. 어떻게 자기에게 아무 말도 하지 않고 스스로를 이런 위험에 빠뜨릴 수 있단 말인가? 아니 애초에 어떻게 이런 짓 을 벌일 생각을 할 수가 있지? 정말 터무니없이 무책임한 행동이 었다. 어떻게 그럴 수 있냐고, 프랜시스는 마르니의 어깨를 붙잡고 마구 흔들며 묻고 싶었다.

"저 여자가 성공했으면 어떡할 뻔했어요?" 샘 커비의 복면을 벗 기고 주변이 잠시 혼란스러운 사이 프랜시스는 마르니에게 소리쳤 다. "이게 살인사건 현장이 될 수도 있었어요. 내가 보고 있는 게 피부가 벗겨져 피칠갑이 된 당신 등짝일 수도 있었다구요!"

나중에 프랜시스는 자신이 마르니에게 그렇게까지 반응한 것 이 덜컥 겁이 났다. 마르니를 향한 감정이 그렇게 깊어졌다는 게 무서웠다. 마르니가 타투 사냥꾼의 다음 희생자가 된다는 생각만 해도 견딜 수 없었다. 보초를 서던 경관들이 그녀의 비명소리를 들었기에 망정이지. 그들이 들이닥쳤을 때 싸움의 주도권을 쥐고 있었던 사람은 마르니였지만 싸움은 순식간에 판도가 뒤바뀔 수 도 있었다.

아침에 경찰서로 출근해서 브래드쇼 사무실로 향할 때까지도 프랜시스의 두려움은 완전히 가시지 않았다. 간밤에 체포한 그 여자가 타투 사냥꾼이라는 건 의심의 여지가 없었다. 그 여자는 칼을 들고 마르니의 스튜디오로 침입했고 문밖에서는 여러 종류 의 칼과 비닐 커버, 지퍼백이 들어있는 도구 가방이 발견됐다. 가 방 옆 주머니에는 약병이 하나 있었는데 샘 커비 이름으로 처방 된 베타 블로커였다. 그리고 샘 커비의 라텍스 장갑을 벗겨 양손 손등에 있는 심장 타투도 확인했다. 이것이 그녀가 댄 카터를 공격한 범인이라는 연결고리였다. 로즈 루이스의 과학수사팀은 이미 현장에 출동해 커비의 가방과 농장 그리고 이전의 범죄 현장에서 발견했던 증거들과 연결될 만한 단서를 찾고 있었다.

프랜시스는 브래드쇼의 사무실 문을 두드리고 들어갔다.

"맥케이는?" 프랜시스가 문 안으로 완전히 들어서기도 전에 브래드쇼가 물었다.

"곧 뒤따라 올 겁니다. 구금에 필요한 서류작업이 제대로 처리됐는지 확인하고 오겠답니다."

브래드쇼는 알겠다는 듯 고개를 끄덕였다.

"애썼어, 프랜시스. 자네가 결국엔 범인을 잡을 줄 알았지. 보다시피, 타깃 중 한 명을 미끼로 사용하자는 내 생각이 옳았잖은가. 덕분에 살인범을 밖으로 유인해냈으니. 아무튼 잘했네."

"고맙습니다, 경감님." 프랜시스는 입을 악다물고 최대한 점잖게 대답하며 맞은편 의자에 앉았다. "하지만 정작 큰일은 마르니 뮬린스가 다 했습니다. 우리가 도착했을 땐 뒷수습할 거리밖에 안 남았더라고요. 그리고 마르니가 사전에 저와 상의했더라면 저는 절대로 이 작전을 승인하지 않았을 겁니다."

이 말에 브래드쇼는 눈썹을 치켜떴지만 프랜시스는 자신이 마르니에게 얼마나 열 받았는지까지 말할 필요는 없었다.

"근데 이 샘 커비라는 여자가 진짜 살인범이 확실한가? 나는 어쩐지 석연치가 않아. 그래도 자네가 그 여자를 살인범이라고 확신한다면 혹시 공범이 있을 가능성은 없나?"

"현재까지의 증거에 따르면 그 여자가 우리가 쫓던 범인이라는 게 거의 확실합니다." 프랜시스가 대답했다. "과학수사팀에서 오늘 중으로 그렇다 아니다 확인을 해줄 겁니다."

"공범은? 그쪽 방향으로 짚이는 사람은 없나?"

"아직 공범이 연루됐다고 여길만한 증거는 발견되지 않았습니다."

"하지만 여자 혼자 그걸 다 저질렀다고? 체력적으로 힘을 많이 써야 하는 살인 사건들이었잖나."

"경감님, 이 여자는 힘이 아주 셉니다. 키도 크고 몸도 근육으로 다져진 단단한 체구입니다. 제 생각엔 평소에 근육 단련을 많이 한 것 같습니다."

"음…." 브래드쇼는 별로 동의하는 것 같지 않았다. "하지만 이반 암스트롱이 사망하던 날 밤의 CCTV 영상도 그렇고 댄 카터 사건 때 목격자들의 진술도 그렇고 범인이 여자라고 생각할 만한 근거는 전혀 없지 않았나?"

"말씀드렸다시피, 샘 커비는 체격만 봐선 남자처럼 보입니다. CCTV 영상의 이미지는 흐릿해서 성별을 알아보기 어렵고, 댄 카터 사건의 목격자들은 아마 범인이 남자일 거라는 선입견을 갖고 나머지는 상상으로 채웠을 겁니다. 저는 이 여자가 범인이라고 전적으로 확신합니다."

프랜시스가 말을 하는 동안 맥케이가 들어와 두 사람에게 고개를 끄덕이곤 빈 의자에 앉았다.

"다 제대로 처리했나?" 브래드쇼가 맥케이에게 물었다.

"철자 하나하나까지 꼼꼼히 확인했습니다." 맥케이가 대답했다. "그 여자 얼굴 좀 정리하고 바로 심문실에 데려다 놓을 겁니다."

"치료받아야 하는 건 아니고?"

"관내 의료진이 간단한 검사를 했는데, 코뼈가 부러지긴 했지만 지금 해줄 수 있는 건 얼음찜질이 전부랍니다. 며칠 있다 부기가 가라앉으면 얼마나 다쳤는지 더 자세히 검사할 겁니다. 진통제는 먹였습니다."

"좋아. 이제 내려가 보자구. 프랜시스, 자네가 리드하고, 맥케이 자네도 같이 들어가. 내가 밖에서 보고 있을 거니까 멍청한 짓 하면 용납 못 해. 이 건은 빈틈없이 확실하게 유죄를 받아야 해. 만약 자네들 중 누구라도 일을 그르치면…" 브래드쇼는 다음 말은 생략했다. 프랜시스와 맥케이는 그다음 말을 듣지 않아도 브래드쇼가 무슨 짓을 할지 알고 있었다.

프랜시스가 일어섰고 맥케이가 뒤를 따라 나갔다.

"경감님은 샘 커비한테 공범이 있을 거라 생각하네요." 한 번에 두 계단씩 내려가며 프랜시스가 맥케이에게 말했다.

"나는 그렇게 보이지 않는데요." 맥케이가 대답했다.

"나도 마찬가지예요. 그 여자 힘이 굉장히 세 보이는데. 내 생각엔 그 여자 혼자서도 거뜬히 그 시체들을 다 옮길 수 있었을 것 같아요."

두 사람이 심문실에 도착했을 때 샘 커비는 이미 방 안에 앉아 있었다. 양손에 수갑을 찬 채 코에 얼음팩을 대고 있었다. 짧게 깎은 회색 머리칼은 엉망으로 뻗쳐있었고, 피범벅이 된 자기 옷 대신 아무 무늬 없는 회색 운동복으로 갈아입은 상태였다. 샘 커비는 남자처럼 다리를 쩍 벌리고 앉아서 입으로 거칠게 숨을 쉬고 있었다.

"수갑을 풀어줘요." 프랜시스가 문을 지키고 서 있는 경사에게 말했다.

경사가 다가와 그녀의 수갑을 풀어줬다. 본인 좋으라고 편의를 봐준 건데 샘 커비는 전혀 고마워하는 기색이 없었다. 그녀는 수갑에 조였던 손목을 문지르며 시뻘겋게 충혈된 눈으로 프랜시스와 맥케이를 노려봤다. 눈물 젖은 눈 아래로 벌써 검붉은 멍이 번지고 있었다.

맥케이는 녹음기를 켜고 심문실에 있는 사람들의 이름과 날짜, 시간을 소리 내어 말했다. 그리고 샘 커비에게 미란다원칙을 읽어줬다. 커비는 아무런 동요 없이 맥케이를 바라봤다.

"본인의 이름이 샘 커비 또는 사만다 커비 맞습니까?" 프랜시스가 말했다.

질문을 들었을 때 커비는 자세를 바꿔 프랜시스 뒤쪽 천장의 한구석을 빤히 쳐다봤다. 프랜시스는 대답을 듣지 못할 거라고 짐작하면서도 질문을 반복했다.

"커비 양." 프랜시스가 부르자 그녀의 얼굴에 조소가 흘렀다. "우리는 오늘 새벽 당신이 마르니 플린스를 공격한 사건을 심문하고 있는 겁니다. 또, 지난 몇 주 동안 브라이튼에서 일어난 몇 건의 살인사건과 한 건의 살인미수 사건도 같이 조사할 겁니다. 오늘 심문에 협조해서 우리를 도와주면 결과적으로는 본인한테도 좋을 겁니다."

그녀의 멍든 입가에 드리운 억지 미소는 차라리 찡그린 표정에 가까웠지만 어쨌든 처음으로 자신이 어디에 누구와 있는지를 인지하고 있다는 징표였다.

"지금 말하는 각각의 날짜에 본인이 어디 있었는지 확인해주겠습니까? 5월 28일 일요일, 자정에서 오전 5시 사이, 5월 30일…."

"다 끝날 때까진 끝난 게 아니야." 프랜시스의 말을 끊고 튀어나온 그녀의 걸걸한 목소리는 목구멍을 막 긁어대고 나온 것 같왔다.

프랜시스는 그녀의 손가락을 봤다. 니코틴 얼룩이 누렇게 배어 있었다. "방금 한 말이 무슨 뜻인지 설명해주겠어요?"

그녀는 대답하지 않고 프랜시스의 눈길을 따라 자기 손을 내려 다봤다. 그녀는 다시 손목을 문질렀다. 손목이 두꺼워서 아마 수갑이 꽉 끼었을 것이다. 그리고는 다시 천장 쪽으로 시선을 돌렸다.

"살인이 끝나지 않았다는 뜻인가요?" 프랜시스가 물었다. "당신 헛간에서 발견한 사진을 보고 타깃이 더 있다는 것은 알고 있습니다. 하지만 이제는 그 사람들을 죽일 수 없을 텐데요. 그렇지 않은가요?"

"다 끝날 때까진 끝난 게 아니야. 다 끝날 때까진 끝난 게 아니라구."

프랜시스는 엄지와 검지로 눈을 비볐다.

맥케이가 탁자 위에 있는 서류철을 열었다. 그는 이반 암스트롱의 부모에게 받아온 사진을 샘 커비에게 내밀었다. 이반이 새로 받은 문신을 자랑하듯 어깨를 드러내고 있는 사진이었다.

"이 사람 알아보겠어요?" 맥케이가 물었다.

샘 커비는 사진을 보려고도 하지 않았다. "다 끝날 때까진 끝난 게 아니야."

맥케이는 프랜시스를 힐끗 보았다.

문을 두드리는 소리가 들리더니 심문실 문밖을 지키던 경사가 들어왔다.

"잠깐 드릴 말씀이 있는데요."

프랜시스가 복도로 나가자 경사가 한 남자를 소개했다. 머리가 반쯤 벗겨진 남자는 번드르르한 정장에 비싸 보이는 서류 가방을 들고 있었다. 그는 짙은 두 눈을 반짝거리며 재빨리 프랜시스와 주변을 탐색하고 있었다.

"이 분은 엘픽 씨입니다." 경사가 말했다.

프랜시스가 눈썹을 치켜올렸다. "무슨 일이시죠?"

"커비 양의 변호를 맡을 겁니다." 남자가 대답했다. "제 의뢰인을 만나보고 싶습니다. 어떤 식으로든 부당한 대우를 받진 않았는지 확인도 해야 하고요. 그녀가 체포되는 과정 중에 부상을 당했다고 들었는데요."

프랜시스가 그를 경멸에 찬 눈초리로 쳐다봤다. "체포 과정에서가 아닙니다. 당신 의뢰인은, 그녀가 당신을 변호인으로 고용한다면요, 뮬린스 부인을 공격하는 과정에서 부상을 당했습니다. 뮬린스 부인이 스스로를 방어하고 커비 양을 제압할 수 있었던 게 천만다행이었죠."

"그건 경찰의 시각이고요. 제 의뢰인은 전혀 다르게 이야기할 것 같군요." 그는 프랜시스를 휙 지나쳐 심문실로 들어갔다.

저 여자가 입이나 열면 그나마 다행이지.

맥케이는 녹음기를 다시 켰다.

"오전 3시 50분, 심문을 다시 시작합니다. 지금은 변호사…"

"피의자의 변호인 조지 엘픽입니다." 변호사가 말했다. 많이 해본 솜씨였다.

프랜시스는 샘 커비의 표정이 바뀐 걸 눈치챘다. 이제 커비는 깨진 코와 터진 입술로 지을 수 있는 최대한으로 의기양양한 표정을 짓고 있었다.

"질문을 계속하겠습니다." 프랜시스가 말했다. "커비 양, 젬 월쉬를 알거나 그와 만난 적이 있습니까?"

"아직 끝난 게 아니야."

엘픽은 자기 의뢰인 쪽으로 몸을 기울여 그녀의 귀에 무언가를 속삭였다. 그녀가 어깨를 으쓱하자 엘픽은 과장되게 고개를 끄덕였다.

"할 말 없음." 그녀가 말했다.

그게 다였다. '끝나지 않았다'가 '할 말 없음'으로 바뀐 것. 프랜시스는 더 진행해봤자 소용이 없다는 것을 깨달았다. 중간에 변호사가 끼어 있는 이상 샘 커비에게서 쓸 만한 건 아무것도 건질 수 없을 것이다. 그래도 괜찮다. 이미 충분한 법의학 증거들이 있었고, 앞으로 자신들이 찾아봐야 할 게 무엇인지도 구체적으로 알고 있었다. 바로 엄청나게 키가 큰 여성. 프랜시스는 사건들이 일어났던 장소와 시간대에 찍힌 CCTV 영상을 다시 뒤져보면 그녀를 가려낼 수 있을 거라 확신했다.

"심문이 끝났습니다." 프랜시스가 말하자 맥케이가 녹음기를 껐다.

자리에서 일어선 맥케이는 커비가 자기 손을 열심히 들여다보는 모습을 내려다봤다.

"당신을 어디서 봤는지 기억났어요." 맥케이가 말했다. "이반 암스트롱의 장례식에 왔었죠?"

아, 역시. 프랜시스 마음 한구석에서 뭔가가 계속 찜찜했는데 바로 이거였다. 분명히 그녀를 본 적이 있었다. 맥케이 말이 맞았다. 이반 암스트롱의 장례식에서였다. 교회 뒷자리 자신들 옆에 앉아 있던 덩치 큰 여자가 바로 샘 커비였다.

조지 엘픽이 일어섰다.

"형사님들이 제 의뢰인에게 추가 심문을 하기 전에 제 의뢰인에 대한 면밀한 정신감정을 의뢰하고 싶습니다." 변호사가 말했다. "정상적으로 재판을 받기 어려운 상태일 가능성이 아주 높아 보이네요."

그다지 의외의 전략도 아니건만 문이 벌컥 열리더니 브래드쇼가 심문실로 뛰쳐 들어왔다.

"엘픽 씨, 당신이 우리 경찰들의 공무수행을 방해한다는 생각이 조금이라도 들면 당신을 고발할 테니 내 말 똑똑히 명심해요."

"그렇게까지 할 필요는 없을 것 같군요." 변호사가 말했다. "정신감정이 제 의뢰인의 이익에 최고로 부합한다는 사실은 판사님도 동의할 겁니다. 그럼 이만."

그는 자기 의뢰인에겐 아무 말도 하지 않고 떠났다. 샘 커비 역시 그가 가든 말든 전혀 신경 쓰지 않는 것 같았다. 하지만 경사가 그녀에게 수갑을 채워 다시 유치장으로 데려가려 하자 샘 커비는 웃기 시작했다. 그렇게 웃으면서 샘 커비는 마침내 프랜시스의 눈을 마주 봤다.

"마음이 바뀌었어."

"무슨 마음요?"

"내가 누군지 알고 싶어?"

xvi

이놈이 나를 이 꼴로 만들었다. 놈의 얼굴을 마주 보고 있자니 놈이랑 찐한 대화나 한번 나눠보고 싶다는 생각이 들었다. 언젠가는 놈을 제거할 것이다. 나중에, 적당한 때에. 하지만 먼저 내가 누구인지 놈에게 제대로 알려주고 싶다. 지금까지 너무 많은 사람들이 나를 잘못 알았고 너무 많은 사람들이 나를 과소평가했다. 하지만 이번엔, 이놈은 내가 제대로 교육시켜야겠다. 내가 누구인지 똑똑히 알려 줄 테다. 내가 아직 아버지의 관심을 받고 있었을 때, 아니 한때나마 내가 그의 사랑을 잠시 받았을 때 진작 그랬어야 했던 것처럼.

내가 갑자기 마음을 바꿔서 형사놈이 놀랐나보다. 그래, 대체 무슨 일인지 놈이 이해할 수 있을 리가 없지.

다시 심문실에 마주 앉는다. 이번엔 그놈과 나 단둘만.

"자, 말해 봐요." 놈이 말한다. "당신이 어떤 사람인지 알려줘요."

나는 놈에게 내 이야기를 한다. 그리고 내 이야기에 놈이 어떻게 반응하는지 관찰한다. 놈의 반응을 보면 놈이 어떤 인간인지 알 수 있다. '너의 적들을 알라.' 론이 항상 말했었다.

"내가 왜 지금의 내가 되었는지 알고 싶다는 거지?"

그는 고개를 끄덕인다. 승리감에 젖은 놈의 눈빛을 읽을 수 있다. 자백이라도 들을 줄 아는 거겠지. 하지만 이건 법정 증거로 채택되지 못할 거다. 변호사가 알아서 잘 처리하겠지.

"가죽을 만드는 것이 우리 가족 사업이었어. 커비 가죽회사. 백 년 전에 고조할아버지가 설립하셨지. 당연히 회사는 내가 물려받아야 했어. 하지만 내 남동생 마셜에게 넘어갔지. 아버지가 애지중지하던 아들. 형사 양반도 형제가 있나?"

놈은 보일 듯 말듯 고개를 끄덕인다. 놈은 나한테 말려들어선 안 된다는 걸 알지만 어떻게든 얘기는 계속 이어지게 해야 하니까. 이렇게 놈과 나는 게임을 할 거다.

"형 얘기를 해 봐."

"누나입니다."

"형사 양반은 누나를 좋아하나?"

놈은 내가 그것을 언급한 것 자체가 혐오스럽다는 표정이다.

"남동생에 대해 말해 보세요." 놈이 말한다. 나는 거부할 수가 없다.

"마셜은 맏이인 내가 받았어야 할 권리를 훔쳐 갔어. 애초에 태어나지 말았어야 할 놈이야. 그 자식이 나를 회사에서까지 쫓아내더니 사업을 말아먹었지. 생산 과정을 다 기계화 하더니 싼 가죽을 사서 질 나쁜 제품을 만들고, 이익이 나는 족족 돈을 뽑아갔어. 결국은 사업을 헐값에 팔아넘겨야 했지."

"당신은 뭘 했죠?"

"난 둥지에서 밀려났어."

그 일을 다시 언급하는 것만으로도 기분이 더러워진다.

"형사 양반은 아버지가 롤모델이었나?" 내가 묻는다.

순간 고통스러운 표정이 놈의 얼굴을 스쳐 지나간다. 그걸로 대답은 충분하다.

"그리고 당신이 집을 떠난 후에는요?" 놈이 묻는다.

"론 도허티의 견습생으로 들어갔어. 론은 프레스턴 공원 바로 근처에서 박제상을 운영하고 있었지. 혹시 거길 아나?"

"기억이 납니다." 대답은 간결하고 침착하다.

"론이 암으로 죽을 때까지 몇 년을 거기에서 조수로 일했어. 여러 모로 내게는 아버지 같은 사람이었지. 내게 집과 일 말고도 많은 것을 주었으니까."

"그래서, 당신은 박제사가 된 건가요?"

"그는 내가 알아야 할 모든 것을 가르쳐줬어. 업계에서 우리가 최고였다고 말해도 무리는 없을 거야." 이제 내 얘기는 더 이상 재미가 없다. "말해봐. 당신은 왜 당신 아버지를 싫어하지?"

"싫어하지 않아요."

거짓말. 나는 웃는다.

"있잖아, 형사 양반, 아직 다 안 끝났어."

47
마르니

"마르니?" 티에리는 항상 다른 사람들과 전혀 다른 방식으로 그녀의 이름을 발음했다. 그의 목소리가 들리자 어리둥절하면서도 한편으로 안심이 됐다. 마르니는 눈을 떴다.

그녀는 병실에 누워있었다. 바로 맞은편에 있는 나머지 한 침대는 비어 있었다. 옅은 커튼을 뚫고 햇빛이 스며들었다. 눈의 초점이 돌아오자 마르니는 눈을 깜빡였다. 침대 양쪽에 사람들이 앉아 있었다. 티에리와 알렉스가 한쪽에, 반대편엔 프랜시스가 앉아 있었다. 마르니는 곧바로 병실을 감도는 살벌한 분위기를 감지했다.

기억이 한꺼번에 밀려왔다. 스튜디오 안으로 쳐들어온 타투 사냥꾼. 몸싸움. 범인의 손등에 있던 심장 타투, 그리고 미쳐 날뛰던 여자의 복면을 벗기던 일. 마르니는 숨이 턱 막혔다.

"그렇게 위험한 짓을 벌이다니 당신 도저히 용서가 안 돼."

마르니는 티에리의 말을 무시했다. 괜히 호들갑 떨긴.

"페퍼는 어딨어?"

티에리는 의자를 당겨 앉으며 마르니의 한쪽 손을 잡았다. "페퍼는 괜찮아. 하지만 당신 행동은 무모했어." 그는 엄지손가락으로 마르니의 손등을 부드럽게 문지르며 말했다. 예전에 자주 하던 손놀림이었다.

"페퍼 어딨는데?"

"젠장, 그깟 개가 뭐가 중요해! 당신 하마터면 죽을 뻔했다고! 당신, 내가 얼마나 겁났는지 알아?"

"티에리, 나 좀 내버려 둬. 나 멀쩡히 살아있는 거 안 보여?"

마르니는 티에리를 노려보며 티에리 손에서 자기 손을 뺐다. 티에리는 울상을 지으며 다시 그녀의 손을 잡아채려 했지만 마르니는 재빨리 손을 빼서 이불 밑으로 감췄다.

알렉스가 눈을 휘둥그레 뜨고 걱정스럽게 바라봤다. "엄마, 어떻게 그럴 수가 있어요? 우리한테 먼저 말했어야죠."

"말했으면 못하게 했을 거잖아."

"그걸 말이라고 해요? 당연히 그래야죠." 알렉스가 말했다.

"아들, 고맙지만 내가 너한테까지 혼나야겠니?" 마르니가 짜증스럽게 말했다. "부모는 나야. 알겠니?" 하지만 알렉스의 걱정 어린 말을 듣자 마르니의 마음에 따뜻한 온기가 채워지는 것 같았다. 물론 약간의 뼈아픈 죄책감도 피할 순 없었지만.

프랜시스가 헛기침을 했다. "마르니, 적절한 시점에 당신한테 진술을 받아야 해요. 당신이 괜찮을 때요."

"어림없는 소리! 당신 때문에 마르니가 이 꼴을 당한 거야. 마르니를 이제 그만 내버려 둬요. 마르니는 휴식이 필요해. 그리고 대체 여기는 무슨 낯짝으로 온 거야!" 티에리는 곧 달려들 기세로 벌떡 일어섰다.

프랜시스가 맞은편에서 티에리에게 얼굴을 찌푸렸다. "마르니는 다중 살인사건에 대한 중요한 증인입니다."

"이건 당신 잘못이야. 당신이 마르니를 위험에 빠뜨렸잖아."

"저 사람이 한 거 아니야." 마르니가 끼어들었다. "저 사람은 내가 무슨 짓을 하려는지 알지도 못했어."

티에리는 비웃듯 콧방귀를 뀌었다. 그리곤 의자에 털썩 주저앉더니 다시 마르니의 손을 잡으려고 했다.

"나 언제 집에 갈 수 있어요?"

"의사들 말을 들어봐야죠." 프랜시스가 말했다. "가벼운 뇌진탕 증상이 있을 수 있어요."

마르니는 자신의 왼쪽 팔을 내려다봤다. 붕대가 감겨 있었다.

"이건요?"

"아홉 바늘이나 꿰맸어. 팔에 흉터가 남을 거야." 티에리가 말했다.

"망할!" 그녀는 프랜시스를 돌아보았다. "진술은 언제 받을 거예요?"

"아무 때나 당신이 내킬 때요."

"지금 괜찮아요. 커피만 좀 갖다주면 지금 할 수 있어요."

"안 돼. 당신 쉬어야 해. 제정신이야?"

"할지 말지는 내가 결정해. 티에리 당신은 좀 빠져줘."

티에리는 벌떡 일어섰다. "좋으실 대로. 내가 여기 있는 게 싫다면야. 알렉스, 가자."

"티에리, 나중에 다시 올 거지?"

티에리는 마르니를 노려봤지만 고개를 끄덕이며 대답했다. "응, 저 인간 가면 알려줘."

티에리는 문가에 서서 병실로 다시 몸을 돌렸다. "형사 양반, 나랑 잠깐 얘기 좀 하죠?"

프랜시스가 일어서서 그들을 따라 나갔다.

마르니는 머리가 욱신거렸다. 제발 두 남자가 자기 한 사람을 놓고 싸우는 짓만은 하지 말아라. 가뜩이나 양쪽 다 별로 마음에 들지도 않는데. 잠깐, 정말 그런가? 갑자기 온몸에 맥이 쭉 빠졌다. 마르니는 눈을 감고 신경을 집중해 턱의 긴장을 풀었다. 그녀는 이제 안전하다. 살인범은 감방에 갇혔고 그녀가 더 이상 두려워할 것은 아무것도 없었다.

문이 열렸다가 닫히는 소리가 났다.

"마르니?" 여자 목소리였다.

눈을 뜨자 앤지 버튼이 자신에게 컵을 내밀고 있었다.

"프랜시스한테 커피 부탁했다면서요?"

마르니는 베개 위로 몸을 일으켰다. "고마워요. 그 사람은 어디 있어요?"

"준비되면 어련히 알아서 오지 않을까요?" 앤지가 대답했다. 언뜻 친절해 보이는 미소에도 불구하고 눈은 웃고 있지 않았다.

문이 다시 열리더니 프랜시스가 돌아왔다.

"앤지, 고마워." 그가 말했다.

"뭘요. 더 필요한 게 있으면 말만 하세요." 이제 앤지는 헤벌쭉 웃고 있었다. 상황이 한눈에 이해됐다. 보아하니 앤지는 프랜시스에게는 아주 나긋나긋했다.

"마르니, 좀 괜찮아요? 혹시 진통제 필요해요?"

"아니, 괜찮아요. 티에리가 뭐래요?"

"그냥, 한 번만 더 당신을 위험에 빠뜨리면 뼈도 못 추리게 만들어 준다는데요."

마르니는 코웃음을 쳤다. "그냥 무시해요. 말로만 시끄러운 사람이니까."

"그래도 그 사람이 당신 걱정 많이 했어요. 그럴 만도 했죠. 당신 정말 멍청한 짓을 했어요."

마르니는 베개에 기대 몸을 일으켰다. "그 덕분에 타투 사냥꾼
이 잡힌 거 아니에요?"

"그리고 당신도 거의 죽을 뻔했죠."

"있잖아요 프랭크, 나한테 화만 내지 말고, 내가 당신 일을 대신
했으니 닥치고 고맙다는 인사나 하는 게 어때요?"

프랜시스는 화가 난 표정이었지만 꾹 다문 입은 아무 대꾸도
하지 못했다. 누가 꼬챙이로 자기 궁둥이를 쑤시기라도 한 것 같
은 표정이었다.

"재수 없는 인간." 마르니가 말했다. "피곤해요. 그만 가줘요. 굳
이 다시 올 필요 없어요."

xvii

놈들은 나를 브라이튼에서 멀리 떨어진 곳으로 데려갔다. 고물 같은 호송차에 콩나물시루마냥 쑤셔 박혀서 오는 내내 수갑을 차고 있어야 했다. 망할 놈의 변호사 놈, 이런 것도 못 막다니. 어딘지도 모를 촌구석에 처박힌 더러운 감옥. 컬렉터가 날 꺼내줘야 한다. 젠장, 날 내보내 줘! 가슴이 답답하다. 숨이 막힌다.

내 몸에 손끝 하나라도 대면 누구든 무사하지 못할 거다. 간수든 죄수든. 이 빌어먹을 상황을 끝내야 한다. 날 여기서 꺼내 달라고!

컬렉터는 대체 어디 있는 거지? 날 보호해주겠다고 약속했었는데. 상황을 잘 정리하고 나를 곧 꺼내주겠다고 변호사 놈이 말했었다. 난 여기 있을 수 없다. 여기선 살 수 없다.

설마, 컬렉터는 날 실망시키지 않을 거다. 절대로.

이게 다 마르니 뮬린스 때문이다. 칼을 만지고 싶다. 또 손가락이 근질근질하다. 마르니의 아름다운 타투에 칼질을 하고 싶다. 그녀의 등을 갈가리 찢어발기고 싶다. 뭉툭한 칼로 그녀의 살가죽을 마구 긁어버리고 싶다. 그 모든 것을 마르니가 생생히 느끼게 해주고 싶다. 등에서 철철 흐르는 따뜻한 피를 손으로 만지며 마르니가 울부짖는 소리를 듣고 싶다.

마르니와는 따로 시간을 보낼 거다. 내가 산산조각을 내줄게. 아, 그리고 그 빨간 머리 경찰관도. 둘 다, 내가 처리해 줄 거다.

다 끝날 때까지 끝난 게 아니다.

컬렉터는 대체 어디 있는 거야? 왜 나를 만나러 오지 않는 거지?

48
마르니

젊고 잘생긴 의사다. 이제 이런 공공기관에서 일하는 사람들이 다들 자신보다 젊어 보이기 시작하는 그런 나이가 됐나 보다. 하지만 의사가 마르니의 눈에 조그만 불빛을 비춰보고 내일 아침까지 입원을 연장해 경과를 지켜봐야겠다고 진단을 내리자 그에 대한 호감은 순식간에 사라졌다.

"정말요?" 그녀가 말했다. "나 아무렇지도 않은데요."

"두통은요?"

"그것만 빼구요."

의사가 팔에서 붕대를 살짝 걷어내자 마르니는 움찔했다. 팔에 길게 베인 선명한 상처가 보였다. 일정한 간격으로 꽉 물린 검은 바느질 자국마다 피부가 오그라들어 있었다. 상처는 팔에 있는 타투의 아랫부분을 그대로 가로지르며 팔을 감싸고 있는 천사의 날개를 잘라버렸다. 티에리의 작품이었다. 초창기에 티에리가 마르니의 몸에 새겨 주었던 타투 중 하나였다. 그걸 보고 있으니 한창 사랑에 미쳤던 기억들이 새록새록 떠올랐다. 인생에서 또다시 그런 뜨거운 감정을 느낄 수 있을까?

하지만 그런 추억을 떠올릴 때마다 항상 폴에 대한 기억도 함께 따라왔다. 폴은 그녀를 둘러싼 삼각관계에서 절대 떨쳐버릴 수 없는 어둠의 꼭지점이었다. 과거를 생각할 때마다 어둠의 그림자가 키를 키우며 마르니의 뒤를 끈질기게 따라왔다.

의사가 숨을 들이쉬었다. "상처 부위가 너무 빨갛네요." 의사는 절개선 주변의 피부를 만져봤다. "뜨거운 걸 보니 염증도 생긴 것 같고요. 하지만 항생제를 투여했으니 앞으로 스물네 시간 안에는 가라앉을 겁니다. 우선은 간호사를 시켜 붕대를 갈아 드릴게요. 그리고 저는 내일 아침 회진 때 다시 봐 드리겠습니다."

"제가 무슨 수를 써도 의사 선생님 마음이 바뀌진 않겠죠?"

"퓰린스 부인, 다 부인의 건강을 위한 일입니다. 부인은 충격을 받았어요. 당분간 혈당 수치도 함께 지켜봐야 합니다. 조금만 참아 주세요."

의사가 병실을 나가자 마르니는 상처를 다시 들여다봤다. 손목을 돌리자 팔을 찌르는 듯한 통증이 느껴졌다. 드문드문 상처가 깊어 보였다. 오른팔이 아니고 왼팔이라는 게 천만다행이었다.

간호사가 들어와 붕대를 감아줬다. 마르니는 간호사가 나갈 때까지 잠자코 있었지만 이미 머릿속엔 다른 계획이 있었다.

최대한 천천히 발을 딛고 일어섰는데도 눈앞이 핑 돌았다. 조금씩 움직일 때마다 드릴이 머릿속을 뚫어대는 것 같았다. 열린 문틈으로 화장실이 보였다. 그녀는 시험 삼아 문 있는 데까지 걸어봤다. 간신히 문에 다다라서는 반가운 사람이라도 만난 듯 문틀을 부여잡았다. 화장실에 들어가서도 몇 분을 세면대에 기대고서 있다가 얼굴에 찬물을 끼얹었다. 거울을 보니 창백하고 지쳐보였다. 게다가 한 십 년은 늙어 보였다. 머리카락도 엉망이고 어제 한 눈화장이 얼굴에까지 잔뜩 번져있었다.

얌전하게 병원에 누워있을 생각은 없었다. 살인범도 이미 잡혔으니 마르니가 할 일은 집에 가서 목욕하고 자기 침대에서 자는 것이다. 그렇게 해야만 기분이 나아질 것 같았다.

마르니는 다시 병실로 돌아가 두리번거리며 자신의 옷을 찾았다. 창가 쪽 의자에 아무렇게나 널려있었다. 상의와 청바지 둘 다 핏자국으로 더러워져 있었지만 상관없었다. 등이 훤히 뚫리고 몽땅한 환자복보다는 피 묻은 옷이 나을 것 같았다. 가방은 침대 옆 작은 보관함 안에 들어있었고 탁자 위에 진통제 약병이 놓여 있었다. 어차피 마르니에게 처방된 약이므로 마르니는 약병을 가방에 챙겨 넣었다.

한 걸음 한 걸음 움직일 때마다 누가 자기를 불러 세우는 게 아닌가 노심초사했지만 마르니가 병원을 나설 때까지 아무도 신경 쓰는 이가 없었다. 경찰의 신변 보호도 철수됐다. 타투 사냥꾼이 잡혀 들어갔으니 아무도 자신을 감시할 이유가 없었다. 로비까지 나왔을 때 마르니는 티에리에게 전화를 걸어 데리러 오라고 할까 생각도 했지만, 전화를 걸면 아마 병원에 하룻밤 더 있으라고 자신을 설득하려 할 것이다. 정문 밖에 택시 승차장이 있었다. 가방에 돈이 있는지 확인하고 줄을 섰다. 몇 분이면 집에 도착할 수 있다. 일단 집 안으로 들어가 문을 걸어 잠그면 문밖 세상이야 어떻게 돌아가든 무슨 상관이랴.

하지만 막상 택시에 올라타자 몸이 오싹 움츠러들었다. 그제야 자신은 텅 빈 집으로 돌아가고 싶지 않다는 걸 깨달았다. 알렉스는 티에리 집에 가 있었고 페퍼는 아직 동물병원에 있었다.

"죄송한데, 가드너 길로 가주시겠어요?"

"네, 그러죠." 운전사가 대답했다.

스튜디오로 가서 디자인 밑그림이나 좀 그려야겠다. 그렇게 해야만 지금 자신이 겪고 있는 혼란스러운 감정을 제대로 들여다볼 수 있을 것이다. 간밤의 공격, 스톤 에이커에 갔던 일, 페퍼, 프랭크 설리번, 티에리, 마르니의 주변을 맴도는 폴의 망령 따위로 다치고 상처 입은 자신의 마음속을…. 이 중 어느 것도 그녀의 과거와 직접적으론 관련이 없었지만, 그녀가 현실에서 어떤 위협을 느낄 때마다 마음속 깊은 곳에 처박혀 있던 불안이 이 모든 사건을 한꺼번에 표면 위로 밀어 올려서 마르니를 괴롭히는 것 같았다.

택시운전사는 그녀를 스튜디오 밖에 내려 줬다. 마르니는 스튜디오 문을 열자마자 여기에 온 것이 실수였다는 것을 깨달았다. 먼저 문에서 범죄 현장 테이프를 떼어내야 했다. 자신이 여기 있어도 되는 건지도 확실치 않았다. 간밤의 기억이 다시 물밀듯 밀려들었고 당시의 상황을 생생히 보여주는 증거들, 이를테면 페퍼의 핏자국이나 옆으로 쓰러져 있는 시술대 등이 그녀를 맞았다. 책상 위는 난장판이었고 표면이라는 표면은 전부 거무튀튀한 지문채취 가루로 얼룩덜룩했다.

하지만 이곳은 그녀의 공간이다. 이곳에서 일어난 일 때문에 겁을 먹고 구석에 웅크리고 있지만은 않을 것이다.

녹초가 된 몸을 움직여 마르니는 청소를 시작했다. 바닥에 묻은 페퍼의 피를 닦으면서 피 냄새를 맡지 않기 위해 애써 숨을 참았다. 그녀는 넘어져 있는 시술대를 오른팔로 힘껏 끌어올려 세우고 눈에 띄는 곳마다 검은색의 지문채취 가루를 닦아냈다. 울음이 터져 나왔다. 페퍼의 용맹함에 감동했고 스스로에게도 자부심을 느꼈다. 전에 공격을 받았을 때와는 달리 이번엔 웅크리지도 주저앉지도 않았다. 자신이 배운 기술을 충분히 사용해 자신의 목숨을 구해냈다. 어쩌면 몇몇 다른 사람들의 목숨도 구했을지 모른다. 이제는 타투 사냥꾼이 철창에 갇히게 되었으니까. 경찰이 엉뚱한 사람한테 죄를 떠넘기려고 애쓰는 동안, 마르니는 자기가 속한 공동체를 보호하기 위해 필요한 일을 해낸 셈이었다.

몇 시간 동안 청소를 하고 거의 정리가 끝나갈 무렵 머리가 다시 욱신욱신했다. 밑그림을 그리는 데 집중할 수 있을 리가 만무했다. 텅 빈 집이든 아니든, 마르니는 얼른 집에 가서 이불 속에 파묻히고 싶었다.

마침맞게도 휴대폰이 울렸다.

"여보세요?"

"마르니, 대체 어디 간 거야?" 티에리였다.

"스튜디오."

"난 지금 병원인데, 당신 멋대로 그냥 퇴원해버렸다며?"

"응. 도저히 거기서 일 분도 견딜 수 없어서."

티에리가 투덜거렸다. "바보 멍청이 같으니라구."

"나 놀리려고 전화한 거야?"

"데리러 갈게. 집에 데려다줄게."

"고마워."

티에리는 항상 나쁘기만 한 건 아니었다.

그녀는 그림 도구 몇 가지와 가방을 챙겨 들고 뒷문이 잠겼는지 확인했다. 샘 커비가 발로 차고 쳐들어오면서 부서진 문을 누군가가, 아마도 프랜시스의 지시로, 대충 수리해서 임시로 자물쇠를 채워 놓고 갔다. 제대로 수리하려면 주말은 되어야 할 거다.

그녀는 타투숍 앞으로 나가 보도에 서서 티에리를 기다렸다. 날이 어두워지고 있었고 근처 상점과 카페는 대부분 문을 닫은 상태였다. 가드너 길 중간쯤에 있는 코미디 클럽의 차양 위로 빨강과 흰색 줄무늬 양말을 신은 거대한 다리 두 짝이 보도 쪽으로 툭 튀어나와 있었다. 그 다리를 볼 때마다 마르니는 웃음이 나왔다. 티에리와 처음으로 헤어져 '타투아지 그리'를 그만둬야 했을 때 마르니는 이곳에 덥석 타투 스튜디오를 열었다. 이제 이곳이 아닌 다른 어디에서 일하고 싶다는 생각은 조금도 들지 않았다.

마르니는 티에리의 고물 재규어가 오는지 보려고 길을 살폈다. 최소한 집까지 편하게는 갈 수 있게 됐다.

자동차 전조등이 마르니를 향해 다가왔지만 그냥 지나쳐갔다. 재규어가 아니라 흰색 화물 승합차였다. 마르니는 계속 길을 지켜봤다. 밖에서 신선한 공기를 마시고 있으니 두통이 약간 가라앉았다. 마르니의 머릿속은 온통 거품 목욕을 하는 생각으로 가득 찼다. 미소가 지어졌다. 자신이 너무 자랑스러웠다. 앞으로 모든 일이 잘될 것 같았다. 스스로에게 무언가를 증명해냈고, 살아가면서 그 사실을 절대 잊지 않을 것이다. 자신은 피해자가 아니었다.

나는 더 이상 그 누구의 피해자도 아니야.

그때 갑자기 머리 뒤쪽에서 거센 통증이 느껴졌다. 마르니는 앞으로 휘청거렸다. 누군가의 팔이 마르니를 붙잡았다. 그리고 무언가가 그녀의 입을 압박했다. 마르니가 공기를 찾아 숨을 들이켜는 순간 눈앞이 깜깜해졌다.

49

프랜시스

예배는 프랜시스가 기대했던 것만큼의 역할을 하지 못했다. 그렇게 완벽하게 사악한 인간을 가까이서 마주한 것은 처음이었다. 물론, 살인범을 체포하는 것이 가장 중요한 임무였다. 그 점은 프랜시스가 경장으로 경찰 생활을 시작한 이래 항상 변함이 없었다. 그러나 이번에는 달랐다. 자신이 수사 지휘관으로서 처음 맡은 사건이었기 때문에 좀 더 개인적인 적수로 느껴졌다고 할까? 게다가 그 잔악무도함의 정도도 상상을 초월했다. 그가 스톤 에이커에서 목격했던 것들, 그리고 심문을 마쳤을 때 샘 커비가 자신에게 드러냈던 미소, 그 모든 것에 대해 그가 느낀 혐오감이 자기 내면을 잠식해 프랜시스는 마치 자신이 더럽혀진 기분이 들었다.

항상 그렇듯이 오늘도 성당 안에 있는 것만으로도 조금 진정되긴 했지만 저녁 미사의 기도나 성서 낭독 그 무엇도 프랜시스에게 위로의 말을 해주지 못했다. 그 어떤 것으로도 프랜시스의 고통은 사그라지지 않았고, 심지어 윌리엄 신부님의 낭랑한 목소리도 그를 달래주지 못했다. 프랜시스의 의문은 항상 똑같았다. 이 세상에 어떻게 그런 끔찍한 악이 존재할 수 있을까? 시대를 거쳐 오며 인류가 계속 제기해 온 물음이었지만 하나님은 이 질문만큼은 단 한 번도 대답하지 않으셨다.

생각이 누이와 어머니에게로 미쳤다. 그의 어머니는 프랜시스가 일 때문에 그녀를 자주 방문하지 못하는 것에 대해 한 번도 그를 비난한 적이 없었지만 누나는 자기감정을 상당히 직접적으로 표현했다. 당연히 프랜시스도 죄책감을 느꼈다. 어머니에게도 누나에게도 자신이 해야 할 몫의 절반도 제대로 못 하고 있었다. 오늘 미사를 오기 직전에 누나를 데리고 어머니를 방문했었지만 별로 순조롭지 않았다. 어머니는 거의 앞이 안 보이는 상태로 휠체어에 붙박이처럼 앉아 셋이 함께 있는 시간 대부분을 울기만 했다. 어머니는 아버지에게서 무슨 소식이 있는지 알고 싶어 했다. 물론 아무 소식도 없었다. 아버지가 떠난 지 몇 년이 지났는데도 어머니는 여전히 아버지 생각만 했다. 그런 모습을 바라보는 것만으로도 프랜시스는 마음이 아팠다.

로빈 누나는 프랜시스가 어머니를 자주 방문하지 않는다고 잔소리를 해댔지만, 어머니를 방문했다가 다시 남겨두고 떠나는 건 너무 힘든 일이었다. 어머니를 자기 세계에 혼자 남겨두고 떠날 때마다, 어머니를 외로운 방에 가둬두고 떠날 때마다 프랜시스는 마음이 무너져 내리는 것 같았다. 오늘 오후도 예외가 아니었다. 어머니는 자신을 둘러싼 벽 너머의 세상에는 더 이상 관심이 없었다. 로빈 누나는 어머니를 보며 느끼는 자기 미래에 대한 두려움을 퉁명스러운 짜증으로 감췄다. 프랜시스가 어머니의 뺨에 작별의 키스를 했을 때 그녀의 뺨은 흘러내린 눈물로 젖어 있었다. 어머니에게 미래는 더 이상 아무 의미가 없었다.

프랜시스는 시선을 아래로 떨구고 머리를 숙였다. 윌리엄 신부님은 마지막 기도인 고린도후서 13장을 봉독하고 있었다. 프랜시스는 무릎을 꿇었다. 예배가 이렇게 빨리 끝난 게 아쉬웠다.

신도들 몇 명이 줄지어 나가자 프랜시스는 다시 의자에 앉아 십자가상 뒤에 있는 천사들의 그림을 찬찬히 바라봤다. 저녁 예배 땐 오르간 연주자가 없어서 사람들이 왔다 갔다 하는 소리 외에는 조용했다. 그는 앞으로 몸을 숙여 머리를 양손에 묻고 로빈 누나와 어머니를 위해 기도했다. 자신이 맡은 일을 잘 해낼 수 있도록 힘을 달라고 기도했다. 유혹과 환멸로 마음이 흔들렸던 시간에 대해 용서를 구했다. 윌리엄 신부님이 다시 제단을 향해 중앙 통로를 걸어가면서 프랜시스의 어깨를 짧게 움켜쥐었다.

지금은 휴대폰이 울릴 만한 시간이 아니었다. 그런데 공교롭게도, 전화기가 울렸다. 윌리엄 신부님이 휙 돌아보며 소리 없는 질책의 표정을 지었다. 프랜시스는 즉시 전화기의 전원을 끄면서 재빨리 번호를 확인했다. 티에리 퓰린스였다. 또 무슨 협박을 하려고 전화를 걸었나? 그는 전화기를 주머니에 넣고 다시 고개를 숙여 조용히 기도를 시작했다.

삼십 분 후 성당에서 나왔을 땐 하늘도 흐리고 아까보다 훨씬 선선해져 있었다. 세인트 캐서린 성당은 언덕 꼭대기에 서 있었고 다이크 길 쪽으로 비스듬히 뻗어 내려간 교회 마당은 노스 길에까지 닿아 있었다. 조금은 편해진 마음으로 프랜시스는 교회 앞마당을 가로지르는 낡은 돌길을 따라 천천히 걸어 내려갔다. 길끝에 서 있는 아치형 석조 입구를 몸을 숙여 지나갔다. 위컴 테라스로 바로 연결되는 길이었다. 그는 길을 쭉 따라 올라가 위풍당당한 빅토리아 고딕풍의 저택 문 앞에 다다랐다. 원래 아버지가 살던 집이었다. 프랜시스는 어린 시절 아주 잠깐만 이 집에서 지냈지만 항상 이 집을 좋아했었다. 회색과 흰색이 조화를 이룬 건물 색깔과 톱니 모양의 지붕 구조 때문에 이 저택은 어린 프랜시스의 눈에 실제로 성처럼 보였었다. 어차피 아버지가 이 집을 비워놓은 지 십 년도 넘었으니, 프랜시스가 자기만의 공간을 원했을

때 임시로 이 집에서 지내는 게 괜찮은 생각 같았다. 그게 벌써
삼 년 전이었는데 프랜시스는 여태껏 다른 집을 찾아보려는 시도
조차 안 하고 있었다.

그는 주머니에서 전화기를 꺼내 전원을 켰다. 밀린 문자 메시지
의 알림 소리가 울려대는 동안 프랜시스는 냉장고에 저녁으로 먹
을 만한 게 있나 생각하고 있었다.

마르니 실종. 전화 요망.

티에리가 보낸 메시지였다. 성당 안에서 전화벨이 울리고 이 분
후에 보낸 메시지였다. 메시지가 더 있었다.

전화 요망. 상황 심각.

그리고도 두 개가 더 들어와 있었다. 비슷한 내용이었다.

프랜시스는 티에리의 번호를 눌렀다.

"이제야!" 통화가 연결되자마자 티에리가 내뱉었다. "마르니가
멋대로 퇴원해서 스튜디오로 갔거든요. 그래서 집에 데려다주려
고 스튜디오에 와보니 마르니가 여기 없어요."

"아마 기다리다 지쳐서 그냥 걸어서 출발했나 보죠." 프랜시스
가 말했다. 프랜시스는 자기 목소리에 불안감이 묻어날까 봐 애써
건조하게 말했다.

다 끝난 게 아니야….

"마르니가 전화를 안 받는다구요. 그리고 그렇게 오래 기다려야
되지도 않았어요. 내가 여기까지 오는데 십 분밖에 안 걸렸어요.
길거리를 여기저기 왔다 갔다 해봤는데 아무 데도 없어요. 이렇게
빨리 집에 도착할 수도 없고, 게다가 내가 벌써 오고 있는데 왜
굳이 출발합니까?"

"무슨 일인지 짚이는 거 없어요?"

"그걸 내가 어떻게 알아요?" 티에리가 쏘아붙였다. "제발 실종 신고 접수해줘요."

"나한테 뭔가 말 안 한 거 있죠?" 티에리의 목소리에서 뭔가 다른 낌새를 눈치챈 프랜시스가 물었다.

"이 일과는 아무런 상관없을 거라고 생각하지만 아무튼 당신도 알고는 있어야 할 것 같네요. 내 쌍둥이 형이 이맘때쯤 감옥에서 석방될 예정이에요. 형이랑 마르니가 원수지간이라서요."

"당신 형이 마르니가 칼로 찌른 사람 맞죠?"

"무슨 일이 있었는지 마르니가 당신한테 말했어요?"

"아주 대략적으로만요. 당신 말은 당신 형이 여기 올 수도 있다는 거예요? 뭘 하러요?"

"글쎄요…, 그건 나도 잘 모르겠어요. 그냥 마르니가 안전한지만 알면 돼요."

"스튜디오에서 만납시다."

10분 뒤, 프랜시스는 가드너 길에 있는 마르니의 스튜디오 앞에 차를 세웠다. 노란 실선 따위는 아랑곳하지 않았다. 티에리는 가게 안에서 그를 기다리고 있었다.

"문이 안 잠겨 있었어요?" 프랜시스가 서둘러 안으로 들어오며 물었다.

티에리는 고개를 저었다. "나한테 열쇠가 있어요. 가끔 같이 일한 적이 있어서."

"마르니가 어디로 갔을지 알 수 있을 만한 건 없었어요?"

"아무것도 없어요."

프랜시스가 스튜디오 뒤쪽으로 가봤다. "여기서 꽤 오래 있었나 보네요. 어제의 난장판을 다 청소한 걸 보니."

"듣자 하니 병원에서 다섯 시쯤 나갔대요."

프랜시스는 시계를 확인했다. 일곱 시 반이 되어가고 있었다.

"마지막으로 통화한 게 언젭니까?"

"일곱 시쯤요. 통화할 때 나는 병원에 있었고 마르니는 여기 스튜디오에 있었어요. 근데 와보니까 마르니가 없어졌더라구요."

도대체 어떻게 된 일이지? 타투 사냥꾼은 이미 감옥에 갇혀 있었다. 마르니한테는 더 이상 아무 위험도 닥치지 말아야 했다. 그녀가 그냥 티에리를 기다리지 않기로 한 거라고 믿고 싶었다. 하지만 그렇다면 전화는 도대체 왜 안 받는 걸까?

"당신 형이요, 프랑스 감옥에 아직 수감되어 있는 거죠?"

"맞아요. 내가 알기론."

"확실한 건 아니고요?"

"출소했으면 엄마가 알 거예요."

티에리는 황급히 전화를 걸더니 프랑스어로 빠르게 통화를 했다. 전화를 끊었을 때의 티에리의 표정은 안도감이었다.

"폴은 아직 감옥에 있대요. 가석방될 예정이긴 한데 아직은 아니래요. 엄마는 거기까지밖에 모른대요."

그렇다면 폴은 아니다. 하지만 그 정도만으로는 아무 도움도 되지 않았다. 마르니는 여전히 연락 두절이다. 프랜시스는 겁이 났다. 가능성은 여러 가지였다. 그는 다시 전화기를 꺼냈다.

"맥케이, 마르니 뮬린스에 대해 실종자 수배령 발동해요. 약 일곱 시 경 가드너 길에 있는 스튜디오에서 실종." 프랜시스는 얼굴을 찡그린 채 잠시 듣고 있더니 다시 말했다. "맞아요. 위험한 상황에 빠졌을 수도 있어요. 지금 바로 해요."

다 끝난 게 아니야….

50
마르니

눈을 떠 볼 엄두가 나지 않았다. 다시 병원에 있는 건가? 마르니는 차갑고 딱딱한 바닥 위에 옆으로 누워있었다. 움직여보려는 신체의 본능적 충동은 즉시, 마르니가 옴짝달싹할 수 없다는 사실을 알려줄 뿐이었다. 공포가 엄습하자 아드레날린이 솟구쳤다. 다시 무의식적으로 손으로 얼굴을 만져보려 했지만 양손 모두 등 뒤에 묶여 있었다. 그리고 오래지 않아 발목도 묶여 있다는 걸 깨달았다.

마르니는 도와달라고 소리쳤다. 하지만 목구멍에서는 바싹 마른 쉰 소리 말고는 아무것도 나오지 않았다.

그녀는 드디어 눈을 떴다. 하지만 아무런 변화가 없었다. 눈앞의 세상은 여전히 암흑이었다. 눈가리개다. 그녀는 얼굴 한쪽을 어깻죽지에 대고 비벼봤다. 가느다란 천 조각이 머리둘레에 묶여 있었다. 이리저리 비벼 봐도 실낱같은 빈틈도 생기지 않았다. 눈가리개 밑으로는 빛 한줄기도 들어오지 않았다. 이번엔 눈앞의 천을 투시해보기라도 하려는 듯 뚫어져라 쳐다봤지만 아무것도 보이지 않았다.

어둠의 공포는 천 배쯤 더 지독하다.

마르니는 눈을 더 단단히 감았다. 아기 우는 소리가 들리는 것 같다. 루크? 저 멀리 알렉스가 보였다. 알렉스가 루크를 데리고 마르니에게서 도망치고 있다. 하지만 마르니는 아이들을 쫓을 힘이 없었다. 그녀는 볼 안쪽을 깨물었다. 살이 찢어지는 고통에 정신이 퍼뜩 들었다.

이번엔 귀를 기울였다. 극한의 정적이 자기만의 소리를 생산해 냈다. 정적의 소리는 어둠 속에서 쉬익쉬익거리며 귓속에서 윙윙거렸다. 그녀의 혈관을 흐르며 고동치는 맥박의 리듬에 맞춰 끈질 기게 귓가를 울려댔다. 적막감이 내는 소리를 사라지게 할 수 있는 유일한 방법은 자신의 호흡 소리에 집중하는 것이었다. 몸을 움직여야 했다. 마르니는 몸을 돌려 똑바로 누웠다. 양팔이 등 밑에 깔렸다. 다시 반대쪽으로 몸을 돌렸다. 바닥은 차가웠다. 처음 바닥에 대고 있었던 쪽의 엉덩이와 어깨가 뻐근했다.

마르니는 옆으로 누운 채 무릎을 몸쪽으로 굽혀 올리고 몸의 무게중심을 옮기는 데 집중했다. 어떻게든 일어나 앉아보려고 끙끙댔다. 몇 번의 시도 끝에 드디어 몸을 앞으로 숙여, 엎드려 앉은 자세를 만들었다. 머리를 무릎에 기댈 수 있었다. 심호흡을 몇 번 하자 마음이 약간 진정됐다. 이제야 좀 제대로 생각할 수 있었다. 웅크린 채로 조금씩 왔다 갔다 하다 보면 어쩌면 문이 있는 곳을 찾을 수 있을지도 모른다.

그녀는 이런 사고의 흐름에 놀랐다. 이런 상황에서 자신이 어떻게 이렇게 빨리 이성을 되찾을 수 있는 거지? 도대체 여기는 어딜까. 누가 자신에게 이런 짓을 한 걸까? 수백 수천 개의 바늘이 한꺼번에 그녀의 피부를 뚫고 들어오는 것처럼 공포가 몰려왔다. 어둠이나 정적은 마르니의 적이 아니었다. 그녀의 적은 자신을 이곳으로 끌고 온 사람이었다.

그럴 만한 사람은 딱 한 명뿐이다. 폴.

아니, 그럴 수가 없는데.

마르니는 도와달라고 소리를 지르기 시작했다. 이번엔 목소리가 크고 분명하게 울려 나왔다. 1분 정도 소리를 지르다가 멈추고 귀를 기울였다. 제발 누군가 소리를 듣고 와줬으면. 하지만 정말 폴이면 어떡하지? 마르니는 소리를 지른 것을 금방 후회했다.

만약 폴이 아니라면, 그녀에게 이런 짓을 저지를 사람이 누가 있을까? 도대체 무슨 이유로?

추웠다. 어두웠다. 죽을 만큼 목이 말랐다. 마르니는 완전히 혼자였다. 곧 인슐린을 투여하고 음식을 섭취해야 한다. 그녀는 겁이 났다. 폴이 무슨 짓을 할 수 있는지 너무 잘 알았다.

거의 한 시간 동안, 마르니는 이리저리 몸을 움직여 자신이 갇혀 있는 공간을 대충 어림잡아봤다. 넓은 공간이었다. 움직이면서 여러 종류의 가구에 몸을 부딪쳤다. 중간중간 의자도 한두 개 있었고 정체를 알 수 없는 가구들도 여럿 있었다. 드디어 한쪽 벽에서 문틀과 문이 만져졌다. 문이라는 걸 깨닫자마자 마르니는 무릎을 바닥에 대고 상체를 일으켜 문손잡이에 한쪽 어깨를 걸치고 몸의 움직임에 온 신경을 집중해 조심히 일어섰다. 그리고는 뒤로 돌아 등 뒤의 손으로 문손잡이를 더듬어 손잡이를 아래로 내리고 문을 당겨봤다. 문은 열리지 않았다. 이제 손잡이를 내려 문을 밀어봤다. 문은 꿈쩍도 하지 않았다. 잠겨 있었다.

절망이 순식간에 온몸을 뒤덮자 방광이 터져버렸다. 뜨거운 오줌이 다리를 타고 흘러내리며 청바지를 흠뻑 적셨다. 지린내가 코를 찔렀다.

마르니는 맥없이 바닥에 주저앉아 울기 시작했다.

51

맥케이

프랜시스가 수사상황실로 들이닥쳤다. 평소에도 허여멀건 얼굴이 더 창백해져 있었고 계단을 뛰어올라 왔는지 숨을 거칠게 헐떡이고 있었다.

"업데이트 없어요?" 그가 맥케이에게 물었다.

맥케이는 고개를 저었다. "수배령 발동된 지 얼마 안 됐잖아요."

"CCTV 영상은요?"

"이제 막 확인하려던 참이에요."

"이럴 거예요? 경사도 잘 알잖아요. 빨리 찾아내지 못하면 아예 찾을 가능성이 희박해진다는 거."

맥케이도 당연히 알았다. 사실 그것 말고도 아는 게 더 있었다. 가령, 시간이 지날수록 죽은 채로 발견될 가능성이 높다는 것과, 설사 CCTV 영상에서 무언가를 발견하더라도 그걸로 알 수 있는 건 그때 그녀가 거기 있었다는 사실일 뿐 지금 현재 어디 있는지까지는 알 수 없다는 사실 같은 것이었다. 하지만 이런 사실들을 자기 상관이 꼭 지금 들어야 할 필요는 없다. 지금 당장의 상황만 해도 벅찰 테니.

"앤지, 여기 티에리 뮬린스에게 받은 전화번호야. 친구, 가족, 그밖에 마르니가 아는 사람들이니까, 다 전화 돌려보고 누구든 마르니의 행적을 알 만한 사람이 있는지 확인해봐." 프랜시스가 지시했다.

앤지는 프랜시스에게 목록을 받아 자리로 앉자마자 전화를 걸기 시작했다.

"그 아들 녀석은 어때요?" 맥케이가 말했다. "혹시 아는 게 있지 않을까요?"

"티에리가 집에 가서 물어본다는군요. 곧 알려줄 거예요."

"마르니의 친언니는 마르니가 어디 있는지 모른대요." 앤지가 말하고는 다음 번호로 전화를 걸기 시작했다.

맥케이는 가드너 길이 찍힌 CCTV 영상을 자기 컴퓨터 화면에 띄웠다. 프랜시스도 맥케이의 어깨너머로 영상을 자세히 들여다봤다. 불행히도 마르니의 타투숍 입구는 카메라 각도 바깥쪽에 있어서 보이지 않았다.

"빌어먹을, 이걸로는 아무것도 못 건지겠네."

"좀 더 살펴보시죠." 맥케이가 침착을 유지하며 말했다. "만약 마르니가 걸어서 출발했다면 이쪽 길로 지나가는 게 영상에 찍혔을 거예요. 다른 방향으로 갔더라도 노스로드 거리로 들어서는 모퉁이에서 다른 카메라에 찍혔을 겁니다."

맥케이가 영상을 일곱 시 지점부터 재생했다. 티에리가 병원에서 마르니에게 전화한 시각이었다. 사람들 몇 명이 길을 지나갔지만 대부분의 상점과 길가 카페는 그 시각에 문을 닫은 상태였다. 차량이 간헐적으로 지나갔다. 도로는 좁은 일방통행로였고 주정차도 할 수 없을 정도로 좁은 길이었다. 덕분에 적어도 보행로와 상점들의 입구 쪽은 차폐물 없이 시야가 탁 트여있었다.

프랜시스는 맥케이의 뒤에서 안절부절못했다.

그들은 보행자 중에 마르니가 있는지 몇 번이나 다시 돌려봤지만 마르니가 걸어갔다는 징후는 없었다. 맥케이가 예상했던 대로 영상에서는 쓸 만한 단서가 아무것도 없었다.

"노스로드도 봅시다. 가드너와 노스 교차로가 보이는 영상을 띄워 봐요."

두 사람은 새로운 영상을 삼십 분 동안 들여다보며 필사적으로 마르니의 모습을 찾았다.

"어떻게 이렇게 연기처럼 감쪽같이 사라질 수 있죠?" 프랜시스가 말했다.

"뒷문으로 나갔을 수도 있을까요?"

"아니, 뒷문은 안에서 잠겨 있었어요. 앞문으로 나온 게 맞아요. 처음부터 다시 봅시다. 이번에는 이 길로 지나가는 차들 번호판 다 확인해요."

몇 시간이 지나갔다. 체감은 훨씬 더 오래된 것 같았다.

프랜시스는 상황실을 왔다 갔다 하면서 팀원들에게 질문을 퍼부어대고 간간이 티에리와 통화를 했다. 아들놈은 아는 게 없었다. 티에리가 연락해본 다른 사람들도 마찬가지였다.

"맥케이, 뭐 나온 건요?"

"아직 없어요. 처음 지나간 차 세 대는 시스템에서 조회해봤는데, 전부 이 지역 차량이고 특별히 연관은 없어 보여요."

골든타임은 이미 한참 전에 지나가 버렸다. 마르니가 만약 납치된 거라면 생존해 있을 가능성은 매 순간 급속도로 희박해지고 있었다.

"경위님?"

"뭐 있어요?"

"이거요!" 맥케이가 CCTV 화면 속 흰색 화물승합차를 가리키며 말했다. "렌트카 회사에 등록된 차량으로 나오는데요."

"갑시다!"

프랜시스는 앞장서 나가다가 마침 안으로 들어오던 정복 경관과 정면으로 부딪칠 뻔했다.

"프랜시스 설리번 경위님?"

"맞아요."

"이게 지금 막 접수처에 들어왔습니다." 경관은 큼지막한 빨간색 가방을 들어 보였다. "어떤 남자가 술집들 문 닫을 시간 지나서 가드너 길 골목에서 이걸 발견했답니다. 실종 여성인 마르니 퓰린스 소유인 걸로 보입니다."

더 들을 필요도 없었다. 프랜시스는 가방을 곧바로 알아봤다.

경관에게서 가방을 건네받는데 가방 안에서 전화벨이 울리고 있었다. 프랜시스는 바로 옆에 있는 책상에 가방을 내려놓고 가방 안을 뒤적여 전화기를 꺼냈다. 액정에 뜬 발신인은 티에리였다. 프랜시스는 수신 버튼을 눌렀다.

"마르니? 아니, 당신 누구야?" 순간 기대에 찼던 티에리의 목소리는 금방 공포로 질려있었다.

"프랜시스요. 마르니 가방이 방금 접수처에 들어왔어요. 가드너 길에서 발견됐습니다."

"젠장, 제기랄!"

"진전이 좀 있었어요. 마르니가 실종된 시각 즈음에 화물승합차가 한 대 지나갔어요. 렌트카더라고요. 지금 막 캐넌 플레이스에 있는 렌트카 회사로 출발하려던 참입니다. 아침 6시에 문을 연다니까 거기서 봅시다."

프랜시스가 막 전화를 끊으려는데 티에리가 다급하게 불렀다. "잠깐만요!"

"왜요?"

"마르니 가방에 약 들어있어요?"

"약이라고요?" 프랜시스는 가방 입구를 크게 벌려서 안을 들여다봤다.

"마르니는 당뇨병이에요. 인슐린을 투여해야 돼요."

"당뇨가 있는 줄 전혀 몰랐어요."

"당신은 원래 마르니에 대해 아는 게 별로 없잖아요, 안 그래요?"

가방 안쪽 바닥에 의료용품이 들어 있는 작은 비닐 주머니가 있었다. 프랜시스는 주머니를 가방에서 꺼냈다. "만약 인슐린 주사를 제때 못 맞으면 어떻게 되는데요?"

"혈당 수치를 잘 조절 못 하면 몇 시간 만에도 혼수상태에 빠질 거예요."

52

프랜시스

프랜시스가 운전을 하고 맥케이는 전화를 담당했다. "아무도 전화를 안 받아요. 아직 랜터카 업체가 문을 안 열었나 봅니다."

"계속 걸어 봐요."

멀지 않은 거리였고 새벽이라 길거리는 텅 비어 있었다. 프랜시스는 파란색 경광등을 켜고 가속 페달을 밟았다.

"여보세요? 그쪽 회사에서 승합차를 대여한 사람에 대한 정보가 필요합니다. 차 번호가…" 마침내 통화가 연결되자 맥케이는 상대에게 차 번호판 숫자를 불러줬다. "네, 경찰이에요. 그 차가 범행에 사용됐다는 증거가 있어요." 맥케이는 잠시 침묵하더니 전화를 끊으며 실컷 욕을 내뱉었다. "젠장맞을 개인정보 보호. 영장이 필요하대요. 하여간 요즘 인간들 범죄 드라마를 너무 많이 봐서 탈이라니까요."

"젠장, 틀린 말은 아니죠." 프랜시스가 말했다. "경찰 신분증으로 제발 통해야 할 텐데."

프랜시스는 올드스틴 길을 너무 빨리 달리다가 교차로의 빨간 신호를 무시하고 그냥 통과해 버렸다. 마르니의 약이 들어 있는 가방이 뒷좌석 한쪽에서 다른 쪽 끝으로 쭉 미끄러졌다. 프랜시스가 순식간에 킹스로드 거리로 진입해서 해안 지구로 들어서는데, 방금 로터리에서 새치기를 당한 자동차 운전자가 분노의 경적을 울려댔다.

"홀린스는 아무 소식 없어요?" 프랜시스는 홀린스를 호출해 CCTV에 찍힌 다른 자동차들의 소유주들을 탐문하라고 시켜두었다. 하지만 별로 쓸 만한 정보가 나올 것 같진 않았다.

"네, 없어요. 홀린스는 겨우 십 분 전에 집에서 출발한 데다가 우리보다 더 멀리 돌아다녀야 해요."

"젠장! 맥케이, 자꾸만 이상한 생각이 드는데요…."

"무슨 생각요?"

"다 끝난 게 아니라던 개소리요."

"하지만 샘 커비는 갇혀 있어요. 공범이 있다고 의심할 만한 증거도 전혀 없었잖아요. 그게 어떻게 상관이 있다는 건지 저는 모르겠는데요?"

"예감이 안 좋아요."

섭정 시대의 웅장함을 자랑하는 흰색의 그랜드 호텔 앞을 쏜살같이 지나자마자, 캐넌 플레이스로 진입하기 위해 프랜시스가 핸들을 오른쪽으로 홱 틀자 브레이크가 끼익거리며 비명을 질렀다. 렌트카 사무실은 도로 끝에 있었다. 프랜시스는 급브레이크를 밟으며 렌트카 차고지 입구를 반쯤 가로막고 정차했다. 그들은 차에서 뛰어내려 사무실 문으로 달려갔다. 안에서 싸우는 소리가 문밖까지 들렸다.

"씨팔! 하얀색 승합차 누가 렌트해 갔는지 당장 말하라고!" 확인할 필요도 없이 티에리의 목소리였다.

"안 된다니까요." 목을 졸린 듯한 목소리가 뒤를 이었다.

사무실로 들어선 프랜시스와 맥케이는 한눈에 이유를 알 수 있었다. 티에리가 청년의 멱살을 잡아끌어 가슴께 높이의 카운터 위에 청년의 상체를 거의 엎어놓은 형국이었다.

맥케이는 티에리를 겨우 떼어내어 반대쪽 벽으로 끌고 갔다. 청년은 카운터에 옆으로 기대 가쁜 숨을 몰아쉬었다. 명찰에 적힌 청년의 이름은 아미트였다.

프랜시스는 신분증을 꺼내 청년이 볼 수 있도록 내밀었다.

"와, 엄청 빨리 오셨네요. 방금 전화했는데요." 아미트가 헐떡거리며 말했다.

프랜시스와 맥케이는 서로 쳐다봤다. "우리가 당신한테 전화했었는데요?"

"제가 방금 경찰에 신고 전화를 했거든요. 저 사람이 쳐들어오더니 저를 협박해서요."

"망할 놈의 이름이나 내놓으란 말이야." 티에리가 소리쳤다.

"고객 정보를 그냥 막 알려드릴 수는 없다니까요." 아미트는 경찰이 두 명이나 있어서 안심이 되는지 목소리를 약간 높였다.

"입 좀 다물어요." 맥케이가 티에리에게 말했다. "우리가 알아서 할 테니."

프랜시스는 다시 아미트를 마주 보며 말했다. "이 승합차를 빌려 간 사람에 대한 정보가 필요합니다." 프랜시스는 자동차 등록 정보가 적힌 종이 한 장을 아미트에게 내밀었다. "어제저녁 발생한 납치 사건에 이 차량이 연루된 것으로 추정됩니다."

아미트는 종이를 들여다보면서 어떻게 해야 할지 모르겠다는 어정쩡한 표정을 지었다.

프랜시스는 다시 경찰 신분증을 획 보여줬다.

"비상 상황이에요. 한 여성의 목숨이 걸려있어요."

약간의 드잡이 끝에 티에리가 맥케이의 손을 따돌리고 프랜시스 옆으로 와서 카운터 앞으로 섰다.

"내 마누라 목숨이 위험하다고."

"아, 그러시군요. 죄송합니다." 아미트가 말했다. "회사 규정상 어쩔 수 없었습니다."

프랜시스는 티에리에게 경고의 눈빛을 보냈다. "이해합니다. 자, 이제 정보를 알려주세요."

아미트는 컴퓨터 화면으로 몸을 돌려 내용을 입력했다. "찾았어요. 알고리드믹스라는 IT 회사에서 렌트했는데요. 빌린 지 몇 주 되었어요."

"주소 있죠?" 맥케이가 물었다.

그때 밖에서 사이렌 소리가 요란하게 울리더니 순찰 경관 두 명이 사무실 안으로 들이닥쳤다.

"괜찮으신가요? 당신이 신고한 사람입니까?" 두 사람 중 나이 많은 경관이 프랜시스와 맥케이, 티에리를 차례로 노려보며 아미트에게 물었다.

프랜시스는 세 번째로 자신의 신분증을 꺼내 들었다. "프랜시스 설리번 경위요."

"아, 경위님, 죄송합니다." 나이 많은 경관이 말했다. "여기서 협박 신고가 들어왔습니다."

"우리가 처리했어요. 오느라 수고했는데 아무튼 다 정리됐어요."

"아, 네. 알겠습니다."

두 경관은 철수했다.

아미트는 프랜시스에게 인쇄된 종이를 건넸다. "그 회사 주소예요."

프랜시스는 소리 내어 주소를 읽었다.

"이스트 프레스턴, 고스 애비뉴. 도대체 어디 붙어있는 데야?"

"이스트 프레스턴요? 리틀 햄프턴 쪽으로 한참 가다 보면 있어요." 맥케이가 말했다.

"얼른 갑시다." 티에리가 재촉했다.

"아미트, 고마워요." 프랜시스가 문으로 향하며 말했다.

"그 여자분 꼭 구하세요." 아미트가 그들 뒤에 대고 소리쳤다.

프랜시스가 운전석에 앉는데 차 뒷문이 열리는 소리가 났다. 뒤를 돌아보자 티에리가 뒷좌석에 올라타고 있었다. "뭐 하는 짓이에요?"

"나도 같이 갈 거예요."

"절대 안 돼요. 이건 경찰 공무예요."

"안 내릴 거니까 빨리 운전이나 해요."

"둘보다는 세 사람이 낫죠." 맥케이가 말했다. "거기 뭐가 있을지 누가 알아요?"

"바로 그것 때문에 안 된다는 거죠." 프랜시스가 차에 기어를 넣으며 말했다.

"해안도로를 타고 가다가 A259번 도로로 들어가세요." 맥케이가 말했다. "경광등 켤까요?"

"켜요, 그리고 벨트들 매요." 프랜시스가 말했다.

그는 가속 페달에 발을 올려놓고 조용히 기도했다. 신과의 거래. 마르니가 무사한 모습만 다시 볼 수 있다면 프랜시스는 뭐든지 다 내놓을 준비가 되어 있었다.

53

마르니

잠들었었나? 아니면 정신을 잃었던 걸까? 잘 모르겠다. 어느 쪽
이든 무슨 상관이겠는가. 어쨌든 지금은 깨어났고 바닥의 딱딱함
이 그녀의 몸을 쿡쿡 찔러대고 있었다. 무겁게 짓누르는 찬 공기
때문에 움직이는 것조차 어려웠다. 몸에서는 악취가 풍겼고 청바
지는 축축하고 눅눅하게 몸에 찰싹 달라붙어 있었다. 마르니는
구역질이 나면서도 동시에 식욕이 느껴졌다. 물론 상황을 인식한
순간 곧바로 공포가 식욕을 앗아갔지만.

어떻게든 일어나 앉아보려고 기를 쓰자 곧바로 현기증이 났다.
가려진 눈앞에서 노란색 동그라미들이 어른거렸다. 시간과 장소
에 대한 기준점은 그녀의 지각 범위를 벗어난 지 오래, 도대체 여
기 얼마나 오래 있었는지 전혀 계산해낼 수 없었다. 낮인지 밤인
지도 알 수 없었다. 당장 음식과 물이 필요했다. 그리고 무엇보다
시급한 건 인슐린이었다.

그녀는 폐가 쪼그라들 때까지 숨을 깊이 들이쉬어 마지막 공기
한 방울까지 그러모은 다음 최대한 길게 소리를 질렀다. 도와달라
고. 다시 숨을 깊이 들이쉬고 길게 소리를 질렀다. 그리고 또다시.
결국 머리가 어질거려 다시 누워야 했다.

정신이 가물거리기 시작했고 생각은 마구잡이로 뻗어나갔다. 덫
에 걸린 쥐처럼 나도 내 팔을 갉아 먹어야 하나? 머리카락을 먹어도
될까? 입안의 볼살이라도 씹어 먹어야 하나? 혼수상태에 빠지면

위험하다는 걸 알면서도 자꾸만 빠져들고 싶은 마음을 애써 다잡아야 했다. 잠깐, 뭐가 위험한 거였지? 뭐랑 싸우고 있었더라? 당연히 그냥 흘러가는 대로 내버려 두는 게 더 편하겠지?

몇 시간의 정적 뒤에 마침내 들려온 갑작스런 소리, 총성처럼 날카로운 소리에 마르니는 다시 의식의 상태로 끌려왔다. 문이 열리는 소리였다. 불이 켜졌는지 눈가리개 밑으로 가느다랗게 스며드는 빛을 볼 수 있었다.

"도와주세요." 목소리가 갈라졌다.

발자국이 가까이 다가왔다.

"제발 도와주세요. 당장 물을 마셔야 해요. 먹을 게 필요해요."

마르니는 일어나 앉아보려고 애썼다. 그녀는 자신의 어깨를 잡는 손에 흠칫 놀랐다. 손은 그녀를 밀어 다시 바닥에 눕혔다.

"쉬."

마르니는 손에 저항하며 다시 일어나보려 했지만 기운이 없었다.

이번엔 팔이 마르니의 머리를 부드럽게 감쌌다. 그러더니 물병 주둥이가 그녀의 입술을 지그시 눌렀다. 그녀는 감사히 물을 마셨다. 물은 차가웠다. 물을 삼킬 때마다 목구멍이 아팠지만 그래도 그 물이 너무 고마워 눈물이라도 흘릴 지경이었다. 마실 만큼 마신 뒤에도 물병이 그대로 있자 마르니는 물을 더 마셨다.

그런데 이 사람은 왜 자신을 풀어주지 않는 걸까? 왜 눈가리개를 벗겨주지 않는 거지?

마르니가 물병에서 머리를 돌리자 물병을 바닥에 내려놓는 소리가 들렸다.

"나 당뇨가 있어요. 먹을 게 필요해요. 인슐린을 맞아야 해요."

머리를 감싸고 있던 팔이 마르니를 다시 바닥에 눕히더니 발소리가 멀어졌다.

누구의 팔일까? 누구의 발자국일까? 상대의 의도를 전혀 모른 채, 정체를 알 수 없는 누군가의 시중을 받는 것은 기분이 묘했다. 폴이었을까?

"왜 나를 안 풀어주는 거예요? 왜 도와주지 않는 거죠?"

문이 닫히고 발소리가 문밖에서 사라져갔다. 목구멍으로 공포가 치밀었다. 방금 마신 물까지 토해낼까 봐 더 겁이 났다. 누군지는 모르지만 좀 전의 그 사람은 마르니의 구원자가 아니라 납치범이었다. 머리가 빙빙 돌았다. 세상도 빙빙 돌았다. 아래의 바닥이 기울어졌고 마르니는 숨이 가빠지기 시작했다.

문이 다시 열리더니 발자국이 다시 다가왔다. 남자는-발소리로 남자라고 짐작했다-마르니를 일으켜 앉혔다. 뭔가 부드럽고 달콤한 것이 마르니의 입술에 와 닿았다. 마르니는 조금 물어뜯어 봤다. 도넛인가? 눅눅하긴 했지만 그것을 게걸스럽게 입 안에 욱여넣었다. 얼굴로 잼이 흘러내리든 말든 상관없었다. 포도당이 혈관에 퍼지려면 10분에서 15분 정도는 걸리겠지만 일단 마음은 한시름 놓였다.

도넛을 다 먹자 남자는 마르니를 벽 쪽으로 쓰러뜨렸다. 그는 방 여기저기를 왔다 갔다 하고 있었다. 대체 뭘 하는 걸까? 이제 무슨 일이 벌어질까? 마르니가 그에게서 빠져나갈 가능성은 얼마나 될까? 저 사람과 유대감을 만들어봐야 할까? 그런 다음에 풀어달라고 빌어야 하나?

"음식 고마워요." 마르니는 입 주변에 아직 묻어있는 설탕을 핥으며 말했다.

그는 대답하지 않았다.

"누구세요? 나한테 원하는 게 뭐예요?"

여전히 대답이 없었다.

"제발 그냥 보내주세요. 당신 얼굴도 못 봤잖아요. 당신이 누군 지도 몰라요. 후회될 만한 일은 제발 하지 말아요." 말을 하는 자기 목소리에 공포가 그대로 묻어나오는 게 짜증났다.

침묵을 깨고 들리기 시작한 소리는 마르니가 잘 아는 소리였다. 슥슥. 숫돌에 칼을 가는 규칙적이고 차분한 소리. 두려움이 온몸을 짓누르고 목을 죄었다. 돌이 칼날을 갈아내는 만큼 두려움도 마르니의 내면을 날카롭게 갉아먹고 있는 것 같았다.

"제발요…"

"마르니, 내가 당신한테 뭘 하든 난 그걸 절대 후회하지 않을 거야."

느릿느릿 질질 끄는 말투. 낯익은 남자 목소리. 들어본 목소리다. 어디서 들었지? 폴이 아니었다. 프랑스 억양이 아니다.

"제발, 날 풀어줘요. 이 정도면 충분히 재미 봤잖아요. 이쯤에서 날 보내주는 게 좋을 것 같아요."

칼을 가는 박자는 조금도 흐트러지지 않았다.

"대체 나한테 원하는 게 뭐예요?"

칼 가는 소리가 멈췄다. 마르니는 숨을 죽였다.

"내가 당신한테 원하는 게 뭐냐고? 너무 뻔해서 당신도 알 줄 알았는데."

저 목소리.

발소리가 마르니에게 다가왔다.

"어차피 살아서는 못 나갈 테니 이건 굳이 필요 없겠군." 그는 마르니의 얼굴에서 눈가리개를 홱 잡아당겼다. 머리카락 몇 가닥이 같이 쥐어뜯기자 그녀는 움찔하며 고통을 삼켰다.

몇 시간이나 눈을 가리고 있었던 터라 불빛에 잠시 눈이 멀었다. 마르니는 눈을 꽉 감고 하얗게 번쩍거리는 점들이 사라질 때까지 기다렸다. 그리고 천천히 눈을 떴다. 고개는 들지 않았다. 바닥으로 향한 흐리멍덩한 시선을 종아리와 발쪽으로 옮기며 초점을 집중하자 매끈하게 번쩍거리는 시멘트 바닥이 보였다. 그녀는 문득 축축하고 냄새나는 자신의 청바지를 의식했다.

흘낏 곁눈질을 하자 한 쌍의 발이 보였다. 몇 번 안 신은 것 같은 새 운동화다. 그 위로 너무 길어 발목까지 치렁대는 면바지가 보였다. 마르니는 남자의 몸을 따라 천천히 시선을 위로 올렸다. 그는 약간 안짱다리였고 허리 부분은 바지가 너무 꽉 끼어 밑으로 처진 앞여밈이 남자의 흘러넘친 배를 받치고 있었다. 상의는 마르니가 듣도 보도 못한 회사 로고가 박힌 검정 폴로셔츠였다. 팔에는 타투가 있었다. 마르니가 바로 얼마 전에 작업했던 타투. 마침내 눈이 마주치자 스티브는 마르니를 내려다보며 미소 지었다. 등줄기가 써늘했다.

말도 안 돼!

"스, 스티브?"

스티브라고? 자신이 호랑이 타투를 해 줬던 컴퓨터 괴짜, 그 스티브?

충격으로 다시 아드레날린이 치밀어 오르자 혈당도 솟구쳤다.

"아름다운 마르니. 나만의 마르니."

스티브는 불쑥 몸을 돌려 칼과 숫돌이 놓여있는 테이블 쪽으로 다시 돌아갔다.

공포로 입이 바싹 말랐다. 무슨 말을 해야 할지 아무런 단어도 떠오르지 않았다. 마르니는 본능적으로 손과 발의 결박을 풀어보려고 버둥대다가 멈췄다. 방 안을 다시 둘러보며 이것저것 살펴보자 탈출할 엄두가 더는 나지 않았다. 설사 인생 최고의 이성을 발휘할 수 있다 해도 이 방 안에선 소용없을 것 같았다. 두려움이 모든 걸 장악해버렸다.

방은 아까 마르니가 눈가리개를 한 채 이리저리 기어 다니며 가늠했던 것보다 훨씬 큰 직사각형이었다. 창문도 없었다. 지하실인가? 사방의 벽은 최신식으로 보이는 검은색 고무판으로 덧대어져 있었다. 녹음 스튜디오에서 이런 걸 본 적이 있었다. 방음벽. 오싹한 냉기가 혈관을 타고 흐르는 것 같았다. 천장은 건축업자들이 보면 진저리를 칠 정도로 알루미늄 파이프며 배전망들이 적나라하게 드러나 있었다. 방 한쪽 면엔 흰색 스크린이 내려와 있고 그 앞에 짙은 빨강의 벨벳으로 덮개를 씌운 깊숙한 소파 두세 개가 놓여있었다. 개인 홈시어터였다.

하지만 그게 다가 아니었다. 소파 뒤로, 방 중앙에 콘크리트 기둥 일곱 개가 일렬로 서있었다. 기둥은 약 일 미터 남짓 높이로 매끄럽게 다듬어진 진열대였다. 마르니는 눈을 깜빡이며 다시 눈의 초점을 맞추고 기둥을 하나씩 관찰했다. 식도로 신물이 올라와 목구멍이 뜨거웠다. 각각의 진열대 위에는 직광을 받아 반짝반짝 빛나는 은색의 금속 조형물이 하나씩 세워져 있었다. 조형물들은 각각 다른 형태였지만 모두 사람의 신체 부위를 본뜬 것 같았다. 팔, 다리, 몸통, 그리고 머리통. 그리고 훨씬 키가 큰 형태도 하나 있었다. 사람의 전신이었다. 일곱 개 중 네 개는 그랬고 나머지 세 개는 조형물 위에 버터 색깔의 부드러운 가죽이 덧씌워져 있었다. 타투가 새겨진 가죽.

마르니는 자신이 뭘 보고 있는 건지 그제야 깨달았다. 목구멍으로 쏠리는 구역질을 억지로 다시 삼켰다.

저 버터 색깔은 사람 피부였다. 정교한 바이오메카닉 타투가 새겨진 지젤 코넬리의 팔, 폴리네시안 타투가 새겨진 이반 암스트롱의 어깨, 그리고 마르니가 처음 보는 타투가 새겨진 다리 한쪽이 진열되어 있었다. 우아한 수채화 풍의 공작새 타투였다. 사람의 피부가 가죽으로 만들어져 전시되어 있었다.

방이 빙그르 돌면서 마르니는 옆으로 푹 쓰러졌다.

"아하, 내 소장품들을 감상하고 있었구나! 어마어마하지 않아?"

"당신이…? 하지만 이것들은 샘 커비가 가져간 것들인데?"

"그래, 맞아. 내가 시킨 일이야. 샘은 나를 위해 일하고 있었어."

대체 무슨 말이지? 전혀 이해되지 않았다.

"그리고 마르니 뮬린스, 당신은 내 소장품 중에 가장 아름다운 작품이 될 거야."

그가 마르니를 향해 걸어오자 그녀는 벽으로 몸을 바싹 붙였다. 스티브는 몸을 굽히더니 자기 얼굴을 마르니의 얼굴에 바싹 들이댔다. 그녀가 잔뜩 웅크리며 울먹이자 스티브는 마르니의 입술에 부드럽게 키스했다. 그리고 그녀의 입과 코를 헝겊으로 지그시 눌렀다. 톡 쏘는 에테르 향이 목구멍을 넘어가는 게 느껴졌다. 마르니는 다시 어둠 속으로 빠져들었다.

54

맥케이

맥케이는 브라이튼 어디든 긴급출동이라면 아주 지긋지긋할 정도로 나가봐서, 출동 차량 조수석에 앉아 겁먹을 군번은 아니었다. 하지만 그건 어디까지나 프랜시스 설리번이 경광등을 번쩍거리며 운전하는 차를 타기 전까지 그랬다는 말이다. 캐넌 플레이스를 미처 빠져나오지도 않았는데 벌써 프랜시스는 아슬아슬하게 핸들을 꺾어 트럭 문을 열고 나오는 배달 기사를 간신히 피했다.

티에리는 뒷좌석에서 황급히 좌석벨트를 맸다.

"맙소사, 경위님, 상급 운전 테스트 통과한 거 맞죠?"

프랜시스는 얼굴을 찌푸리고 도로 정면을 주시했다. 거의 동시에 앞쪽에 소형버스가 나타났다. 프랜시스가 사이렌을 울렸다.

"뭘 꾸물대!" 티에리가 말했다. "그냥 추월해요!"

프랜시스가 다시 사이렌을 마구 울려대자 버스 운전사는 속도를 늦추더니 보행로로 올라서며 버스를 옆으로 비켰다.

"얼른! 지금!" 티에리가 재촉했다.

프랜시스는 다시 가속 페달을 밟았고 차는 경광등을 번쩍이며 빠르게 호브를 통과하고 있었다. 왼쪽으론 바다가 보였고 오른쪽엔 이제 막 깨어나는 도시가 있었다.

"맥케이, 홀린스한테 전화."

맥케이는 전화를 걸더니 잠시 듣고만 있었다. 홀린스는 CCTV

에 촬영된 첫 번째 차량의 소유주를 만난 뒤였다.

"딸내미 태우러 가던 평범한 아버지였답니다. 딸 수영 훈련 마친 거 데리러 가던 길이었대요." 맥케이가 전화를 끊고 설명했다. "수영강사가 확인해 줄 수 있다고 하네요. 홀린스 생각엔 그 사람은 아닐 것 같답니다."

"두 번째 차는요?"

"홀린스가 만나러 가는 중이래요."

BMW가 갑자기 앞으로 끼어들자 프랜시스는 브레이크를 세게 밟았다. 맥케이의 전화기가 붕 떠올라 발밑으로 떨어졌고 티에리는 프랑스어로 조용히 욕을 내뱉었다. 다시 사이렌을 마구 울려 BMW를 앞질렀다.

"우리가 가는 곳에 마르니가 있는 게 맞아요?" 티에리가 말했다.

"아니요." 프랜시스가 대답했다. "우리도 몰라요. 하지만 이게 지금까지 중 가장 그럴듯한 단서예요."

"논리적인 정황상," 맥케이가 말했다. "사람을 납치하려면 승용차보다는 승합차가 낫죠. 게다가 시간도 얼추 맞는 것 같고."

"젠장!"

맥케이는 티에리의 욕이 자기 상관의 운전 실력에 대한 건지 아니면 그들이 지금 믿을 수 있는 게 직감밖에 없다는 사실에 대한 건지 알 수 없었다. 하지만 어느 쪽이든 상관없었다. 지금 중요한 건 이 주소로 가서 마르니를 찾는 것뿐이다.

그들이 에이더 강을 건너자 직선으로 곧게 뻗은 넓은 도로가 나타났다. 다른 차는 없었다. 경광등은 여전히 번쩍거리고 프랜시스는 전속력으로 달리고 있었다.

"얼마나 더 가야 돼요?"

맥케이는 휴대폰으로 지도를 확인했다.

"7~8킬로미터 정도요. 하지만 워딩 시내 한가운데를 통과해야 돼요."

조그만 해안 마을이 하루를 시작하기 위해 깨어나고 있었고 도로는 갑자기 교차로가 줄줄이 이어졌다. 프랜시스가 차를 이리저리 움직이며 앞에 나타나는 장애물들을 능숙하게 비켜가자 차안의 긴장감이 극도로 고조되었다.

"씨팔!" 티에리의 욕설도 점점 커졌다. "대체 운전을 어떻게 배운 거요?"

전면 유리 앞에 놓인 경광등은 계속 작동하고 있었고 프랜시스는 앞서가는 다른 운전자들에게 경고하기 위해 간헐적으로 사이렌을 울려댔다. 마침내 워딩과 고링을 통과하자 최악의 상황은 빠져나온 듯했다. 이제 앞에는 고속도로가 쭉 뻗어 있었다.

"세 번째 교차로에서 좌회전하세요."

왼쪽으로 돌자 차는 다시 바다가 있는 남쪽으로 향했다. 프랜시스가 다시 속도를 내는 사이 맥케이는 전방에 빨간 경고등이 깜빡거리는 걸 발견했다. 경고음도 울리기 시작했다.

"철도 건널목이에요."

"알아요. 봤어요."

"차단기가 내려오고 있어요."

"알아요."

"통과 못 할 거예요."

프랜시스는 대답 없이 계속 가속했다.

앞에서는 이미 차단기가 내려오고 있었다.

"프랭크! 멈춰요!" 맥케이의 목소리에서 공포가 터져 나왔다. 맥케이는 하얗게 질린 손으로 대쉬보드를 움켜쥐고 몸을 최대한 뒤로 밀어 의자에 바싹 붙였다.

"안 돼! 못가!" 티에리도 겁에 질린 채 소리쳤다. "씨팔 통과 못 할 거라고!"

차단기는 이미 끝까지 내려와 있었고 프랜시스는 그것을 그냥 들이받고 가려는 것 같았다.

맥케이는 뒷일이야 어떻게 되든 오로지 본능에 따라 프랜시스의 운전대를 붙잡아 자기 쪽으로 홱 돌리며 다른 손으로 간신히 핸드브레이크를 잡아당겼다. 프랜시스는 맥케이를 떨쳐버리려고 했지만 이미 벌어진 기습적인 상황에 어쩔 도리가 없었다. 귀를 찢는 듯한 날카로운 소리와 함께 차는 중심을 잃고 빙글 돌더니 순식간에 옆으로 돌진해 기차역의 주차장 벽을 들이받았다. 기차가 지나가면서 경적을 요란하게 울려댔다. 맥케이는 비로소 운전대를 놓고 의자 깊숙이 주저앉았다. 조수석 에어백이 터졌다는 걸 그제야 깨달았다.

프랜시스 쪽을 바라보니 그는 운전석 에어백을 치우려고 허우적대고 있었다. 에어백을 운전대에서 떼어낼 수 없다는 걸 깨달은 프랜시스는 이번엔 시동을 걸어봤다. 단번에 시동이 걸렸다. 프랜시스는 후진 기어를 넣었다. 앞 유리 밖에서 경광등은 여전히 번쩍이고 있었고, 철도 건널목의 빨간색 경고등도 뒤에서 계속 깜빡거리고 있었다. 그리고 경고음은 아까보다 더 크게 울리고 있었다.

맥케이가 뒤를 돌아보며 티에리에게 물었다.

"괜찮아요?"

티에리는 맥케이가 알아듣지도 못할 욕을 마구 내뱉었다. 그래도 최소한 목숨도 붙어있고 정신도 붙어있었다. 입술을 깨물었는지 티에리의 입 한쪽에서 피가 줄줄 흐르고 있었다.

프랜시스는 차를 앞, 뒤, 옆으로 세 번 움직여 다시 건널목 앞에 가서 섰다.

경고음도 멈췄고 빨간색 경고등도 꺼져 있었다. 차단기가 올라가자 프랜시스는 곧바로 가속 페달을 밟았다.

"앞으로 다시는 절대, 프랭크라고 부르지 말아요."

55

마르니

두 가지 감각이 느껴졌다. 고통과 추위. 날카로운 통증으로 손목과 어깨가 쩌릿쩌릿했다. 몸의 체중이 온통 손목에 매달려있는 것 같았다. 꽉 조인 결박이 마르니의 손목 살을 파고들고 있었다. 양쪽 팔이 머리 위로 올려진 채 이상한 방향으로 비틀려 있었다. 그녀의 손은 얼음장처럼 차가웠고 아무 감각이 느껴지지 않았다. 샘 커비에게 찔렸던 왼쪽 팔은 타는 듯 뜨거웠다. 그에 더해, 찌르는 듯한 통증이 접힌 목을 콕콕 쑤셨다. 기댈 데 없는 머리가 뒤로 발랑 꺾여있었다. 그녀는 뭔가에 묶인 채 서 있었다. 그리고 죽을 만큼 추웠다. 피부에 닿는 차가운 공기가 느껴졌다. 피부 전체에 닿는 차가운 공기. 그녀는 벌거벗겨져 있었다! 마르니는 눈을 번쩍 떴다. 두려움이 순식간에 다른 모든 감각들을 집어삼켰다. 마르니는 화들짝 놀라서 결박된 손목을 세차게 흔들었다.

여전히 스티브의 지하실이다. 몸 앞쪽으로 성 안드레아의 십자가에 묶여 한쪽 벽을 마주 보고 있었다. 바로 10센티미터도 채 안 되는 앞에 고무 재질의 방음벽이 보였다. 마르니가 의식을 잃은 사이 스티브는 그녀의 옷을 벗기고 이 괴상한 장치에 매달아 놨다. 처음 맡아보는 꽃향기가 났다. 자기 몸에서 나는 냄새였다. 몸이 젖어 있어서 이렇게 죽도록 추운 거였다. 하나님 맙소사! 스티브가 그녀의 몸을 씻겼다. 오줌 냄새는 없어졌지만, 스티브의 손이 자신의 몸을 만졌다는 생각을 하자 몸서리치게 역겨웠다.

현기증이 났다. 아까 먹은 도넛 덕분에 혼수상태에 빠지는 건 피했지만 곧 인슐린 주사를 맞지 않으면 그나마 도넛으로 보충했던 에너지도 제 효과를 내지 못할 것이다. 오래지 않아 눈꺼풀 안쪽으로 검은 점들이 우수수 쏟아지고 다시 정신을 잃게 되리라.

차라리 그게 더 나을지도 모른다.

방은 고요했다. 두려움으로 몸에 힘은 빠졌지만 고통 때문에 정신만은 멀쩡했다. 마르니는 팔의 부담을 조금이라도 덜어보려고 발끝으로 땅을 짚어봤다. 팔에 다시 피가 흐르자 불타는 듯한 고통이 느껴졌지만 오히려 안도감이 들었다. 자신이 스티브에 대해 뭘 알고 있는지 생각해봤다. 과연 스티브는 그의 본명이 맞긴 한 건가. 마르니는 스무 시간을 넘게 그의 팔에 타투 작업을 했다. 그 긴 시간 동안 무슨 이야기를 나눴었는지 기억해보려고 애썼다. 그가 타투와 타투 작업 과정에 관심이 아주 많았다는 건 분명했지만 그 점은 마르니의 시술대를 거쳐 간 다른 사람들도 마찬가지였다. 스티브는 고통을 잘 참는 편은 아니었지만 그렇다고 못 봐줄 정도도 찌질이도 아니었다. 자기 얘기도 적당할 정도로만 했던 것 같다. 비록 지금 돌이켜 생각해 보니 구체적인 사실이라고 할 만한 것은 아무것도 기억나지 않았다. 컴퓨터와 관련된 일을 한다는 재미없는 이야기에, 나머지는 전부 그냥 의견일 뿐이었다. 이것에 대해선 어떻게 생각하는지, 저것에 대해선 어떻게 생각하는지, 왜 자신의 의견이 다른 사람들의 의견보다 더 타당할 수밖에 없는지 등등. 갑자기 마르니는 자신이 이반 암스트롱의 시체를 발견한 것에 대해 스티브가 꼬치꼬치 캐묻던 일이 떠올라 소름이 돋았다. 그는 이반 암스트롱에게 무슨 일이 있었는지 이미 다 알고 있었던 것이다.

스티브가 했던 이야기 중 다른 사람에 대한 공감을 표현하는 내용은 없었다. 그와 이야기를 나눴던 당시에 그런 점을 특별히 알아차렸다는 것은 아니다. 다만 그때를 돌이켜보니, 그가 한 말들이 온통 자기중심적인 이야기들뿐이었다는 걸 마르니는 이제야 깨달았다. 그때는 스티브가 하는 말을 한 귀로 듣고 한 귀로 흘려보내는 게 그나마 최선이었고, 마르니는 스티브와 함께 한 대부분의 시간 동안 자신의 타투 작업에만 온 정신을 집중하고 있었다.

하지만 자신이 알고 있는 걸 이용할 방법이 없을까? 어떻게 하면 그가 자신을 풀어주도록 유도할 수 있을까?

문이 열리는 소리가 들리자 마르니는 위장이 뒤틀렸다. 발소리가 마르니에게 다가오더니 눈앞에 그가 나타났다. 그는 미소 짓고 있었지만, 미소라기보다는 음흉한 웃음이었다.

"마르니, 당신 너무 예뻐. 이렇게 완벽한 당신 몸에 상처를 내야한다는 게 너무 아깝군. 하지만 당신 타투가 내 컬렉션의 최고봉이 될 거니까 감수해야지."

마르니는 가슴이 철렁 내려앉았다. 자기도 모르게 꽁꽁 묶인 손목에 매달려 버둥거렸다.

스티브가 그녀의 등을 손으로 어루만졌다.

"쉬." 귀 바로 옆에서 울리는 그의 목소리에 마르니는 소스라쳤다.

"스티브, 제발…"

"응? 제발 뭐?"

"날 풀어줘요. 당신에게 계속 타투를 해줄게요. 등에도 정말 멋진 작품을 만들어줄 수 있어요. 이렇게까지 할 필요 없잖아요."

"아, 어떡하지? 이렇게까지 해야겠는데. 내 컬렉션을 완성해야 하거든. 그 망할 년이 중간에서 망치지만 않았어도."

돌연 분노를 폭발하는 그의 말투에 마르니는 더욱 겁이 났다.

"샘, 샘 커비요?" 목소리가 떨리지 않게 해야 한다.

"그년이 타투를 다 모은 다음에 사라지는 게 원래 계획이었거든. 돈도 얼마나 많이 줬는데."

"그 여자 체포되었어요."

"알고 있어. 내가 그년한테 변호사까지 대줬으니까."

스티브에게 계속 말을 시켜야 한다. 만약 스티브가 자신과 인간적인 유대를 쌓게 되면 자신을 죽이는 걸 혹시 힘들어하지 않을까? 아니 전혀. 저 사람에게 마르니의 불쌍한 상황을 공감해달라고 기대하긴 어려울 것이다. 이야기는 무조건 그에 관한 것이어야 한다. 잠깐, 지금쯤 누군가 그녀를 찾으러 오고 있지 않을까? 티에리가 그녀를 데리러 오던 중이었으니까, 분명히 경찰에 신고했을 것이다.

하지만 곧 이런 생각을 머리 밖으로 밀어냈다. 그녀는 지금 혼자였고, 스스로 알아서 해야 한다. 시간도 별로 없고 혈당도 다시 급속도로 떨어지고 있었다.

"이제 그 여자가 없으니 내가 직접 작업을 끝내는 수밖에."

"꼭 그렇게 하지 않아도 되잖아요. 지금까지 모은 작품들만 해도 충분해 보여요."

"하지만 그러면 전작 컬렉션이 안 되잖아. 벌써 몇 점은 경찰이 스톤 에이커에서 가져갔고, 그리고 무엇보다 난 당신의 등에 있는 타투를 정말 갖고 싶어. 아 참, 그리고 티에리 것도."

마르니는 온몸의 혈관이 얼어붙는 느낌이었다. 만약 그녀가 여기서 빠져나가지 못하면, 지금 여기서 이 미치광이 짓을 끝내지 못한다면, 이 싸이코 자식이 티에리도 노릴 것이다. 알렉스가 떠오르자 심장이 찢어지는 것 같았다.

"근데 그걸 다 어떻게 하는 건지 당신도 알아요? 내 몸에서 피부를 벗겨내는 방법이랑 가죽으로 만드는 방법이랑 다 알아요? 그 일을 처리해 줄 타투 사냥꾼이 필요한 거 아니에요?"

어떻게든 그의 신경을 자극해 보려던 마르니의 계획이 통했다.

"당연히 나도 할 수 있고말고! 샘이 피부를 벗겨내는 것도 보고 가죽으로 만드는 것도 다 봤어. 무슨 대단한 기술이 필요한 일도 아니더라고."

"나는 그냥, 당신이 내 타투를 가져갈 거라면 망가뜨리지 않았으면 해서요."

그가 마르니에게 한 발짝 다가서자 마르니는 또다시 몸서리를 쳤다. 두려움 때문에 손목을 옥죄는 고통마저 잊었다. 하지만 두려움의 강도가 단계적으로 증가할 때마다 마르니의 정신적 고통도 더욱 커졌다. 그는 이번엔 양손으로 그녀의 등을 천천히 쓰다듬었다. 그녀는 나무 십자가로 몸을 밀착시켰지만 무슨 수를 써도 그의 손길을 피할 방법은 없었다.

"마르니, 아마 내 설명이 부족했나 보군. 인간의 몸은 그 자체로 예술 작품이야. 당신 몸은 특히 더 그래. 그런데 그 몸에 타투까지 더해지면 전혀 다른 경지에 오르게 되는 거야. 그야말로 살아 움직이는 예술 작품이지. 손으로 만지면 따뜻하기까지 한 작품. 그 어떤 형태의 예술 작품도 타투만큼 역동적이진 않아."

"하지만 당신은 그것들을 죽여버리잖아요. 당신이 방금 말한 것과 완전히 반대되는 행동 아니에요?"

"사람이 죽으면 그 사람의 타투도 함께 죽어버려. 다른 피부처

434

럼 타투도 썩어 없어지지. 내가 이 일을 하는 이유는 위대한 예술 작품들을 죽음에서 구하려는 거야. 일본에서도 야쿠자 문신을 가지고 다들 그렇게 하잖아. 그렇게 함으로써 피부는 살아있을 때보다 훨씬 고귀한 가치를 지니게 되지."

"다만 당신은 그것을 하기 위해 사람들을 살해하고 있어요. 일본에서는 그들이 자연스럽게 죽을 때까지 기다린단 말이에요."

"예술은 사람보다 중요해. 난 어렸을 때 이미 그걸 깨달았지. 인간의 몸은 자연이 만들어낸 최고의 예술 작품이야. 거기에 우리가 조금만 솜씨를 보태면 그 아름다움이 한층 더 빛을 발하지. 예술이란 말이야, 인간은 감히 꿈도 못 꿀 정도의 인고의 시간을 견뎌내야 하는 거야. 인간들은 항상 거짓말하고 잘난 척하고 간음하지. 하지만 예술은 순수하고 진실해. 내가 하는 일은 이 세상에서 쓸모없는 것들을 제거하고 정말 중요한 것들을 지켜내는 거야. 나는 이 세상에 최고의 예술 컬렉션을 만들어주고 있는 거라고. 물론 당신도 이해하지? 당신 역시 훌륭한 아티스트니까."

겉만 번지르르한 헛소리, 라고 외치고 싶었지만 절대 그의 비위를 거슬러선 안 된다.

"하지만 당신이 나를 죽이면 더 이상 사람들이 내 예술의 혜택을 받을 수 없게 되잖아요."

"그 역시 나한텐 이득이지. 당신한테 받은 내 타투가 희귀하고 귀중한 작품으로 남을 거니까."

"아니, 스티브 당신 잘못 생각하고 있는 거야. 그리고 당신이 지금 하는 짓도 잘못된 일이야."

난데없이 거센 타격이 날아들었다. 스티브는 불끈 쥔 주먹으로 마르니의 머리 옆쪽을 후려쳤다. 눈앞에서 번개가 번쩍했다.

스티브는 마르니에게서 멀어졌다. 그녀의 귀에서 피가 터져 나왔다. 그가 뭘 하는지 이제 들리지 않았다. 시간이 얼마 안 남았다. 심호흡하자. 빨리 말고 천천히, 심호흡하고, 그리고 과호흡하지 않기. 주먹으로 맞은 부위에서 고통이 전자파처럼 연달아 뿜어져 나왔다. 그녀는 머리의 고통을 대신할 수 있을까 싶어 입술을 세게 깨물었다. 입 안에서 피 맛이 났다.

이렇게 끝낼 수는 없다. 아직도 살아야 할 인생이 얼마나 많이 남았는데. 이 개자식이 제멋대로 하게 놔둘 순 없다. 어떻게든 여기서 빠져나가야 한다. 어떻게든.

"마르니, 아프게 해서 미안해." 그가 다시 다가오고 있었다. "이게 당신을 진정시켜 줄 거야."

그는 부드러운 무언가로 마르니의 얼굴 한쪽을 지그시 눌렀다. 촉감이 시원했다.

"뭐야, 이게 대체 뭐예요?"

"이거?" 그는 그것으로 마르니의 뺨을 문질렀다. "이반 암스트롱의 타투야. 이반의 살가죽."

마르니는 진저리쳤다. 세상에서 가장 부드러운 사슴 가죽의 촉감이었다.

"샘이 이건 정말 잘 만들었어. 정말 재능 있는 인재였는데, 이제 그 재능을 다 썩히게 생겼구먼."

마르니는 실제 토악질이 쏠렸다. 입에는 이미 침이 한가득 고여 있었다. 그녀가 숨을 들이쉬자 사람 가죽 냄새가 콧속으로 스며들었다. 돼지 냄새처럼 강렬한 향이었다. 구역질이 쏠리고 신물이 넘어오자 목구멍이 뜨거워졌다. 안 돼, 마음 약해지면 안 돼. 정신을 바짝 차려야 해. 마르니는 이를 악물었다.

"당신 피부는 가공이 다 끝나면 훨씬 더 부드러워질 거야." 스티브가 말했다. "아주 아주 부드럽고 아름답겠지."

그의 손이 다시 마르니의 등을 더듬었다. 그의 손가락이 마르니의 타투 문양을 따라 움직이고 있었다.

"아…, 마르니, 결정이 너무 힘들어. 나는 당신을 더 원할까? 아니면 당신 타투를 더 원하는 걸까? 당신은 내게 너무 특별해. 그리고 당신은 예술을 창조하는 사람이기도 하지. 다른 인간들은 몸뚱이에만 예술을 달고 다녔을 뿐 머리는 텅텅 비어 있었지. 하지만 당신은 달라. 당신은 예술 그 자체의 전형이라고 할까. 창조자이면서 동시에 살아 숨 쉬는 위대한 예술 작품이니까. 하지만 당신을 살려둔다면 날 배신하겠지. 사실 당신을 아주 많이 원해. 하지만 내가 믿을 수 있는 건 아이러니하게도 당신의 몸에 있는 예술 작품뿐이야." 그는 손으로 마르니의 머리카락을 한 움큼 움켜쥐고 머리를 뒤로 홱 잡아당겨 마르니의 눈을 정면으로 바라봤다. "그 말인즉슨 내 사랑, 당신이 죽게 될 거라는 뜻이야."

56

프랜시스

조수석 쪽이 심각하게 찌그러졌든 말든 프랜시스는 속도를 거의 줄이지 않았다. 차는 도로가 좁고 급커브가 많은 이스트 프레스턴 시내를 사정없이 뚫고 질주했다. 뒤에서는 티에리가 조용히 입술을 치료하고 있었고 맥케이는 휴대폰 지도를 열심히 연구하면서 고스 애비뉴까지 가는 가장 빠른 길을 찾아내려고 애썼다.

"좌회전해서 비카리지 레인으로 들어가요." 프랜시스가 그대로 핸들을 틀자 타이어가 끼익하고 괴성을 질렀다. "우회전해서 페어렌즈 길로요…, 그리고 좌회전해서 씨로드 길로…."

보행로에서 유모차를 붙잡고 얘기를 나누던 젊은 엄마 몇 명이 차가 경광등을 번쩍이며 쏜살같이 지나가자 놀란 듯 입을 다물지 못했다. 씨로드 거리에 들어섰을 때 프랜시스는 고양이를 치기 직전에 겨우 브레이크를 밟았다.

"맙소사." 티에리가 중얼거렸다.

그리고 마침내, 고스 애비뉴가 나타났다.

"경광등 끄고 속도 줄여요." 맥케이가 말했다.

길 양옆으로 큰 주택들이 줄지어 있었고 도로는 거기까지였다. 유리 온실, 테니스 코트, 야외 수영장이 딸린 증축된 주택들이 막다른 길에 모여 있는 부촌이었다. 길을 중심으로 남쪽에 있는 주택들은 해변을 마주 보고 있었다. 이 동네 사람들의 중상층 라이프스타일이 어떨지 금방 상상이 됐다.

"우리가 회사 주소로 가는 거 아니었어요?" 프랜시스가 말했다.

맥케이가 어깨를 으쓱하며 대답했다. "아마도 재택으로 회사를 운영하는 그런 사업가인가 보죠."

브라이튼에서부터 방금까지 광란의 질주를 하다가 갑자기 부자 동네를 천천히, 아주 조용히 지나가고 있자니 현실을 벗어난 것 같은 기분이 들었다. 길에 다른 차는 없었고 보행로에도 지나다니는 사람들은 없었다. 심지어 집 마당에 나와 있는 사람도 단 한 명도 없었다.

"저기예요. 오른쪽 집이요." 맥케이가 말했다.

그는 비정형적으로 널찍하게 펼쳐진 현대식 건물을 가리켰다. 그 건물은 이들이 방금 지나온 에드워드 시대의 근대식 저택들이나 프랑스 아르데코풍의 건물들과는 전혀 어울리지 않았다. 골판형 강철로 둘러싸인 건물은 날카롭게 각이 져 있었고 건물 옆으로는 곡선의 부벽이 세워져 있었다. 창문도 없었다. 적어도 도로 쪽으로 난 창문은 전혀 없었다. 프랜시스는 옆 건물 앞에 차를 세웠다. 괜히 그 건물 앞에 차를 세웠다가 그를 기습할 기회를 놓치면 안 되니까.

"이제 어떻게 진행할까요, 경위님?"

프랜시스는 한숨을 쉬고 세수하듯 손으로 얼굴을 문질렀다.

"집에 사람이 있냐에 따라 달라지겠죠. 영장이 없으니 일단 규칙대로 합시다. 티에리, 당신은 여기서 기다려요."

"사람 미치는 꼴 보고 싶어요? 나도 같이 들어갈 거예요."

"안 돼요. 이건 경찰 공무예요."

"마르니는 내 마누라야. 그리고 인슐린도 당장 필요하고."

"당신 전부인이죠." 도대체 이 부부는 둘 다 왜 이 모양이야?

두 사람이 대체 왜 이혼했는지 모르겠다 싶다가도 프랜시스는 아예 생각을 말자 다짐했다.

프랜시스가 차에서 내리자 맥케이와 티에리도 곧바로 따라 내렸다. 티에리는 인슐린 주사 키트가 들어 있는 주머니를 한 손에 들고 있었다.

"좋아요. 괜히 오버하지 말고 얌전히 행동해요." 프랜시스는 티에리를 쳐다보며 말했다. "일단 흰색 승합차를 먼저 찾아보고 그 다음 내 지시를 기다려요."

세 사람은 집 쪽으로 걸어갔다. 고스 애비뉴의 보행로는 보도블록 길이 아니라 깔끔하게 정리된 잔디밭 길이었다. 건물의 주차장 진입로로 들어섰다. 눈에 띄는 연파랑색의 애스턴마틴(고급스포츠카 - 옮긴이 주)이 집 앞에 주차되어 있었다.

"돈벌이가 꽤 좋은가 보네." 맥케이가 중얼거렸다.

화물승합차는 보이지 않았다. 하지만 건물 한쪽에 따로 떨어진 차고가 하나 있었다. 입구는 닫혀있었다. 프랜시스가 차고를 향해 손짓을 하고 셋은 그쪽으로 향했다.

맥케이가 차고 문을 밀어봤다.

"잠겼어요."

프랜시스가 차고 옆으로 난 작은 길을 따라가니 문이 하나 더 나타났다. 문 위쪽은 유리였다. 유리 너머로 안을 들여다보니 뼈만 남은 할리데이비슨 오토바이 뒤편으로 흰색의 화물승합차가 보였다. CCTV 영상에서 봤던 차량과 동일한 승합차인 것 같았다. 하지만 옆쪽에서는 번호판이 보이지 않아 백 퍼센트 확신할 순 없었다.

맥케이가 뒤에서 다가왔다. "분명히 이 차예요. 틀림없어요."

"좋아요. 이제 집주인과 얘기를 해봐야겠네요. 이름이 뭐죠?"

"해링턴이에요. 스티브 해링턴요." 맥케이가 대답했다. 그는 휴대폰 위에서 바쁘게 손을 움직였다. "구글에 알고리드믹스를 검색하니까 이 사람이 소유주로 나오네요. 알고리드믹스가 흰색 승합차를 렌트한 회사 이름이에요."

그들은 조심스럽게 집 앞 정문으로 걸어갔다. 작은 은색 명판에 '알고리드믹스'라고 적혀 있고 그 아래에 인터컴 버튼이 있었다. 프랜시스가 버튼을 눌렀다.

"죄송합니다. 오늘은 업무일이 아닙니다." 여자 목소리의 기계음이 말했다. "연락하실 일이 있으면 아래 번호로 전화하십시오."

프랜시스가 흘낏 내려다봤다. 인터컴의 금속 덮개 부분에 양각으로 새겨진 전화번호가 있었다.

"전화 걸어 볼까요?" 맥케이가 말했다.

"아니요. 누가 문으로 나올 수도 있으니까 여기서 기다려요. 내가 한 바퀴 돌아보고 올게요. 그리고 당장 지원 요청도 해요."

프랜시스가 건물 옆으로 걸음을 떼자 티에리도 옆에 바싹 붙어 조용히 따라나섰다. 말없이 건물 옆면을 따라 계속 나아가자 정원이 나타났다. 아무런 장식이 없는 잔디마당은 약 15미터쯤 떨어진 모래 해변까지 이어져 있었다. 건물 1층에 있는 콘크리트 테라스는 텅 비어 있다. 의자나 테이블 따위가 없는 걸 보니 한 번도 사용하지 않은 것 같았다. 하지만 2층에 훨씬 넓은 테라스가 또 있었는데 그곳엔 의자 하나가 바다를 바라보며 위풍당당하게 놓여있었다. 건물의 앞쪽과는 정반대로 뒤쪽은 금속은 전혀 없이 전부 유리로 되어 있었다. 프랜시스는 거대한 수족관이 생각났다. 약간 극단적으로 말하면, 투명 어항에 갇혀 사생활 따위는 없는 금붕어 같은 삶 아닌가? 물론 이 주변엔 저 거대한 창문을 들여다볼 사람들이 아무도 없긴 하지만. 여기는 개인 해변인가? 아니면 공용 해변이라 아무나 들어와서 돗자리 깔고 앉아 한두 시간쯤 '부자들은 일요일 오후를 어떻게 보내는지' 구경하러 올 수 있는 건가? 프랜시스는 궁금했다.

그는 창문 안을 들여다봤다. 1층은 전체가 탁 트인 하나의 개방형 사무실로 되어 있었다. 일렬로 늘어선 책상 맞은편에 여러 개의 컴퓨터 모니터들이 반원형의 벽처럼 세워져 있었다. 하지만 의자는 하나밖에 없다. 최첨단의 인체공학적 사무용 의자였다. 알고리드믹스에서 일하는 사람이 한 사람뿐인 건가? 그런데 이렇게 호화로운 생활을 할 수 있을 정도로 수입이 들어온다고?

"티에리, 1층에 열려 있는 문이 있는지 전부 확인해봐요. 하나라도 찾으면 나에게 먼저 알려줘요. 절대 혼자 들어가지 말아요."

프랜시스는 2층 발코니로 연결되는 철제 계단을 오르기 시작했다. 계단을 디딜 때마다 금속에 부딪는 발소리가 부드럽게 울렸다. 프랜시스는 최대한 소리를 내지 않으려고 천천히 움직였다. 집에 사람이 있을지도 모르니 자신의 존재를 들키면 안 된다. 발코니에 혼자 덩그러니 놓인 의자는 일출이나 일몰을 바라보며 앉아 있기에 완벽했다. 굳이 직접 앉아보지 않아도 알 수 있었다. 하지만 프랜시스의 숨을 멎게 만든 건 집 안의 광경이었다.

프랜시스는 눈부신 아침 햇살을 막으려고 유리 위에 손을 올리고 숨을 죽인 채 안을 들여다봤다. 이걸 도대체 어떻게 말로 설명해야 하지? 설치 미술 같은 건가? 상황극인가? 박제 동물들이 여러 겹으로 줄줄이 늘어서 있었다. 어릴 때 자연사 박물관에서 봤던 것처럼 진열관 안에 들어 있는 게 아니라 그냥 그대로 노출되어 있었다. 동물들 간에 전투가 벌어지는 것 같은 장면들이 연출되어 있었다. 동물들은 인간처럼 옷을 입고 인간들이 쓰는 무기의 축소형을 들고 싸우고 있었다. 의회파 대 왕당파. 고양이와 개의 대결. 몽구스와 맞붙은 토끼. 뱀과 싸우는 여우. 서로 뒤엉켜 있는 고양잇과 야수들. 동물들은 부상 당하고, 창에 찔리고, 목이 잘려있었다. 이빨과 발톱에선 시뻘건 피가 흐르고 있었다. 동물들의 몸에서 떨어져 나온 살점 조각들이 참혹한 현장 전체에 흩뿌려져 있었다.

놀라운 광경이었지만 뭔가 뒤틀려있었다. 집 안에 이런 걸 설치해 놓는 사람이라면 분명 정신적으로 심각한 문제가 있을 게 틀림없어 보였다. 프랜시스의 심장이 쿵쾅거렸다. 그는 두려움을 느꼈다. 자기 보존을 위한 두려움이 아니었다. 이곳 어딘가에서 마르니가, 재미로 이런 미친 광경을 만들어 놓은 정체 모를 짐승의 손아귀에 잡혀 있을 거라는 생각이 들자 공포로 몸이 오싹했다.

"씨팔 이게 뭐야!" 티에리가 프랜시스 옆으로 올라서면서 숨넘어가는 소리를 냈다.

프랜시스는 조용히 하라고 입술에 손가락을 올리고 발코니 안으로 통하는 유리문 손잡이를 돌려봤다. 문이 열렸다. 한순간의 망설임도 없이 프랜시스는 안으로 들어갔다. 티에리가 그를 따랐다.

방에서 오래된 모피코트에서 날 법한 퀴퀴한 냄새가 났다. 바닥에는 먼지가 쌓여있었다. 프랜시스는 집 안에 누군가가 있다는 것을 직감했다. 희미한 커피 향이 났고, 어디선가 열린 창문으로 시원한 공기가 들어오고 있었다. 프랜시스는 몸을 굽히지 않고 양쪽 발을 순서대로 사용해 신발을 벗었다. 두 사람은 방을 지나 위

아래로 계단이 이어지는 층계참에 다다랐다.

"티에리, 당신은 위층으로 올라가요. 난 내려갈게요." 프랜시스가 속삭이듯 말했다. "도움이 필요하면 소리를 질러요."

티에리는 고개를 끄덕이며 말했다. "마르니를 꼭 찾아야 해요. 즉시 인슐린을 맞지 않으면 큰일 날 거예요."

티에리는 위층을 향해 조심스럽게 발을 뗐다.

프랜시스도 양말만 신은 발로 아무 소리도 내지 않고 계단 아래로 내려갔다. 경찰 인생에서 처음으로, 총을 가지고 오지 않은 게 한스러웠다.

57

마르니

마르니는 숨을 깊이 들이마셨다.

"스티브, 둘 다 가질 수 있는 방법이 있어요." 마르니가 말했다. 마르니는 일부러 약간 콧소리를 섞어 말했다. 토할 것 같았다. 그녀는 자신이 이런 생각까지 할 수 있다는 게 믿기지 않았지만, 그녀의 생존본능은 역겨움을 손쉽게 압도했다.

"무슨 말이지?" 스티브가 눈을 가늘게 떴다.

"당신이 말한 것처럼, 내 타투는 살아있는 예술 작품이잖아요. 나를 살려두면 그걸 매일 볼 수 있어요. 산 채로 만질 수도 있고 온기도 느끼구요. 내가 움직일 때마다 내 타투도 함께 움직이는 걸 감상할 수 있어요. 당신 갤러리에 살아 숨 쉬는 전시품이 생긴 다고 생각해봐요."

스티브는 아무 말도 하지 않았다. 그 가능성에 대해 고민하고 있는 게 분명했다. 그의 호흡이 빨라졌다. 그는 다시 마르니의 등을 어루만지더니 무방비로 노출된 마르니의 가슴 옆으로 한 손을 슬며시 더듬어왔다.

마르니는 구역질이 올라오는 걸 막으려고 입술을 꽉 깨물었다.

"당신을 이곳에 계속 데리고 있을 수 있다…, 나만의 작은 애완 동물 전시관이라. 괜찮은 생각인데?"

"그렇죠." 마르니는 이 한마디 대답을 목구멍 밖으로 내뱉기 위해 사력을 다했다.

"그럼 나는 당신이랑 매일 사랑을 나눌 수도 있고?"

매일 강간을 당하는 거겠지. 이게 정말 죽는 것보다 낫다고 확신하나?

"정말 영리한 생각이죠? 자기, 일단 며칠 동안 한번 해볼 수 있지 않아요? 어떨지 한번 보는 거예요."

그는 긴 숨을 내쉬며 마르니에 등에 몸을 밀착시켰다. 마르니는 그의 한쪽 손이 자신의 다리 사이를 더듬는 걸 느끼고는 소스라쳐서 한쪽 골반을 십자가에 세게 부딪쳤다. 스티브는 그녀의 다리 사이에서 손을 빼더니 그녀의 한쪽 엉덩이를 손바닥으로 철썩 때렸다.

"잘될 리가 없어." 그가 화가 난 목소리로 말했다. "왜냐하면 당신이 좋아서 하는 게 아니니까. 당신은 항상 도망칠 궁리만 할 거고 그럼 나는 매일 매의 눈으로 당신을 감시해야겠지. 게다가 당신이 방금 그려보려고 했던 그림도 그다지 아름다운 장면은 아니야."

"하지만 스티브, 당신이 나를 살려주면 나는 당신에게 목숨을 빚지는 셈이고…."

"그래서 몸뚱이라도 대주겠다고? 마르니, 날 바보 취급하지 마."

그는 마르니에게서 물러나 어딘가로 걸어갔다.

"그리고, 당신이 하자는 대로 하면 이걸 당신의 보송보송한 살결에 써보지도 못하게 되는 거잖아."

마르니는 스티브가 뭔가를 집어 들고 다시 다가오는 소리를 들었다. 굳이 눈으로 확인 안 해도 뭔지 알 것 같았지만 어쨌건 그는 그것을 마르니에게 보여줄 것이다.

그가 은빛 칼날을 마르니의 얼굴 바로 앞에 갖다 대고 불빛에 이리저리 뒤적일 때마다 칼날이 번쩍거리며 빛을 내뿜었다. 칼자루에서부터 곡선으로 휘어져 안으로 굽은 칼날에는 복잡한 투명 무늬가 새겨져 있었다. 마르니는 이렇게 생긴 칼을 한 번도 본 적이 없었다.

"샘 커비가 나한테 칼에 대한 모든 것을 가르쳐줬지. 피부를 자르는 데 가장 좋은 칼은 무엇인지, 살가죽을 벗기는 데 좋은 칼날은 어떤 것인지 말이야. 모두 전혀 다른 작업이거든. 그러니까 각 단계마다 쓰이는 도구도 달라야 하는 거야. 내가 앞으로 어떻게 할 건지 당신한테 설명해 줄게."

마르니는 눈을 꼭 감았다. 제발 귀도 꼭 닫을 수 있었으면 좋으련만.

"우선 내가 갖고 싶은 피부 둘레를 따라 칼로 윤곽을 그릴 거야. 당신의 경우엔 등에 있는 아름다운 타투 가장자리를 빙 둘러서 그려야겠지. 그건 일자로 뻗은 단도를 사용할 거야. 그런 다음 칼을 바꾸는 거야. 이걸로." 그는 그 칼을 마르니의 코 밑으로 들이밀었다.

저놈에게 계속 말을 시켜야 한다.

"하지만 잘라낸 다음 어떻게 가공하는지 다 알아요?" 마르니의 살갗에 소름이 쫙 돋았다. 설사 이 방법이 어찌어찌해서 자신의 목숨을 구할 수 있다 해도, 이런 대화는 도저히 할 수 없었다. "샘 커비는 어떤 사람이에요? 샘한테 뭘 배운 거예요?"

"샘은 타고난 박제사야. 오랫동안 샘이 만든 제품들을 많이 구매했어. 난 박제 동물도 수집하거든."

마르니는 프레스턴 공원 근처의 오래된 박제상을 떠올렸다. 그곳이 폐점하기 전에 마르니는 가끔 그곳을 지나갈 때마다 창문으로 안을 들여다보곤 했었다.

"그런데 샘은 자기 기술 분야를 넓히고 싶어 했어. 얘기를 나누다 보니 샘도 나처럼 가죽에 관심이 많았더라고. 샘이 동물 가죽 만드는 걸 자주 구경했지. 그러다가 사람 피부도 가죽으로 만들 수 있나 없나 하는 이야기가 나온 거야. 처음엔 그냥 가벼운 농담처럼 주고받은 거였는데, 시간이 지날수록 샘이 그 일을 정말 하고 싶어 한다는 걸 알게 됐어. 내가 타투를 몇 개 모으고 싶다고 얘기를 꺼냈더니 덥석 달려들더라고."

마르니의 혀가 입천장에 달라붙었다. 더 이상 할 수 있는 말이 없었다.

"안타깝게도 샘은 이제 체포되었으니 내 일은 나 혼자 힘으로 끝내야지." 그가 나무 십자가에 대고 칼끝을 콕콕 찔러대자 나무의 칠이 허옇게 긁혔다. "그리고 당신 등에서 타투를 벗겨낸 다음엔 식염수에 담가 뒀다가 다른 화학 약품을 써서 살가죽에 붙은 단백질도 다 벗겨내고 기름기도 제거할 거야."

몇 번을 웩웩거리며 마르니는 줄에 매달린 채 휘청거렸다. 머리는 어찔거렸고 혈당도 이제 위험할 정도로 떨어져 있었다. 지금 정신을 잃는다면 아마 다시는 의식이 돌아오지 못할 것이다.

스티브가 끊임없이 웅얼거리고 있었지만, 마르니는 그가 하는 말에 전혀 집중할 수가 없었다. "…pH 농도를 바꾸고…, 털을 긁어내는 뭉툭한 칼인데…, 혹시 몰라 샘한테 배워둔 건데…" 어둠이 자꾸만 시야를 가렸지만 마르니는 지지 않겠다는 일념으로 의식의 끄트머리를 꼭 붙잡았다. 입 안에서 볼을 세차게 깨물자 고통으로 숨이 막혔다.

"하지만 샘이 가르쳐준 것 중에 가장 중요한 건 칼을 제대로 가는 방법이야. 칼날이 가장 날카로운 상태에서 작업하는 게 핵심이거든. 이건 거의 다이아몬드급이야."

스티브는 차갑게 늘어져 있는 마르니의 손 하나를 잡더니 나무에 대고 고정시켰다. 무슨 일이 벌어졌는지 마르니가 알아채기도 전에 그는 칼로 마르니의 손바닥을 휙 그었다. 그가 칼을 치우고 난 뒤에야 마르니는 쓰라림을 느꼈다.

"봤지?" 그가 말했다. "수술 메스보다도 더 날카로워. 훨씬 정확하고."

마르니는 흐느껴 울었다. 이제는 더 이상 주체할 수가 없었다. 뜨거운 피가 그녀의 팔을 따라 흘러내렸다.

스티브는 잔뜩 흥분한 표정으로 흘러내리는 피를 바라보고 있었다. 그러더니 마르니 쪽으로 다가와 혀를 쭉 빼고 그녀의 팔에 흐르는 피를 핥았다.

"아, 마르니, 마르니." 잔뜩 달아오른 목소리였다. "드디어 당신이랑 재밌게 놀 시간이 된 것 같아."

58

프랜시스

집은 조용하다 못해 이상하리만치 적막했다. 맥케이는 집 앞에서 지원을 기다리는 중이고 티에리는 위층 어딘가에 있다. 프랜시스는 완전히 혼자인 것 같은 기분이 들었다. 희미하게 들리는 에어컨 작동 소리만 그의 조용한 발걸음에 함께했다. 그는 한 층을 내려가 사무실이 있는 층을 조사했다. 심장이 쿵쾅거렸다.

대부분의 컴퓨터 화면은 꺼져 있었지만 한 대는 은은한 빛을 발하며 집 밖을 촬영하는 CCTV 영상을 보여주고 있었다. 앞쪽 진입로에서 전화통을 붙들고 있는 맥케이의 모습이 보였다. 사무실 한쪽 끝에 문이 몇 개 더 있었다. 그중 두 개는 잠겨 있었지만 하나는 살짝 틈이 벌어져 있었다. 프랜시스는 열린 문틈에 귀를 대고 소리를 들었다. 그때 문 건너편에서 여자의 날카로운 비명소리가 공기를 울렸다.

마르니!

마르니인지 확실친 않지만 그게 누구든 도움이 필요한 사람이다. 문을 열자 아래로 내려가는 계단이 바로 이어져 있었다. 여자의 신음소리가 다시 들렸다. 그 위로 남자 목소리가 겹쳐졌다. 하지만 단어까지 정확하게 알아들을 순 없었다. 프랜시스는 잠시 멈칫했다. 계획이 필요한데…, 하지만 저 아래 뭐가 있는지 전혀 모르는 상태에서 계획을 세우는 건 어려운 일이었다. 계단 아래에 또 다른 문이 반쯤 열려있었다. 저 정도면 몸은 가릴 수 있을 것이다. 그리고 어쩌면 정체가 발각되기 전에 잠깐이라도 방 안의 상황을 살펴볼 수 있을지도 모른다.

시간 낭비하지 말고 얼른 가!

프랜시스는 최대한 잽싸게 계단을 내려갔다. 제발 들키지 말아야 한다. 발밑에서 조금이라도 삐걱거리면 그야말로 비극으로 치달을 수 있고, 그 비극의 대상은 프랜시스 자신으로만 그치진 않을 것이다. 위층에 있던 광란의 장면을 만든 미치광이가 마르니를 붙잡고 있다. 그 생각을 하자 심장이 뛰며 결의도 한층 단단해졌다. 프랜시스는 지금까지 단 한 번도 이런 무방비한 상황에 처해본 적이 없었다. 지금까지 범인을 체포할 땐, 항상 사전에 신중하게 계획을 세웠고 현장엔 지원병력이 제대로 갖추어져 있었다. 하나님 아버지, 제발 맥케이가 지금 밖에서 쓸데없이 전화통만 붙들고 있는 게 아니길.

문 옆에 자리를 잡고 서서 조용히 기도를 하고 성호를 그었다. 그리고 곧바로 문 안으로 슬며시 들어갔다.

모든 것이 한꺼번에 시야를 때렸다. 십자가에 묶인 마르니, 새빨갛게 미끈거리는 그녀의 등, 금속 조형물에 걸쳐진 타투 가죽들, 프랜시스에게 등을 보인 채 서 있는 남자, 그의 손에 들린 채 피를 뚝뚝 흘리는 휘어진 칼날.

"꼼짝 마! 경찰이다!"

남자는 뒤로 돌아 프랜시스를 위아래로 훑어봤다.

아무런 무기 없이 서 있는 자신을 의식하며 프랜시스는 이렇게까지 벌거벗은 기분이 들었던 적이 없었다. 티에리와 맥케이만 있었더라면 좋았을 것을, 따로 떨어지지 말았어야 했다.

"프랭크, 당신이에요?" 목이 쉬어 갈라진 절망의 목소리였다.

"그래요, 마르니, 나예요."

"아이고 다정해라." 남자가 말했다. "너희 두 사람은 이미 아는 사이고. 그나저나 프랭크, 난 스티브예요. 기억나나? 마르니 스튜디오에서 한번 봤었는데."

그는 피 묻은 칼을 내밀며 앞으로 돌진했다. 이렇게 공격이 들어올 거라고 이미 예상한 프랜시스는 옆으로 움직여 콘크리트 기둥 진열대 뒤편으로 몸을 피했다. 스티브는 사납게 씩씩거리며 프랜시스를 잡으려고 기둥 반대편으로 돌았다. 프랜시스는 어깨를 낮추고 돌기둥을 힘껏 밀어 쓰러뜨렸다. 기둥은 스티브의 엉덩이를 향해 쓰러졌지만 그는 이미 간발의 차로 피한 뒤였다. 기둥은 결국 아무 쓰임새 없이 콘크리트 바닥에 쿵 쓰러졌다. 은색 조형물과 그것을 감싸고 있던 귀중한 소장품이 바닥을 튕기며 굴러가더니 반대쪽 벽에 가서 부딪쳤다.

마르니는 어떻게든 목을 돌려서 무슨 일이 벌어지는지 보려고 했다.

"도와줘요!" 그녀가 소리쳤다.

프랜시스는 거의 무의식적인 판단에 따라, 스티브와 다시 맞붙는 대신 마르니를 돕기 위해 달려갔다. 테이블에서 칼을 하나 집어 들고 스티브가 더 가까이 오기 전에 재빨리 그녀의 한쪽 발목에 묶인 끈을 잘랐다. 그리고 이제 그에게도 무기가 생겼다. 그는 자세를 바로잡고 무릎을 방어 자세로 약간 굽힌 채 앞으로 칼을 내밀었다.

스티브는 분노의 고함을 지르며 다시 맹렬히 달려들었다. 몸을 비스듬히 돌려 왼쪽 어깨를 잔뜩 내밀고 프랜시스를 향해 돌진하고 있었다. 뒤에선 칼을 쥔 오른손이 뒤따르고 있었다. 프랜시스도 대각선으로 몸을 틀며 앞으로 나섰다. 몸을 바짝 낮춰 스티브의 무게중심을 향해 돌진했다. 순식간에 격돌한 두 사람은 이내 바닥에 나뒹굴었다. 챙그랑 소리를 내며 스티브의 손에서 칼이 떨어졌다. 스티브는 프랜시스를 무력화시키려고 사타구니를 향해 마구 발길질을 하다가 드디어 프랜시스의 복부를 세게 강타했다. 프랜시스도 칼을 마구 휘둘러 스티브의 바지를 뚫고 종아리까지 칼을 찔러 넣었다. 상대에게 최대한의 피해를 주기 위해 칼을 더 깊이 찔러넣은 다음 아래로 힘껏 내리그었다. 스티브는 깜짝 놀라서 프랜시스의 접근 반경 밖으로 물러났다. 그 전에 프랜시스는 스티브의 종아리에서 칼을 다시 뽑아야 했다. 그렇지 않으면 다시 무기를 잃게 될 테니까.

두 사람 모두 심하게 헐떡거리고 있었다. 스티브는 자기 칼을 다시 움켜쥐더니 비틀거리며 일어섰다. 사나운 눈빛과 뜨거운 콧김을 내뿜으며 그는 자신의 적을 향해 돌진했다. 프랜시스는 그때까지도 바닥에 누워 숨을 몰아쉬고 있었다.

하지만 곧 젖 먹던 힘까지 쥐어짜 몸을 앞으로 돌리고 바닥에 손을 짚어 몸을 일으켰다. 스티브가 그의 등으로 달려드는 순간 프랜시스는 재킷을 긁고 지나가는 칼자국을 느꼈다. 프랜시스는 순간적으로 몸을 휙 비틀며 벌떡 일어서 스티브를 마주 봤다. 스티브는 당황했는지 멍하게 프랜시스를 마주 봤다. 스티브가 다시 공격을 재개하기 전에 프랜시스는 스티브에게 바짝 다가섰다. 그렇게 하면 스티브가 프랜시스의 가슴을 찌를 만한 공간이 없어진다. 하지만 동시에 스티브는 프랜시스의 등을 찌를 기회를 얻게 된다. 그때 프랜시스는 자신의 손에도 칼이 있다는 걸 깨달았다.

칼을 써! 망할 놈의 칼을 사용하라고.

하지만 충분히 빠르지 않았다. 스티브도 프랜시스의 행동을 예상했는지 한쪽 팔에 온 힘을 실어 프랜시스의 어깨를 거세게 내리쳤다. 칼을 손에서 놓치면서 프랜시스는 자신의 빗장뼈가 덜그럭 어긋나는 소리를 들었다. 그의 오른팔은 이제 힘없이 덜렁덜렁 매달려있었고 어깨에서 손목까지 고통이 날카롭게 강타했다. 스티브는 신이 나서 함박웃음을 짓더니 기회를 놓치지 않고 프랜시스를 진열대 기둥 쪽으로 힘껏 밀어붙여 그의 목 아래에 칼날을 바싹 들이댔다.

"죽기 전에 남기고 싶은 말은?"

프랜시스는 마지막 말 따위 남길 생각은 털끝만큼도 없었다. 그는 주저 없이 앞으로 덤벼들어 무릎으로 스티브의 사타구니를 올려 찼다. 최대의 강도와 최고의 정확성이 발휘된 행동은 아니었지만 어쨌든 프랜시스의 목은 칼에서 벗어났다. 스티브는 비명을 내지르며 비틀비틀 뒤로 물러섰다. 일단 후퇴해 전열을 가다듬으려는 것 같았다. 스티브는 자기 종아리를 내려다보더니 피가 흠뻑 젖은 바지 위에 손을 얹어 아까 찔린 상처의 출혈을 막아보려는 듯 손으로 눌렀다. 그의 얼굴은 잿빛이었다. 스티브는 시뻘겋게 충혈된 분노의 눈빛으로 프랜시스를 노려봤다.

프랜시스는 왼손으로 서투르게 칼을 집어 들고 마르니에게 다가가 나머지 발목을 묶고 있던 끈을 간신히 잘랐다. 그리고 또다시 어렵게 그녀의 손목을 붙잡아 매달고 있던 밧줄을 잘랐다. 칼이 이 정도로 날카로운 게 이렇게 고마울 줄이야. 숨을 삼키며 마르니는 바닥에 쿵 하고 쓰러졌다. 그녀는 의식이 거의 없어 보였다.

"그녀를 건드리지 마!" 스티브가 소리 질렀다. "마르니는 내 거야!"

프랜시스는 미친 듯이 주위를 둘러보았다. 자신이 스티브를 제압하지 못하면 마르니와 자신 둘 다 무사하지 못할 것이다. 그는 쓸모없는 오른손으로 칼을 옮겨 쥐고 왼손으로 주머니에서 휴대폰을 꺼냈다. 계속 스티브를 주시하며 맥케이의 단축번호를 눌렀다. 통화 중.

제기랄!

그는 스티브보다 키가 컸다. 넉넉잡아 10센티미터 정도? 그것의 장점은 프랜시스가 더 멀리 손을 뻗을 수 있다는 것이다. 하지만 지금처럼 왼손을 사용할 수밖에 없는 불리한 상황에선 별다른 의미가 없을 것이다. 게다가 스티브는 프랜시스보다 무겁고 근육질인 데다 무게 중심도 더 낮았다. 티에리가 도착할 때까지 어떻게 시간을 벌 수 있을까? 지금쯤이면 티에리가 여기로 내려왔어야 하는 게 정상인데.

"티에리!" 프랜시스가 소리쳤다.

스티브는 천천히 움직이며 다시 일어섰다. 그리곤 방을 뱅 돌아 점점 가까이 다가오고 있었다.

프랜시스가 앞으로 나서면 마르니가 무방비 상태가 될 것이다. 하지만 계속 그녀 곁에 있으면 스티브가 가까이 다가왔을 때 마르니까지 공격받을 수 있다. 프랜시스는 앞으로 조금씩 움직였다. 스티브를 마르니에게서 멀리 떨어뜨릴 수 있을까? 아니면 스티브는 그녀를 노리고 있는 건가?

마르니는 조금 전 바닥에 쓰러진 이후로 전혀 움직이지 않았다. 마르니의 숨소리가 들리지 않았지만 그녀의 심장이 뛰는지 확인하려고 뒤를 돌아보는 건 위험했다. 마르니의 등 양옆을 세로로 길게 그은 절개선과 꼭대기를 옆으로 가로지른 칼자국에서 아직도 피가 흐르고 있었다. 프랜시스는 한쪽 시야 끝에서 마르니의 피가 땅바닥으로 퍼져나가는 걸 느낄 수 있었다. 마르니는 당장 응급처치가 필요했다.

하지만 스티브의 진짜 의도를 알아차렸을 땐 이미 때는 늦은 후였다. 프랜시스는 티에리를 부름으로써 자신이 여기 혼자 온 게 아니라는 비밀을 얼떨결에 발설해버린 것이다. 엄청난 실수였다. 스티브는 도망치려는 게 아니라 프랜시스의 지원병들이 접근하지 못하게 막으려는 의도였다. 그는 문을 쾅 닫고 열쇠를 돌려 문을 잠근 뒤 열쇠를 자기 주머니에 쑤셔 넣었다.

"당신이 끼어드는 바람에 계획이 완전히 바뀌었어." 스티브가 말했다. 그는 여전히 숨을 가쁘게 몰아쉬며 문을 등지고 섰다. 아까 프랜시스가 칼로 찔렀던 다리는 그의 무게를 조금도 견디지 못하는 듯 운동화를 피로 흠뻑 적시고 있었다. "원래 여기서 죽어 나갈 사람은 마르니뿐이었는데, 이제 네 놈도 죽어 줘야겠어."

프랜시스는 뭘 할 수 있을지 재빨리 따져봤다.

놈을 문에서 떨어뜨린다. 놈을 쓰러뜨린다. 열쇠를 뺏는다. 자신이 이렇게 할 수 있는 확률이 얼마나 될까?

"그럼 어디 한번 덤벼봐, 이 나쁜 자식!" 어쩌면 프랜시스 자신이 죽을 수도 있는 위험천만한 전략이었다. 물론, 과다 출혈로 스티브의 반응속도가 둔감해지길 바라는 마음도 약간 있었다.

하지만 헛된 바람이었다.

스티브는 칼을 번쩍거리며 맹렬히 다가왔다. 프랜시스는 뒤로 물러나 첫 번째 진열 기둥을 사이에 두고 스티브와 마주 섰다. 스티브가 한쪽 방향으로 움직이려는 낌새를 보이자 프랜시스도 재빨리 반대 방향으로 움직였다. 둘은 돌기둥을 사이에 두고 빙글빙글 돌며 대치하다가 프랜시스가 앞으로 달려들어 기둥을 힘차게 밀었다. 기둥은 아슬아슬하게 스티브의 다리를 빗나가 바닥에 쓰러졌다.

"비겁하긴." 스티브가 소파 뒤로 후퇴하면서 비웃듯 말했다.

프랜시스는 앞으로 달려가 소파 등받이에 한 발을 딛고 공중으로 몸을 날렸다. 사실 어떤 계획도 없었지만 그렇다고 아무 행동도 하지 않는다면 자신과 마르니는 죽게 될 것이었다.

프랜시스가 스티브와 부딪치며 둘은 바닥에 나뒹굴었다. 프랜시스는 스티브를 제압하려고 안간힘을 썼지만 두 사람이 부둥켜안고 바닥을 구르는 사이 스티브는 프랜시스의 오른팔을 낚아채 뒤로 확 꺾었다. 어깨를 칼로 찌르는 듯한 고통이 프랜시스를 강타했다. 프랜시스는 머리를 획 돌려 스티브의 팔을 칼로 획 그었다. 스티브는 프랜시스의 오른팔을 놓고 자신의 우월한 체중을 이용해 프랜시스를 뒤집어 똑바로 눕혔다. 그리곤 그 위에 걸터앉아 무릎으로 프랜시스의 어깨를 눌러 완전히 제압한 다음, 아까 이미 부러진 프랜시스의 빗장뼈를 무참히 깔아뭉갰다.

프랜시스는 어떻게든 빠져나가 보려고 그의 밑에서 온몸을 비틀며 버둥거렸다. 왼손을 마구 휘둘러봤지만 자기 상대를 건드리지도 못했다.

문을 쾅쾅 두드리는 소리와 함께 문밖에서 사람 목소리가 들렸다.

스티브는 프랜시스의 가슴을 더 세게 내리누르며 프랜시스의 목에 칼을 들이댔다.

"일이 이렇게 된 건 다 네놈 잘못이야." 스티브가 말했다. "가장 기본적인 규칙을 어기고 지원병도 없이 이곳에 혼자 오다니."

문손잡이가 덜거덕거렸다.

"경위님, 그 안에 있어요?"

프랜시스는 대답하려 했지만 스티브가 곧바로 칼을 치우고 자신의 팔로 프랜시스의 기도를 짓눌렀다. 프랜시스가 낼 수 있는 소리라곤 목이 졸린 채 할딱할딱 숨넘어가는 소리뿐이었다.

문 건너편에서 쿵 하는 소리가 났다.

스티브는 칼을 다시 쥐려다가 실수로 프랜시스의 가슴 위에 떨어뜨렸다. 그와 동시에 프랜시스는 누군가 자신의 손에서 칼을 빼앗아가는 걸 느꼈다. 고개를 들자 마르니가 자신에게 조용히 하라는 듯 입술에 검지를 대고 스티브의 어깨 뒤에 웅크리고 있었다. 그녀는 백지장처럼 하얘졌고 얼굴은 땀범벅이 되어 번들거렸다. 온몸이 덜덜 떨리고 있었지만 그녀의 눈에 어린 단호함이 프랜시스에게 순간의 희망을 주었다.

그녀는 칼을 들어 올리고 힘겹게 균형을 잡았다. 그때, 자기 밑에 깔린 남자에게서 변화를 감지한 스티브가 프랜시스의 시선을 따라 고개를 돌렸다.

"내 평생에 이 짓을 다시 해야 할 거라고는 정말 상상도 못 했어." 마르니가 말했다.

마르니는 주저하지 않았다. 칼날이 스티브의 흉근을 파고든 다음 가슴을 아래로 휙 그었다. 스티브는 프랜시스의 몸에서 떨어져 도망가려고 했다. 마르니는 스티브의 등 위로 온몸을 쓰러뜨리며 다시 한번 그를 칼로 찔렀다. 스티브는 몸을 돌려 마르니와 몸싸움을 벌였고 프랜시스는 두 사람 쪽으로 데굴데굴 굴러갔다. 프랜시스의 유일한 목표는 스티브가 마르니를 칼로 찌르기 전에 그녀를 스티브에게서 떼어놓는 것이었다. 세 사람은 피가 흥건한 바닥에 엉겨 붙어 뒹굴었다. 프랜시스는 고통을 느꼈다. 마르니는 비명을 질렀다. 칼이 뼈를 긁는 것 같은 끔찍한 소리가 들렸다.

문이 벌컥 열리고 맥케이와 티에리가 달려 들어왔다. 맥케이와 티에리는 미끌거리는 피바다에서 균형을 잡으려고 허우적대며 바닥에 뒤엉킨 세 사람을 떼어냈다. 티에리는 마르니의 몸을 당겨 팔에 안았고 맥케이는 스티브가 손에서 칼을 놓을 때까지 스티브의 팔을 발로 짓눌렀다.

숨을 쉴 때마다 가슴이 타는 듯한 고통이 느껴지자 프랜시스는 목 아래를 내려다봤다. 자신의 하얀 셔츠 앞면이 온통 시뻘겋게 젖어 있었다. 그는 소파 옆으로 힘없이 쓰러지듯 기댔다. 티에리의 품에 안긴 마르니는 꼼짝도 하지 않고 흰자위를 내보인 채 눈을 뜨고 있었다. 스티브는 자신의 목을 감싸 쥐었다. 손가락 사이로 피가 솟구치고 있었다.

"경위님?" 맥케이가 불렀다.

"살아있어요." 프랜시스가 한숨 쉬듯 힘없이 대답했다.

59

마르니

병원에서 깨어나는 게 어느새 고약한 습관이 되어 버렸다. 마르니는 눈을 깜빡이며 주위를 둘러보았다. 지난번과 똑같이 생긴 방에 누워 있었다. 하지만 창밖으로는 다른 풍경이 보였다. 티에리는 그녀의 손을 잡고 있다가 마르니가 깨어난 걸 보고 미소를 지었다.

"집에 데려다줄래?" 그녀가 말했다. 쉰 소리가 튀어나왔다. 목구멍으로 면도칼을 한 묶음 정도 삼킨 것 같은 느낌이었다. 그것도 날개로.

"어림도 없지. 그리고 이번엔 혼자 몰래 퇴원하는 것도 안 돼."

티에리는 그녀의 입술에 플라스틱 컵을 갖다 댔다. 물은 미지근하고 약간 비릿했지만 정말 맛있었다. 그녀가 욕심부리듯 컵에 입을 붙이고 있자 티에리가 컵을 치우며 말했다.

"천천히, 천천히 마셔."

"내가 여기 얼마나 있었던 거야?"

"이틀. 병원에 도착했을 때 당신 혼수상태였어. 칼에 찔리기도 했고. 칼끝이 비장까지 닿아서 비장이 찢어졌대."

그의 말을 듣고서야 마르니는 상반신 전체가 몸살 난 것처럼 쿡쿡 쑤신다는 걸 의식했다. 이불을 조심스럽게 들어 올려봤지만 환자복 때문에 상처가 보이지 않았다. 등은 찢어지는 것처럼 아팠고 왼쪽 팔은 고통스럽게 욱신거렸다.

"당신 수술도 받았어." 티에리가 말했다. "내 생각엔 수술 중에 위험한 고비가 있었던 것 같은데, 물론 의사들은 곧이곧대로 인정하지 않겠지."

티에리의 말을 믿고 싶지 않았지만 그의 표정이 너무 진지했다. 겁에 질린 표정이었다. 그녀는 눈을 감았다.

"엄마, 좀 어때요?"

마르니는 알렉스가 티에리 뒤에 앉아 있는지도 몰랐다.

"알렉스, 이리 와."

알렉스는 침대로 다가와 마르니를 조심스럽게 안아줬다. 그녀는 움찔했다.

"아무래도 천년 정도는 더 자야 할 것 같아."

"그럼 이번엔 도망치지 않겠다는 거네?" 티에리가 말했다.

그녀는 눈을 뜨고 고개를 저었다. 마르니는 그들을 보며 미소 지었다. 두 사람이 함께 있는 것을 보는 것만으로도 위로가 됐다. 그리고 자신의 손을 감싸 쥔 아들의 손에서 느껴지는 따뜻함, 세상에 이보다 더 좋은 게 있을까.

"엄마, 우리가 얼마나 걱정했는 줄 알아요? 이제 다시는 경찰 알바 안 하는 거죠?"

"응 그럴게."

"그럼 전 배고파서 잠깐 뭣 좀 먹고 올게요." 알렉스가 말했다. "저 밥 먹고 오면, 무슨 일이 있었는지 처음부터 끝까지 다 말해 줘야 해요."

"당연하지." 티에리가 대답했다. "이제 엄마가 괜찮은 걸 확인했으니 할 일 있으면 가서 일 봐라." 그는 주머니에서 동전을 몇 개 꺼내 알렉스에게 건넸다. "엘리베이터 옆에 자판기 있더라."

마르니는 알렉스가 방에서 완전히 나간 걸 확인하고 말했다.

"절대 알렉스한테 자세히 말해주면 안 돼."

티에리는 고개를 끄덕였다. "기억나는 게 좀 있어?" 티에리가 물었다.

"묶여 있었고, 스티브랑 프랭크가 싸우고 있었고, 온통 피바다 였어." 갑자기 목구멍에서 숨이 턱 막혔다. "혹시…?"

"프랜시스는 괜찮아. 스티브는, 괜찮다고 할 순 없지만 어쨌든 목숨은 붙어있어. 당신이랑 칼은 전생에 무슨 인연이길래…."

티에리는 마르니를 보며 다정하게 웃고 있었다. 아주 오래전에, 그들의 결혼 생활이 걷잡을 수 없는 짜증과 모진 비난의 소용돌이 끝에 결국 파국으로 치닫기 전에도, 티에리는 마르니에게 저런 미소를 보여줬었다.

눈꺼풀은 한없이 무거웠고 온몸은 하나의 거대한 통증 덩어리 처럼 느껴졌다. 이제 완전히 안전하다고 느껴지자 마르니는 숨을 길게 내쉬며 자신을 따뜻하게 감싸주는 잠 속으로 마음 놓고 빠 져들었다.

다시 잠에서 깼을 때 밖은 밤이었다. 병실은 완전히 어둡지는 않았다. 침대 옆 탁자에 놓인 접이식 조명에서 나오는 빛이 마르 니의 옆에 작은 빛무리를 만들어내고 있었다. 약간 한기가 느껴졌 다. 이불이 침대 끝으로 밀쳐져 있었고 환자복은 그녀의 몸에서 거의 빗겨나 있었다. 마르니가 이불과 환자복을 바로 잡으려고 몸 을 일으켜 앉는 순간, 옆구리를 날카롭게 찌르는 듯한 고통에 숨 이 멎었다.

바로 그때, 마르니는 방 한쪽 구석 의자에 고꾸라지듯 앉아 있는 어두운 형체를 발견했다. 마르니의 비명 소리에 의자에 앉아 있던 형체가 잠에서 깼다.

순간적 공포가 마르니를 휩쓸고 지나갔다.

그럴 리가 없는데….

"티에리?"

그 형체는 일어서더니 침대 발치로 다가왔다.

"나예요. 프랜시스예요."

이번엔 안도감으로 긴장이 풀렸다.

"프랭크?"

프랜시스는 침대 옆으로 와서 아까 티에리가 앉았던 의자에 앉았다.

"당신이 깨어났다고 티에리한테 들었는데, 내가 여기 도착했을 땐 다시 잠들었더라고요. 깨우고 싶지 않았어요."

"여기 얼마나 앉아 있었던 거예요?"

"한, 일곱 시쯤부터요." 그는 시계를 내려다보았다. "이제 열 시네요."

그는 마르니의 두 손을 감싸 쥐고 말했다.

"마르니, 당신이 내 목숨을 구했어요. 당신이 내 손에서 칼을 가져가지 않았다면 스티브 해링턴이 날 죽였을 거예요."

기억들이 한 장면씩 마르니의 뇌리에 떠올랐다. "하지만 당신도 내 목숨을 구했어요. 스티브가 내 등에서 타투를 막 벗겨내려는데 당신이 도착했잖아요."

"하마터면 그러지도 못할 뻔했어요."

"고마워요."

"고맙긴요. 내가 당신을 실망시켰는데. 당신이 여전히 위험하다는 걸 알아차렸어야 했는데."

"하지만 그걸 어떻게 알 수 있었겠어요? 샘 커비는 이미 붙잡혀
있었잖아요."

"사실 샘 커비는 살인이 다 끝나지 않았다고 대놓고 말해준 거
나 다름없었어요."

마르니는 무의식적으로 어깨를 으쓱했다. 무지무지 아팠다.

"나 감옥 가요?" 마르니가 물었다. 답을 듣는 게 겁났다.

프랜시스는 얼굴을 찡그렸다. "무슨 죄로요?"

"내가 스티브를 찔렀잖아요? 그 사람 죽으면 어떡해요?"

"무슨 소리예요, 마르니, 그건 정당방위였어요. 당연히 기소되지
않을 거예요. 재판에서 증언은 해야 할 테지만 그것뿐이에요."

"스티브가 재판을 받을 수 있어요?"

"여기 오기 전에 그의 담당 의사와 얘기를 했는데, 회복될 거라
고 장담하던데요. 그러니까 스티브는 재판을 받게 될 거예요. 그
리고 샘 커비가 저지른 살인에 대해서도 기소될 거예요. 스티브
가 직접 희생자들을 살해하진 않았지만, 돈을 주고 살인을 청부
했으니 그것만으로도 법적 관점에서는 완전히 유죄예요. 교사범
이죠. 그 두 사람 모두 아주 오랫동안 먼 곳에 가 있을 거예요."

"당신이 사건을 해결했네요?"

"당연하죠. 대체 날 어떻게 본 거예요?"

둘은 웃었다. 그리고 돌연 프랜시스가 마르니의 한 손을 자기
입술로 가져가더니 손에 키스했다. 웃음이 목구멍 뒤로 사라지고
대신 묵직한 무언가가 그 자리를 채웠다. 두 사람은 서로 마주 봤
다.

프랜시스가 입을 뗐다. "있잖아요, 옛날에 그런 속담이 있는데,

누군가의 생명을 구하면 그 사람은 당신한테 속하게 된대요. 대체 어디서 그런 속담이 나온 건지는 모르지만…"

"그러니까 그 속담에 따르면, 우리는 서로에게 속한 거예요?"

프랜시스는 마르니를 보며 미소를 지었다. "그런 것 같군요."

"정말이죠?" 마르니가 뭔가를 생각하듯 입술을 삐죽 내밀며 물었다. "당신이 내 거라는 거죠?"

"그리고 당신은 내 것이고."

"잘됐네요." 그녀는 베개에 기대어 눈을 감았다.

"마르니 뮬린스, 무슨 생각 하는 거예요?"

"당신 몸 어디에 제일 먼저 타투를 새길까 생각 중이에요."

프랜시스의 입이 떡 벌어졌다. "아니, 잠깐, 그게 그런 식으로 되는 게 아니에요."

"맞아요."

"아니에요."

"당신은 내 거니까 나는 당연히 당신 몸에 타투를 할 수 있고, 어떤 타투를 할지도 내가 고를 거예요."

"안 돼요."

마르니는 바늘을 검은 잉크에 담갔다. 이 순간을 제대로 즐겨주리라. 프랜시스는 그러지 못하겠지만.

"프랭크, 준비됐어요?"

"완전 준비됐어요."

마르니는 바늘로 그의 새하얀 등에 최초의 검은 선을 그리고는 신나게 깔깔거렸다.

"아얏!"

"프랭크, 타투 당하는 기분이 어때요?"

"이제 그 정도면 됐어요. 이렇게 아플 줄 몰랐네."

마르니는 계속 바늘을 찔러댔다.

"뭘요, 아주 씩씩하게 잘 버티고 있어요."

옮긴이 최재은

숭실대학교에서 영어영문학을 전공했다. 다년간 다국적 기업에서 근무했
으며, 글밥아카데미를 수료한 뒤 바른번역 소속 번역가로 활동중이다.

타투
사냥꾼

THE
TATTOO
THIEF

초판 2020년 11월 15일 1쇄
저자 앨리슨 벨샴
옮긴이 최재은
ISBN 979-11-90157-22-3   03840

출판사 도서출판 북플라자
주소 경기도 파주시 파주출판단지 문발동 638-5
홈페이지 www.bookplaza.co.kr

영화 판권, 오탈자 제보 등 기타 문의사항은 book.plaza@hanmail.net으로 보내주세요.
잘못된 책은 구입하신 서점에서 교환해 드립니다.